소환사 ƽ

만물을 부리는 자

# 소환사 3

옌즈양 지음 | 유소영 옮김

문학수첩

차 례

# 지금까지의 이야기

아마도 우리 대부분은 가끔 어떤 일이 일어났을 때 꼭 예전에 똑같은 일을 경험한 적 있다는 느낌을 받을 때가 있을 것이다. 또한 분명히 본 일이 없는데도 어렴풋이 어디선가 본 것 같다고 생각할 때도 있다. 그래서 때로 꿈속에서 있었던 일인가 보다 생각하기도 한다. 나도 그 순간 그런 느낌이 들었다.

그 여자를 봤을 때 나는 순간 피가 얼어붙는 것 같았다. 나는 황급히 그 자리를 벗어나 계단을 내려가 차로 돌아갔다. 핸드폰이 요란하게 울리는데도 감히 전화를 받을 수가 없었다. 얼굴이 하얗게 질린 채 부들부들 떨며 핸드폰을 한쪽에 내팽개친 다음, 차를 몰고 호텔로 돌아왔다.

2008년 여름, 반준 할아버지가 입원한 지 일주일이 지났을 때였다. 그동안 나는 할아버지가 해준 이야기를 많은 친구들에게 들려주었다. 한 사람만 제외하면, 대부분은 어떻게 그런 일이 있을 수 있냐는 듯 고개를 저었다. 현실적으로 너무 이상한 이야기 아니야? 현실성이 전혀 없어! 친한 친구인 동량의 반응도 이와 같았다.

그러나 동량은 이 얘기를 잘 정리하면 분명히 사람들의 흥미를 끌수 있을 거라고 덧붙였다. 몇 번이나 고민한 끝에 나는 그의 의견대로 이야기를 정리하기 시작했다. 그렇게 사흘째 되는 날 동량이 내게 전화를 걸었다.

"널 만나고 싶어 하는 사람이 있어."

"날 만나고 싶어 한다고?"

나는 어리둥절했다.

"응. 네 이야기에 관심이 많더라고."

동량의 말투는 사뭇 진지했다.

"더구나 그 여자 역시 곤충소환사에 관한 이야기를 알고 있는 것 같았어."

"그래, 좋아!"

'곤충소환사'라는 말에 나는 그 즉시 여자를 만나기로 했다. 짐을 정리하고 북경으로 향했다. 그리고 삼환 밖 사천토템이라는 식당을 약속장소로 잡았다.

나는 약속시간보다 앞서 사천토템에 도착했다. 마음이 설레었다. 오랜만에 동량을 만나는 탓도 있었지만, 내 이야기에 흥미를 보이는 사람이 있다는 것도 두근거리는 일이었다.

30분쯤 지나 입구에 남자 한 명과 여자 한 명이 나타났다. 남자 옆에 서 있는 여자에게 시선이 쏠렸다. 소름이 끼쳤다. 숨이 막혔다. 머릿속이 하얘졌다. 사람들의 시선을 뒤로하고 어떻게 사천토템을 빠져나왔는지 모른다.

호텔에 돌아오자마자 나는 뜨거운 물로 샤워를 했다. 샤워 후 휴대폰을 보니 전화가 열 통도 넘게 와 있었다. 모두 동량의 전화였다. 나는 마음을 다잡고 그에게 전화를 걸었다. 동량은 잔뜩 화가 나 있었다.

"너! 왜 안 나왔어?"

나는 잠시 침묵한 후 말했다.

"나 너 들어오는 것 봤어."

"우리를 봤다고?"

동량은 무슨 말이냐는 투로 되물었다.

"그럼 왜……."

"괜찮으면 내가 묵고 있는 호텔로 와. 너랑 둘이서만 하고 싶은 얘기가 있어."

나는 '둘이서만'에 힘을 주어 말했다. 그가 내 말뜻을 알아차리고 잠시 뜸을 들인 후 말했다.

"좋아. 너 어디야?"

한 시간 정도 지나 동량이 호텔에 도착했다. 당시 여자 옆에 있던 남자는 동량이 틀림없었다. 우리는 대충 서로의 안부를 물은 뒤 본론으로 들어갔다.

"왜 왔다가 그냥 갔어?"

동량이 이해가 안 된다는 듯 물었다.

"내가 예전에 한 말 기억나? 십여 년 전에 있었던 일 말이야."

나는 담배에 불을 붙이며 천천히 입을 열었다.

"무슨……."

동량의 말이 채 끝나기도 전에 내가 왼쪽 손목을 내밀었다. 손목에는 선명한 흉터가 남아 있었다. 동량은 상처를 보고 깜짝 놀랐다.

"네가 말한 게 모두 사실이었어?"

나는 고개를 끄덕이며 한숨을 길게 내쉬었다.

"그날 밤 일은 영원히 기억하고 싶지 않아."

"대체 그날 밤에 무슨 일이 있었는데?"

동량이 다그쳐 물었다.

"그날 밤……."

나는 한숨을 내쉬고 창가로 다가갔다. 밖에는 부슬비가 내리고 있었다. 빗속에 반짝이는 네온사인이 몽환적이었다. 동량은 창가 컴퓨터 책상 앞에 앉아 나를 쳐다보며 그날 밤 내게 일어났던 사건에 귀를 기울였다.

15년 전, 여름방학을 하자마자 나는 북몽 고향집으로 보내졌고, 그곳에서 할아버지와 함께 여름을 지내게 되었다. 그전까지 나는 할아버지에 대해 별로 기억나는 것이 없었기 때문에 할아버지의 존재에 신비감을 가지고 있었다. 그저 사시사철 검은 옷만 입고 있었다는 기억이 있을 뿐이었다.

할아버지와 함께 지내는 건 유쾌한 일이 아니었다. 할아버지는 좀처럼 웃는 일이 없이 언제나 차가운 인상이었다. 어느 날 밤, 나는 악몽 때문에 놀라 잠에서 깨어났다. 할아버지는 곁에 없었다. 그날 밤은 유난히 밝고 둥근 달이 저만치 산등성이를 환하게 비추고 있었다. 나는 옷을 입고 살금살금 밖으로 나갔다.

북몽은 연산 산맥 산줄기에 위치한 곳으로, 원래 민가 열 몇 채밖에 없는 곳이었다. 더구나 할아버지의 집은 마을 가장 안쪽에 위치해 있는 데다, 다른 사람들과 왕래도 거의 없었다. 나는 하얀 달빛을 온몸으로 받으며 문 앞에 서 있었다. 한여름이었지만 산속 밤바람은 약간 한기를 느낄 정도로 선득했다.

주위를 둘러봤지만 할아버지의 모습은 보이지 않았다. 나는 무서운 생각에 사방으로 할아버지를 찾으러 다녔다. 불길한 예감이 가슴 깊은 곳에서 스멀스멀 기어 올라왔다. 나는 고개를 돌려 집을 바라보다가 귀신에 홀린 듯 뒤뜰을 향해 걸어갔다. 평소 뒤뜰은 언제나 잠겨 있었는데 그날 밤에는 문이 조금 열려 있었다. 나는 아무 생각없이 문을 밀고 들어섰다. 할아버지가 그곳에 계실 거라는 생각에서였다.

마당에 땔감을 놓아두는 곳 같은 창고가 보여서 나는 더듬더듬 다가가 문을 밀었다. 끼익 하며 문이 열렸다. 창고는 그리 크지 않았다. 안에 탁자 하나가 놓여 있고 그 밑에서 옅은 불빛이 새어나오고 있었다. 나는 탁자 쪽으로 다가갔다. 탁자 아래 바닥이 뚫려 있었다. 나는 사다리를 타고 조심스럽게 아래로 내려갔다. 갈수록 냉기가 엄습해와서 옷깃을 여몄다. 그런데 습기 때문에 얼마나 축축한지 그만 사다리에서 미끄러져 굴러떨어지고 말았다. 팔에 시큰하게 통증이 느껴졌다.

팔을 주무르며 고개를 드는 순간 나는 그 자리에 얼어붙고 말았다. 눈앞에 여자 시신 한 구가 누워 있었다. 침대 위에, 마치 곤하게 잠을 자는 것처럼. 대략 스무 살 정도로, 두 눈을 살포시 감은 모습이 무척 아름다웠다. 나는 몸을 일으켜 살며시 여자 쪽으로 팔을 뻗었다. 그런데 그 순간 갑자기 그 여자가 내 손을 잡더니 날카로운 손톱으로 손목을 찔렀다. 빨간 피가 흘러내리며 나는 점차 의식을 잃었다.

나는 동량에게 상세히 이야기해주었다. 고개를 숙이고 한참 동안 입을 다문 채 내 이야기를 경청하던 그가 가만히 입을 열었다.

"다 사실이었구나."

나는 고개를 끄덕였다.

"그 일 때문에 북몽을 떠난 뒤 지금에야 돌아온 거고. 그래?"

동량이 물었다. 나는 고개를 끄덕이다 말고 다시 저었다. 사실 그 뒤에 또 다른 일이 있었으니까. 다만 그 뒷얘기는 더욱 믿기지 않는 것이라 나는 그냥 거짓말을 하기로 마음먹었다.

"그런 셈이지."

"근데…… 그게 오늘 본 그 여자랑 무슨 상관이야?"

동량이 영문을 알 수 없다는 표정으로 물었다.

"못 믿겠지만……."

나는 잠깐 뜸을 들인 후 한 글자 한 글자 또박또박 말했다.

"그 여자, 내가 봤던 그 시신과 똑같이 생겼어!"

내 말이 끝나기가 무섭게 갑자기 밖에서 붉은 번개가 치더니 이어 엄청난 소리와 함께 건물 전체가 흔들렸다. 동량과 나의 눈이 마주쳤다. 뭔가 불길한 징조가 아닐까! 번개가 친 후 갑자기 얼굴이 하얗게 질린 동량이 내게 말했다.

"목양, 그러고 보니 깜빡 잊은 얘기가 있는데."

"응?"

내가 의아한 눈으로 동량을 바라봤다. 그때 갑자기 누군가가 방문을 두드렸다. 가슴이 철렁 내려앉았다.

"설마?"

동량이 어쩔 수 없다는 듯 고개를 끄덕이더니 자리에서 일어나 문가로 다가가 살며시 문을 열었다. 하얀 티셔츠, 청바지 차림의 긴 머리 여자가 서 있었다.

나와 여자의 눈이 마주쳤다. 방 안의 공기가 얼어붙는 것 같았다. 잠시 후, 동량이 목청을 가다듬더니 말했다.

"목양, 여기가 내가 말한……."

"당신이 반목양이라는 분인가요?"

동량의 소개가 끝나기도 전에 여자가 성큼성큼 내 앞으로 다가왔다. 나는 무의식적으로 몇 걸음 물러나 살짝 고개를 끄덕였다. 여자가 환하게 기뻐하며 말했다.

"드디어 찾았네요."

어려운 숙제를 해결한 듯한 표정이었다.

"당신은……?"

"하! 하! 중국 이름은 구양좌월이에요."

유창한 중국어 발음에 외국인이라는 생각이 들지 않았다.

"참! 목양, 내가 깜빡했네. 이 친구, 일본 화교야."

동량이 말했다.

"성이 구양씨라고 했죠?"

내가 물었다.

"네. 이미 추측했겠지만 전 화파 곤충소환사의 후손이에요. 지금은 일본 회사에서 일하고 있고요. 주로 중국 측 출판사와 계약을 맺고 일본 작가들의 서적을 출판하고 있습니다. 그래서 동량 씨하고도 알게 된 거예요. 동량 씨가 당신 이야기를 해줘서 제가 만나게 해달라고 부탁했어요."

구양좌월이 예의 바르게 자신을 소개했다.

"그랬군요."

하지만 좀처럼 풀리지 않는 의문이 있었다. 어쩌면 저렇게 그때 그 여자 시신과 똑같이 생겼을까? 그렇다면 그 여자 시신이…… 나는 겁이 나서 더 이상 상상할 수 없었다.

"목양 씨가 한 얘기는 그냥 소문이에요, 아니면 정말 그런 일이 있었던 거예요?"

나를 바라보는 구양좌월의 맑은 눈동자에 나는 완전히 경계를 풀고 손목을 내밀어 소매를 걷은 후 두 줄로 난 상처를 보여주었다. 여자가 손목의 상처를 바라보더니 곤혹스러운 표정으로 고개를 저었다.

"그 여자…… 그 여자가 아직 있었군요."

"우리 할아버지 댁 밀실에 있는 시신에 대해 알아요?"

나는 다급히 물었다. 구양좌월이 고개를 끄덕였다. 그때 구양좌월의 휴대폰이 울렸다. 그녀가 일본어로 전화를 받았다. 10분쯤 지났을까, 구양좌월이 멈칫하더니 내 쪽으로 고개를 돌렸다. 뭔가 부자연스러운 느낌이었다.

"목양 씨와 이야기를 나누고 싶다는데요."

구양좌월이 간곡한 어조로 말했다.

"그게……."

나는 곁에 있던 동량을 쳐다봤다.

"일본어 할 줄 모르는데."

"상관없어요……."

구양좌월이 핸드폰을 건네주었다. 나는 어리둥절한 표정으로 휴대폰을 건네받았다. 노인의 음성이 들려왔다.


저녁 내내 나는 현실인지 가상인지 모를 감각에 사로잡혀 있었다. 삼원교 부근의 한 술집. 나는 푹신한 소파에 몸을 묻었다. 소파 뒤는 갈색의 통유리였다. 동량이 내 맞은편에 앉아 있었다. 전화를 받고 구양좌월이 황급히 호텔을 나간 뒤였다.

"누구 전화였어?"

술 몇 잔을 마신 후 동량이 더 이상 못 참겠다는 듯 입을 열었다.

"지금까지 살아 있으리라고는 도저히 믿을 수 없는 사람."

나는 한숨을 길게 내쉰 후 담배에 불을 붙이고 고개를 돌려 갈색 통유리 너머 바깥을 바라보았다.

"이 이야기를 소설로 써야겠어."

나는 불현듯 확신이 선 사람처럼 말했다.

"그래, 좋아! 제목은?"

동량은 언제나 내 작품에 호감을 가지고 있기 때문에 이번에도 전적으로 내 계획을 지지해주었다. 입술을 지그시 깨문 채 책 제목을 생각하고 있을 때 갑자기 창밖으로 '사천토템'의 빨간 불빛이 눈에 들어왔다.

"그래, 곤충토템(蟲圖騰, 이 소설의 원제─옮긴이)!"

동량이 잠시 생각에 잠기더니 고개를 끄덕였다.

다음 날, 나는 약속시간에 맞춰 구양좌월의 회사 근처에 있는 카페에 갔다. 구양좌월이 일찍 와 있었다. 그녀는 나를 보자 유난스럽게 반가워했다. 커피를 앞에 놓고 구양좌월이 말했다.

"목양 씨, 사실 당신이 안 올까 봐 많이 걱정했어요."

구양좌월은 언제나 단도직입적이었다. 인사치레를 하거나 돌려 말하는 법이 없었다.

"하하."

나는 가만히 웃었다.

"다만 할아버지가 받아들이실지 모르겠네요."

"알아요. 오늘 이곳으로 오시라고 한 것도 먼저 반 선생님을 뵐 수 있을까 해서예요."

구양좌월이 말했다. 나는 고개를 숙인 채 조금 머뭇거렸다.

"다시 한 번 생각해볼게요. 할아버지도 사실 날이 얼마 안 남았거든요."

구양좌월은 조금 실망한 눈치였지만 그래도 이해한다는 듯 고개를 끄덕였다. 그리고 이어서 그들이 작업 중인 일본 작가의 작품을 소개해주었다.

저녁 무렵, 나는 북경의 한 군사병원으로 향했다. 특실로 들어서니 할아버지가 두 눈을 감은 채 침대 위에 누워 있었다. 아버지는 할아버지 앞 소파에 앉아 담배 한 개비를 만지작거리고 있었다. 병원 내 흡연 금지 규정 때문에 적잖이 고통스러운 것 같았다. 아버지가 고개를 들고 나를 향해 미소 짓더니 바로 담배를 피우러 밖으로 나갔다. 나는 고개를 끄덕인 후 소파에 앉았다. 아버지가 문을 닫자마자 할아버지가 눈을 뜨고 나를 바라봤다.

"목양아, 누굴 만났구나."

순간 귀를 의심했다. 나는 신기한 듯 할아버지를 응시했다.

"할아버지, 저…… 그러니까, 뭐라고 하셨어요?"

"누굴 만난 거 아니냐?"

할아버지가 길게 숨을 내쉬었다.

"그 사람도 곤충소환사다. 너도 모르는 사이에 네 몸에 표식을 남겼구나. 아마 너도 네 몸에 상처를 남긴 사람이 누군지 이제 알았겠지?"

"네?"

나는 놀라운 시선으로 살짝 두 눈을 감고 있는 할아버지를 바라봤다. 할아버지는 모든 일을 알고 있는 것 같았다.

"할아버지, 저는 다만 그 여자를 왜…….."

나는 고개를 들고 조심스레 할아버지를 보며 말을 이었다.

"왜 할아버지가 그 여자 시신을 밀실에 숨겨놨는지 궁금해요."

한숨을 깊이 내쉬는 할아버지의 얼굴에 슬픔이 스쳐 지나갔다. 할아버지가 잠시 뜸을 들인 후 말했다.

"목양아, 나 좀 밖으로 데려가다오."

나는 재빨리 고개를 끄덕인 후 휠체어를 가져왔다. 할아버지가 두 손에 힘을 주어 침대에서 일어나 앉았다. 얼른 다가가 부축하려는 나를 할아버지가 제지했다. 나는 할아버지의 뜻대로 물러섰다.

할아버지가 힘겹게 휠체어에 앉았다. 휠체어를 밀고 입원실 뒤쪽 화원으로 향했다. 오동나무 아래 휠체어를 멈추자 따스한 햇살이 할아버지를 비췄다. 할아버지에게 입원 생활은 죽음만도 못한 삶이었다. 눈을 감은 할아버지의 표정이 순간을 만끽하는 듯했다.

갑자기 할아버지가 왼손가락을 집게 모양으로 내밀었다. 담배를 피우고 싶은 모양이었다. 그러나 의사가 신신당부한 상태였다. 말기 폐암 환자에게 담배는 암 덩어리나 마찬가지였다. 나는 고개를 저으며 입술을 깨물었다.

"담배를 안 가지고 왔어요."

"하하."

할아버지가 미소를 지으며 말했다.

"목양아, 너 그거 아냐? 넌 절대 거짓말을 못 하는 사람이야. 금연을 하나 담배를 태우나 내겐 그저 하루 덜 살고, 하루 더 사는 문제밖에 되지 않는단다."

나는 잠시 침묵한 뒤 담배 한 개비를 꺼내 불을 붙인 다음 사방을 살핀 후 할아버지에게 건넸다. 할아버지가 담배 한 모금을 빨더니 심하게 몸을 들썩거리며 기침을 하기 시작했다. 내가 황급히 다가가려는데 할아버지가 고개를 절레절레 흔들며 말했다.

"목양아, 이리 가까이."

나는 무슨 일인가 생각하며 할아버지 곁으로 다가갔다. 할아버지가 품에서 빨간 헝겊으로 꽁꽁 싼 종이봉투를 꺼냈다.

"이걸 가지고 가서 그 사람에게 줘라. 그리고 전해라. 난 이번 생애에는 절대로 그 사람을 다시 보지 않을 거라고 말이야."

"할아버지……."

나는 어리둥절한 표정으로 할아버지를 바라봤다. 할아버지는 담배를 피우면서 눈을 감고 어서 가보라는 듯 손을 휘젓고는 따스한 햇살에 몸을 맡겼다.

물건을 가방에 넣고 자리를 뜨려고 할 때 마침 아버지가 나타났다. 아버지가 수심에 가득 찬 얼굴로 멀찌감치 떨어져 있는 할아버지를 바라봤다. 손에는 검사 결과지가 들려 있었다.

"아버지, 무슨 일이에요?"

그렇게 물으면서도 나는 아버지의 표정을 보고 상황을 대충 짐작할 수 있었다.

"의사 말이 할아버지가 일이주밖에 못 사신다는구나."

아버지가 조용히 말했다. 충격적인 소식이었다.

"겨우 일이주요?"

물어보나 마나 한 말이었다. 아버지가 고개를 끄덕이며 담배 한 개비를 건넸다.

"목양아, 되도록 외출하지 말고 할아버지 곁에 있으렴."

나는 알았다는 듯 고개를 끄덕였다. 할아버지는 계속 햇볕을 쬐고 있었다.

"왜 여기서 담배들을 피우고 계세요?"

키가 크고 늘씬한 간호사가 다가와 내 손에 들린 담배를 빼앗았다.

"뒤에 있는 팻말 안 보여요?"

간호사가 손가락으로 가리키는 곳에는 '흡연 금지'라는 팻말이 붙어 있었다. 나는 할 수 없다는 듯 아버지를 바라보았다. 간호사가 할아버지 쪽으로 다가갔다. 할아버지의 손가락 끝에는 피우다 만 담배가 들려 있었다. 간호사가 할아버지 옆에 서서 부드러운 목소리로 말했다.

"담배 피우시면 안 돼요."

할아버지가 고개를 들더니 간호사 말대로 고분고분 들고 있던 담뱃불을 끈 후 그녀에게 건넸다. 간호사가 담배꽁초를 받아 쓰레기통에 버린 후 휠체어를 밀며 할아버지에게 물었다.

"어젯밤엔 어디 갔다 오셨어요?"

목소리는 작았지만 나는 간호사의 말에 부르르 몸을 떨었다. 어젯밤에는 아버지가 병실에 있었는데. 나는 고개를 돌려 아버지를 봤다. 아버지는 할아버지를 뚫어져라 바라보고 있었다. 조금 전 간호사가 한 말을 들은 게 분명했다.

"아버지, 어젯밤에……."

내가 입을 열자 아버지는 아무것도 모른다는 표정으로 고개를 저었다. 어젯밤 일어난 일을 전혀 모르는 것 같았다.

구양좌월과 약속한 시간은 다음 날 정오였다. 잠에서 깨어났을 때 휴대폰이 요란하게 울렸다. 나는 게슴츠레한 눈으로 전화를 받았다. 구양좌월이었다.

"おはよう(안녕하세요)!"

구양좌월이 경쾌하게 인사를 건넸다.

"잘 지내셨습니까?"

난 침대에 기대앉아 손을 뻗어 담배를 입에 물었다.

"저……."

구양좌월이 잠시 머뭇거리더니 물었다.

"결정했어요?"

"네."

나는 분명하게 대답했다.

"조금 이따 공항에서 보지요."

"정말 고맙습니다."

구양좌월은 내가 이토록 시원시원하게 제안을 받아들일 거라고 생각지 못한 모양이었다. 잠시 후 그녀가 입을 열었다.

"할아버지께서는요?"

나는 입술을 깨물었다.

"그분을 별로 보고 싶지 않으신 모양이에요."

"아!"

구양좌월의 말투에 실망스러운 기색이 묻어났지만 잠시 후 그녀는 여전히 경쾌한 목소리로 말했다.

"하지만 당신을 만날 수 있으니 분명 좋아하실 거예요."

"하하."

나는 살짝 웃으며 침대 옆에 놓인 빨간색 봉투를 바라봤다. 안에 대체 뭐가 들었을까?

약 세 시간 뒤 나는 수도 공항에 도착했다. 주차장에 차를 대자 전화가 울렸다. 구양좌월이었다. 공항 대합실이라고 했다.

대합실에 들어서니 몸에 잘 맞는 연보랏빛 원피스를 입은 구양좌월이 보였다. 어제 만났을 때의 세련된 인상과는 또 다른 느낌이었다. 구양좌월은 대합실 문 앞에 서서 초조한 듯 휴대폰을 만지작거리고 있었다. 나를 발견한 그녀가 손짓했다.

우리는 대합실 밖으로 향했다. 구양좌월이 고개를 들어 도착 안내판을 바라보았다.

"언제쯤 도착하나요?"

내가 구양좌월에게 물었다.

"한 30분 있어야 돼요."

구양좌월이 미안한 듯 말했다.

"함께 기다리게 해서 정말 미안해요."

나는 고개를 저었다.

"괜찮아요."

말은 그렇게 했지만 나는 내심 불안했다. 전화 목소리는 분명 노인이었다. 그의 신분은 대략 짐작이 가는데, 왜 그런지 마음이 계속 불안했다. 그의 등장으로 뭔가 변화가 닥칠 것만 같았다.

30분 뒤, 비행기 한 대가 수도 공항에 도착했다. 잠시 후 출구 쪽이 마중 나온 사람들로 북적거렸다. 구양좌월이 난간에 기대 게이트 안쪽을 두리번거렸다. 얼굴 표정이 환해졌다가 다시 풀이 죽기를 몇 번이나 반복했다.

사람들이 모두 빠져나가자 구양좌월이 미안해하며 내게 말했다.

"분명 이 비행기를 탔을 텐데, 왜……."

갑자기 그녀의 눈이 반짝거리더니 얼굴에 환한 웃음이 피어올랐다. 그녀가 나를 끌고 후다닥 뒤쪽으로 향했다. 그렇게 구양좌월에게 이끌려 대합실 입구에 갔을 때였다. 정정해 보이는 칠십대 노인이 갈색 선글라스를 쓰고 서 있었다. 그의 뒤로는 서른 정도로 보이는 젊은 남자 두 명이 가방을 들고 서 있었다. 수행원 같았다.

"할아버지, 오셨어요?"

구양좌월이 고개 숙여 인사한 후 노인을 껴안았다. 나는 멍하니 옆에 서서 일본인 노인을 지켜봤다. 순간, 노인 역시 똑같은 눈빛으로 나를 아래위로 훑어보았다.

"할아버지, 이분이……."

구양좌월의 말이 채 끝나기도 전에 노인이 한발 앞으로 성큼 다가서더니 내 왼쪽 손목을 잡고 옷을 걷어 올렸다. 손목의 상처가 그대로 드러났다. 노인은 고통스러운 표정으로 인상을 찌푸리고는 안경을 벗었다. 눈물이 주르르 흘러내렸다. 그가 뒤로 한 걸음 물러나 내게 고개 숙여 인사하고는 정중하게 말했다.

"죄송합니다."

그 기이한 행동에 나는 순간 어찌할 바를 몰랐다. 재빨리 앞으로 다가가 노인을 부축하려는 순간, 그가 갑자기 소리를 질렀다.

"움직이지 마십시오."

그가 내 앞에 공손히 무릎을 꿇었다. 노인의 시선은 줄곧 두 줄로 파인 내 손목의 상처를 향하고 있었다. 마치 무릎 꿇은 대상이 내가 아닌, 내 손목에 난 깊은 두 줄짜리 상처인 것만 같았다.

수도 공항 대합실에 고희가 넘은 노인 한 사람이 이십대 청년 앞에 무릎을 꿇고 있는 광경이 연출되었다. 영문을 알 수 없는 사람들이 우리를 겹겹이 에워쌌다. 도저히 이해가 안 된다는 듯 나를 쏘아보는 사람들 때문에 온몸이 따가웠다.

한참 뒤 노인이 자리에서 일어나 미안한 표정으로 말했다.

"갑시다."

구경꾼들이 한쪽으로 비켜서며 길을 내주었다. 수행원 두 사람이 앞에 서고, 노인은 구양좌월과 함께 그 뒤에 섰다. 나는 그들 뒤를 따랐다. 좀 전의 놀람을 진정시키지 못한 채 나는 그들과 함께 차에 올랐다. 그제야 나는 사람들의 시선에서 벗어나 조금씩 정신을 가다듬었다.

뷰익(Buick) 리무진이었다. 나는 노인과 구양좌월의 맞은편에 앉았다. 노인은 구양좌월의 손을 잡고 시선을 창밖으로 돌린 채 때로 나지막이 한숨을 지었다.

"할아버지, 오랜만에 북경에 오시는 거죠?"

죽음 같은 적막이 답답했는지 구양좌월이 먼저 입을 열었다.

"60년 만이지, 60년."

노인이 60년이란 말을 반복했다.

"모든 것이 변했어. 예전과 완전히 다르구나."

갑자기 뭔가 생각난 듯 노인이 고개를 들고 내게 말했다.

"할아버지는……."

"할아버지, 죄송해요. 반씨 할아버지가 만나고 싶지 않으신가 봐요."

구양좌월이 말했다. 그 말을 들은 노인은 순간 마치 서리 맞은 가지처럼 축 늘어졌다. 잠시 후 노인이 자조하듯 웃으며 말했다.

"그 사람…… 아직도 날 용서하지 않았군."

나는 눈앞의 노인을 위로하고 싶었지만 적당한 말을 찾을 수가 없었다. 아마 그 세대 사람들의 일은 우리에게 영원히 비밀일 수도 있겠다는 생각이 들었다. 설사 비밀을 알아낸다 해도 그들의 마음을 이해할 수는 없을 것이다. 갑자기 나는 할아버지가 내게 준 물건을 떠올렸다. 나는 황급히 가방에서 물건을 꺼내 노인에게 건넸다.

"이거…… 할아버지가 드리라고 했습니다."

내 말에 노인의 두 눈에 생기가 돌았다. 그가 정신을 가다듬고 재빨리 물건을 건네받았다. 노인이 조심스레 하나하나 포장을 풀었다. 위에 작은 구멍이 두 개 나 있는 비취빛 호각이 모습을 드러냈다. 노인의 호흡이 밭아졌다. 그가 온몸을 부르르 떨었다. 노인이 한참 동안 호각을 받쳐 들고 있다가 깊이 한숨을 들이쉬며 말했다.

"고맙습니다. 반 형, 고맙습니다."

노인은 창밖을 바라보며 계속 고맙다는 말만 되풀이했다.

노인이 묵을 호텔에 도착하자 간호사 몇 명이 다가왔다. 그중 한 명은 휠체어를 밀고 있었다. 노인은 휠체어에 타길 거부하며 몹시 미안한 표정으로, 링거를 맞아야 하기 때문에 잠시 구양좌월에게 내 접대를 맡기겠다고 말했다. 나는 고개를 끄덕였다. 저렇게 정정해 보이는데 링거를 맞아야 한다니, 조금 뜻밖이었다.

호텔 2층에 있는 카페에서 구양좌월과 나는 커피 한 잔씩을 시켰다. 구양좌월은 스푼으로 커피를 저으며 자꾸만 뭔가 말을 하려다 말았다. 마침내 그녀가 입을 열었다.

"당신 할아버지께 데려다주세요. 내가 직접 뵙고 우리 할아버지를 한 번만 만나달라고 부탁을 드릴게요."

나는 살며시 고개를 저었다. 할아버지 성품을 누구보다 잘 알고 있었다. 한 번 결정한 일은 절대 번복하는 일이 없는 분이었다.

"제발요."

구양좌월이 내 손을 잡으며 말했다.

"할아버지가 많이 편찮으세요. 십여 년부터 병상에 누워 일어나지 못하셨어요. 그런데 요즘 갑자기 기운을 차리시더니 완전히 딴사람이 되셨어요. 의사 말이, 얼마 못 사실 것 같다고 했어요. 갑자기 저렇게 좋아지신 건 회광반조 현상에 불과하다고요. 할아버지 평생 소원이 중국에 돌아와 반씨 할아버지를 뵙는 거였어요."

나는 이를 악문 채 잠시 생각하다가 입을 열었다.

"좋아요. 다시 한 번 말씀드려볼게요. 하지만……."

내 말이 끝나기도 전에 구양좌월이 의자에서 벌떡 일어나 깊숙이 허리를 굽혔다.

"그럼, 부탁드릴게요."

구양좌월의 태도에 더 이상 거절하기가 곤란했다. 나는 하는 수 없다는 듯 그냥 웃고 말았다.

저녁식사 시간, 나는 다시 노인을 만났다. 그는 시종일관 미소를 띠고 있었고, 컨디션이 매우 좋아 보였다.

시간이 늦어 일어나자 노인이 나를 차까지 바래다주었다. 차문을 여는 순간, 노인이 책 한 권과 편지 한 통을 내게 주었다.

"이것들을 반 형에게 가져다줘요."

물건을 든 채 나는 잠시 망설이다가 이내 미소를 지으며 고개를 끄덕였다. 구양좌월이 애원하는 눈빛으로 나를 바라보고 있었다. 그녀의 눈에 담긴 뜻을 잘 알고 있는 나는 웃어 보이며 차에 올랐다.

할아버지에게 갔을 때는 10시가 넘어 있었다. 아버지가 일 때문에 잠시 자리를 비운 사이 동생이 병원에 와 있었다. 동생은 벌써 소파에 엎드려 잠이 들어 있었다. 할아버지가 날 보더니 미소를 지으며 물었다.

"만났니?"

나는 고개를 끄덕이고는 침대 옆 의자에 앉아 오늘 있었던 일을 상세하게 이야기했다. 그리고 책과 편지를 할아버지에게 건넸다. 할아버지가 책을 받았다. 책에는 《백년곤충사》라고 적혀 있었다. 할아버지가 한숨을 내쉬더니 책을 옆에 내려놓고 편지봉투를 열었다. 안에서 흑백사진 몇 장이 떨어졌다. 그 순간 할아버지가 멍한 표정으로 조심스럽게 사진을 집어 올렸다.

"목양아, 불 좀 켜주렴."

나는 재빨리 불을 켰다. 할아버지는 사진 몇 장을 앞에 두고 가만히 쓰다듬었다. 사진은 모두 누렇게 바래 있었지만 사진 속 사람들을 어렴풋이 알아볼 수 있었다. 그중 한 여자는 구양좌월의 외모와 똑같았다. 더 정확히 말하면, 할아버지가 숨겨둔 여자 시신의 모습과 완전히 일치했다.

할아버지가 뚫어지게 사진을 바라보더니 두툼한 사진들을 가만히 내려놓고 한숨을 쉬었다. 할아버지 다리 위에 놓여 있던 사진들이 스르르 미끄러졌다. 그중 한 장이 나풀거리며 바닥에 떨어졌다.

나는 조심스럽게 사진을 들어 올렸다. 사진을 본 순간, 머릿속이 윙윙거렸다. 산간 평지의 황폐한 풀숲이 배경인 흑백사진이었다. 빽빽하게 들어찬 수풀 사이로 어렴풋이 주위의 풀들과 전혀 다른 것 하나가 보였다. 잎사귀 하나 없이 그냥 위로만 자라난 풀은 주변 풍경과 전혀 어울리지 않았다. 줄기를 따라 시선을 내리자, 각도 때문에 좀 모호하기는 했지만, 놀랍게도 사람의 두개골 하나가 놓여 있는 것이 보였다. 할아버지가 내 표정을 봤는지 고개를 돌려 그 사진을 받아 든 후 잠시 눈을 감고 있다가 말했다.

"목양아, 예전에 내가 말했던 인초(人草) 기억나니?"

"인초요?"

재빨리 생각을 더듬었다. 그래, 할아버지가 며칠 전 인초에 대한 이야기를 해준 적이 있었지. 뭔가 알 것 같았다. 나는 할아버지가 들고 있는 사진을 힐끗 바라봤다. 저게 바로 할아버지가 말한 인초인가? 내 속마음을 알았는지 할아버지는 묵묵히 고개를 끄덕였다.

"그래. 이게 바로 인초다."

나는 넋 나간 사람처럼 사진을 뚫어져라 바라봤다. 할아버지가 말한 인초라는 것이 현실로 존재한다고 생각하진 않았는데, 저렇게 신기한 식물이 실제로 있었다니. 더 신기했던 것은 당시 그런 조건에서 대체 누가 이 사진을 찍었고, 또 지금까지 보관하고 있었느냐는 것이다. 할아버지가 가만히 눈을 감았다. 나는 할아버지의 고른 숨소리를 들으며 사진을 정리하고 가만히 일어나 병실을 나섰다.

병원을 나왔을 때는 이미 자정이 지난 뒤였다. 언제부터인지 부슬비가 내리고 있었다. 비는 마치 내 마음속 의문덩어리들처럼 몽롱하게 주위를 감싸고 있었다. 도무지 어디서부터 시작된 것인지 실마리를 찾을 수가 없었다.

인초라는 식물이 정말 있다고? 이 사진은 누가 찍은 거지? 안양에서 신강으로 가는 동안 무슨 일이 있었던 걸까? 왜 할아버지는 그 시신을 북몽 밀실에 보관했던 거지? 온갖 의문이 자꾸만 머릿속을 맴돌았다. 나는 길가 구름다리 앞에서 걸음을 멈추었다. 갑자기 휴대폰이 요란하게 울리기 시작했다. 휴대폰에는 구양좌월의 번호가 찍혀 있었다. 새벽 1시가 넘은 시각이었다. 왜 이렇게 늦은 시간에 전화를 했지? 휴대폰 너머로 구양좌월의 다급한 목소리가 들려왔다.

"반씨 할아버지께 우리 할아버지 좀 만나달라고 말해볼 수 없나요?"

흥분한 그녀의 목소리에 어떻게 거절해야 할지 난감했다. 할아버지는 전혀 생각을 바꿀 뜻이 없어 보였는데. 몇 초가 흘렀다. 내가 막 입을 열려고 할 때 구양좌월이 먼저 말했다.

"할아버지가 오늘 밤을 넘기지 못하실 것 같아요."

그녀의 말이 비수처럼 내 마음의 가장 여린 곳을 찌르는 것 같았다. 낮에 만났을 때만 해도 멀쩡했는데 갑자기 위독하다는 말이 믿기지 않았다.

"제발요. 할아버지가 돌아가시기 전 마지막 소원이에요."

구양좌월은 목이 메어 곧 눈물이 터질 것만 같았다. 나는 입술을 깨물고 결심을 굳힌 뒤 말했다.

"다시 한 번 말씀드려보죠. 조금 이따 다시 연락할게요."

병원으로 돌아가는 내내 마음이 불안했다. 병실 문을 열자 동생이 소파에서 일어났다. 할아버지는 편안하게 두 눈을 감고 침대에 누워 있었다. 나는 살며시 할아버지 곁으로 다가갔다. 어떻게 말을 꺼내야 할지 망설이고 있을 때 할아버지가 눈을 떴다. 할아버지와 시선이 마주쳤다. 그 순간, 좀 전의 용기가 모두 사라져버렸다.

"목양아, 너……."

할아버지가 의심 가득한 눈으로 온몸이 비에 젖어 서 있는 나를 바라봤다. 나는 결심을 굳힌 뒤 조금 전 구양좌월과 나누었던 이야기를 할아버지에게 모두 털어놓았다. 뜻밖에도 할아버지는 별로 놀라는 기색이 아니었다. 여전히 평온한 모습이다. 잠시 후 할아버지가 말했다.

"옷 가져오너라."

자정이 지난 북경 거리에는 네온사인이 반짝이고 있었지만 차는 그다지 많지 않았다. 구양좌월이 알려준 길을 따라 차는 금세 그들이 묵고 있는 호텔 앞에 멈춰 섰다. 할아버지에게 우산을 받쳐드렸다. 구양좌월과 수행원 두 사람이 벌써 호텔 정문 앞에 나와 있었다.

그들이 우리를 발견하고 다급히 다가왔다.

"할아버님⋯⋯."

구양좌월이 조그만 소리로 말했다. 할아버지는 미소를 지으며 그들을 따라 노인이 있는 객실로 갔다.

방 안에는 유난히 긴장이 감돌았다. 간호사 몇 명이 초조하게 움직이고 있었다. 침대 위 노인이 커다란 산소마스크를 쓰고 있는 모습이 문 앞에서부터 눈에 들어왔다. 구양좌월이 다가가 의사로 보이는 사람에게 물었다.

"상태가 어떤가요?"

의사가 맥없이 고개를 저으며 한숨을 내쉬었다.

"혼수상태입니다. 지금까지 버틴 것만도 기적입니다. 여기까지 오시지 않았다면 한 며칠 더 버틸 수 있었을지도 모르지만 지금은⋯⋯."

구양좌월이 쏜살같이 침대 곁으로 다가가 무릎을 꿇고 조용히 속삭였다.

"할아버지, 할아버지, 빨리 일어나세요. 드디어 반준 할아버지를 모시고 왔어요. 눈을 뜨고 보셔야죠."

그러나 구양좌월이 아무리 불러도 의식은 돌아오지 않았다. 할아버지가 문 앞에 서서 한숨을 내쉬더니 천천히 다가가 구양좌월을 침대 곁에 앉힌 다음, 노인의 손목에 손을 올려놓았다.

할아버지가 소매에서 황색 천꾸러미를 꺼내 펼쳤다. 안에 여러 개의 은침이 들어 있었다. 할아버지가 그중 하나를 꺼내 노인의 미간에 꽂은 후 살짝 돌렸다. 그리고 다시 은침 하나를 더 꺼내 노인의 풍지혈에 꽂았다.

잠시 후 노인이 손을 파르르 떨더니 천천히 눈을 떴다. 혼탁했던 눈빛이 눈앞의 할아버지를 보는 순간 환하게 밝아졌다. 할아버지는 의식을 되찾은 노인을 바라보며 은침 두 개를 모두 뽑았다. 할아버지가 일어서려는 순간, 대체 어디서 그런 힘이 나왔는지 노인이 할아버지의 손을 움켜쥐었다. 노인이 입술을 부들부들 떨었다. 두 눈에서 천천히 눈물이 흘러내렸다.

"반…… 반 형……."

목구멍 저 깊은 곳에서 소리가 맴도는 것 같았다. 자세히 듣지 않았다면 무슨 말인지 알아듣지 못할 정도였다. 할아버지가 고개를 끄덕이며 미소 지었다. 그러나 끝내 아무 말도 하지 않았다.

노인이 침대에서 일어나 앉으려 안간힘을 썼다. 그러나 할아버지의 손을 꼭 쥐는 것만으로 이미 모든 기력을 소진한 뒤였다. 할아버지가 살며시 그의 손을 눌렀다. 노인이 가만히 고개를 끄덕였다.

"이 생에 다시는 못 보는 줄 알았습니다."

노인이 목이 멘 듯 말했다. 눈물이 베갯잇을 흠뻑 적셨다. 할아버지는 고개만 저을 뿐 여전히 입을 열지 않았다.

"그때 일은 정말 죄송해요. 내가 모두를 해쳤습니다. 내가 틀렸다는 것을 알았을 때는 이미 모든 일을 돌이킬 수 없었어요."

"60년이네. 한 사람의 일생만큼 세월이 흘렀어. 과거 일은 모두 잊어버리게."

할아버지가 길게 한숨을 내쉬며 말했다.

"이제 자네나 나나 이렇게 늙지 않았는가. 그만 쉬어야 할 때야."

할아버지의 말이 위안이 된 듯 노인은 고개를 끄덕였다. 그리고 정말 피곤한 듯 한숨을 내쉬더니 눈을 감았다. 잠시 후 방 안의 기기에서 날카로운 기계음이 울려 퍼지더니 노인의 심장이 박동을 멈추었다.

할아버지가 일어나 창가로 갔다. 등 뒤에서 의사가 분주하게 움직이고 있었다. 유리창에 눈물 맺힌 할아버지의 얼굴이 비쳤다.

노인의 장례식은 다음 날 치러졌다. 할아버지는 건강 때문에 참석하지 못했고, 대신 나에게 그날 밤 당신의 병실에 다녀가라는 말을 구양좌월에게 전해달라고 말했다.

　그날 밤 나는 가만히 할아버지 맞은편에 앉았다. 밤이 되어 검은색 휘장을 젖히자 올빼미 한 마리가 머리 위를 날아갔다. 마치 컴컴한 밤의 사자(使者)처럼 신비하고 괴이한 대지를 굽어보고 있는 것 같았다. 작은 병실 안에서 할아버지와 나는 구양좌월과 함께 100년 전 과거로 돌아갔다.

# 제1장

# 묵옥이 처음 세상에 나오다

자정이 막 지난 시간, 뭇 별들이 마치 빗방울처럼 어두운 밤하늘에 빼곡하게 흩어져 있었다. 밤바람을 따라 무수한 눈이 깜빡거리는 것 같았다. 밤이 찾아들고, 소란했던 북경성도 깊은 잠에 빠져들었다. 유난히 고요한 밤이었다. 예로부터 '동쪽은 부자, 서쪽은 귀인'이라고 알려진 북경 서성(西城) 지역, 마당이 세 개 딸린 한 저택에서 날카로운 전화벨 소리가 울려 퍼졌다.

배꽃이 조각된 커다란 침상에서 잠을 자고 있던 남녀 한 쌍이 요란한 벨소리에 잠에서 깨어났다. 여자는 습관처럼 남자의 귀를 막았다. 여자는 벨소리가 몇 번 울리고 나면 잠잠해질 거라고 생각했다. 그러나 웬걸, 빌어먹을 전화벨 소리는 마치 죽음을 재촉하는 것처럼 계속해서 시끄럽게 울려 퍼졌다. 남자는 이미 잠이 달아난 뒤였다. 남자가 여자 손을 밀친 후 씩씩거리며 침대에서 내려와 전화를 받았다.

"누구 명 재촉할 일 있어? 대체 잠을 자라는 거야, 말라는 거야?"

남자의 이런 말본새에도 상대는 화를 내지 않았다. 상대는 살짝 기침을 하는가 싶더니 숨을 들이마신 다음 입을 열었다.

"당신 구해주려고."

청천벽력 같은 말에, 씩씩거리던 남자는 제정신이 돌아온 듯 말투가 금세 공손해졌다.

"죄송합니다. 누군가 했습니다! 무슨 분부라도!"

상대가 잠시 뜸을 들인 후 말했다.

"오늘 밤이 당신 죽는 날이지."

상대의 음성은 그렇게 진지하지 않았지만 남자의 온몸에 식은땀이 흘렀다. 그는 상대가 누군지 똑똑히 알고 있었다. 더구나 이런 밤중에 자신과 농담을 주고받을 리가 없다는 것도 잘 알고 있었다. 무릎에 힘이 풀리더니 남자는 그대로 방바닥에 풀썩 주저앉았다. 그가 울먹이듯 말했다.

"제…… 제발 목숨만 살려주십시오."

"하하!"

상대는 그런 애원에는 아랑곳하지 않고 한참 만에 입을 열었다.

"나는 당신을 구해줄 수 없어. 당신을 구해줄 수 있는 건 단 한 사람뿐이야."

"누군데요?"

절망하던 남자는 순간 지푸라기라도 잡고 싶은 심정이었다. 어찌 이 기회를 놓칠 수가 있겠는가?

"당신 자신!"

대답은 매우 간결하고 확실했다.

전화가 끊기고 한참이 흐른 뒤 남자가 등을 켜고 침대에 누웠다. 담배를 한 대 물고 오른손으로 성냥을 쥐었지만 심하게 손이 떨려 불을 켤 수가 없었다. 어느새 잠들었던 여자가 불빛 때문에 잠에서 깨어났다. 여자는 담배를 입에 물고 이마와 두 손에 식은땀을 송골 송골 맺은 채 멍하니 앉아 있는 남자를 보고 깜짝 놀랐다.

"무슨 일이에요?"

"응?"

남자는 그제야 정신을 가다듬더니 목을 파르르 떨었다.

"아무 일도 아니야. 어서 자."

남자가 성냥불을 그어 담배에 불을 붙인 다음 연기를 깊이 빨아들였다. 조금 후 마음을 진정시킨 남자가 여자를 힐끗 바라봤다. 그녀는 계속 남자를 응시하고 있었다. 그는 되도록 마음을 가라앉힌 후입을 열었다.

"지금 몇 시지?"

여자가 손을 뻗어 침대 옆 탁자 위에 놓인 시계를 보고 말했다.

"2시가 다 되어가요. 내일 경찰국에 나가봐야 되잖아요. 어서 자요."

남자가 갑자기 심하게 몸을 떨더니 들고 있던 꽁초를 옆에 놓인 재떨이에 눌러 끄고는 이불을 젖힌 후 재빨리 외투를 입었다. 여자는 그런 남자의 행동이 의아했지만 그냥 입을 다물고 있었다. 남자가 권총을 꺼내더니 탄창을 빼내 꼼꼼하게 살펴보았다. 여자가 더이상 참지 못하고 물었다.

"이렇게 늦게 총은 왜 들고 나가요?"

남자가 총을 품에 넣고 외투를 입으며 말했다.

"안심하고 자. 날 밝을 때까진 돌아올 테니!"

남자는 모자를 쓰고 황급히 밖으로 나갔다.

컴컴한 하늘에 마치 수를 놓은 것처럼 뭇 별들이 반짝이고 있었다. 남자는 대문을 잠그고 차는 내버려둔 채, 옆으로 난 컴컴한 골목길로 들어섰다. 그는 계속 등 뒤의 동정에 신경을 쓰며 골목길을 걸었다. 100미터 정도 가면 넓은 대로였다. 모퉁이를 돌자 검은색 자동차 한 대가 골목 입구에 서 있었다. 발걸음을 늦춘 남자가 잠시 주춤하더니 무의식적으로 허리춤의 총을 더듬었다.

등줄기를 따라 식은땀이 흘러내렸다. 상대방은 전화에 대고 분명하게 그를 찾는 것도 이번이 마지막이라고 말했다. 이번 일만 잘 처리하면 앞으로 다시는 귀찮게 하지 않겠다고 했다. 그러나 그는 이번 일이 전처럼 쉽지 않으리라는 것을 잘 알고 있었다. 그가 자동차 앞으로 다가갔다. 차 문이 천천히 열렸다. 한 손에 단장을 짚고 모자를 깊이 눌러쓴 사람이 시가를 물고 차 안에 앉아 있었다.

그가 손에 들고 있는 단장으로 옆자리를 가리킨 다음 차 문을 닫았다. 대략 30분 뒤 차에서 내린 남자는 공손한 자세로, 어둠 속으로 천천히 멀어져가는 차를 바라보고 있었다. 시야에서 차가 완전히 사라진 뒤에야 남자는 한숨을 돌렸다. 손목시계를 들여다보았다. 새벽 3시였다. 날이 밝을 때까지 적어도 한 시간 넘게 남아 있었다. 아직 시간적인 여유가 있었다. 이 일을 완수하려면 한 사람이 더 필요했다. 그러나 그는 감옥에 있었다.

남자는 골목으로 되돌아가 차를 타고 북경 동성(東城) 포국(炮局) 골목으로 향했다. 그곳에 위치한 감옥은 원래 북경 육군 감옥이었다. 일본인들이 북경으로 들어온 뒤에도 이곳은 겉으로는 전과 다름이 없었다. 그러나 남자는 평범해 보이는 이 감옥 지하에 콘크리트를 부어 철통처럼 만든 견고한 감방 두 개가 있음을 알고 있었다. 감방 문은 4센티미터 두께의 강판으로 만들어졌고, 통풍구는 없으며, 희미한 누런 등잔 하나만 있을 뿐이었다. 온종일 햇빛을 볼 수 없는 곳이었다.

두 개의 감방에 수감된 사람들에 대해 들은 것이 있었다. 일본인들이 이에 대한 정보 유출을 막으려고 아무리 애를 써도, 어쨌거나 북경 경찰국 국장 신분이다 보니 대략의 상황은 모두 알고 있었다.

두 사람의 신분은 매우 특이했다. 그들이 갇힌 감옥에 대한 물샐틈없는 경비만 봐도 쉽게 알 수 있는 부분이었다. 그중 한 명이 바로 오늘 남자가 만나야 하는 사람이었다. 남자는 그자에 대한 문서를 본 적이 있었다. 두 장 정도 분량에 대략 수백 자 정도로 매우 애매모호하게 적혀 있었다. 그러나 남자는 풍부한 경험으로 그 안에 자리한 음흉한 음모의 분위기를 감지할 수 있었다. 수감자는 이미 고희를 넘긴 자로, 거의 30년간 이곳에 갇혀 있었다. 일본인들이 그자를 북경으로 데려온 후 비밀리에 가뒀고, 거의 매달 누군가가 그자를 찾아와 협박과 회유를 이어갔다. 눈치가 있는 사람이라면 그자가 일본인들이 알고 싶어 안달하는 비밀을 갖고 있다는 것을 알 수 있을 것이다. 또 다른 감방에 있는 사람에 대해서는 남자도 아는 바가 없었다. 그자에 대한 것은 서류조차 남아 있는 것이 없었다.

차가 동성 포국 21호 골목을 향해 쏜살같이 달려갔다. 감옥 입구에 보초병이 있었다. 북경에 있는 대부분의 감옥과 다른 점이라면 이곳의 경비는 모두 일본인이라는 점이다. 남자가 차를 문 앞에 댔다. 실탄을 장착한 총을 든 일본 병사 두 명이 종종걸음으로 다가와 차 앞에 섰다. 남자가 신분증을 내보였다. 일본 병사가 의혹에 찬 눈으로 신분증을 받아 들었다.

북경 경찰국 국장 방유덕

신분증을 살핀 일본 병사가 즉각 차렷자세를 취하며 경례를 붙였다. 그러고는 총을 겨드랑이에 끼고 두 손으로 신분증을 돌려준 후 뒤를 향해 손을 휘둘렀다. 일본 병사 두 명이 문 앞에 놓인 바리케이드를 치웠다. 방유덕은 그제야 미소를 지으며 차를 몰고 안으로 들어갔다. 차를 멈춘 방유덕은 시간을 살폈다. 해 뜨는 시각까지 15분 정도가 남아 있었다. 서둘러 그자를 만나야 했다.

방유덕은 차 안에 앉아 침을 꿀꺽 삼켰다. 현재 신분이 북경 경찰국 국장이긴 하지만 그자를 만나는 것은 쉬운 일이 아니었다. 잘못되면 자신의 목숨이 날아갈 판이다. 그는 허리춤의 권총을 더듬었다. 일이 순조롭게 끝나면 다행이지만, 갑자기 틀어진다 해도 결코일본인들에게 잡힐 수는 없었다. 일본 놈들한테 곤욕을 당하느니 스스로 목숨을 끊는 편이 훨씬 나았다.

3~4분 정도가 지나자 방유덕은 차 문을 열고 밖으로 나왔다. 그는 똑바로 서서 옷매무새를 바로잡은 후 성큼성큼 감옥 안으로 들어갔다. 감옥 입구에 있는 사무실에 간수장이 있었다. 방유덕은 사무실 문 앞에서 멈춘 뒤 가볍게 문을 두드렸다. 잠시 후 안에서 발소리가 들리더니 곧 문이 열렸다.

구레나룻을 기르고 얼굴이 새카만 건장한 일본 군관이 나타났다. 전에 한번 만난 적이 있긴 하지만 이곳에 방유덕이 나타나자 그는 의아한 표정을 지었다. 잠시 후 군관이 반듯하게 서서 경례했다.

"방 국장님!"

방유덕이 조그만 눈을 가늘게 뜨며 미소 지었다.

"하하. 야마다 간수장, 별일 없었습니까!"

방유덕이 주머니에서 담배 한 갑을 꺼내 야마다에게 건넸다. 야마다가 가만히 손을 저으며 거절했다. 방유덕은 잠시 멈칫한 후 알았다는 듯 담배 한 개비를 입에 물고 불을 붙였다.

"방 상, 무슨 일로 오셨습니까?"

야마다가 어색한 중국어로 물었다. 방유덕은 들고 있던 성냥불을 흔들어 끈 후 말했다.

"범인 하나를 심문하러 왔습니다."

"네?"

야마다는 의아했다. 비록 북경 경찰국 국장이긴 하지만, 방유덕에게 포국 감옥에 수감 중인 범인을 심문할 권리는 없었다. 특별한 이유로 일본 비밀 정보 조직인 특별고등경찰국의 허가가 있는 경우에만 가능했다.

야마다가 입을 열기도 전에 방유덕이 주머니에서 쪽지 하나를 꺼내 그에게 내밀었다. 조금 전 차에 있던 사람이 이 쪽지를 보여주면 별문제가 없을 거라고 말했던 것이다. 방유덕 역시 쪽지의 내용을 대충 짐작하고 있었다. 그러나 야마다가 쪽지를 펼쳤을 때 '마쓰이 나오모토'라는 글자가 보이자 너무 놀라 절로 온몸에 식은땀이 흘렀다. 마쓰이 나오모토가 어떤 인물인가. 북경 특별고등경찰국 대장이 아닌가. 먼저 쪽지 내용을 살피지 않은 것이 조금 후회스러웠다. 알았다면 이름을 좀 바꿔달라고 했을 텐데. 쪽지가 위조된 것이라는 사실이 발각되면 목숨을 보존하기 힘들었다.

야마다가 쪽지를 꼼꼼히 살피더니 고개를 들고 방유덕을 바라봤다. 그는 도무지 무슨 일인지 모르겠다는 눈으로 방유덕을 쳐다본 후 다시 한 번 쪽지를 찬찬히 살폈다. 방유덕은 겉으로는 태연한 척했지만 속은 바짝 타들어가고 있었다. 그의 오른손이 이미 허리춤으로 올라가 있었다. 2~3분쯤 지났을까, 야마다가 고개를 들더니 웃으며 말했다.

"방 상, 바로 그자를 만날 수 있도록 조치하지요. 하지만……."

방유덕을 아래위로 훑어보던 야마다의 시선이 그의 허리춤에 머물렀다.

"무기는 휴대할 수 없습니다."

방유덕은 기분이 썩 좋진 않았지만 야마다에게 권총을 내줄 수밖에 없었다. 야마다가 바깥을 향해 외치자 일본 병사 하나가 빠른 걸음으로 다가와 경례했다. 야마다가 일본어로 뭐라고 지껄이자 병사가 연신 고개를 끄덕이며 '하이!'라고 말했다.

"방 상, 이 사람이 안내할 겁니다."

야마다가 방유덕에게 고개를 돌리며 말했다.

"난 전화를 해야 해서."

방유덕은 고개를 끄덕인 후 일본 병사를 따라 감옥 안으로 향했다. 포국 감옥은 크진 않지만 북경 내에서 유명한 감옥이었다. 전에는 수용소 식으로 일본인이 관리했으며, 지금은 노동자 중간 수용소로 활용되고 있었다. 가장 많을 때는 3천 명 넘는 죄수를 수용한 적도 있었는데, 그들은 천진 당고항(塘沽港)을 거쳐 배편으로 일본 각지로 보내졌다. 방유덕은 병사를 따라 양쪽으로 이어진 감방을 지나쳤다. 뒤쪽으로 높은 탑이 보였다. 중범들이 있는 곳이었다. 중범 가운데 가장 유명한 인물은 항일 영웅 길홍창(吉鴻昌)이었다.

방유덕은 탑 계단을 따라 아래로 내려갔다. 음습한 기운이 밀려 올라왔고 퀴퀴한 곰팡이 냄새가 엄습했다. 방유덕은 코를 막은 채 병사의 뒤를 따라갔다. 그리 넓지 않은 복도는 어두컴컴했다. 머리 위 누런 백열등은 그다지 넓은 공간을 비추지 못했다. 콘크리트를 부어 만든 감옥은 복도 가장 깊숙한 곳에 있었다.

두꺼운 철문에는 녹이 잔뜩 슬어 있었다. 자물쇠마저 녹이 한가득이었다. 철문 아래로 평소 배식구로 사용하는 작은 구멍이 보였다. 병사가 문 앞에 서더니 품에서 열쇠꾸러미를 꺼내 거대한 자물쇠에 찔러 넣었다. 힘껏 철문을 옆으로 밀치자 한 사람 정도 지나갈 만한 공간이 벌어졌다. 병사가 차렷자세로 경례를 올렸다.

방유덕은 코를 쥔 채 고개를 끄덕인 후 문틈으로 안을 살폈다. 어찌나 지린내가 진동하는지 졸도할 것만 같았다. 그는 속으로 욕을 퍼부었다.

'제기랄, 망할 놈의 임무만 아니면 때려 죽인다고 해도 이런 빌어

먹을 곳에는 오지 않았을 텐데.'

그는 몸을 옆으로 비틀며 감방 안으로 들어갔다. 감방은 넓지 않았고, 음습한 데다 벽에는 서리까지 끼어 있었다. 앞에 볏짚을 깐 철창이 보이고 바닥에는 종이 부스러기가 흩어져 있었다. 탁자에 이상한 모양의 철사와 잡동사니가 널브러져 있었지만 죄수는 보이지 않았다.

방유덕은 안경을 추켜올리며 사방을 둘러보다가 철제 침대 다리에 쇠사슬이 묶여 있는 것을 발견했다. 쇠사슬을 따라가보니 감방 동북쪽 모서리에 시커먼 뭔가가 꿈틀거리고 있었다. 방유덕이 다가서는 순간, 시커먼 덩어리가 나지막이 말했다.

"사람이 또 바뀌었나?"

그의 말을 들은 방유덕은 얼떨떨했다. 누군가가 비틀거리면서 구석에서 걸어왔다. 그는 모서리가 깨진 에나멜 그릇을 두 손에 받쳐들고 거기 담긴 물을 마시고 있었다. 방유덕은 사방을 둘러보았다. 감방 사방의 서리가 녹아 흐르고 있었다. 조금 전 저자가 마신 물은 바로 이것이었다!

죄수는 물을 마신 후 그릇을 껴안고 탁자 앞에 앉았다. 그제야 방유덕은 깡마른 몸에 희끗희끗한 머리카락과 수염, 남루한 의복의 죄수를 살필 수 있었다. 얼굴과, 옷 사이로 드러난 팔은 온통 상처투성이였다. 묵은 상처에 새로 생긴 상처까지 더해져 처참하기가 이를 데 없었다.

"여기서 할 거요, 취조실에서 할 거요?"

노인의 까만 눈동자는 마치 투시력을 가지고 있는 것 같았다. 방유덕은 몸이 옥죄는 것을 느꼈다. 그가 살짝 미소 지으며 고개를 돌려 감방 문 앞의 일본 병사를 바라봤다. 병사는 계속 문 밖에 서 있었다. 방유덕이 슬금슬금 노인 곁으로 다가가 그의 귀에 대고 나직이 속삭였다.

"당신에게 물건을 가져다주란 사람이 있소. 보면 알 거라고 했습니다."

노인이 방유덕을 힐끗 바라봤다. 별 관심 없는 눈치였다. 방유덕이 문을 등지고 주머니에서 작은 나무 상자를 꺼내 탁자 위에 올려놓았다. 상자를 본 노인의 눈에서 광채가 번뜩였다. 그는 잽싸게 나무 상자를 가져가 상자 위 기린과 꽃문양을 어루만졌다. 마치 오랜 친구를 쓰다듬는 것 같았다.

"전하라는 말은 없었나?"

노인이 고개를 옆으로 돌리며 물었다.

"아! 황사가 왔으니 금문이 열릴 것이다."

방유덕은 차에서 본 남자가 한 말을 노인에게 전했다. 그 말을 들은 노인이 갑자기 몸을 격렬하게 떨더니 주르르 눈물을 흘렸다. 입술도 파르르 떨렸다. 한참 뒤에야 그가 상자를 받으며 말했다.

"50년, 장장 50년을 기다렸어!"

노인이 상자를 탁자 위에 올려놓았다. 그러고는 자신이 기괴하게 꼬아놓은 철사를 구부려 한 치의 망설임 없는 손놀림으로 날카로운 검 모양의 열쇠를 만들었다. 나무 상자의 작은 구멍에 조심스레 열쇠를 집어넣었다. 상자의 네 모서리를 몇 번 두드리자 찰칵 하는 소리가 났다. 노인의 얼굴에 안도의 미소가 번졌다.

방유덕 역시 신기한 듯 노인의 손에 들린 상자를 바라봤다. 노인이 상자를 열더니 윤기 넘치는 유백색의 옥 한 덩어리를 들어 올렸다. 혼연일체의 아름다운 표면에 마치 먹으로 찍은 것 같은 까만 점이 옥의 티처럼 보였다.

"그 점만 없었다면 값어치가 엄청날 텐데."

골동품 애호가답게 방유덕은 옥을 보고 안타까운 듯 혀를 끌끌 찼다. 노인이 경멸 어린 눈초리로 그를 보더니, 옥을 뚫어져라 바라보며 도도하게 말했다.

"흥! 속인의 눈으로 보면 그렇겠지. 내게 물그릇하고 초 하나를 가져다줄 수 있겠소?"

방유덕은 불쾌했지만 어쩔 수가 없었다. 그는 씩씩거리며 밖으로 나가 일본 병사에게 한참 동안 손짓발짓으로 의사를 전달했다. 병사가 얼른 물을 담은 백자 그릇과 반토막짜리 초를 가져오자 방유덕은 물건을 갖고 감방으로 돌아갔다. 노인은 그를 등진 채 반쯤 몸을 숙이고 눈앞의 탁자를 바라보고 있었다.

물그릇을 탁자에 내려놓은 방유덕이 노인을 쳐다봤다. 노인은 옥을 상자에 도로 넣은 다음 상자에서 네다섯 뼘 길이를 잰 곳에 초를 놓고 다시 고개를 돌려 방유덕에게 말했다.

"성냥 좀 주고, 저 밖에 있는 놈한테 감방 불 좀 끄라고 하지."

노인의 쌀쌀맞은 말투에 방유덕은 화가 치밀었지만 달리 방법이 없었다. 그는 성냥갑을 탁자 위에 던지고 감방 밖으로 나가, 노인이 시킨 대로 감방의 등을 끄도록 했다. 순간 방 안이 칠흑같이 어두워졌다. 손을 펼쳐도 손가락이 보이지 않을 정도였다. 마치 무덤 속에 들어온 것 같았다.

바로 그때 그의 귓가에 칙, 하는 소리가 들리더니 불똥이 튀면서 순식간에 불길이 피어올랐다. 노인이 초에 불을 붙였다. 빛을 따라 시선을 옮기던 방유덕의 심장이 벌렁거렸다. 촛불 맞은편 벽에 사막, 황혼 무렵 노을, 그리고 높이가 다양한 모래언덕의 어렴풋한 형상이 나타났다. 뭐라 말할 수 없을 정도로 묘한 기분이 들었다. 그 순간 노인이 물그릇에 손을 넣더니 물 묻은 옥을 집어 들었다. 그러자 벽에 고정되었던 화면이 흔들리는 듯했다. 해가 서서히 저물면서 모래언덕이 광풍에 휩쓸리더니 순식간에 거대한 모래폭풍이 화면을 가득 채웠다. 그러다가 갑자기 화면이 멈췄다. 노인이 다시 손에 물을 묻히더니 이번에는 옥 위에 물방울을 떨어뜨렸다. 조금 전처럼 다시 화면이 흔들리기 시작하더니 모래가 휘날리던 사막이 온통 비취빛으로 변했다.

방유덕은 그제야 속으로 감탄을 연발했다. 과연 보물이 따로 없었다. 노인이 다시 상자에 옥을 넣으며 말했다.

"이걸 그자에게 다시 가져다주쇼."

방유덕은 상자를 품에 넣고 연신 고개를 끄덕이고는 감방을 나섰다. 그런데 감방을 나오자마자 실탄이 장착된 총을 들고 입구에 서 있는 일본 병사 몇 명을 발견했다. 방유덕은 뭔가 낌새가 좋지 않다고 느꼈다. 야마다가 조금 전 쪽지가 가짜라는 것을 알아낸 게 분명하다. 조금 전 전화를 한다는 것이 바로 마쓰이 나오모토에게 건다는 말이었을지도 모른다.

"방 국장님, 야마다 대장님이 접견실에서 기다리십니다."

중국어 통역사가 겉웃음을 지으며 말했다. 방유덕은 무서워 죽을 것 같았지만 겉으로는 태연한 척하며, 무의식적으로 허리춤을 더듬었다. 그제야 그는 감옥에 들어올 때 야마다 놈에게 총을 맡긴 것을 떠올렸다. 총으로 자살하려 해도 불가능한 일이었다. 방유덕이 눈을 가늘게 뜨며 웃었다.

"야마다 대장이 무슨 일이신가?"

"가보시면 압니다."

묘한 말에 방유덕은 소름이 끼쳤다. 그는 이를 악다물고는 일본 병사들을 따라 감방을 떠났다.

접대실에 들어섰을 때 야마다는 통화 중이었다. 그는 방유덕에게 앉으라고 눈짓하고는 가끔씩 고개를 끄덕이기도 하면서 통화를 계속했다. 방유덕은 바늘방석에 앉은 것 같았다. 대체 저 일본 놈은 무슨 꿍꿍이속일까? 방유덕은 사방을 둘러보았다. 사무실 책상 위에 자신의 총이 놓여 있었다. 순간 그는 모진 결심을 했다. 만일 정말 발각된 것이라면 그대로 자진해버리리라.

10분쯤 지나 야마다가 전화를 끊었다. 그가 미소를 지으며 방유덕의 쪽지를 만지작거렸다.

"방 상, 이 쪽지 말입니다, 마쓰이 나오모토 선생한테 받은 겁니까?"

방유덕은 느낌이 좋지 않았다. 등줄기에 식은땀이 흘렀다. 그가 정신을 가다듬고 되물었다.

"그래요, 뭐가 잘못됐습니까?"

방유덕의 말에 야마다는 의자에서 일어나 그의 곁으로 다가왔다.

"그 말은, 방 상이 마쓰이 선생을 안다는 거군요?"

방유덕이 살짝 고개를 끄덕였다. 마음속이 마구 엉클어진 실타래처럼 복잡하고 머릿속이 하얘지면서 아무런 생각도 나지 않았다. 그는 그냥 기계적으로 고개를 끄덕였다.

야마다가 잠시 뭔가 생각하더니 고개를 끄덕이고는 옆에 있는 일본 병사 하나를 불러 지시를 내렸다. 병사는 야마다의 말이 끝나자 접대실을 나갔다. 이제 접대실에는 야마다와 방유덕 두 사람만 남아 있었다. 방유덕은 지금이야말로 총을 빼앗을 절호의 기회라는 생각이 들었다. 그가 잽싸게 자리에서 일어나 성큼성큼 탁자 앞으로 걸어갔다.

방유덕이 막 손을 뻗어 총을 잡으려 할 때 갑자기 전화벨이 울렸다. 방유덕은 황급히 손을 거두었다. 야마다가 전화기 앞으로 걸어가 수화기를 들어 올리며 방유덕을 향해 고개를 끄덕였다. 잠시 후 야마다가 전화를 끊었다. 그때 일본 병사가 상자를 하나 들고 안으로 들어왔다.

"방 상, 이걸 마쓰이 선생께 가져다주시죠. 내가 마쓰이 선생을 뵐 기회가 없어서 그러는데 내 대신 수고 좀 해줘요."

야마다가 말하며 방유덕에게 선물상자를 내밀었다. 선물상자를 받아 든 방유덕은 그제야 안도의 한숨을 내쉬었다. 그가 재빨리 미소 지었다.

"안심하십시오. 다음에 마쓰이 선생을 만나면 반드시 전해드리겠습니다."

"부탁합니다."

야마다가 깊숙이 고개를 숙였다. 방유덕이 물었다.

"이제 가도 될까요?"

"네."

방유덕이 안도의 한숨을 내쉰 후 선물상자를 들고 막 접대실 문을 나가려는 순간, 갑자기 야마다가 큰 소리로 그를 불렀다.

"방 상, 잠깐만!"

방유덕은 뜨끔했다. 고개를 돌린 그는 자신의 총을 들고 접대실을 나오는 야마다를 보았다.

"총 가지고 가셔야죠."

"이런, 내 정신 하고!"

방유덕은 자기 머리를 살짝 치며, 조금 전 너무 긴장한 탓에 이런 실수를 한 것이라 생각했다. 그는 총을 받아 들고 고맙다는 인사를 한 뒤 차로 돌아왔다. 그 순간, 방유덕의 몸이 경련이 일어난 것처럼 심하게 떨리기 시작했다. 조금 전 지옥문을 한 바퀴 돌고 온 것이나 다름이 없었다. 그는 쏜살같이 포국 감옥을 떠났다.

곧장 경찰국으로 향했다. 출발하기 전 방유덕은 조심스럽게 상자를 열어 차 뒤트렁크에 넣었다. 전과 마찬가지로 그가 퇴근할 때 상자는 사라지고 대신 그 자리에 해독약이 놓여 있으리란 사실을 알고 있었다. 상자의 행방에 대해서는 신경 쓸 필요가 없었다. 그의 관심은 오직 조금이라도 더 목숨을 연장하는 것뿐이었다.

경찰국에 들어서자마자 방유덕은 분위기가 뭔가 심상치 않음을 느꼈다. 사무실 문을 열고 들어서자 누군가가 그를 등지고 소파에 앉아 있었다.


굽이치는 황하. 청장고원 발원지로부터 누런 모래를 휘감고 거의 중국의 반을 지나, 층층 협곡을 내리질러 '황하의 기적', 호구폭포를 연출한다. 진흙을 머금은 도도한 강물이 흘러드는 호구폭포에 옅은 물안개가 피어오르고 있었다. 호구폭포의 거대한 바위 위에 남자 한 명과 여자 둘, 열 살 정도의 어린아이 하나가 서 있다.

"풍 사부님, 묵옥(墨玉)이라는 게 대체 뭐예요?"

18~19세 정도로 보이는 여자가 물었다. 차분한 중원 여자들과 사뭇 다른 분위기가 느껴지는 아가씨였다.

"음."

온갖 풍상을 겪은 듯한 오십대 중년 남자가 한숨을 내쉬었다. 피부가 까무잡잡하고 매우 강인한 인상을 주는 남자였다.

"한 마디로 표현하기가 힘들군. 연운, 화파 곤충소환사의 보물을 본 적이 있나?"

구양연운이 미간을 찌푸렸다. 잠시 후 뭔가 어렴풋이 감이 잡히는 듯 그녀가 어정쩡하게 고개를 끄덕였다.

"사실 보물은 줄곧 비휴와 꽃무늬가 새겨진 상자 안에 보관되어 있었어요. 안에 든 물건은 본 적이 없고요."

"허허. 맞아!"

풍만춘이 살짝 미소 지었다. 햇살에 비친 주름 때문에 인상이 더욱 강해 보였다. 그가 상의에서 담배 한 개비를 꺼내 물며 흥미진진

한 어조로 말했다.

"연운 할아버지도 그 상자를 여는 방법을 모르셨으니까."

"왜요?"

연운이 이상하다는 듯 풍만춘을 바라보았다.

"그건 아마도 할아버님께서 그저 보물을 보관하는 책임을 맡았기 때문일 거예요."

연운 옆에 서 있던 또 다른 여자가 말했다. 연운과 비슷한 또래였지만 표정은 훨씬 성숙해 보였다. 조금 전까지만 해도 도도히 흐르는 강물을 멍하니 바라보고 있던 그녀의 입에서 나온 말에 연운은 마음이 아팠다. 연운은 이를 악다물며 반박하려 했지만 생각해보니 그녀의 말에도 일리가 있었다.

"그래, 이아 말이 맞아."

풍만춘이 검은 바위에 앉아 말했다.

"연운 할아버지는 그 보물의 수호자였을 뿐이지."

"정말요?"

연운의 입이 벌어졌다.

"금무상이 말한 것처럼, 화파의 보물상자는 금씨 집안 선조들이 평생의 지혜를 짜내 만든 것이지. 상자의 장치가 매우 정교한 데다, 그 안에 들어 있는 물건이 또한 춘추시대 묵가의 보물이기도 했고. 그래서 '묵옥'이라는 이름이 붙여졌다네."

풍만춘이 담배 연기를 내뿜었다.

"보물이 옥이었군요."

구양연운이 뭔가 생각에 잠긴 채 말했다.

"음. 보물의 '보〔宝, 보배 보(寶)자의 속자―옮긴이〕'자가 상자와 옥(玉)의 뜻을 담고 있지 않나. 그래서 보물이라 부르는 거고."

풍만춘이 한숨을 내쉬었다.

"묵옥은 하나의 덩어리로 된 미옥(美玉)이라더군. 묵옥은 옥에 바늘구멍만 한 검은 구멍이 있다고 해서 붙여진 이름이지."

"그 옥이 대체 무슨 용도로 쓰이는데요?"

연운이 물었다. 풍만춘이 입을 열기 전, 줄곧 옆에 서 있던 단이아가 끼어들었다.

"할아버지가 언뜻 말씀하신 내용으로 유추해보면, 곤충소환사 일족은 서역의 잃어버린 고성(古城)에서 기원했어요. 묵옥은 아마 잃어버린 고성과 관련이 있을 거예요."

"그렇지. 전설에 따르면 그래."

풍만춘이 단이아의 말에 맞장구를 쳤다.

"전설에 따르면 그 고성이 하룻밤 사이에 흔적도 없이 사라졌다는군. 곤충소환사 가문에 관한 비밀은 모두 거기에서 시작됐다네. 묵옥을 얻은 사람이 묵옥이 가리키는 방향으로 가면 잃어버린 고성을 찾을 수 있다고 하지. 그런데 선조들 말씀이, 정말 부득이한 경우가 아니면 절대 고성의 문을 열어서는 안 된다고 했어. 그랬다간 감당할 수 없는 일이 벌어진다고."

"무슨 일이 일어날까요?"

단이아가 물었다. 그녀와 풍만춘이 서로를 마주 보며 약속이나 한 듯 고개를 저었다.

"만약 보물이 일본인들의 수중에 들어갔다면 벌써 묵옥을 얻었을 거예요."

연운이 걱정스러운 듯 말했다. 그러자 풍만춘이 경멸하듯 웃음 지었다.

"연운은 너무 걱정이 많군. 선조들은 누군가가 고성 문을 열 것에 대비해 상자 여는 방법을 토파 곤충소환사에게 알려줬네. 토파 곤충소환사는 임종 직전에만 다음 군자에게 그 방법을 전할 수 있지."

"그렇다면 풍 사부님께서 그 보물 여는 방법을 알고 계시다는 건가요?"

연운은 선인들의 놀라운 지혜에 탄복하지 않을 수 없었다. 그런데 뜻밖에도 풍만춘은 고개를 저었다.

"아마 이 세상에 보물을 열 수 있는 사람은 더 이상 없을걸."

"네?"

연운과 단이아가 의아한 눈으로 풍만춘을 바라봤다.

"보물을 열 수 있는 사람은 우리 아버지뿐이지만 벌써 30년 전에 실종됐어. 그렇게 오랫동안 온 나라를 샅샅이 뒤졌지만 아무런 단서도 찾을 수가 없었지. 아마도 이미 이 세상 사람이 아닌 것 같아."

풍만춘이 탄식하며 말했다.

"그럼 일본인들이 강제로 보물을 열려고 하지 않을까요?"

연운은 입술을 꽉 깨물며 인상을 쓰더니 또다시 근심에 휩싸였다. 풍만춘이 고개를 저었다.

"강제로 열면 안에 있는 묵옥이 완전히 가루가 되어 아무런 쓸모가 없어지지."

"보물이라는 게 뭔지 이제야 알겠어요."

연운이 뭔가 생각에 잠긴 얼굴로 고개를 끄덕였다. 한참의 침묵 끝에 그녀가 한숨을 내쉬며 말했다.

"풍 사부님, 반준 오라버니가 어디서 만나자고 했죠?"

풍만춘이 들고 있던 담배를 끈 다음 자리에서 일어났다.

"천수성에서 기다리라고 했네."

그가 고개를 들어 하늘의 태양을 바라보았다. 벌써 정오가 지나 있었다. 호구폭포에서 피어오르는 연무 위로 무지개가 펼쳐졌다.

"우리도 출발해야겠군. 일찌감치 천수성에 가서 반준을 기다리자고!"

풍만춘이 옆에 있던 흑마를 끌어당겨 금용을 태운 뒤 자신도 말에 올랐다. 구양연운과 단이아도 각자 말에 올랐다. 연운은 시종일관 인상을 펴지 못했다. 반준과 헤어진 지 벌써 보름이었다. 그런데 아직도 아무런 소식이 없다. 반준의 안위가 걱정되었다. 반준이 어디로 갔는지 몇 번이나 물어봤지만 풍만춘은 의미심장한 표정으로 고개만 저을 뿐이었다. 사실 연운에게는 찜찜한 일이 또 하나 있었다. 바로 반준과 함께 시묘묘도 보이지 않는다는 사실이었다.

그녀는 단이아와 고삐를 나란히 하고 풍만춘의 뒤를 따랐다. 갑자기 그녀가 이를 악물더니 말 등을 세게 내리쳤다. 금세 풍만춘 뒤로 바짝 따라붙은 연운이 물었다.

"풍 사부님, 대체 반준 오라버니가 어디로 갔는지 알아요, 몰라요? 우리가 안양을 떠난 지 벌써 보름이 지났어요. 그런데 오라버니한테서 아무런 소식이 없잖아요!"

"허허."

풍만춘이 미소 지었다.

"걱정 안 해도 돼. 반준이 누군가? 영리한 청년 아닌가. 분명 지금쯤 벌써 천수에서 우리를 기다리고 있을걸?"

연운이 인상을 찌푸렸다. 풍만춘의 말이 미덥지는 않았지만 그렇다고 틀린 말도 아니었다. 반준은 어떤 위기도 극복할 수 있을 만큼 똑똑한 사람이었다. 그렇긴 해도 기분은 풀리지 않았다. 지금 이 순간에도 반준과 시묘묘가 함께 있다고 생각하니, 이런 마음을 터놓을 수도 없고 정말 속이 상해 미칠 지경이었다.

한편, 연운은 풍만춘의 표정을 전혀 헤아리지 못하고 있었다. 풍만춘 역시 가슴이 답답했다. 그간 보름 남짓 속내를 들키지 않고 구양연운과 단이아를 위로하려 애썼다. 그는 마음속으로 반준이 하루빨리 돌아와주기를 바랐다.

풍만춘이 말 등을 살살 내리치며 속도를 늦추었다. 도도한 물줄기가 시커멓고 거대한 바윗돌에 부딪치며 수많은 물방울로 부서졌다. 보름 전 안양성 밖에서의 기억이, 피어오르는 물안개를 따라 조금씩 머릿속에 떠오르기 시작했다.

이야기는 그들이 북경을 떠났을 때 시작된다. 일행이 북경을 떠나기 전, 반준은 몰래 풍만춘에게 뭔가 조사해줄 것을 부탁했다. 그들 곁에 시종일관 붙어 있는 수파 곤충소환사 시묘묘와 관련된 것이었다. 반준은 풍만춘에게 그의 아버지가 살아생전 수파 곤충소환사 시씨 가문에 대해 해준 이야기를 들려주었다.

72년 전, 수파 시씨 저택에 화재가 발생했다. 당시 시씨 저택을 찾아간 반준 할아버지의 눈앞에는 모든 것이 무너져버린 폐허만이 남아 있었다. 사람들 말에 따르면 며칠 전 밤에 갑자기 큰불이 나더니 사흘 밤낮을 활활 타올랐다고 한다. 불이 꺼진 후 집 안에서 신원을 알아볼 수 없는 시신이 72구 발견되었는데, 당시 시씨 집안 사람은 모두 72명이었다.

반준의 할아버지는 그곳에 보름 넘게 머무르면서 시씨 저택 화재에 관한 단서를 찾으려 했다. 또한 무엇보다 시씨 집안의 생존자를 찾고 싶었다. 그러나 그 염원과 달리 시씨 일가는 아예 화재를 피할 생각조차 없었던 것처럼 모두 화마 속에서 잿더미가 되었다.

보름이 지난 뒤 반준의 할아버지는 비통해하며 북경으로 돌아왔고, 이후 당시 화재에 대한 조사는 흐지부지되고 말았다. 반준은 처음 시묘묘의 이름을 들었을 때 가슴이 뜨겁게 달아오르는 것을 느꼈다. 그는 할아버지의 말을 믿었지만 눈앞의 여자는 확실히 청사를 가지고 있었고, 또한 수파 곤충소환사 집안인 시씨 일가의 기막힌 변장술에도 능수능란했다. 이에 풍만춘에게 수파 시씨 고택인 상서 지역에 다녀와줄 것을 부탁한 것이었다.

풍만춘은 반준의 부탁대로 상서를 방문했다. 무려 72년이 지났지만 시씨 고택은 여전히 허물어진 담장 안에 잡초가 무성하게 자라 있는 모습 그대로였다. 그는 사방으로 시씨 일가에 대한 소식을 물었다. 화재가 났을 당시 부근에 살았던 사람들은 대부분 세상을 떠난 뒤였다. 상서를 떠나려 할 즈음, 풍만춘은 시씨 집안과 깊은 관련이 있다는 한 팔순 노인의 소식을 들었다.

풍만춘은 곧바로 낡은 2층짜리 목조 누각에 사는 노인을 찾아갔다. 회색 상의 차림의 노인은 실명한 채 낡은 누각에서 홀로 외로이 살고 있었다. 목조 누각은 오랫동안 수리도 제대로 하지 못해 거뭇거뭇한 세월의 흔적으로 가득했다.

풍만춘이 찾아온 이유를 밝히자 노인은 쌀쌀맞게 방으로 들어가 죽통으로 만든 물담배만 뻐끔뻐끔 빨아댔다. 풍만춘은 문 앞에 서서 노인을 바라봤다. 두 사람 모두 입을 열지 않았다. 노인의 물담배 피우는 소리만 사방에 울려 퍼졌다. 한참 뒤, 노인이 담뱃대를 옆에 내려놓으며 말했다.

"벌써 70년도 더 지난 일이오. 다 잊어버렸으니 돌아가는 게 좋겠소."

풍만춘이 이를 악물며 말했다.

"영감님, 전 그저 시씨 집안 자손 중 살아남은 사람이 있는지만 알고 싶을 뿐입니다."

"자손?"

노인이 냉소했다.

"영문도 알 수 없는 거대한 불길에 72명이나 되는 가족이 사전에 모의한 것처럼 모두 불타 죽었는데 자손은 무슨! 대가 완전히 끊겼소이다!"

풍만춘은 한숨을 내쉬었다. 그는 주머니에서 대양(大洋, 은화의 단

위—옮긴이) 몇 닢을 꺼내 탁자 위에 내려놓고는, 말채찍을 집어 들고 떠날 준비를 했다. 그 순간 갑자기 노인이 입을 열었다.

"이 눈이 어쩌다 멀었는지 아쇼?"

풍만춘이 부르르 몸을 떨며 황급히 걸음을 멈추고는 눈먼 노인을 바라보았다. 노인이 다시 물담배에 불을 붙이며 말했다.

"마음속에 묻은 지 70년이오. 장장 70년! 전에도 대여섯 무리가 와서 그 집안 이야기를 물었지. 그땐 아직 젊었을 때라 너무 두려운 나머지 단 한 번도 입을 열지 않았소. 하지만 이제 땅에 들어갈 날이 얼마 남지 않은 나이요. 계속 입 다물고 있으면 정말 이대로 관에 들어갈 수도 있겠지."

노인이 단단히 다짐한 듯 말을 시작했다.

"우리 어머니는 그 집 유모였소. 나도 그때 시씨 집안 도령들이랑 자주 어울려 놀았소. 그래서 시씨 집안 사정을 잘 알지. 규칙이 참으로 많은 집안이외다. 집안 사람 외에 그 집을 출입하는 사람은 극히 드물었지. 하지만 시씨 영감님은 매우 선한 사람으로 자주 사람들에게 보시를 했소. 집안에 드나드는 사람들이 별로 없었기 때문에 이곳 사람들은 시씨 가문을 매우 신비한 집안이라 여기며, 그 집안 사람들이 요술을 부려 사람들의 심령을 조종할 수 있다고들 믿었소. 그날 화재도 참으로 이상했소. 시씨 집안 영감님은 마치 그런 재난이 발생할 것을 사전에 알기라도 한 것처럼, 화재가 일어나기 며칠 전 가산을 정리하고 노복들도 대부분 내보낸 뒤 문을 걸어 잠근 채 손님을 거절했지. 그렇게 며칠이 지난 어느 날 깊은 밤, 갑자기 불길이 하늘 높이 치솟았소. 개들이 사방에서 짖어대고, 마을 사람이 거의 모두 뛰어나온 것 같았소. 시씨 저택 안쪽에서 거센 불길이 치솟고 있었소. 어찌나 불길이 거센지 가까이 다가갈 수조차 없었지. 불은 사흘 밤낮을 타올랐지만 집 안에서는 아무도 나오지 않았고."

노인이 말을 멈추고 물담배를 빨았다.

"유일하게 화재 현장에 들어갔던 사람이 나요. 우리 어머니가 계속 그 집에서 생활하지 않았겠소? 그날 밤, 시씨 집에 불이 난 것을 보고 황급히 옷을 걸쳐 입고 그곳으로 뛰어갔지. 불길이 거센 데다 대문이 워낙 견고해서 불을 끄려는 사람들도 들어가지 못하고 있었지만, 난 그 집 뒤뜰에 어린아이 하나가 겨우 들락거릴 만한 조그만 구멍이 있다는 것을 알고 있었지. 그렇게 시씨 집에 들어갔소. 모든 건물이 불타고 있었소. 시커먼 연기가 솟아오르는 불길 속에 마구 소리를 질러댔지. 하지만 여기저기가 무너지면서 내 목소리는 완전히 묻혀버렸소. 그런데 갑자기 예전에 어머니가 살던 방에 들어갔던 기억이 나는 거요. 그래서 그쪽으로 달려가는데 얼마 못 가 발걸음을 멈추고 말았소. 그땐 방으로 안내해주던 사람이 있었거든. 그런데 사방에서 불길이 치솟는 데다 그 집이 워낙 구조가 복잡해서 도무지 방향을 가늠할 수가 없었소. 그 순간 갑자기 뭔가 이상한 느낌이 들어 고개를 돌려보니 불속에 검은 사람 그림자가 보이는 거요. 멀찌감치 떨어져 있었지만 온몸이 바들바들 떨렸지. 갑자기 눈앞에 허연 불빛이 번뜩이더니 얼굴에 싸늘한 기운이 느껴졌소. 이어 눈앞이 깜깜해지더니 마치 심장을 꿰뚫는 듯한 통증이 눈에 느껴졌지. 두 손으로 얼굴을 감쌌는데 글쎄, 뭐가 끈적끈적한 거야. 나는 비명을 지르며 비틀비틀 구멍을 더듬어 기어 나왔소. 그날 그렇게 두 눈을 잃고 말았소. 우리 어머니는……."

노인이 길게 한숨을 내쉬었다.

"끝내 집에 돌아오지 않으셨소이다."

풍만춘은 노인의 말에 한 가지 의문을 떠올렸다. 예전에 반준이 검은 그림자에 대한 이야기를 한 적이 있다. 그 검은 그림자는 대체 누구일까? 혹시 수파 곤충소환사인 시씨 집안 사람은 아닐까? 아무리 생각해도 답이 나오지 않았다. 그때 노인이 두껍게 깔린 침대보를 들춰 빨간 천으로 싼 물건을 꺼냈다. 노인은 잠시 그 물건을 받쳐 들고 있다가 풍만춘에게 건넸다.

"이걸 가져가시오."

"이…… 이게 뭡니까?"

풍만춘이 작은 천 보따리를 받아 들며 어리둥절한 표정으로 눈먼 노인을 쳐다봤다.

"당시 시씨 집안에서 주운 물건이오. 뭔지는 모르겠지만 그 화재와 관련이 있을 거요. 가져가시오. 오랫동안 침대 밑에 두고 꼭 뜨거운 감자를 껴안은 것처럼 수십 년 동안 불안하게 살아왔소. 이제 당신에게 넘겼으니 편안하게 쉴 수 있을 것 같소."

노인은 그렇게 말하고는 물담배를 꼭 쥔 채 침대 머리맡 벽에 기댔다. 마치 잠이 든 것 같았다. 풍만춘은 잠시 그를 바라보다가 가만히 보따리를 풀었다. 천에 싼 물건이 눈에 들어온 순간 풍만춘은 그 자리에 얼어붙고 말았다. 그는 황급히 다시 물건을 싸서 품에 안고 노인의 코에 손가락을 대보았다. 노인은 어느새 숨이 끊겨 있었다.

그는 노인을 묻은 후 황급히 석문으로 돌아와, 상서에서 보고 들은 것들을 반준에게 모두 말해주었다. 다만 노인이 남긴 물건에 대해서는 아무런 언급도 하지 않았다.

# 제2장

# 황하의 언덕, 몽고사충의 출현


안양을 떠나던 날 밤, 풍만춘은 반준을 바짝 뒤쫓았다. 반준이 이른 곳에서는 시묘묘가 성 밖 홰나무 아래에서 오존을 위한 제사를 올리고 있었다. 그녀는 예의 차갑기 그지없는 표정으로 향을 피운 후, 손에 황전(제사 때 쓰는 누런 종이로 만든 지전—옮긴이)을 한 움큼 쥐었다. 반준이 살며시 시묘묘 옆으로 다가가 바닥에 있는 지전을 집어 눈앞의 불더미를 향해 던졌다. 잠시 후 반준이 입을 열었다.

"시 소저, 수파 곤충소환사인 시씨 가문은 72년 전에 멸문의 화를 당해 완전히 멸족되었습니다. 대체 당신의 정체가 뭡니까?"

시묘묘가 몸을 부르르 떨었다. 지전을 뿌리던 그녀의 손이 허공에 멈추었다. 반준은 아무 일 없다는 듯 계속해서 지전을 태우고 있었다. 긴장된 분위기가 감돌았다. 나무에서 울어대던 여치도 분위기에 눌린 듯 울음을 멈췄다.

잠시 후, 밤바람이 불어와 꺼져가던 불더미를 흩어놓았다. 시묘묘는 그제야 정신을 가다듬고 살며시 미소 짓더니, 들고 있던 지전을 옆에 있는 촛불에 태우고는 흩어져버린 불더미 위에 뿌렸다.

"하하. 언제부터 내 신분을 의심하기 시작했지?"

"오래전부터."

반준이 몸을 일으켜, 머리 위 밤바람에 흔들리는 홰나무 가지를 바라봤다.

"삼천척을 봤을 때부터요."

"그럼 왜 그때 내 정체를 조사해보지 않았지?"

시묘묘가 반준을 등지고 바닥에 쪼그려 앉더니 옆에 있는 술단지 뚜껑을 열었다.

"당신이 적인지 아군인지 몰랐으니까요. 더구나 그처럼 거대한 상서 수파 곤충소환사 가문이 하루아침에 종적을 감추었다는 사실도 믿기지 않았으니까."

반준의 말은 사실이었다. 그가 풍만춘에게 조사를 부탁했던 이유이기도 했다. 곤충소환사 일족은 수백 년 동안 온갖 풍파를 견뎌왔다. 어쨌거나 대형 화재가 일어났다고 그렇게 순식간에 멸문할 세력은 아니었다.

잠시 침묵이 흘렀다. 반준이 시묘묘 뒤로 다가가 물었다.

"시 소저, 당신 정말로 시씨 가문 후손입니까?"

그때 풍만춘의 귓가에 시끄러운 발소리가 울려 퍼졌다. 풍만춘이 미간을 찡그렸다. 4~5리 밖에서 나는 소리로, 100명이 넘는 사람이 몰려오고 있었다. 발소리로 보건대 모두 무장한 상태였다.

반준 역시 바짝 긴장했다. 그 역시 몇 리 밖에서 나는 발소리를 들은 것이 분명했다. 황급히 뒤돌아가던 반준이 풍만춘과 마주쳤다.

"풍 사부님도 들으셨지요?"

"보아하니 아군은 아닌 듯하네."

풍만춘이 사방을 둘러보며 말했다.

"우리 행적이 발각되었나 봐요."

반준이 초조한 듯 말했다. 그들은 몸을 사리면서 길을 서둘렀다. 마쓰이 아카기의 죽음으로 일본인들은 미친개처럼 대대적인 복수를 시작했다. 사방팔방에서 일본군이 몰려오고 있었다.

"풍 사부님, 먼저 연운과 단 소저를 데리고 이곳을 떠나십시오."

반준이 말하며 주먹을 불끈 쥐었다. 상대방 수가 많은 데다 위기가 바로 코앞에 닥쳤으니 한꺼번에 이곳을 벗어나는 것은 쉬운 일이 아니었다. 풍만춘은 반준의 말에 숨은 뜻을 알고 있었다. 혼자서 코앞까지 온 일본군을 유인하겠다는 얘기였다.

"내게 맡기게. 자네가 여자들을 데리고 가. 이 몸은 벌써 한두 번 죽은 몸이 아니야."

풍만춘이 반준의 어깨를 도닥거린 후 그 대신 자리를 뜨려 했다. 바로 그때 시끄러운 말 울음소리가 들렸다. 두 사람이 동시에 뒤로 고개를 돌렸다. 시묘묘가 그들로부터 열 보가량 떨어진 곳에서 말에 올라타 있었다.

"시 소저, 뭐하는 건가?"

풍만춘이 반준을 가로막으며 한발 앞으로 나섰다. 시묘묘가 미소를 짓더니 손에 쥐고 있던 채찍으로 말 엉덩이를 내리쳤다. 채찍질에 놀란 백마가 길게 소리쳐 울고는 앞발을 들어 올리더니 앞으로 세차게 튀어나갔다. 그 모습을 본 반준이 잠시 뭔가 생각하더니 입을 열었다.

"풍 사부님, 제가 쫓아가보겠습니다. 위험을 벗어난다면 천수성에서 다시 만나지요."

반준이 나무에 매어두었던 말을 타고 그 자리를 떠났다. 풍만춘은 황급히 오래된 가옥으로 달려가 아직도 세상모르고 잠들어 있는 구양연운과 단이아를 깨웠다. 그들은 세 필의 말을 나누어 타고 서쪽을 향해 질주했다. 몇 리 정도 갔을 때 뒤에서 요란한 총소리가 들려

왔다. 되돌아 반준에게 가려는 연운을 풍만춘이 제지했다. 그는 영
특한 반준이 일본인들을 잘 따돌릴 것이라 생각했다.


푸른 잉어 한 마리가 솟구치더니 다시 풍덩 물속으로 들어갔다.
물보라 소리에 풍만춘은 정신을 가다듬었다. 금용의 두 눈이 휘둥그
레졌다. 어린 시절을 장군포에서 보낸 금용은 매년 우기가 찾아들어
마을 앞 개울에 물이 불었을 때나 조막만 한 물고기를 봤을 뿐, 그처
럼 거대한 잉어는 본 적이 없었다. 금용은 한껏 기분이 들떠 감탄을
연발했다.

"이아 누나, 저 큰 물고기 좀 봐요."

풍만춘이 금용에게 고개를 돌리며 웃었다.

"꼬마가 이렇게 큰 물고기는 처음 보는구나."

금용이 고개를 끄덕였다. 풍만춘이 웃으며 말을 멈추더니 잽싸게
몸을 돌려 뛰어내렸다. 그러고는 돌연 웃통을 벗고 도도한 황하 물
길 속으로 몸을 던지는 것이다. 작은 물보라와 함께 풍만춘의 모습
이 물속으로 사라졌다. 언덕에 있던 일행은 말에서 내려 초조한 듯
출렁이는 강물을 굽어보았다. 일렁이는 물결 속에서는 아무것도 보
이지 않았다. 금용의 손을 꼭 잡은 단이아의 손바닥에 땀이 배었지
만 금용은 눈망울을 반짝이며 수면 위만 뚫어져라 바라봤다.

갑자기 수면 위로 물보라가 일더니 검은 물체가 불쑥 솟아 올라왔
다. 강물을 바라보던 금용이 달려가 두 팔을 뻗었다. 그것은 곧장 금
용의 품 안으로 떨어졌다. 살펴보니 푸른빛을 띤 잉어였다. 팔뚝만
한 잉어가 금용의 품에서 팔딱거렸다. 금용은 활짝 웃으며 있는 힘
을 다해 잉어를 붙들었다. 그제야 수면 위로 올라온 풍만춘이 강가
로 헤엄쳐왔다.

"꼬마야, 좋으냐?"

"네!"

금용이 고개를 끄덕였다.

"풍 사부님은 수영도 잘하시네요."

연운이 감탄했다.

"하하. 어려서 송화 강변에서만 놀아서 언젠가 꼭 황하 물 맛을 보고 싶었지."

풍만춘이 웃었다.

"풍 사부님, 이런 물고기 보신 적 있어요? 어째 물고기가 비둘기 같네요?"

단이아가 금용이 들고 있는 잉어를 신기한 듯 쳐다보며 말했다.

"응?"

단이아의 말에 풍만춘도 물고기를 살펴보았다. 머리가 작고 입이 납작했다. 긴 몸체의 앞부분은 동글동글한 데 비해 뒤쪽은 납작했으며, 등은 고동색이었다. 잠시 물고기를 들여다보던 풍만춘의 얼굴이 절로 환해졌다.

"하하. 이런 행운이! 예전부터 황하 상류에 비둘기어가 있다는 말을 들었는데 오늘 그 물고기를 보게 될 줄은 몰랐네!"

"비둘기어라고요?"

단이아와 연운이 동시에 말했다. 그러고 보니 물고기가 보면 볼수록 날개를 펼친 비둘기 모양이었다.

"음, 동어(銅魚)라고도 하지. 하지만 보통 비둘기어라고 한다네."

풍만춘이 잔뜩 흥분해서 말했다.

"이 물고기, 적어도 열 살은 된 것 같은데. 저녁에 내가 물고기찜을 해주지!"

"솜씨가 좋군!"

갑자기 뒤에서 들려온 소리에 일행은 고개를 돌렸다. 양피 혼탈

(渾脫, 동물의 내장이나 가죽으로 만든 커다란 주머니로 물건을 넣을 때 사용한다. 여기서는 강을 건널 때 주머니에 공기를 넣는 용도―옮긴이)을 짊어진 쉰 정도의 뗏목공이 그들을 향해 다가왔다. 그가 말했다.

"좋은 물건이오. 앞마을에 내다 팔면 서운치 않게 값을 받을 거요."

"이 물고기가 정말 그렇게 좋아요?"

연운이 의아한 듯 물었다.

"하하. 딱 보니 소저는 외지인이군. '하늘의 거위, 산속의 닭도 황하의 비둘기어만 못하다'라는 말 못 들어봤소?"

뗏목공이 웃으며 말을 이었다.

"예전에는 진상품으로 바치던 물고기외다."

"하하. 그러면 저녁에 풍 사부님의 절대 고수 요리 맛을 봐야겠네."

연운은 평소 가리는 음식이 없기도 했지만 뗏목공의 말을 듣고 나니 눈앞의 비둘기어 요리가 더욱 기대되는 듯했다.

"참, 이 근방에 머물 곳이 있습니까?"

"앞으로 30리 정도 가면 마을이 하나 있소. 과객들은 주로 그곳에 묵지."

뗏목공이 잠시 멈칫하더니 뭔가 말하려다 말고 양피 혼탈을 바닥에 내려놓고는 뒤쪽 숲으로 들어갔다. 분명히 다른 혼탈을 찾으러 간 모양이었다. 혼탈은 황하를 건너는 유일한 수단으로, 뗏목공들은 적게는 서너 개, 많게는 십여 개의 혼탈을 황하에 띄워놓곤 했다. 풍만춘은 황하 언덕의 작은 길을 따라 뗏목공이 알려준 마을을 향해 말을 달렸다. 연운과 단아도 그 뒤를 따랐다.

이번 여정 내내 연운은 답답하고 우울했다. 반준 걱정 때문이었다. 풍만춘은 반준이 천수성에서 그들을 기다릴 거라고 위로했지만, 매번 잠잘 때마다 밤새도록 요란하게 울려 퍼지는 총소리에 놀라 식은땀을 흘리며 깨어났다.

원래 30~40리 정도야 그들이 타고 있는 준마에게는 그리 먼 길이 아니었지만 이번 길은 웅덩이가 많고 울퉁불퉁했다. 결코 쉬운 길이 아니었다.

날이 저물 때가 되어서야 멀찌감치 마을이 나타났다. 마을은 좌우에 산을 끼고 있었다. 동쪽으로 구불구불한 오솔길이 관도로 이어져 있고, 서쪽은 굽이치는 황하의 물줄기였다. 일행은 밤이 되어서야 마을에 도착했다. 불이 환하게 밝혀 있어야 할 텐데, 눈앞의 광경은 그들이 예상한 것과 전혀 달랐다.

생각보다 큼직한 마을은 온통 암흑에 잠겨 있었다. 멀리 황하의 희미한 물소리만 들릴 뿐, 마을은 마치 묘지처럼 조용했다. 연운이 옷깃을 여미고 두 손으로 고삐를 잡은 채 입술을 깨물었다.

"풍 사부님, 이 마을 어째 너무 음침하지 않아요? 설마 귀곡산장은 아니겠지요?"

연운은 무심코 한 말이었지만 단이아는 그녀의 말이 왠지 의미심장하게 느껴졌다. 단이아가 문득 온몸을 부르르 떨렸다. 어둠 속 그녀의 표정이 딱딱하게 굳었다. 어려서부터 귀신에 대해 두려움을 가지고 있던 그녀였다. 연운의 말을 들으니 문득 한기가 느껴졌다.

"정말 이상하군. 이제 막 식사를 마쳤을 시간인데 왜 이렇게 조용하지?"

풍만춘은 이상한 생각이 들었다. 확실히 수상한 마을이었다. 잠시 생각하던 그가 말했다.

"연운, 여기서 이아랑 용이를 보고 있게. 내가 먼저 마을에 들어가볼 테니."

"내가 가는 것이 좋겠어요."

연운은 말 끝나기가 무섭게 두 발로 말을 찼다. 그녀의 말이 빠르게 마을을 향해 달려갔다. 풍만춘이 제지하려 했지만 그녀는 이미 출발한 뒤였다. 그는 마을 밖 높은 둔덕에서, 앞을 향해 빠르게 달려가는 연운의 뒷모습을 바라볼 수밖에 없었다.

마을이 가까워질 무렵, 연운은 속도를 늦추었다. 달은 산허리에 걸쳐 있었다. 달빛에 비친 마을의 검은 가옥들이 더욱 차갑게 느껴졌다. 마을 앞에 커다란 패루(牌樓, 옛날 중국에서 도시 풍경의 아름다움과 경축의 뜻을 나타내기 위해 길을 가로질러 세우던 시설물 또는 무덤이나 공원 어귀에 세우던 문—옮긴이)가 서 있었다. 패루에 적힌 글자는 이미 닳을 대로 닳아 또렷하게 보이진 않았다. '무(霧)'라는 한 글자만 겨우 알아볼 정도였다. 밤바람에 패루 양쪽에 매달린 시커먼 뭔가가 흔들거리며 음산한 소리를 냈다. 불길한 예감이 들었다. 연운은 이를 악물고 손에 고삐를 거머쥔 채 패루 쪽으로 다가갔다.

가까이 다가간 연운의 정신이 순간 아득해졌다. 패루 양옆에 걸려 있는 것은 예상대로 두 구의 시체였다. 시체가 걸치고 있는 옷은 난도질되어 엉망이었고, 그 아래 여기저기 핏자국이 남아 있었다. 보아하니 죽은 지 얼마 안 된 것 같았다. 시신을 바라보는 연운의 등이 서늘해졌다. 마을 안에서 대체 무슨 일이 벌어진 것일까?

연운은 말을 끌고 패루를 지났다. 마차 두 대가 지나갈 정도의 거리였지만 사람이라고는 그림자도 찾아볼 수가 없었다. 정말 음산한 곳이었다. 거리 맞은편에서 불어온 검은 도깨비 같은 밤바람이 벽을 스치며 소름끼치는 소리를 냈다. 연운은 그저 당황스럽기만 했다. 이렇게 큰 마을에 왜 사람이 하나도 없지?

바로 그때 연운의 귓가에 바스락바스락 발소리가 들려왔다. 바람에 묻힐 정도로 작은 소리였지만 연운은 경계의 눈초리로 주변을 살폈다. 뒤쪽의 나무문이 살짝 흔들렸다. 연운은 말 등에서 뛰어내려

살금살금 나무 문을 향해 다가갔다. 문 가까이 갔을 때였다. 조금 전까지 들리던 발소리가 갑자기 멈췄다. 그녀는 나무 문을 살짝 밀어보았다. 그렇지 않아도 아슬아슬하게 버티고 있던 문이 그대로 무너져버렸다. 그 순간, 문 뒤에 있던 검은 그림자가 연운을 덮쳤다. 연운은 재빨리 뒤로 물러섰다. 허공을 덮친 검은 그림자는 바닥에 고꾸라져 꼼짝달싹도 하지 않았다.

달빛 아래 비춰보니 한 중년 남자가 쓰러져 있었다. 남자는 패루에 매달려 있는 시신들과 마찬가지로 온몸이 만신창이, 상처투성이인 데다 피범벅이 된 머리에는 피딱지가 앉아 있었다. 연운이 바닥에 널브러진 남자를 살짝 밀쳤다. 그가 깜짝 놀라 정신을 가다듬더니 와락 연운을 붙잡고 몸을 부들부들 떨었다. 그가 서서히 고개를 들었다. 두 눈이 움푹 들어간, 너저분하고 초췌한 얼굴이었다. 남자가 입술을 떨며 연운을 밀치더니 큰 소리로 외쳤다.

"떠나요, 어서! 빨리! ……여길 떠나요!"

"뭐라고요?"

연운은 이해할 수 없다는 듯 정신 나간 표정의 남자를 바라봤다.

"왜 그래요? 마을에 대체 무슨 일이 벌어진 거예요?"

연운의 말이 끝나자마자 귓가에 처참한 비명 소리가 들렸다. 마을 깊숙한 곳에서 들려오는 소리였다. 연운이 몸을 일으켜 비명이 들려온 쪽을 바라봤다. 잠시 후 다시 귀에 익숙한 피리 소리가 들려왔다. 연운은 깜짝 놀랐다. 너무나도 익숙한 소리였다. 일본 화파 곤충소환사가 피후를 부르는 소리다. 그렇다면 마을이 이 지경이 된 것도 당연하리라. 고개를 숙여보니 중년 남자는 이미 혼절한 뒤였다. 연운은 가까스로 남자를 들쳐 업었다. 남자가 다시 눈을 떴다.

"움직일 수 있어요?"

남자가 정신이 든 것을 본 연운이 작은 소리로 물었다. 남자는 끊임없이 몸을 부들부들 떨며 힘겹게 고개를 끄덕였다.

"말에 태워줄게요. 나랑 같이 이 마을을 떠나요!"

연운이 남자를 받쳐주었다. 남자가 말 등을 짚고 힘겹게 말에 올라탔다. 바로 그때 멀리서 또다시 처참한 비명 소리가 들려왔다. 한 맺힌 귀신 소리, 음산한 올빼미 울음소리 같았다. 이어 검은 그림자 몇 개가 사방에서 튀어나와 마을로 달려갔다. 비명 소리에 깜짝 놀란 말이 앞발을 높이 쳐들며 길게 울더니 연운이 말에 오르기도 전에 왔던 길을 따라 미친 듯이 달려가버렸다.

연운은 가슴이 철렁했다. 그녀가 미처 행동을 취하기도 전에 거대한 피후들이 마을로 들어왔다. 연운은 사방을 둘러본 후 황급히 몇 걸음 물러나 무너진 나무 문 뒤로 몸을 숨겼다. 피후가 고함을 지르며 연운의 곁을 지나쳤다. 연운은 잠시 망설인 후 가지고 있던 비수를 꺼내 들고 재빨리 피후가 달려간 방향으로 향했다.

어찌나 빠른지 피후들은 순식간에 마을 깊숙한 곳으로 사라져버렸다. 연운도 속도를 붙였다. 계속 풀리지 않는 의문이 있었다. 안양을 나선 후 일본 측이 그들을 계속 쫓아오고 있긴 했지만 열흘이 넘도록 일본인들을 만난 적은 없었다. 그렇다면 이자들은 어떻게 알고 황하 연안에 위치한 이 작은 마을에 잠복한 걸까?

또한 마을 입구에 걸린 상처투성이 시체 두 구는 피와 살이 엉겨 형태를 알아보기 힘들 정도였지만, 결코 피후가 한 짓이 아니었다. 그보다는 사람이 칼로 행패를 부린 게 분명했다. 일본인들이 그들을 습격하려고 이곳에 매복한 거라면 왜 빨리 공격하지 않는 것일까?

그런 의문들이 한꺼번에 밀려들었다. 안양을 떠난 뒤 연운은 이전처럼 결과야 어떻게 되든 간에 일단 일부터 벌이고 보는 경거망동은 하지 않았다. 의문을 풀려면 피후들을 쫓아가보는 수밖에 없었다.

연운은 마을 중간에 위치한 검은색 누각 앞에서 속도를 늦추었다.

피후의 숨소리가 들렸기 때문이다. 그녀는 살금살금 입구를 더듬어 문의 위치를 찾아낸 다음 문에 바짝 달라붙어 안을 살폈다.

넓은 마당에 피범벅이 된 중산복 차림의 시체 몇 구가 엎어져 있었다. 얼굴은 이미 형체를 알아볼 수 없을 정도로 일그러진 상태였다. 마당에 네다섯 마리의 거대한 피후가 서 있었다. 연운의 집에서 기르던 피후보다 훨씬 덩치가 컸다. 피후들은 구부정하니 서서 살벌하게 전방을 주시하고 있었다. 피후 뒤에서는 일본인 하나가 벽에 반쯤 기댄 채 피리를 입에 대고 있었다. 피후를 소환한 사람이 분명했다.

피후들이 몸을 웅크린 채 크르릉 소리를 냈다. 목 뒤의 털이 모두 빳빳하게 서 있었다. 엄청난 적을 상대하고 있는 것이 분명했다. 피후들 쪽으로 시선을 돌리던 연운은 순간 숨을 멈췄다. 등줄기를 따라 식은땀이 흘렀다. 그녀가 비틀거리며 뒤로 물러서다 큰 소리를 내며 바닥에 넘어졌다. 가까이 있던 피후가 귀를 쫑긋 세웠다. 그런데 그 순간 비린내가 진동하는 검은색 액체가 피후를 향해 쏟아졌다. 피할 겨를도 없이 액체가 피후의 몸을 뒤덮었다. 이어 고통스러운 비명이 울려 퍼졌다. 마치 황산을 뒤집어쓴 것처럼 액체에 닿은 피후의 몸이 타들어갔다. 피후가 고통을 이기지 못하고 바닥을 데굴데굴 구르며 신음했다.

동료가 쓰러지는 것을 본 나머지 세 마리 피후가 일제히 액체를 뿜어낸 괴물에게 덤벼들었다. 그 틈을 놓칠세라 연운은 재빨리 일어나 사력을 다해 마을 밖으로 질주했다. 마을이 왜 이 지경이 됐는지 알 것 같았다. 피후가 아닌 또 다른 괴물 짓이었다. 연운도 본 적이 있었다. 누구든지, 설사 사나운 피후라 해도 그런 괴물을 만나면 죽음밖에 없었다. 연운의 발걸음이 점점 빨라졌다. 한시라도 빨리 이 마을을 떠나야 한다!

바로 그때 연운의 귓가에 슥, 슥 하는 소리가 들려왔다. 마치 뭔가가 땅을 파는 소리 같았다. 조짐이 좋지 않았다. 연운은 다시 발걸음을 재촉했다. 그때 땅이 심하게 흔들리더니 몇 보 앞, 나무 집이 쿵 무너져 내리고 시커먼 물체가 땅에서 솟아 나와 연운 앞을 가로막았다. 연운은 두 손으로 비수를 움켜쥔 채 괴물과 네다섯 보 떨어진 곳에 멈춰 섰다.

거대한 곤충, 족히 1미터는 넘는 괴물이었다. 성체가 된 구렁이처럼 두꺼운 연주황빛 머리에 서너 개의 촉수가 달려 있었다. 둥그런 머리통에는 날카로운 이빨이 한가득이었고 그사이로 핏빛 눈이 드러나 있었다. 괴물이 몸을 꼿꼿이 세우고 눈앞의 연운을 뚫어져라 바라봤다. 연운은 숨을 멈췄다. 이 괴물이 얼마나 무시무시한지 그녀는 잘 알고 있었다. 자칫하면 조금 전 피후 꼴이 될 판이었다.

달빛 아래 한 사람이 마을 입구에 나타났다. 연운은 오른손에 단검을 쥔 채, 왼손으로 품에 넣어두었던 피리를 찾았다. 그러나 그녀는 피리를 꺼낼 수 없었다. 설사 피후를 부른다 해도 이대로 죽을 수밖에 없을 것이다. 연운은 눈앞의 괴물을 살폈다. 괴물도 상황을 살피듯 섣불리 행동을 취하지 않았다. 연운은 괴물이 기회를 노리고 있다는 것을 알 수 있었다. 일단 자신의 주의가 흐트러지는 순간 치명적인 일격을 날릴 것이다. 바로 그때 멀리서 말발굽 소리와 함께 한 남자가 고함을 질렀다.

"연운!"

연운은 소리가 들려온 방향으로 고개를 돌렸다. 그 순간, 연운의 주의가 흐트러진 걸 발견한 괴물이 앞으로 몸을 곧추세우더니 검은색 액체를 쏟아냈다. 연운은 황급히 고개를 숙였다. 그런데 몸을 굽히는 순간, 갑자기 가슴을 얻어맞은 것처럼 꼼짝할 수가 없었다. 다음 행동을 생각하기도 전에 다시 일격이 가해졌다. 좀 전보다 더 강한 공격이었다. 연운은 몇 미터 밖으로 튕겨 나갔다. 그런데 뜻밖에도 괴물은 그 자리에서 꼼짝도 하지 않았다. 연운은 바닥에 엎드려 힘겹게 눈앞의 거리를 응시했다. 말 한 필이 달려오고 있었다. 곧이어 연운은 기절하고 말았다.

풍만춘은 마을 밖 언덕 위에서 담배를 피우며 초조하게 연운을 기다렸다. 담배 두 개비를 다 피우도록 연운은 돌아오지 않았다. 불안한 생각이 들기 시작했다. 그때 말 한 필이 그를 향해 달려왔다. 풍만춘은 재빨리 담배꽁초를 버렸다. 말이 가까이 다가온 뒤에야 연운이 타고 있는 줄 알았던 말에 온몸이 피투성이인 채 만신창이가 된 한 남자가 타고 있는 것을 알았다. 뭔가 일이 터진 것을 직감한 풍만춘은 단이아와 금용을 안전한 곳에 데려다놓고 마을 쪽으로 말을 달렸다.

마을에 들어서는 순간, 그는 패루에 걸린 시체 두 구를 보고 온몸이 얼어붙고 말았다. 그때 판자 무너지는 소리가 들렸다. 그는 재빨리 마을 깊숙한 곳으로 말을 몰았다. 몇 백 미터 정도 달려간 곳에서 연운이 웬 괴물과 대치하고 있었다. 그가 소리를 지르는 순간, 연운이 괴물에게 맞아 몇 미터 밖으로 날아갔다. 풍만춘이 황급히 연운에게 다가가자 괴물은 풍만춘 쪽으로 방향을 바꾸고 몸을 솟구치며 입에서 검은색 액체를 뿜어냈다. 풍만춘은 재빨리 고삐를 틀어쥐었다. 액체는 말을 명중하는 대신 말의 배를 스치고 지나갔다. 순간, 말의 배에 생채기가 생기며 역한 비린내가 풍겼다. 말이 고통스러워하며 부르르 몸을 떨었다.

그러나 풍만춘은 말타기의 고수였다. 그는 상황이 급박해지자 말등을 짚고 뛰어내렸다. 그와 동시에 말이 마치 뭔가에 맞은 것처럼 울부짖더니 앞발을 하늘 높이 들어 올렸다. 말발굽이 그대로 괴물을 내리쳤다. 뜻밖의 가격에 미처 피할 틈도 없이, 괴물의 동그란 머리통에서 피가 튀었다. 동시에 말 역시 바닥에 쓰러져 죽고 말았다.

풍만춘은 이것저것 생각할 겨를 없이 기절한 연운을 들쳐 메고 마을 밖으로 미친 듯이 달렸다. 그렇게 수백 미터를 갔을 때 등 뒤에서 날카로운 비명 소리가 들렸다. 풍만춘은 잠시 주춤하다 말고 다시 앞을 향해 내달렸다.

햇살에 눈이 부셨다. 연운은 천천히 눈을 떴다. 어렴풋이 자신을 바라보는 단이아의 모습이 보였다. 연운이 깨어난 걸 본 단이아가 만면에 미소를 지으며 말했다.

"풍 사부님, 연운이 깨어났어요."

단이아의 말에 풍만춘이 맞은편에서 다가왔다. 그가 연운의 이마를 가만히 쓰다듬었다.

"이제야 한시름 놓겠군."

풍만춘이 안도의 숨을 내쉬었다.

"반준이 떠날 때 내게 아가씨 둘하고 용이를 잘 보살펴달라고 부탁했는데, 무슨 일이라도 생기면 내가 무슨 낯으로 반준을 보겠나!"

"모두 걱정했어요."

연운은 의식이 돌아오긴 했지만 얼굴에 핏기가 하나도 없고 온몸의 맥이 빠졌다. 어제저녁의 일이 눈앞에 생생했다.

"어제 일어난 일은 풍 사부님께 모두 들었어요. 그렇게 위험한데 왜 피후를 안 불렀어요?"

단이아가 물었다. 연운이 살며시 웃더니 길게 한숨을 내쉬며 고개를 저었다.

"규낭은 어려서부터 나랑 동생을 따랐어요. 그런 규낭이 중원에 와서 죽었잖아요. 남은 피후들마저 죽을 게 뻔한데 불러낼 필요가 있겠어요?"

"죽을 게 뻔하다고요?"

단이아가 의아한 눈으로 연운을 바라보다가 풍만춘에게 고개를 돌렸다. 풍만춘은 연운의 말뜻을 알 것 같았다. 그가 의자를 가져다 연운 앞에 앉았다.

"연운, 전에 그 괴물 본 적 있나?"

연운이 창 쪽으로 시선을 돌렸다. 창밖으로 뽕나무 잎이 바람에 한들거렸다. 얼룩덜룩한 나무 그림자가 방 안까지 드리워졌다. 산산이 흩어진 기억들을 따라가려니, 한여름이었음에도 연운의 몸이 절로 부르르 떨렸다. 연운이 애처로운 눈으로 고개를 들며 입술을 깨물었다.

"네, 본 적 있어요."

"연운, 괜찮아요?"

분위기가 심상치 않자 단이아가 재빨리 연운의 손을 잡았다. 두 손이 마치 얼음장 같았다.

"화파 곤충소환사 일족은 피후를 기르기 때문에 어려서부터 곤충 소환술을 배워요."

연운이 한 손으로 입술을 지그시 누르며 잠시 마음을 진정시켰다.

"그렇게 자라다 보니 이리, 승냥이, 표범 할 것 없이 웬만한 동물은 모두 부릴 줄 알게 되었는데 유독 한 종류한테만은 통하지가 않더라고요."

"연운이 말한 동물이 어젯밤 그 괴물이에요?"

단이아가 물었다. 연운이 고개를 끄덕였다.

"그래요. 몽고사충(蒙古死蟲)이라는 괴물이죠. 몽골과 신강 경계 지역 고비사막에 살아요. 사나운 피후도 몽고사충 앞에서는 피라미나 마찬가지예요."

"그렇게 사나울 줄은 몰랐네."

풍만춘이 담배 한 개비를 꺼내 불을 붙이며 생각에 잠겼다.

"그래요."

연운이 분명한 어조로 말을 이었다.

"어찌나 흉악한지 다룰 수 있는 사람이 없어요. 벌레 주제에 크기도 어마어마하지만 이빨도 날카롭고, 무엇보다 몽고사충이 뿜어내는 액체는 몇 미터 떨어진 곳까지 공격할 수 있어요. 그 액체에 닿으면 피부가 즉시 썩어 들어가죠. 게다가 이빨 사이의 눈처럼 생긴 기관은 순식간에 사람을 기절시킬 수 있어요. 피후까지도 즉사시킬 정도니까요."

"그렇군."

풍만춘이 여전히 생각에 잠긴 채 말했다. 그의 머릿속에 어제 말이 고꾸라졌던 모습, 말이 덮치는데도 전혀 피하지 않았던 몽고사충의 모습이 떠올렸다.

"그런데…… 눈이 없는데 어떻게 방향이나 사냥감을 알아볼 수 있지?"

"진동요."

연운이 한 글자 한 글자 또박또박 말했다.

"몽고사충의 표피는 매우 단단하지만 몸은 마디로 되어 있어요. 마디 사이가 몸에서 가장 약하고, 가장 민감한 부분이에요. 그 부분을 통해 지면의 진동을 느낄 뿐만 아니라 사람의 음성까지 감지할 수 있어요."

"하지만 연운,"

단이아가 인상을 찌푸리며 연운이 조금 전 한 말을 되새겼다.

"몽고사충은 줄곧 사막지대에서 살았다고 했잖아요. 여기서 신강까지는 천 리 길인데 왜 갑자기 이곳에 나타난 거죠?"

단이아의 말은 마치 날카로운 비수처럼 연운의 마음을 아프게 했다. 연운이 몸을 부르르 떨며 단이아를 붙잡은 채 고개를 내저었다.

"그런 것 묻지 말아요. 부탁이에요. 난 몰라요. 사충이 어떻게 여기에 나타났는지 모른다고요."

풍만춘은 뭔가를 눈치챈 듯 고개를 끄덕이더니 단이아를 도닥거리며 말했다.

"연운 좀 보살펴주게."

그러고는 맞은편 방으로 향했다. 그곳에는 중상을 입은 남자가 누워 있었다.

마흔 정도의 남자는 얼굴이 피범벅이 된 채 온몸은 상처투성이였다. 상처와 옷 이곳저곳에 피가 엉겨붙어 있었다. 처음에 풍만춘은 따뜻한 물로 피딱지를 씻어낸 다음 약초를 발랐다. 대충 상처 치료를 마무리한 뒤에도 남자의 의식은 돌아오지 않았다. 맥박을 짚어보니 그저 너무 놀라서 기절했을 뿐, 별 탈은 없는 듯했다. 풍만춘이 막 남자의 손을 놓았을 때 연운의 의식이 돌아왔던 것이다.

남자가 누워 있던 방으로 들어간 풍만춘은 침상이 텅 비어 있는 것을 발견했다. 이어 귓가에 세찬 바람이 불어왔다. 풍만춘이 잽싸게 한쪽으로 몸을 비켰다. 검은 그림자가 뒤에서 그를 덮쳤다. 풍만춘은 손을 뒤로 돌려 상대의 손목을 잡아 비튼 다음 바닥에 쓰러뜨렸다.

"앗!"

남자가 고통스러운 비명을 질렀다.

"뭐하는 짓이야?"

풍만춘이 손에 힘을 주었다. 남자가 이를 드러내며 소리쳤다.

"누구야, 당신!"

단이아가 연운을 부축하고 방에서 나왔다. 남자가 몸을 빈쯤 굽힌 채 방 밖의 연운을 힐끗 보더니 시끄럽게 외쳤다.

"놔! 이것 놓으라니까!"

풍만춘은 남자가 거칠긴 하지만 온몸에 상처를 입었기 때문에 쉽게 제압할 수 있을 것 같아 상대의 손을 놓아주었다. 그런데 뜻밖에도 손을 놓자마자 남자가 냅다 단이아와 연운을 향해 달려갔다.

단이아는 연약한 여자였다. 금씨 가문의 곤충소환술을 숙지하고 있긴 했지만 닭 한 마리도 잡지 못했다. 연운 역시 이제 막 의식이 돌아온 상태였기 때문에 눈앞의 남자를 막아내기에는 역부족이었다. 단이아와 연운이 뒷걸음질을 쳤다. 그런데 뜻밖에도 두 사람에게 달려간 남자는 단이아를 아래위로 훑어본 후 연운에게 시선을 옮기더니 그 앞에 털썩 무릎을 꿇었다.

"목숨을 구해주셔서 정말 감사합니다."

두 여자는 그제야 한숨을 돌렸다. 연운이 얼른 남자를 부축해 일으키며 말했다.

"이럴 필요 없어요. 그 마을 사람이에요?"

남자가 고개를 세차게 저으며 풍만춘을 힐끗 바라봤다.

"그 마을 사람은 아닙니다. 저는 마바리꾼이에요. 일본인들의 통제가 너무 심해지는 바람에 매번 그곳 무은진에서 쉬어 갔는데, 어젯밤에 일을 당한 겁니다."

"어젯밤에 무슨 일이 일어난 거요?"

풍만춘의 물음에 남자는 코웃음을 치고는 다시 연운에게 시선을 돌렸다. 연운은 다시 그에게 어젯밤에 무슨 일이 있었는지 물었다.

"어제 오전에 이곳에 도착했지요. 예전처럼 하룻밤을 보내고 갈 생각이었는데, 오후가 되자 갑자기 일본인들이 들이닥쳤어요. 일본인들이 사람들을 모두 집으로 들여보냈습니다. 조금이라도 머뭇거리면 그대로 죽음이었죠. 마을에 들어올 때 패루에 목 매달린 시체들을 봤을 겁니다."

남자가 말했다.

"아!"

연운은 조금 의심스러운 부분이 있었지만 남자의 말을 계속 들어보기로 했다.

"우린 마바리꾼 대장과 어떻게 마을을 빠져나갈지 궁리했죠. 일본인 수가 많진 않았어요. 그래서 날이 어두워지면 물건을 둔 채 몰래 빠져나갔다가 일본인들이 떠나면 다시 물건을 찾으러 오기로 했지요. 그런데 날이 어두워져서 떠나려는 순간 갑자기 땅속에서 이상한 괴물이 솟아났어요. 그리고 눈 깜짝할 사이에……."

남자가 두꺼운 입술을 바르르 떨었다.

"순식간에 마바리꾼 대장과 형제 몇 명이 그 괴물에게 당했습니다. 남은 사람들은 그놈과 대치한 상태에서 후퇴하기 시작했어요. 그런데 어찌나 사나운지 순식간에 일행 두셋이 괴물에게 목숨을 잃었습니다. 저도 괴물에게 잡혔고요. 날카로운 이빨이 칼처럼 몸 이곳저곳을 찔러대는 바람에 의식을 잃고 말았습니다."

남자는 단숨에 이야기를 토해놓은 후 머리를 감싼 채 바닥에 쪼그려 앉았다.

"그래도 명이 긴 분이네요. 기절했으니 망정이지 도망가려고 했다면 벌써 황천길로 갔을 거예요."

연운이 남자를 부축해 일으켰다.

"고향이 어디세요?"

남자가 고개를 들고 연운을 보며 대답했다.

"감숙입니다."

"어, 우리도 지금……."

그때 풍만춘이 연운의 말을 가로막았다.

"이아, 연운 데리고 그만 들어가 쉬지."

연운이 머뭇거리며 풍만춘을 바라보았다. 풍만춘이 고개를 끄덕였다. 연운은 풍만춘의 뜻을 알 것 같았다. 중원에 온 지 얼마 안 됐을 때라면 끝까지 자초지종을 물고 늘어졌겠지만, 숱한 우여곡절 끝에 전보다 많이 침착해졌던 것이다.

단이아가 연운을 데리고 가자 풍만춘이 남자를 일으키며 물었다.

"이름이 뭐요?"

"왜 묻습니까?"

남자가 사나운 표정으로 풍만춘을 힐끗 보며 되물었다.

"내 이름이 뭐든 무슨 상관인데요?"

풍만춘이 웃었다.

"하하. 정말 감숙 사람 맞긴 하나?"

"다른 사람은 몰라도 은인을 속이진 않습니다."

말하는 본새를 보니 풍만춘은 안중에도 없는 것이 분명했지만 그는 그래도 점잖게 담배 한 개비를 꺼내 남자에게 건넸다. 남자가 담배를 힐끗 보더니 손을 내저었다. 풍만춘은 혼자 담뱃불을 붙이며 말했다.

"내 이름은 풍만춘이오."

풍만춘이 맛있게 담배를 피우자 그자가 손을 내밀었다. 풍만춘이 어리둥절한 표정으로, 손 내미는 남자를 바라보았다. 남자가 웃으며 말했다.

"담배……."

"조금 전에는 필요 없다고 하더니?"

풍만춘은 남자가 독이 들어 있지 않을까 걱정하다가 자신이 담배 피우는 모습을 보고서야 안심하고 담배를 청하는 것이리라 생각했다. 풍만춘이 웃으며 담배 한 개비를 꺼내 남자에게 건넨 후 성냥을 꺼내 불을 붙여주었다. 남자가 담배를 깊이 빨아들였다. 몹시 흐뭇한 표정이었다.

"교영이라고 합니다."

남자가 고개를 숙이고 웅얼웅얼 말했다.

"하하. 교 형!"

풍만춘이 웃으며 자리에서 일어났다.

남자가 뻐끔뻐끔 담배를 빨았다. 깔끔하면서도 진한 향기가 입안 가득 퍼졌다. 마치 겨자를 먹은 듯 머리끝까지 짜릿해지더니 순간 눈앞이 흐릿해졌다. 그가 자리에서 일어났다. 몸이 흔들거렸다. 눈을 크게 뜨려고 안간힘을 썼지만 제대로 떠지지 않았다. 몸이 말을 듣지 않았다. 풍만춘이 어깨를 도닥거리는 순간 남자의 눈앞이 컴컴해졌다. 그는 그대로 풍만춘의 어깨 위로 무너졌다.

풍만춘은 재빨리 교영을 업고 옆방으로 들어가 누인 다음 다시 여자들 방으로 향했다.

"연운, 상처는 괜찮나?"

연운이 고개를 끄덕였다.

"그럼 됐어. 물건들 정리하지. 지금 이곳을 떠나야겠어."

풍만춘은 그렇게 말한 후 방을 나섰다. 이곳에 온 후 금용은 계속 마당에서 놀고 있었다. 홰나무 아래에서 말에게 건초를 먹이고 있는 금용이 보였다. 풍만춘이 금용을 안아 자기 말에 태웠다. 잠시 후 연운이 단이아의 부축을 받으며 천천히 방에서 나왔다. 마당에 풍만춘과 금용만 있는 것을 보고 의아해진 두 사람이 한 걸음 물러나 옆방을 바라보았다. 남자는 침대에 누워 잠이 들어 있었다.

"풍 사부님, 저 사람은 안 데리고 가요?"

연운이 걱정스러운 표정으로 물었다. 풍만춘이 고개를 저으며 두 사람에게 말에 타라고 눈짓했다. 풍만춘의 말이 몽고사충에게 당했기 때문에 두 사람이 함께 탈 수밖에 없었다. 그들은 황량한 마당을 벗어나 오솔길을 따라 서쪽으로 향했다.

"풍 사부님, 조금 전 그 남자, 무슨 문제라도 있었어요?"

연운이 말 위에서 찜찜한 표정으로 물었다. 풍만춘이 잠시 침묵하더니 한숨을 내쉬었다.

"사실 딱히 문제가 있진 않네. 다만 너무 갑작스럽게 나타난 데다 우연찮게도 감숙 사람이잖나. 자네들을 안전하게 감숙으로 데려가기로 반준과 약속했는데 뭐든지 조심하는 편이 좋지."

연운이 마지못해 고개를 끄덕였다. 풍만춘의 말에도 일리가 있었다. 일본인들이 미리 매복하고 있었던 것을 생각하면 자신들의 행적이 발각된 것이 분명했다. 어떻게 탄로 났는지는 알 수 없지만 어찌 되었거나 일본인들이 그들을 고분고분 놓아줄 리가 없었다.

4~5리 정도 말을 달렸을 때 갑자기 뒤에서 거대한 굉음이 들려왔다. 풍만춘이 황급히 고삐를 끌어당겨 굉음이 나는 방향을 바라봤다. 조금 전 그들이 떠난 마을에서 불길이 치솟으며 연기가 피어오르고 있었다. 이따금 개 짖는 소리도 함께 울려 퍼졌다.

# 제3장

# 무은진, 개미사자와 사층의 충돌

북경성 동교민항 이곳저곳에서 개 짖는 소리가 울려 퍼졌다. 군경과 일본 헌병이 벌떼처럼 그곳을 향해 달려갔다. 방유덕은 검은색 자가용에 앉아 얇은 창문 커튼을 젖혔다. 그는 조그만 두 눈을 끊임없이 굴리며 안경 너머로 밖을 살폈다.

무슨 일이 일어났는지는 알 수 없지만 눈앞의 광경을 보니 분명 사소한 일은 아닌 것 같았다. 군경 차량이 동교민항 가장 깊숙한 골목에 멈춰 섰다. 방유덕의 차가 바짝 그 뒤를 쫓았다. 민항에 들어서자마자 방유덕은 심상치 않은 분위기를 느낄 수 있었다.

거리 양쪽에, 실탄을 장착하고 황토색 군복에 군화를 신은 일본 헌병들이 1미터 간격으로 배치되어 있었다. 그의 차 앞에 여러 대의 카키색 도요타 트럭이 서 있고, 각각의 트럭마다 일본 병사가 15명씩 타고 있었다. 민항 입구에는 바리케이드와 함께 중기관총이 배치되어 있었다. 다년간의 경험으로 볼 때 방유덕은 분명 무슨 일이, 그것도 제법 큰일이 일어났으리라고 생각했다.

그가 차 문을 열고 내렸다. 뒤로 검은색 자가용 한 대가 다가왔다.

방유덕도 잘 알고 있는 차였다. 마쓰이 나오모토의 차다. 방유덕은 얼른 몇 걸음 물러서서 반듯한 자세로 살짝 고개를 숙였다. 그러나 차는 길가에 서 있는 사람은 아랑곳하지 않은 채 곧바로 골목을 향해 내달렸다.

차가 천천히 멈춰 섰다. 일본 병사 한 명이 조수석에서 내려 조심스레 뒷문을 열었다. 놀랍게도 차에서 내린 사람은 마쓰이 나오모토가 아니라, 예모를 쓰고 검은색 중산복을 깔끔하게 차려입은 젊은이였다.

차에서 내린 사람은 뒤돌아보지 않았지만 방유덕은 그 뒷모습을 잘 알고 있었다. 젊은이가 모자를 눌러쓴 채 재빨리 골목 깊숙한 곳으로 발걸음을 옮겼다.

이어 북경 다른 지역의 경찰국 국장들도 속속들이 현장에 도착했다. 평소 왕래는 별로 없었지만 이 순간만큼은 매우 친숙한 사람들처럼 함께 모여 낮은 목소리로 이야기를 나누고 있었다. 그들은 일본인들이 자신들을 왜 이곳으로 소환했는지 여러 가지 추측성 발언을 내놓고 있었다. 오직 방유덕만이 실눈을 뜨고 골목길을 바라보며 시종일관 의미심장한 미소를 짓고 있었다.

"방 국장님, 마쓰이 선생과 가까우시죠? 왜 갑자기 우릴 불렀는지 아십니까?"

키가 170센티미터가 채 못 되는, 비대한 얼굴에 큰 귀, 빨간 코를 가진 중년 남자가 물었다. 서성 경찰국 국장이었다. 수년 전만 해도 상습 절도범이었는데 어찌 된 일인지 어느 날 갑자기 경찰국 국장 자리를 꿰찬 사내였다. 방유덕은 이자를 시답잖게 생각하고 있었지만 결코 그런 마음을 겉으로 드러내지 않았다. 방유덕이 미소 지으며 고개를 저었다. 그는 세상 인심을 매우 잘 알고 있었다. 전혀 상황 파악이 안 되는 탓도 있었지만, 설사 그간의 사정을 안다고 해도 쓸데없이 떠벌리는 것은 현명한 행동이 아니었다. 그래야 조금이라도 명을 늘릴 수 있다. 게다가 정작 그의 마음은 딴 곳에 가 있었다. 방유덕은 이곳에 오는 내내 아침에 있었던 일을 생각하고 있었다. 그자가 왜 갑자기 그의 사무실에 나타났을까?

그때 일본 헌병 하나가 잰걸음으로 골목에서 튀어나왔다. 그가 국장들 앞에 멈춰 경례를 한 후 물었다.

"어느 분이 방 국장이십니까?"

"음?"

방유덕이 어리둥절한 표정으로 한발 앞으로 나섰다.

"내가 방유덕입니다만."

"방 상, 절 따라오십시오."

헌병이 그렇게 말하며 앞장섰다. 방유덕은 일본인들이 대체 무슨 꿍꿍이속인지 감을 잡을 수가 없었다. 경찰국 국장들은 그의 뒤에 서서는 복잡한 심경으로 방유덕의 뒷모습을 바라봤다. 그들의 시선에는 부러움과 걱정이 교차하고 있었다.

방유덕은 헌병을 따라 곧장 골목 안으로 들어섰다. 200미터 정도, 그리 깊지 않은 골목이었다. 한쪽은 벽돌로 막혀 있고, 1미터 정도 너비의 골목 양옆에 일본 병사들이 50센티미터 간격으로 한 명씩 서 있었다. 그렇지 않아도 좁은 통로가 더 비좁게 느껴졌다. 방유덕은 골목 풍경에 더욱 자신의 판단에 확신을 갖게 되었다. 이 작은 민항 지역에 뭔가 큰일이 일어난 것이 분명했다. 그렇지 않다면 마치 적이 들이닥치기라도 한 것처럼 일본인들이 이렇게 요란을 떨 리가 없었다.

헌병이 방유덕을 골목 안으로 안내했다. 중간에 작은 문이 하나 있고 병사 두 명이 양끝에 서 있었다. 문은 열려 있었다. 길을 안내하던 헌병이 문 앞에 멈춰 서더니 방유덕을 안으로 안내했다. 방유덕은 잠시 주저하다가 안으로 성큼 들어섰다.

문을 통과하자 뒤에 있던 병사가 가만히 문을 닫았다. 방유덕의 가슴이 철렁 내려앉았다. 아침에 포국 감옥에 갔던 일이 발각된 걸까? 목에서 식은땀이 주르르 흘러내렸다. 그는 무의식적으로 허리춤의 권총을 더듬거렸다.

넓은 마당이 드러났다. 좌우에 각각 월량문(月亮門)이 보였다. 북경의 전통가옥인 사합원(四合院) 구조였다. 월량문 앞에 일본 병사가 서 있었다. 방유덕이 오른쪽으로 가야 할지 왼쪽으로 가야 할지 갈피를 못 잡고 있을 때 갑자기 오른쪽에서 누군가가 천천히 걸어 나왔다. 상대를 보고 놀란 방유덕의 다리가 덜덜 떨리기 시작했다. 당장이라도 줄행랑을 놓고 싶었다.

"방 국장, 그동안 별일 없으셨나!"

상대가 얼굴을 실룩거리며 뒷짐을 진 채 팔자걸음으로 방유덕에게 다가왔다. 어찌나 놀랐는지 방유덕의 온몸에 땀이 흥건했다. 그가 황급히 허리에 찬 권총을 더듬었다. 땀방울이 뺨을 타고 흘러내렸다.

"다…… 다…… 당신은! 가까이 오지 마! 제기랄! 대체 사람이야, 귀신이야?"

"하하!"

상대가 웃으며 말했다.

"이런 대낮에 귀신은 무슨! 당연히 사람이지!"

그의 말에 방유덕은 그래도 조금 마음을 놓았다. 그런데 분명히 죽은 사람이 어떻게 다시 살아난 걸까? 어떻게 버젓이 살아 눈앞에 나타난 걸까?

"금순, 그때 공동묘지에서 분명 죽은 걸 봤는데."

방유덕은 도저히 믿을 수가 없었다. 금순이 웃으며 말했다.

"그거야 그냥 꾸민 일이지. 반준 일행이 찾아올 줄 알고 사전에 준비를 해둔 거였어."

금순의 말에 방유덕은 당시 일을 떠올렸다. 경찰국으로 돌아와 보니 금순의 시신이 감쪽같이 사라져 있었다. 그러나 시신이 사라지는 일이 다반사였던 시절이라 굳이 찾으려 애쓰지 않았다. 그러자 또 다른 의문이 떠올랐다. 살아 있는 건 그렇다 치고, 어떻게 이곳에 나타난 것일까?

"하하!"

금순이 웃었다.

"방 국장이 궁금한 게 많겠지. 먼저 날 따라오시게."

금순이 실실 웃으며 방유덕을 오른쪽 월량문 안으로 안내했다. 안에 탁자가 놓여 있고, 검은색 일본 전통의상을 차려입은 노인이 정원 의자에 엄숙하게 앉아 권총을 만지작거리고 있었다. 방유덕은 한눈에 상대가 마쓰이 나오모토라는 것을 알 수 있었다. 방유덕이 재빨리 다가가 허리를 굽혔다.

"마쓰이 선생님!"

마쓰이 나오모토는 여전히 손에 든 권총을 빤히 바라보고 있었다. 방유덕에게 전혀 관심이 없는 듯한 표정이었다. 방유덕은 어찌해야 좋을지 알 수가 없었다. 잠시 후, 마쓰이 나오모토가 천천히 고개를 들더니 마치 보물인 양 권총을 품에 집어넣었다.

"방 국장, 오늘 자네가 듣는 얘기는 대 일본 제국의 최고 기밀이네. 만약 단 한 마디라도 새어나갔다가는 죽음을 면치 못할 것이야."

방유덕은 마쓰이 나오모토의 말이 결코 그냥 겁이나 주려고 하는 게 아님을 잘 알고 있었다. 그가 잠시 주춤하더니 말했다.

"마쓰이 선생님, 말씀하십시오."

"금 선생이란 자에 대해 들어봤겠지?"

마쓰이 나오모토가 차갑게 물었다. 방유덕이 고개를 끄덕였다. 일본 군부에 유명한 여자가 둘 있는데, 우연찮게도 두 사람 모두 금씨라는 사실을 잘 알고 있었다. 그중 한 명은 금벽휘(金璧輝, 청나라 친왕의 딸로, 청조 부흥을 위해 일본에게 협력하다 제2차 세계대전 이후 처형당했다—옮긴이), 즉 가와시마 요시코이며, 또 한 명은 금소매였다. 그중 금소매는 금벽휘보다 더 은밀한 인물로, 그녀를 직접 본 사람은 손가락으로 꼽을 정도였다. 많은 사람들이 금소매가 단지 일본 군부에서 만들어낸 인물로 실존하는 사람이 아니거나 아니면 금벽휘의 또 다른 이름일 거라고 생각했다.

마쓰이가 직접 그 이름을 언급하고 나서야 방유덕은 그 신비한 여자가 실존하는 인물이라는 것을 믿을 수 있었다. 그때 마쓰이 나오모토가 탁자에서 사진 한 장을 집어 방유덕에게 보여주었다.

"이제부터 이 사람 얼굴을 기억하게."

방유덕이 사진을 받아 들었다. 사진은 누렇게 바래 있었다. 군복 차림의 사진 속 여자는 짙은 눈썹과 커다란 눈을 가지고 있었다. 양미간에서 빼어난 총기가 느껴졌다. 방유덕의 시선이 여자가 허리춤에 매고 있는 군도 손잡이 장식에 머물렀다.

일본 군도 손잡이 장식의 소재는 천잠사로, 주인의 신분을 보여주었다. 계급 순서대로 쇼칸(將官)은 황금색, 영관 계급인 사칸(佐官)은 적색과 황색, 위관 계급인 이칸(尉官)은 남색과 다갈색으로 이루어져 있었다. 여자가 가지고 있는 장식이 황금색인 걸 보면 신분을 짐작할 수 있었다.

"기억했나?"

마쓰이 나오모토가 방유덕이 들고 있던 사진을 다시 가져갔다. 방유덕은 황급히 고개를 끄덕였다.

"금 선생이 어젯밤 납치되었네."

마쓰이 나오모토가 한숨을 내쉬었다.

"특별한 신분인 데다, 금 선생의 사명은 대 일본 제국의 위업과 직접적인 관련이 있어. 그래서 자네에게 비밀리에 이 일을 조사하라고 명령하는 걸세. 어제저녁 북경 성문을 모두 폐쇄 조치했네. 설사 누군가가 납치했다 해도 결코 북경을 빠져나가지 못했을 거야. 땅을 파서라도 금 선생을 찾아오도록! 만약 죽었다면 시신이라도 가져와."

곁에 서 있던 금순이 가볍게 재채기를 한 후 물었다.

"마쓰이 선생님, 조금 전 실내를 살펴봤는데 싸움을 벌인 흔적은 없었습니다. 만약 사제가 자진해서 누군가를 따라갔다면요?"

마쓰이 나오모토가 고개를 숙이고 인상을 쓰더니 잠시 후 말했다.

"정말 그렇다면 다시는 입을 못 열게 해야지!"

금순이 의기양양하게 웃었다. 그의 표정을 살피던 방유덕은 어안이 벙벙했다. 눈앞에 서 있는 저 보잘것없는 난쟁이와 명성 자자한 금소매 사이에 뭔가 말 못 할 관계라도 있단 말인가?

"어쨌거나 반드시 금소매를 찾아야 해!"

마쓰이 나오모토는 그렇게 말한 후 성큼성큼 문 밖으로 나갔다. 줄곧 그의 뒤를 따르던 일본 병사들도 그 뒤에 바짝 붙어 정원을 떠났다.

그들이 떠난 후 정원에는 방유덕과 금순만 남았다. 난쟁이 똥자루 같이 볼품없는 금순을 아래위로 훑어보던 방유덕은 무슨 말인가를 하려다 말고 그냥 냉소 띤 얼굴로 고개를 절레절레 흔들며 문으로 향했다. 그가 채 몇 걸음 떼기도 전에 금순이 갑자기 호탕하게 웃음을 터뜨렸다. 방유덕이 머뭇거리다 걸음을 멈췄다.

"뭐가 우습지?"

방유덕이 금순을 바라보며 물었다.

"하하, 방 국장! 금소매의 행방을 알고 싶지 않나?"

금순이 득의양양한 기색으로 반문했다.

"허! 설마 금소매의 행방을 안다는 건가?"

방유덕이 신경 쓸 일고의 가치도 없다는 듯 물었다.

"물론!"

금순이 단호하게 말했다. 거짓말을 하는 것 같진 않았다. 방유덕이 금순 곁으로 다가가 그의 손목을 잡으며 매섭게 소리쳤다.

"네 놈이 그렇게 친절한 인간이었나? 정말 알고 있다면 진작 마쓰이 그 영감에게 말했을 것 아니야?"

언제나 어리숙해 보이긴 하지만 그래도 젊은 시절 군인이었던 방유덕은 제법 완력이 센 편이었다. 그에게 잡힌 손목이 아픈지 금순이 입을 헤벌리며 말했다.

"아이고, 이 손부터 놓고 말합시다!"

방유덕은 손에 더 힘을 주었다.

"먼저 금소매를 어디에 숨겼는지 말해!"

금순이 고개를 쳐들고 방유덕을 노려보며 차갑게 쏘아붙였다.

"빌어먹을! 이 금 나리를 너무 우습게 보셨군. 그까짓 협박 몇 마디에 내가 순순히 털어놓을 것 같아?"

방유덕의 조그만 눈에 야비한 웃음이 번졌다.

"좋아. 조금 전 그래도 공손하게 사람 대접을 해준 건 일본 놈들 체면을 봐줘서야. 그놈들이 널 사람 취급 하니까. 하지만 난 달라. 네까짓 놈이 무슨!"

방유덕이 허리에서 수갑을 꺼내 금순의 손에 채웠다.

"위풍당당한 북경시 경찰국장이 너 같은 난쟁이 하나 입 못 열게 할 것 같아?"

방유덕은 금순을 휘어잡고 밖으로 향했다. 그런데 채 몇 걸음 떼어놓기도 전에 수갑이 헐거워진 것 같은 느낌이 들었다. 뭔가 잘못

되었다는 생각에 방유덕이 몸을 돌리며 오른손으로 허리춤에 찼던 총을 더듬었다. 모든 동작이 한순간에 이루어졌다. 그가 총을 뽑아 방아쇠를 당기려는 찰나, 마치 총이 뭔가에 끌어당겨지기라도 한 것처럼 그대로 금순의 손으로 날아갔다. 금순이 총을 쥔 채 방유덕을 보며 음흉하게 웃었다.

"방 국장, 날 너무 과소평가했어."

방유덕이 시커먼 총구를 뚫어져라 바라보며 은근스레 말했다.

"조심해. 안전장치가 풀려 있단 말이야!"

"하하! 왜? 이제 좀 쫄리나?"

금순이 총을 겨눈 채 방유덕에게 다가가며 말했다.

"쫄리면 됐어. 그럼 이제 조건을 얘기해보자고."

"무슨 조건?"

금순이 행여 총을 쏘지나 않을까, 방유덕의 목소리가 파르르 떨렸다.

"내 일을 하나 처리해주면 금소매에게 데려다주지."

금순이 대수롭지 않은 듯 말했다.

"지금 일본 놈들이 두 눈이 시뻘개져서 미친개처럼 금소매를 찾고 있어. 그런데 금소매의 행방을 알고 있는 사람은 나 하나뿐이야. 당신이 그 여자를 찾지 못하면 일본 놈들이 가만 놔둘까? 그러니……."

금순이 웃으며 말을 이었다.

"이 거래를 해야 당신에게도 타산이 맞을걸?"

"내가 할 일이 뭔데?"

금순이 금소매의 행방을 알고 있으면서도 일본인들 앞에서 그것을 밝히지 않았다는 것은, 방유덕에게 부탁할 일이 만만치 않다는 뜻이었다.

금순이 잠시 생각하더니 방유덕을 힐끗 바라보며 그에게 손짓했다. 방유덕은 잠시 주저하다 그에게 다가갔다. 금순의 말을 들은 방유덕은 화들짝 놀라 연신 손을 내저었다.

"안 돼, 그건 절대로! 그거나 지금 이 자리에서 나를 죽이는 거나 아무 차이도 없어!"

"하하. 그럼 좋아!"

금순이 차갑게 웃으며 방유덕의 태양혈에 총구를 겨누었다.

"지금 죽여주지."

방유덕은 두 눈을 살짝 감았다. 총구가 닿은 태양혈이 서늘했다. 탕 하는 소리와 함께, 사합원에 내려앉은 비둘기 몇 마리가 깜짝 놀라 날개를 푸드득거리며 사방으로 날아올랐다.

반준이 타고 있던 말이 놀라 앞발을 번쩍 들어 올리며 소리를 높였다. 반준이 고삐를 당겼다. 그는 잔잔한 호수처럼 평온한 눈빛으로 눈앞에 뻗어 있는 조그만 길을 응시했다. 험준한 고개에 관목이 빽빽하게 들어차 있었다. 초록의 나무들 사이로 폭이 1미터 조금 넘는 작은 길이 나 있었다. 오른쪽은 어두운 숲속, 왼쪽에는 굽이굽이 황하가 흐르고 있다. 자칫하다가는 그대로 절벽 아래로 굴러떨어질 것이다.

조금 전에 들린 굉음에 말이 기겁했다. 뭔가 이상한 징후를 느낀 듯 말은 계속 제자리를 맴돌 뿐, 앞으로 나아가려 하지 않았다. 분명히 10리 앞에서 들려온 소리였다. 반준이 두 다리에 살짝 힘을 주었다. 말은 다시 목청을 길게 늘이며 울기만 할 뿐, 여전히 발걸음을 떼지 않았다.

바로 그때 앞쪽으로 4~5미터 떨어진 땅이 흔들리기 시작했다. 반준이 잔뜩 인상을 찌푸렸다. 문제가 생겼음을 직감한 그는 황급히 고삐를 잡아당겼다. 주인의 뜻을 알아차린 말이 반준이 힘을 주는 방향으로 몸을 돌렸다. 그러나 고개를 돌리는 순간 반준은 말에서 미끄러져 순식간에 아래로 굴러떨어졌다. 말의 뒷다리가 디디고 있던 단단한 땅이 흐르는 모래처럼 변해 있었다. 마치 진흙이 바다로 빨려 들어가듯 말의 뒷다리가 계속해서 모래에 빠져들었다.

"개미사자!"

순간, 반준의 머릿속에 떠오른 단어였다. 그는 개미사자를 직접 본 적은 없지만 그것의 무시무시함은 잘 알고 있었다. 그것은 토파 곤충소환사의 비술이었다. 그들은 개미 크기의 작은 곤충 무리를 땅속에 숨겨둔다. 천성적으로 함정을 파서 사냥감을 잡는 능력을 가진 곤충이었다. 땅의 진동을 감지하고, 빠르게 흐르는 모래와 비슷한 함정을 파내려간다. 일단 함정에 빠져든 사냥감은 발버둥을 치면 칠수록 더욱 깊이 함정으로 빠져들어간다. 함정 밑바닥에 이르는 순간 게걸스러운 성찬이 시작된다. 순식간에 사냥감은 백골만 남게 되니 낙타같이 몸집이 큰 동물도 예외일 수 없었다.

갑작스런 상황에 겁을 먹은 말이 모래 속으로 빠져드는 두 발을 자꾸만 버둥거렸다. 상황이 심각해지자 반준은 한 손으로 말머리를 짚고, 몸의 반동을 이용해 힘차게 도약했다. 그가 뛰어오르는 순간, 함정이 점점 더 커졌다. 말이 발버둥을 치며 울부짖었다. 몇 미터 밖으로 튀어나간 반준으로서는 속수무책이었다. 그저 두 눈 멀쩡하게 뜨고, 조금씩 모래 함정으로 빨려 들어가는 말을 지켜볼 수밖에 없었다.

말이 완전히 함정 속으로 사라지자 모래의 움직임은 점차 잦아들었다. 반준은 그 자리에 서서 땅의 움직임을 자세히 관찰했다. 개미사자가 갑자기 그의 발밑으로 이동하면 큰일이었다. 잠시 후, 땅에서는 더 이상 아무런 움직임도 느껴지지 않았다. 반준은 그제야 안심했다. 그때 문득 숲속에서 누군가가 자신을 주시하고 있다는 느낌이 들었다. 이렇게 마음 놓고 있을 때가 아니었다.

반준의 귓가에 다시 거대한 굉음이 울려 퍼졌다. 전방 10리쯤 떨어진 곳에서 들리는 소리였다. 그는 전방을 살펴보았다. 앞에 있는 작은 마을에서 불길이 치솟는 것이 어렴풋이 보였다. 반준의 마음이 조급해졌다. 안양성 밖, 작은 마을에서 헤어진 지 열흘이 넘었다. 온 길을 생각하면 며칠 만에 풍만춘 일행을 따라잡을 수 있을 것 같았다. 그는 내내 풍만춘 일행의 신변이 걱정스러웠다. 특히 불같은 성격에 걸핏하면 일을 저지르는 연운이 걱정이었다.

생각하느라 정신이 팔린 사이, 갑자기 거센 바람이 몰아쳤다. 반준은 황급히 고개를 돌렸다. 눈앞에 나타난 괴물을 본 그의 가슴이 철렁 내려앉았다. 1미터가 조금 넘는 괴물의 모습은 마치 거대한 송충이 같았다. 열 마디로 이루어진 핏빛 몸체에 머리는 껍질을 벗겨놓은 석류와 비슷했고, 날카로운 이빨이 얼굴 전체에 박혀 있었다. 그런 괴물이 반준 앞에 서 있었다. 석류덩어리 같은 얼굴에서 검은 액체가 쏟아져 나왔다. 반준은 재빨리 한쪽으로 몸을 피해 괴물 오른편에 자리를 잡았다. 대체 눈이 어디에 붙어 있는지는 모르겠지만 놈은 반준의 위치를 정확하게 아는 것 같았다. 괴물은 비대한 몸체를 살짝 돌려 반준을 마주한 채 꼼짝하지 않았다.

반준은 소매 속에 든 청사를 손가락으로 가만히 돌렸다. 그는 침착하게 두 다리를 약간 벌린 채 괴물의 움직임을 따라 계속 시선을 옮기며 괴물의 치명적인 약점이 어디인지 살폈다. 사람과 괴물의 대치 상황. 마치 양측 모두 일격에 상대방을 해치울 허점을 찾고 있는 것 같았다.

바로 그때, 반준은 모래 함정 주위의 모래가 여전히 조금씩 아래로 흐르고 있는 것을 발견했다. 개미사자가 아직 그곳을 떠나지 않은 것이다. 결단을 내린 듯 반준의 입가에 힘이 들어갔다. 그는 눈동자만 움직여 주변을 살폈다. 옆에 30~40센티미터 정도의 손바닥만 한 청석판을 발견했다.

반준은 눈앞의 괴물을 경계하며 재빨리 뒤로 물러나 발끝으로 청석판을 들어 올린 후 괴물을 향해 힘껏 날렸다. 괴물은 준비를 하고 있었던 듯 석류 같은 머리를 한쪽으로 살짝 비켜 공격을 피함과 동시에 머리를 부르르 떨며 반준을 향해 검은색 액체를 뿜었다. 반준이 머리를 살짝 낮추자 액체는 그대로 머리 뒤로 넘어가버렸다.

반준은 까치발을 하고 몇 걸음 물러섰다. 괴물이 거대한 몸을 실룩거리면서 그를 쫓아왔다. 그런데 채 몇 미터 가기도 전에 괴물이 갑자기 움직임을 멈췄다. 괴물 아래쪽의 땅이 조금씩 흔들리기 시작하더니 마치 땅 위에 입이라도 생긴 것처럼, 조그맣던 모래 함정이 순식간에 크게 벌어졌다. 괴물의 몸이 모래 함정으로 빠져들기 시작했다.

조금 전 반준이 청석판을 날린 건 괴물을 맞히기 위해서가 아니라 함정이 있는 위치로 괴물을 유인하기 위해서였다. 괴물이 몸을 비키자 돌은 정확하게 함정 정중앙에 떨어졌다. 되도록 진동이 전해지지 않게 반준이 곧바로 뒤로 살짝 몸을 빼자, 예상대로 괴물이 온몸을 실룩거리며 그를 쫓아왔다. 땅속의 개미사자들이 진동을 감지하고 즉시 땅이 울리는 방향으로 이동했다. 반준은 더 이상 머뭇거릴 수 없다 판단하고 개미사자가 괴물을 삼키는 틈을 타 옆길로 살며시 빠져나왔다.

반준이 100미터 정도 갔을 때 괴물의 참담한 비명 소리가 들려왔다. 그 괴물이 어디서 왔는지도 알 수 없지만, 반준이 더 궁금한 것은 개미사자의 등장이었다. 개미사자를 조종할 수 있는 사람은 풍만춘 이외에 몰래 곤충소환술을 배운 일본인뿐이었다. 궁금한 것은,

개미사자가 나타났는데도 일본인의 흔적은 어디에서도 찾아볼 수 없었다는 점이다.

그러나 이것저것 생각할 여유가 없었다. 짙은 연기에 휩싸인 눈앞의 마을에서 대체 무슨 일이 벌어졌는지 알아보는 일이 더 시급했다. 그의 걸음이 빨라졌다. 마을이 가까워지자 화약 냄새가 점점 더 코를 찔렀다. 이어 각양각색의 차림을 한 마을 사람들이 필사적으로 도망쳐 나오는 모습이 보였다. 반준이 한 중년 남자의 팔을 잡으며 물었다.

"무슨 일입니까?"

중년 남자의 얼굴에 당혹스러운 빛이 역력했다.

"일…… 일본 사람들이 왔어요."

조짐이 좋지 않았다. 일본인들이 왜 이런 보잘것없는 작은 마을에 나타났을까? 그런 생각을 하는 사이 중년 남자가 손을 뿌리치고 마을 사람들을 따라 반준이 온 방향으로 후다닥 도망쳤다. 반준은 그곳에 개미사자가 있다고 알려주고 싶었지만 지금은 무슨 말을 해도 소용이 없을 것 같았다.

100가구가 채 되지 않는 평범한 시골 마을이었다. 마을로 통하는 길은 어지럽기 짝이 없었다. 땅에는 온통 찢어진 옷가지가 널려 있고, 놀란 닭 몇 마리만 허둥지둥 길바닥을 쏘다녔다. 그러나 총소리는 전혀 들리지 않았다. 수상하기 짝이 없었다. 반준은 짙은 연기가 피어오르는 방향을 따라 곧장 마을 한가운데로 들어섰다. 마을은 크지 않았지만 꽤나 규모가 있는 사당이 하나 자리하고 있었다. 사당 주위에 중산복을 입은 청년들의 시체가 널브러져 있었다. 모두 일본인인 듯했다. 반준은 더욱 마음이 조급해졌다. 사당 가까이 갈수록 공기 중에 화약과 피비린내가 심하게 느껴졌다. 사당 입구에 도착한 반준의 눈에 세 사람의 모습이 어른거렸다. 그들에게 가까이 다가

가기 전, 맞은편 사람이 먼저 반준을 발견했다. 그 사람이 깜짝 놀라 소리쳤다.

"반…… 반준 오라버니!"

다름 아닌 구양연운이었다. 반준을 본 연운이 완전히 넋이 나간 얼굴로 그에게 달려갔다. 연운이 반준을 훑어보며 말했다.

"오라버니, 여기서 만날 줄은 정말 몰랐어요. 풍 사부님은 오라버니가 천수에서 기다린다고 했거든요."

연운의 말에 반준은 순간적으로 말문이 막혔다. 어떻게 말해야 좋을지 당황스러웠다. 그때 풍만춘이 웬 남자 하나를 부축하고 나타났다. 남자는 중상을 입은 듯 다리를 절룩거리고 있었다. 풍만춘이 남자를 부축한 채 반준 앞으로 다가왔다.

"드디어 만났군."

반준이 미소 지었다.

"풍 사부님, 대체 무슨 일이 벌어진 겁니까?"

풍만춘이 한숨을 쉬고는 말했다.

"일본 놈들, 어찌나 냄새를 잘 맡는지, 귀신처럼 우리가 가는 곳마다 나타난다니까!"

연운이 맞장구를 쳤다.

"그러게요! 하지만 오늘 화끈하게 손을 봐 줬죠."

연운은 그렇게 말하면서도 반준만 바라보고 있었다. 잠시 후 무슨 생각이 났는지 그녀가 반준 뒤쪽을 살핀 후 입을 열려다 말았다.

"모두 무사하기만 하면 됐어요. 단 소저와 용이는?"

단이아와 금용이 보이지 않자 반준이 초조하게 물었다.

"걱정할 것 없네. 두 사람 다 안전하네."

풍만춘이 부축하고 있는 남자는 시종일관 입을 열지 않았다. 반준은 자초지종을 묻고 싶었지만 일본 군대가 쫓아오고 있을지도 모른다는 생각이 들었다.

"여긴 오래 있을 곳이 못 돼요. 우선 떠나죠."

"네."

연운이 신바람이 나서 휘파람을 불었다. 말 두 필이 길목에서 곧장 그들 쪽으로 다가왔다. 연운이 웃으며 물었다.

"오라버니, 말은요?"

"말……."

반준이 한숨을 쉬었다.

"마을 초입에서 개미사자 함정에 당했어요."

"네?"

일본인들이 이렇게 빨리 나타나다니! 연운과 풍만춘은 부르르 몸을 떨었다.

"그럼 이렇게 하지. 연운과 반준이 말을 함께 타게."

풍만춘이 상처 입은 남자를 힐끗 바라보며 말했다.

"우리 두 사람이 같이 타고."

그 남자는 풍만춘과 서로 이를 가는 사이였다. 바로 교영이었다. 교영이 곧바로 말을 끌고 왔다. 일전에 몽고사충에게 당한 말처럼 명마는 아니었지만 그래도 성질이 사나운 말이었다. 낯선 사람은 물론이고 풍만춘이라 해도 일단 화가 나면 부리기가 힘들 정도였다. 교영은 왼손으로 그처럼 사나운 말의 고삐를, 오른손으로는 갈기를 잡고 있었다. 풍만춘은 교영에 대한 감정이 좋지 않았다. 좋은 마음으로 돌아와 데리고 나왔더니 고마워하기는커녕 자기가 뭐라도 되는 양 제멋대로 굴지 않는가.

교영이 갈기를 잡자 말은 앞발로 땅만 긁어댈 뿐, 고개를 숙인 채 킁킁거리며 계속 거친 숨을 헐떡거렸다. 교영은 부상을 당하긴 했지만 말 타기에 능숙한 사람인 듯했다. 말에 오르는 데 전혀 지장이 없었다. 풍만춘이 의아한 것은 저 사나운 말이 낯선 사내한테 아무런 반항도 하지 않는다는 것이었다.

교영이 말에 오르자 풍만춘이 할 수 없다는 듯 웃으며 말했다.

"말아, 이 풍 나리 체면을 완전히 구기는구나."

풍만춘이 교영 뒤에 올라타 살짝 말 등을 내리쳤다. 말이 짧게 울부짖더니 먼지를 일으키며 달려갔다.

한편, 연운은 신바람이 났다. 반준이 연운 뒤에 앉아 두 손으로 고삐를 잡고 있었던 것이다. 이렇게 가까이 있어본 건 처음이었다. 그러면서도 연운은 행여나 마을 입구에 갑자기 시묘묘가 나타나지는 않을까 마음이 불안했다. 그러는 사이 반준은 어느새 말을 달려 마을을 벗어나고 있었다.

마을에 들어서기 전, 풍만춘은 금용과 단이아를 10리쯤 떨어진 숲속에 숨어 있도록 했다. 혹시나 일본인을 만나지나 않을까 하는 걱정에 연운과 풍만춘 두 사람만 마을에 들어온 것이다. 그들은 조금 전 왔던 길을 달려 숲에 도착했다.

풍만춘이 말에서 내려 깊은 숲속으로 들어갔다. 오는 동안 연운은 반준에게 교영이란 남자를 간단히 소개했다. 반준은 시종일관 교영을 지켜보고 있었다.

풍만춘이 빽빽한 숲으로 들어가는 것을 본 교영이 양미간을 찡그렸다. 그의 시선은 땅에서 떠날 줄을 몰랐다. 그와 동시에 반준 역시 땅 위에 어지러이 나 있는 말 발자국을 발견했다. 두 사람이 거의 동시에 소리쳤다.

"큰일이다! 매복이 있어!"

그들의 말이 끝나기 무섭게 깊은 숲속에서 총소리가 들려왔다. 새들이 푸드득거리며 날아올랐다. 반준이 말에서 내려 손에 청사를 쥔 채 숲으로 달려갔다.

"연운, 교 형과 여기서 기다려요!"

반준은 어느새 숲으로 들어와 있었다. 자작나무숲에는 낙엽이 두껍게 깔려 있었다. 폭신폭신한 땅이 마치 솜을 밟는 것 같았다. 반준은 어느 나무 앞에서 발을 멈추고 땅의 움직임에 귀를 기울였다. 이미 토파 곤충소환사들의 팔관술에 익숙해 있었기 때문에 평정심을 유지할수록 더 먼 곳의 소리를 들을 수 있었다. 주위에 적어도 여섯이 있었다. 그중 둘은 발걸음이 무겁고 숨이 약한 걸 보니 부상을 입은 게 분명했다.

반준은 청사를 지그시 누른 채 조심스럽게 한 걸음씩 앞으로 나아갔다. 몇 걸음을 내딛는 순간 바닥에 선홍빛 핏자국이 보였다. 핏자국에서 얼마 떨어지지 않은 곳에 검은 외투를 입은 남자가 반준을 등진 채 바닥에 누워 있었다. 그의 손가락이 부들부들 떨렸다. 반준은 급한 마음에 앞으로 쏜살같이 달려갔다. 그런데 채 네다섯 걸음 내딛기 전에 누군가가 뒤에서 고함을 질렀다.

"반준, 조심하게!"

그 말과 동시에 반준이 밟고 있던 땅의 모래가 흐르기 시작했다. 눈 깜짝할 사이에 무릎까지 모래 속으로 빨려 들어갔다. 손이 닿을 만한 거리 안에는 이미 모래가 다 흘러내려 짚을 곳이 없었다. 반준은 빽빽한 자작나무숲을 바라보았다. 희끗희끗한 자작나무 그림자가 마치 그를 노리는 수많은 눈처럼 보였다.

반준 뒤 4~5미터 떨어진 곳의 나무 뒤에 풍만춘이 숨어 있었다. 그는 나무에 반쯤 몸을 기댄 채 모제르총을 쥐고 있었다. 아래로 축 늘어진 왼손에서 피가 방울방울 떨어졌다. 조금 전 소리를 지른 건 풍만춘이었던 듯했다.

바로 그때 반준의 귓가에 말발굽 소리가 들려왔다. 그와 동시에 자작나무숲에서 참담한 비명 소리가 들렸다. 반준이 고개를 돌렸다. 연운이 말을 타고 달려오고 있었다. 가까이 다가온 연운이 왼쪽으로 몸을 기울이며 손을 뻗었다. 반준이 연운의 손을 잡았다.

연운이 이를 악물고 함정에 빠진 반준을 끌어냈다. 반준이 신고 있던 신발은 이미 해질 대로 해졌고 다리에서는 피가 흐르고 있었다. 순식간의 일이었다. 반준은 일본인들이 주위에 숨어 있다가 총을 쏘는 건 아닌지 걱정이 되었다. 그때 교영이 말을 끌고 천천히 걸어왔다.

"오라버니, 괜찮아요?"

반준의 다리에 피가 흐르는 것을 본 연운이 걱정스러운 듯 물었다. 반준이 고개를 저으며 사방을 경계했다. 그때 풍만춘이 자작나무 뒤에서 나왔다. 총을 허리에 꽂으며 반준에게 걸어온 풍만춘이 고개를 내저었다.

"다 죽었어."

"네?"

반준이 의아한 듯 풍만춘을 바라봤다.

"조금 전 숲에 매복해 있던 다섯 명 모두 죽었어."

"조금 전이라면……."

반준은 좀 전에 들렸던 처참한 비명 소리를 떠올렸다. 그는 다리를 절룩거리며 자작나무숲 깊숙이 들어갔다. 시큼한 악취가 코를 찔렀다. 반준은 냄새가 나는 방향으로 다가갔다. 살은 짓이겨지고 피범벅이 된 시신 한 구가 낙엽 위에 엎어져 있었다. 시신의 살덩이가 이미 걸쭉하게 녹아내리며 악취를 풍겼다.

연운과 풍만춘 역시 조금 전 함정 주위에서 시체 몇 구를 발견했다. 다른 네 구의 시체도 마찬가지 상황이었다. 모두 아무런 방어도 하지 못한 상태에서 습격을 받은 것 같았다. 연운과 풍만춘은 동시에 똑같은 생각을 하고 있었다. 두 사람이 마주 보며 동시에 외쳤다.

"몽고사충!"

연운과 풍만춘은 몽고사충이 얼마나 잔인하게 말 한 마리의 생명을 앗아갔는지 직접 목격한 바 있었다. 눈앞의 사람들 역시 모두 몽고사충의 독액에 당한 게 분명했다. 그러나 이해가 되지 않는 것이 있었다. 당초 마을에서는 두 사람을 해치려 했던 몽고사충이 지금은 되레 일행의 목숨을 구해주지 않았는가. 하룻밤 사이에 상황이 왜 이렇게 변해버렸을까?

"몽고사충?"

반준의 머릿속에 한 가지 생각이 스치고 지나갔다.

"맞아!"

풍만춘이 확신하듯 말했다. 그는 어젯밤에 있었던 일을 간단하게 설명했다.

"사부님 일행이 도착하기 전에 일본인들이 마을에 매복해 있었다는 겁니까?"

반준은 몽고사충보다 서쪽으로 향하는 자신들의 일정이 이미 노출되었다는 것이 더 걱정스러웠다.

"그건……."

풍만춘이 인상을 찌푸리더니 말했다.

"확신할 수는 없지만, 일본인들이 정말 아무 의도도 없다면 이처럼 인적 드문 곳에 뭐하러 왔겠나?"

여정 내내 풍만춘을 괴롭히던 문제였다.

"반준, 우리의 행방을 또 누가 알지?"

풍만춘이 고개를 돌려 반준을 바라봤다. 반준의 얼굴이 시퍼렇게 질렸다. 그가 인상을 쓴 채 두 주먹을 불끈 쥐었다. 잠시 후 그가 다시 긴장을 풀고는 말했다.

"일본인들이 우연히 우리를 발견했든 아니면 정말 계획이 새어나갔든, 지금 가장 중요한 건 단 소저와 용이를 찾는 겁니다."

"그래!"

연운과 풍만춘이 고개를 끄덕였다. 그러나 깊은 숲속에 숨어 있던 일본인들이 눈 깜짝할 사이에 비명횡사하고 누가 단이아와 금용을 데려갔는지도 모르는 상황에서 그들을 어찌 찾는단 말인가.

반준은 숲 이곳저곳을 뒤지며 일본인들의 흔적을 찾고자 했다. 그러나 숲이 너무 깊은 데다 낙엽이 잔뜩 깔려 있어 발자국이 남았을 리가 없었다. 아무런 단서도 찾을 수가 없었다. 풍만춘은 더더욱 스스로가 원망스러웠다. 마을로 돌아가지만 않았다면 이런 일은 일어나지 않았을 텐데. 그는 주먹으로 눈앞의 나무를 힘껏 후려쳤다. 나뭇잎이 우수수 떨어져 내렸다.

"아! 모두 내 탓이야. 일본 놈들 계략에 빠지다니!"

풍만춘이 자책하며 말했다.

"안심하세요, 풍 사부님. 단 소저는 별일 없을 거예요."

반준이 자신 있게 말했다.

"응?"

풍만춘이 의아한 듯 반준을 바라보았다. 그 나름대로 무슨 생각이 있는 모양이었다.

석양이 깔렸다. 노을이 하늘을 물들이고 있었다. 황하에서 10리 정도 떨어진 곳이었지만 조용한 자작나무숲에서도 도도히 흐르는 물소리를 들을 수 있었다. 밤이 깊자 반준은 일행을 이끌고 좀 전의 마을로 되돌아갔다. 마을은 텅 비어 있고 짙은 연기도 이미 다 사라져 있었다. 그저 안정을 되찾은 수탉들만 거리를 활보하고 있었다.

그들은 농가 한 곳을 골라 묵어 가기로 했다. 교영이 밖으로 나가 닭 몇 마리를 잡아 순식간에 말끔히 손질하고는 부뚜막에서 요리를 시작했다. 한 시간쯤 흐른 후 구수한 닭고기 냄새가 풍겨왔지만 반준 일행은 입맛이 없었다. 교영이 푹 익은 닭을 연운에게 내밀었다. 연운 역시 손을 저었다. 도저히 목구멍으로 넘어갈 것 같지 않았다.

교영은 할 수 없다는 듯 웃으며 한쪽에 자리를 잡고 혼자 닭을 뜯어먹기 시작했다. 풍만춘은 담배를 피우며 말없이 닭을 뜯는 교영을 바라봤다. 마치 수많은 개미떼가 고기를 뜯고 있는 것 같다는 생각이 들었다.

밤이 점점 깊어졌다. 여치들이 끊임없이 울었다. 환한 달빛이 시커먼 집을 비추고 있었다. 잠을 청할 수가 없었던 반준은 옷을 걸치고 밖으로 나가 도화나무 아래 앉아서 하늘에 걸린 달을 쳐다봤다. 수많은 생각이 머릿속을 가득 채우고 있었다.

바로 그때 연운이 가만히 방문을 열고 나왔다. 연운의 발소리를 듣긴 했지만 반준은 넋 나간 사람처럼 하늘만 바라보고 있었다.

"반준 오라버니."

연운이 반준 곁에 앉아 가만히 그를 불렀다. 반준은 천천히 고개만 끄덕일 뿐 아무런 대답도 하지 않았다.

"시⋯⋯."

연운이 입술을 깨물었다. 말을 해야 할지 어째야 할지 알 수가 없었다. 그러나 원래 하고 싶은 말을 속에 담아두지 못하는 연운이 아닌가. 그녀가 용기를 내어 다시 입을 열었다.

"시 소저는 함께 오지 않았어요?"

반준이 고개를 돌려 연운을 바라보더니 곧 한숨을 쉬며 말했다.

"아마 다시는 시 소저를 보지 못할 겁니다."

"왜요?"

연운이 인상을 찌푸렸다. 비록 시묘묘와 사이가 좋진 않았지만 연운은 단순한 아가씨였다.

"차차 알게 될 거예요."

반준이 자리에서 일어나며 말했다.

"늦었어요. 어서 돌아가 쉬어요. 내일 다시 단 소저와 용이를 찾아 봐야죠."

"네."

연운은 인상을 쓴 채 고개를 숙이고 자리를 떠나려 하지 않았다. 반준이 의아한 듯 고개를 돌려 그녀를 바라봤다.

"왜요?"

"그게……."

연운이 잠시 생각하더니 길게 한숨을 내쉰 후 말했다.

"낮에 오라버니를 속인 것이 있어요."

"뭔데요?"

반준은 궁금한 듯 연운을 바라봤다. 연운이 그의 곁으로 다가가 귓속말을 했다. 반준도 이미 어느 정도 짐작했던 일이었지만 연운의 입으로 직접 듣자 놀라움을 감출 수 없었다.

"정말 그렇군요."

반준이 긴 한숨을 내쉬었다. 바로 그때, 반준의 귀에 요란한 말발 굽 소리가 들렸다. 말 한 필이 빠른 속도로 그들을 향해 다가오고 있 었다. 그는 연운에게 조용히 하라고 손짓한 뒤 가만히 마당 입구로 다가가 조심스럽게 청사에 손을 올렸다.

# 제4장

## 연고 없는 묘지, 백년의 비밀을 간직하다

달빛 아래 청사가 오싹 소름이 끼칠 정도로 푸른빛을 번뜩였다. 조금이라도 상식이 있는 사람이라면 청사에 독이 발라져 있음을 알 수 있을 것이다. 금순은 조심스레 청사 몇 가닥을 상자에 넣고는, 다시 한 번 내용물을 살펴본 다음 허리춤에 넣었다. 그가 총 한 자루를 꺼냈다. 회전식 연발권총이었다. 한 번도 사용해본 적은 없지만 그는 이 권총의 위력을 잘 알고 있었다. 그는 총을 복사뼈 근처에 숨겼다. 모든 준비를 마친 뒤 금순은 시간을 봤다. 벌써 자정이었다. 그는 주먹을 불끈 쥐고 탁자에 놓인 술병을 들어 단숨에 들이켰다.

오늘 저녁에 만날 사람이 있었다. 어둠 속에 숨어 지내는 신비로운 인물이었다. 수년 전 금순은 동릉 도굴 사건에 연루되는 바람에 사부인 금무상에게 손가락을 잘리고 사문에서 쫓겨났다. 그 후 1년 동안 금순은 돌이킬 수 없는 길, 바로 도굴에 뛰어들었다. 그는 금파 곤충소환사의 절대 기술을 잘 알았기 때문에 능에 설치된 암기를 훤하게 꿰뚫고 있었다. 도굴은 그에게 식은 죽 먹기였다. 그러나 금순이 도굴한 무덤에는 그다지 값진 골동품들이 들어 있지 않았다. 어쩌다 우연히 두세 점 값진 물건을 발견할 때면 그 즉시 저당을 잡혔다. 수중에 조금만 돈이 들어와도 경성의 크고 작은 도박장이나 기생집에서 모두 탕진해버렸다.

매우 우연한 기회에 그자를 알게 되었다. 금순을 그날 밤을 영원히 잊을 수가 없었다. 그날 밤, 그는 재수에 옴이 붙었는지 뭘 해도 족족 돈을 잃었다. 날이 어두워지기 시작할 무렵 그의 주머니에는 은화 몇 닢밖에 남아 있지 않았다. 이대로 도박을 계속하다간 기생집에 갈 돈마저 잃을 것 같았다. 그는 씩씩거리며 탁자에서 일어나 화장실을 다녀온 후 경성 팔대 골목을 돌아다니기로 마음먹었다. 그런데 막 화장실에 들어자마자 검은 옷을 입은 사람과 부딪쳤다.

상대가 키가 크고 건장했기 때문에 난쟁이 금순은 그대로 바닥에 뒹굴고 말았다. 그런데도 상대는 금순은 아랑곳하지 않은 채 계속 제 갈 길만 갔다. 원래 안 좋은 성격인 데다 그날따라 종일 재수가 없었기 때문에 누군가 화풀이할 상대를 찾고 있던 금순은 상대방에게 재수 옴 붙은 날이 되게 해주겠다고 단단히 마음먹었다. 금순은 또르르 바닥을 굴러 몸을 일으킨 후 얼른 상대방 앞을 가로막았다.

"어이, 눈이 멀었어? 눈을 어디다 두고 다녀? 좀 전에 내게 부딪쳤잖아!"

그자가 걸음을 멈추었다. 어두컴컴한 밤인 데다 삿갓이 얼굴 전체를 가린 바람에 생김새를 볼 수가 없었다. 상대는 잠시 눈앞에 서 있는 금순을 관찰하는 것 같았다.

"어쩌라고?"

숨통에서 곧바로 터져 나온 듯 탁하고 소름 끼치는 목소리가 말했다. 금순은 조그만 눈을 굴리며 눈앞의 상대가 대체 어떤 놈일까 생각했다.

"어떻게 할 거야?"

금순은 이미 그자의 말투에 완전히 기가 눌려 있었다. 그저 은전이나 조금 뜯어내면 좋겠다고 생각할 때였다. 상대가 그를 비웃는가 싶더니 입을 채 열기도 전에 뒤에서 매우 익숙한 음성이 들려왔다.

"여기서 만나 뵙……."

금순은 황망히 고개를 돌렸다. 방유덕이 양복을 입고 단장을 짚은 채 뒤에 서 있었다. 금순은 줄곧 도굴로 생계를 이어가던 중이라 벌써부터 방유덕의 표적이 되어 있었다. 다만 경찰국에서 별로 신경 쓰지 않았기 때문에 기고만장하게 일을 벌일 수 있었을 뿐이다. 그런데 이런 곳에 방유덕이 나타나다니. 금순은 이대로 경찰국에 붙들려가는 것은 아닐까 생각하며 입을 다문 채 그대로 줄행랑을 놓았다. 그는 도박장을 나와 뒤쪽 깊은 골목으로 들어섰다. 쫓아오는 사람이 없다는 것을 확인한 그는 그제야 걸음을 멈추고 거친 숨을 몰아쉬었다.

금순은 정말 재수 옴 붙은 날이라고 속으로 욕을 퍼부었다. 도박도 잘 안 풀리고, 화장실에서 방유덕까지 만나다니. 그 순간 갑자기 한 가지 의문이 떠올랐다. 상대를 대하는 방유덕의 말투가 지극히 공손했다. 분명 자신에게 한 말은 아니었다. 그렇다면 검은 옷을 입은 자에게 한 말이라는 건데. 순간, 금순은 한 가지 대담한 결심을 했다.

금순은 벽에 붙어 살금살금 도박장 후문으로 향했다. 후문 쪽 어두운 골목 입구에 차 한 대가 세워져 있었다. 금순은 한눈에 경찰국 방유덕 국장의 차라는 것을 알았다. 그는 몸을 반쯤 구부린 채 조심스레 운전석 쪽으로 다가가 가만히 머리를 들고 안을 들여다봤다. 운전석은 텅 비어 있었다. 그러던 중 금순은 골목 깊숙한 곳에서 빛나는 뭔가가 깜빡거리는 것을 발견했다. 그는 몸을 옆으로 틀어 앞을 살폈다. 골목 깊숙한 곳에서 누군가가 대화를 나누고 있었다.

금순은 감히 더 이상 다가갈 수 없었다. 차 뒤에 숨은 지 15분쯤 지났을까, 골목 깊숙한 곳에서 발소리가 들려왔다. 그가 있는 곳으로 다가오고 있었다. 금순은 재빨리 한쪽으로 몸을 숨겼다. 잠시 후 방유덕이 나타나더니 골목 입구에 서서 아무 일도 없었다는 듯 담배에 불을 붙인 후 좌우를 살폈다. 주위에 별다른 움직임이 보이지 않자 방유덕은 그제야 차에 올라 골목을 떠났다. 방유덕이 떠난 후 얼마 지나지 않아 검은 옷을 입은 자 역시 골목에서 나왔다. 골목 입구까지 나온 그는 곧장 성 북쪽으로 걸어갔다. 금순은 그자의 얼굴을 보진 못했지만 걸어가는 뒷모습이 무척 낯익다는 느낌을 받았다. 다만 어디에서 봤는지 생각나지 않을 뿐이었다.

금순은 감히 쫓아가지 못한 채 혼자 씩씩거리며 성 북쪽 무연고 묘지에 위치한 거처로 돌아왔다. 천성적으로 여자를 밝히고 도박을 좋아하는 금순에게는 천지에 빚쟁이가 깔려 있었다. 빚쟁이를 피해 다니느라 성 북쪽에 위치한 이곳 무연고 무덤 하나를 골라 거처로 개조한 것이다. 그래도 탁자와 의자, 침대 등 갖출 건 다 갖추고 있었다.

그는 침대에 누워 뒤척이며 도무지 잠을 이루지 못했다. 검은 옷의 뒷모습이 자꾸만 어른거렸다. 누군지 생각이 나지 않았다. 그렇게 꼬박 밤을 지샜다. 그런데 갑자기 어둠 속에서 떠오르는 사람이 있었다. 그 뒷모습이 검은 옷의 인물과 겹쳤다. 퍼뜩 위험한 생각이 들었다. 거기에서 시작된 악몽을 아무리 떨치려 해도 떨쳐버릴 수가 없었다. 그 사람…… 죽은 것 아니었던가? 어떻게 갑자기 북경에 나타난 것일까?

금순은 침대에서 벌떡 일어나 앉았다. 할 일이 있었다. 확인해봐야 할 것 같았다. 그는 길이가 3~4센티미터밖에 되지 않는 짧은 삽을 가져왔다. 앞이 구부러져 있고 뒤에는 끝이 달려 있었다. 삽을 허리에 걸고 구멍을 빠져나와 6~7리 떨어진 묘지까지 말을 달렸다.

한 시간쯤 지난 후, 금순의 앞에 커다란 히말라야삼목 몇 그루가 나타났다. 히말라야삼목 사이로 3층짜리 무덤이 어렴풋이 보였다. 문양이 새겨진 대리석을 쌓아 만든 무덤으로 청석 부조가 장식되어 있었다. 안쪽에 영벽(影壁)이 세워져 있고 지면에는 청석판이 깔려 있었다. 대리석으로 테를 두른 계단은 자못 기백이 넘쳤다.

금순은 무덤의 구조로 보아 사부인 금무상의 작품이리라 확신했다. 금씨 가문의 대제자인 금순에게 이 무덤을 여는 것은 주머니에서 물건을 꺼내는 것과 마찬가지로 쉬운 일이었다. 겉으로는 무척 견고해 보이지만 사부는 종종 대리석 비석 아래 비밀 문을 만들어두었다. 비밀 문 뒤에는 무시무시한 장치가 붙어 있었다. 만약 열다가 자칫 실수라도 하면 안에 들어 있는 모래에 완전히 매몰되어버리고 만다. 금순은 대리석 비석 아랫부분을 몇 번 두드린 다음 가만히 돌비석을 밀었다. 순식간에 돌문이 옆으로 3~4미터 정도 밀리면서 겨우 한 사람 정도 들어갈 만한 공간이 생겼다.

금순은 이를 악다물었다. 호랑이를 잡으려면 호랑이굴로 들어가야 되지 않겠는가. 그는 짧은 삽자루를 입에 물고 무덤으로 들어갔다. 금무상이 묘실로 들어가는 비밀 통로를 구불구불 거대한 미로처럼 만들어놓았기 때문에, 보통 사람들은 설사 암기를 잘못 건드려 모래에 파묻혀 죽는 일이 벌어지지 않는다 해도 출구를 찾지 못해 무덤 안에 갇혀 죽기 십상이었다. 그러나 '밤이고 낮이고 아무리 대비해도 집안 도둑은 막기 어렵다'고 하지 않았던가. 금순은 그러한 사부의 고심을 잘 알고 있었다. 한 시간쯤 지난 후, 금순은 중앙에 위치한 묘실에 이르렀다.

벽을 살짝 뛰어넘어 묘실로 들어서는 순간, 그는 뭔가 심상치 않은 기운을 느꼈다. 이처럼 큰 묘실에서 시체 썩는 냄새가 나지 않다니! 그는 화급히 가지고 온 화절자를 꺼냈다. 흔들리는 불빛과 함께 그의 눈앞에 놀라운 광경이 펼쳐졌다. 넓은 공간이 마치 침실처럼 꾸며져 있었다. 침대와 탁자, 의자, 책상과 그 위 문방사보까지 갖출 건 다 갖추고 있었다. 다만 거미줄과 먼지가 가득 덮인 것을 보니 오랫동안 비어 있었던 듯했다.

묘실을 한 바퀴 둘러본 금순은 자신의 예상이 틀림없다고 확신했다. 오늘 저녁에 본 사람은 분명 이 무덤의 주인일 것이다. 그렇게 멀쩡하게 살아 있는데 왜 죽은 척 위장했을까? 그때부터 금순은 방유덕의 일거수일투족을 몰래 감시하기 시작했다. 방유덕은 그 신비의 검은 옷과 몰래 만남을 지속하고 있었다.

금순의 흥분이 고조되었다. 곤충소환사 일족이 뭔가 거대한 비밀과 관련돼 있다는 말은 벌써부터 들어 알고 있었다. 그자가 죽음을 가장한 이유는 분명 단 하나일 것이다. 바로 그가 암암리에 그 비밀을 조사하고 있기 때문이었다. 그가 방유덕을 부리고 있는 것이 분명했다. 그러나 어떻게 그자에게 접근할 것인지가 고민이었다.

하늘은 노력하는 자를 저버리지 않는다고 했던가. 한참 고민하던 중 금순은 바로 어제저녁 방유덕이 몰래 포국 감옥으로 들어가는 것을 봤다. 그는 방유덕을 미행했다. 감옥에서 나온 방유덕이 골목 입구에 물건 하나를 놓았다. 사방에 사람이 없는 것을 확인한 금순은 물건을 몰래 손에 넣었다. 분명 검은 옷을 입은 그자가 방유덕에 지시한 임무일 것이다.

금순이 총을 발사하자 방유덕은 허겁지겁 자기 몸을 더듬었다. 상처를 입지 않았음을 확인한 방유덕이 안도의 한숨을 내쉰 것도 잠시, 그는 금순이 들고 있는 물건을 보고 소스라치게 놀랐다.

"그, 그건…… 그걸 네가 어떻게……?"

금순이 피식 웃으며 말했다.

"하하. 그건 상관할 것 없고. 대신 말이나 전해. 물건은 내게 있으니 도로 가져가고 싶으면 나를 만나 협상해야 할 거라고."

"금순, 너…… 죽고 싶어 환장했냐!"

방유덕이 씩씩거렸다.

"하하. 너보다 내가 그자를 더 잘 알지."

금순이 말하며 물건을 품에 넣고는, 총알을 뺀 빈총을 방유덕에게 건넸다.

"오늘 자시에 동교민항 48호야. 늦으면……."

금순이 씩 웃었다.

"이 물건을 부숴버릴 거야. 아무도 못 갖게 말이지!"


거기까지 생각을 떠올리던 금순이 술 한 모금을 들이켰다. 이미 자시가 가까웠지만 주위에는 아무런 움직임도 없었다. 그는 흥분을 억누를 수 없었다. 검은 옷의 주인공이 누구인지는 알고 있었지만 그자가 자신을 어떻게 할지 모를 일이었다. 순식간에 저승으로 보낼 수도 있었다.

금순은 갈등했다. 빨리 상대를 만나고 싶은 마음도 간절했지만, 그만큼 그자의 출현이 두렵기도 했다. 생각할수록 마음이 초조했다. 시간은 벌써 자시를 넘겼지만 주위에서는 아무런 움직임도 느껴지지 않았다. 금순은 뭔가 일이 잘못되었다고 느꼈다. 안 그래도 의심 많은 그가 자리를 뜨려 할 때였다. 갑자기 삐꺼덕 소리와 함께 천천히 문이 열렸다.


반준은 문틈으로 가만히 밖을 내다보았다. 말발굽 소리가 점차 가까워지고 있었다. 마을로 들어서자 마치 뭔가를 찾는 것처럼 말이 속도를 늦추고 점차 반준이 있는 집을 향해 다가왔다. 말 등에는 여자 한 명과 아이 하나가 타고 있었다. 그들의 모습을 본 반준의 얼굴에 미소가 피어올랐다.

"단 소저……."

반준이 문을 열었다. 말에 타고 있던 여자가 반준의 목소리를 듣더니 말 등을 가볍게 내리치며 그를 향해 달려왔다.

"반준!"

지금 이 순간 반준을 만나다니 단이아로서는 정말 뜻밖이었다. 풍만춘과 헤어질 때는 그를 보지 못했기 때문이다. 재빨리 쫓아 나온 연운이 말했다.

"단 소저, 어디 갔었어요? 모두 단 소저하고 용이를 걱정하고 있었어요."

단이아가 반준을 힐끗 본 후 다시 연운 쪽으로 고개를 돌렸다. 연운은 계속 인상을 쓰고 있었다. 단이아 품에 앉아 있던 금용이 갑자기 입을 열었다.

"우리 연응 형 봤어요."

"연응?"

연응의 이름을 들은 연운이 부르르 몸을 떨었다. 안양 반씨 고택 뒷산에서 설전을 벌인 후 한 번도 연응을 만난 적이 없었다. 서로를 목숨처럼 의지하고 살았던 구양 남매가 가문의 보물과 어머니의 행방을 찾기 위해 만리 길을 마다 않고 중원을 찾아왔건만, 이렇게 헤어져 있게 될 줄 누가 알았단 말인가. 그런 생각이 들자 연운은 마음이 아팠다. 잠시 후 그녀가 고개를 들더니 물었다.

"지금 어디에 있어?"

"연응은……."

단이아가 조금 난처한 표정으로 말했다.

"이미 떠났어요."

연운이 단이아의 손을 잡으며 물었다.

"어디로 갔는지 알아요?"

단이아가 고개를 저었다.

"모르겠어요. 북경에서 온 소식을 듣더니 일본인들과 황급히 떠나버렸어요."

"아직도 일본인들과 같이 있단 말이에요?"

연운은 자신의 귀를 믿을 수가 없었다.

"할아버지가 그자들 손에 죽은 걸 잊었단 말이에요? 단 소저, 연응이 어디로 갔는지 말해줘요."

연운이 단이아가 탄 말의 고삐를 단단히 틀어잡고 매섭게 쏘아붙였다.

"무슨 일이야?"

그들이 말을 나누는 사이, 풍만춘이 옷을 걸치고 밖으로 나오며 큰 소리로 물었다. 단이아와 금용이 돌아온 것을 본 그의 얼굴이 환하게 밝아졌다.

"하하. 언제 돌아온 거야? 왜 이렇게 밖에 서 있어? 어서 들어오지 않고!"

"풍 아저씨!"

금용은 풍만춘을 만나자 마음이 날아갈 것 같았다. 풍만춘이 앞으로 다가가 금용을 안아 내려주며 그의 얼굴을 꼬집었다. 그가 금용을 안고 걸으며 말했다.

"꼬마가 어디로 놀러 갔었나! 이 아저씨 걱정하게스리!"

"단 소저, 들어가요."

반준이 연운이 쥐고 있는 고삐를 잡아당기며 말했다.

"우리도 들어가죠."

단이아가 고개를 끄덕이며 연운을 힐끗거렸다. 연운은 화가 머리 끝까지 난 채 주먹을 불끈 쥐고 있었다. 단이아가 말에서 내려 반준을 따라 마당으로 들어섰다. 반준은 말을 마구간에 묶어두고서야 방으로 돌아왔다.

방 안의 공기가 심상치 않았다. 풍만춘은 금용을 안고 있고, 금용은 풍만춘에게 소곤소곤 귓속말을 하다가 때때로 깔깔 소리 내어 웃기도 했다. 연운과 단이아는 구들 양 끝에 앉아 있었다. 단이아는 잘못을 저지른 사람처럼 고개를 숙이고 있다가 이따금 고개를 들어 연운을 바라보았다. 연운은 좀처럼 화를 삭일 수 없는지 두 주먹을 불끈 쥐고 있었다.

"좋아요. 단 소저, 오늘 상황을 자세히 말해봐요."

반준이 의자에 앉아 말했다.

"네."

단이아가 고개를 끄덕였다.

마을에 있던 일본인들은 연응이 보낸 자들이었다. 연응이 어떻게 일행의 행선지를 알았는지는 모르지만, 어쨌거나 연응은 그에 대해 확신을 가지고 있었다. 마을에서 잠복하다 일거에 반준 일행을 사로잡을 계획이었지만 연운 등이 도착한 그날 저녁, 마을에 괴물 몇 마리가 나타났다. 괴물들은 피후보다 훨씬 무지막지한 놈들로, 순식간에 연응이 보낸 일본 곤충소환사들을 해치웠다. 허겁지겁 그곳을 빠져나간 몇 사람이 10리 정도 떨어진 초소로 달려가 조금 전 있었던 일을 알리자, 연응은 그날로 마을에 도착했다. 마을에 부하들의 시신이 널려 있었지만 반준 일행은 한 사람도 보이지 않았다. 이에 그는 몰래 반준 일행을 추격했다.

풍만춘 등이 마을에 발을 들여놓았을 때, 연응은 일찌감치 수하들을 잠입시킨 상태였다. 단이아와 금용을 빼면 모두 절대 고수라 할 수 있으니, 자기 부하들이 그들의 적수가 되지 못할 것을 우려한 연응은 유인책을 동원하기로 했다. 그는 반준의 사람됨을 잘 알고 있었다. 마을에 변고가 생기면 분명히 그곳으로 갈 테니 그 기회를 틈타 일을 도모할 수 있을 거라고 생각했던 것이다. 연응은 수하 몇을 데리고 자작나무숲 깊은 곳에 잠복했다. 과연 그의 예상대로 마을에 불이 나자 풍만춘과 연운은 곧장 그곳으로 달려갔다. 연응은 그 틈을 이용해 단이아와 금용을 납치했다.

"그런데 왜 두 사람을 풀어줬지?"

풍만춘이 이상하다는 듯 물었다. 그 순간 뭔가가 생각난 듯 풍만춘이 의자에서 벌떡 일어섰다.

"연응 그놈이 이아를 미행한 것 아닌가?"

단이아가 인상을 찌푸렸다. 그녀가 채 입을 열기도 전에 마당에서 끼익 하는 소리가 들려왔다. 풍만춘이 재빨리 등잔불을 껐다. 방 안이 순식간에 어두컴컴해졌다. 연운이 창가에 기댄 채 창호지에 구멍을 뚫고 밖의 동정을 살폈다. 밝은 달빛 아래 문은 열려 있었지만 입구에 사람 그림자는 보이지 않았다. 죽음과도 같은 적막이 흘렀다. 다만 옆방에서 교영의 코 고는 소리가 들릴 뿐이었다.

잠시 후, 갑자기 검은 그림자 하나가 마치 술 취한 사람처럼 흔들거리며 문으로 걸어 들어왔다. 그는 채 서너 걸음도 딛기 전에 땅바닥에 쓰러져 한참 동안 꼼짝하지 않았다. 방 안에 있는 사람들 모두 그 광경을 지켜보았다. 잠시 후 반준이 숨을 죽이고 말했다.

"방에서 잠시 기다려요. 내가 나가볼게요."

"나도 나가볼래요."

연운이 그렇게 말하더니 반준이 뭐라 말하기도 전에 밖으로 향했다. 반준도 말없이 뒤이어 나갔다. 달빛이 밝은 밤이었다. 점차 눈이 어둠에 적응하자, 반준은 3~4미터 정도 떨어진 곳에 엎드려 있는 누군가를 발견했다. 앞쪽 계단을 따라 거무죽죽한 액체가 흘러내리고 있었다. 불길한 예감이 들었다. 반준이 재빨리 앞으로 다가갔다. 피비린내가 진동했다.

반준이 상대의 목에 손을 얹었다. 바로 그때, 그자가 갑자기 몸을 홱 돌렸다. 깜짝 놀란 반준이 뒷걸음질을 치기도 전에 그자가 반준의 팔을 거머쥐었다. 얼마나 세게 잡았는지 손톱이 피부로 파고들 정도였다. 반준 뒤에 있던 연운이 그의 얼굴을 보고 자기도 모르게 비명을 질렀다. 어려서부터 피후와 함께 생활했던 연운은 보통 남자들보다 담력이 강한 편이었다. 그러나 눈앞에 드러난 상대의 얼굴에 연운은 경악을 금치 못했다.

반준 역시 연운과 동시에 그자의 얼굴을 봤다. 마치 얼굴 피부를 잡아 뜯은 것처럼 뼈와 핏줄이 그대로 드러나 있었다. 안구 하나는 어디로 갔는지 한쪽 눈으로만 비스듬히 눈앞의 반준과 연운을 바라보고 있었다. 그는 두 손으로 반준의 팔을 거머쥐고 피가 엉겨 붙은 입술을 덜덜 떨며 입을 열려고 했지만 한참 동안 아무 말도 하지 못했다.

"당신……."

반준이 몸을 구부려 눈앞의 남자를 살폈다.

"하고 싶은 말이 뭡니까?"

남자가 입을 열려고 안간힘을 쓰며 숨을 헐떡거렸다. 피에 엉겨 붙은 입술을 벌리기가 힘든 모양이었다. 갑자기 그의 목이 팽팽하게 부풀며 핏줄이 불거지더니 입술이 벌어졌다.

"피해요!"

목구멍 깊숙한 곳에서 터져 나오는 소리 같았다. 그 한 마디에 모든 기력을 소진한 듯 남자는 가슴을 두세 번 헐떡인 후 더 이상 움직이지 않았다.

"오라버니, 저…… 저 사람, 일본인이에요?"

연운은 상대의 복장을 훑어봤다. 전에 만난 일본 곤충소환사들과 똑같은 차림이었다. 반준은 고개를 끄덕이면서 자신의 팔을 잡고 있는 자의 손을 내려놓았다.

"내 예상이 맞다면 단 소저를 따라온 일본인은 이자 하나가 아닐 겁니다."

반준이 잠시 침묵하더니 다시 입을 열었다.

"여기서 풍 사부님과 함께 단 소저랑 용이를 지키고 있어요. 나갔다 올게요."

"오라버니, 조심해요."

연운의 말이 끝나기가 무섭게 반준은 밖으로 나갔다.

십여 가구가 채 안 되는 마을이었다. 남북으로 작은 길이 나 있고, 서쪽은 황하에서 10리쯤 떨어져 있었다. 또한 동쪽으로는 산맥이 면면히 이어져 있었다. 반준은 달빛 아래 마을을 관통하는 작은 길을 따라 북쪽 자작나무숲으로 향했다. 100보 정도 갔을까, 토악질이 날 것 같은 고약한 냄새와 함께 반준의 눈에 멀찌감치 서너 구의 시신이 널브러져 있는 것이 보였다. 모두 아무런 방비도 없는 상태에서 순식간에 변을 당한 것 같았다. 시체들의 모습은 끔찍했다. 팔이나 다리나 살이 뜯긴 채 백골이 그대로 드러나 있었다. 반준이 소매로 코를 가렸다. 걸음이 빨라졌다. 낮에 자작나무숲에서 본 시체들의 모습과 똑같았다. 모두 몽고사충에게 당한 게 분명했다.

다시 수백 보 정도 나아갔을 때였다. 마을 입구에 다다른 반준은 십여 구의 곤충소환사 시체를 발견했다. 옷차림이 모두 동일했다. 반준이 바짝 긴장하며 몸을 굽혔다. 땅 위에 남아 있는 핏자국이 채 마르지 않은 상태였다. 몽고사충이 그리 멀지 않은 곳에 있다는 증거였다. 지난번에는 요행히 빠져나왔지만 다시 그 흉악한 놈을 만난

다면 아마 더 이상 놈의 적수가 되지 못할 것이다.

바로 그때, 반준의 귓가에 발소리가 들려왔다. 마을 쪽에서 나는 소리였다.

"오라버니, 어때요?"

연운이 달려왔다. 조금 전 집으로 돌아가 풍만춘에게 마당에서 본 것을 알려준 후 반준이 걱정되어 그의 뒤를 쫓아온 것이었다. 반준이 멍한 얼굴로 고개를 저었다.

"모두 죽었어요."

연운은 살아 있는 일본인이 한 명이라도 있으면 그를 붙잡아 연웅의 행방을 캐물을 생각이었다.

"살아남은 사람이 한 명도 없나요?"

반준이 고개를 끄덕이자 연운은 낙담했다. 몽고사충에 당한 시체들을 본 반준의 마음속에서 의문이 고개를 들었다.


방 안은 칠흑같이 어두웠다. 단이아가 금용을 안고 벽에 기대 잠들어 있었다. 문 앞에 앉아 있던 연운 역시 깊은 잠에 빠져 있었다. 연운 옆에는 반준이 앉아 있었다. 한 달 조금 넘는 시간 동안 수많은 변화가 있었다. 어릴 적부터 함께했던 반박이 그를 배반했다. 곤충소환사 가문에 관한 일도 그렇다. 평소 많은 것을 알고 있다 생각했는데 지금은 스스로가 얼마나 무지했는지를 깨닫고 있었다. 게다가 정체를 알 수 없는 시묘묘까지!

시묘묘. 순간 아름답기 그지없는 그녀의 얼굴이 반준의 눈앞에 나타났다. 그녀가 눈물을 머금은 채 그 앞에 앉아 있었다.

그녀의 눈물이 횃불에 비쳐 어른거렸다. 난생처음 가면을 벗고 본래의 모습을 보여주고 있었다. 가면 뒤의 얼굴은 가면보다 훨씬 아름다웠다. 그녀가 살짝 미소 짓더니 이내 굵은 눈물을 뚝뚝 흘렸다.

"날 믿어?"

시묘묘가 반준을 바라보며 물었다. 반준은 뭐라고 대답해야 좋을지 알 수가 없었다. 아니, 자신이 뭐라고 대답했는지 모두 잊어버린 것 같았다. 어떤 손이 반준의 머릿속에서 그 전후의 광경을 철저하게 지워버린 듯했다. 반준은 당시 일을 기억하려고 애썼지만 도저히 참지 못할 만큼 머리만 아플 뿐이었다.

"반준!"

반준의 몸이 부르르 떨렸다. 그가 고개를 돌렸다. 풍만춘이 그의 옆에 서 있었다. 그가 반준의 어깨를 도닥이며 자신을 따라오라고 손짓했다. 반준은 고개를 끄덕이고는 곤히 잠이 든 세 사람을 바라본 후 풍만춘을 따라 밖으로 나갔다.

벌써 삼경이었다. 달은 밝고, 듬성듬성 별빛이 반짝이고 있었다. 산들이 빙 둘러 있기 때문일까, 유난히 크게 보이는 달이 차갑게 대지를 비추고 있었다. 풍만춘이 이미 문 앞에 있던 시체를 처리한 뒤였다. 두 사람은 대문을 나섰다. 풍만춘이 쪼그리고 앉아 담배 한 개비에 불을 붙이고는 반준에게 물었다.

"대체 그날 밤에 무슨 일이 있었던 건가?"

반준이 고개를 들고 하늘의 보름달을 바라보며 길게 한숨을 내쉬었다.

"사실 그날 밤 제가 시 소저를 쫓아간 다음에 일어난 일이 마치⋯⋯."

반준이 인상을 찌푸렸다.

"마치 기억 속에서 모두 지워져버린 것 같다는 거지? 내 말 맞나?"

풍만춘은 반준의 대답을 예상하고 있었다는 듯 천천히 담배를 빨았다.

"네?"

반준이 신기한 듯 풍만춘을 보며 다시 입을 열려고 하자 풍만춘이 손을 내저었다.

"자네와 비슷한 경험을 한 적이 있어. 깨어난 순간, 한 달 동안 있었던 일이 전혀 기억나지 않았거든."

"맞아요."

반준이 기억을 더듬으며 말했다.

"잠에서 깨어났는데 제가 이미 하남을 벗어나 한 객잔에 누워 있더군요. 시 소저는 보이지 않고요."

"그랬군."

풍만춘이 담배를 손가락 사이에 낀 채 골똘히 생각에 잠겼다.

"그리고 또 하나. 뭔가 이상하지 않나? 어제저녁 자작나무숲에 있었던 일본인들이 몽고사충에게 당한 것 말일세. 아까는 이아 뒤를 쫓아온 일본인들까지 몽고사충에 당했고 말이야. 마치 누군가가 우리를 도와주고 있는 것 같단 말이야."

"네, 저도 조금 전 그 생각을 하던 중이었습니다."

반준이 풍만춘 곁에 앉으며 말했다.

"사실, 몽고사충에 대해서도 대략 알 것 같아요. 다만 아까는 교영 때문에 자세히 말하지 않았을 뿐입니다."

"응?"

풍만춘이 담배를 입에 문 채 반준을 쳐다봤다.

"화파 곤충소환사 일족은 수백 년 전 몇 개의 분파로 나뉘었습니다. 그중 신강의 구양 일가와 멀리 부상(扶桑, 중국 전설에 나오는, 동쪽 바다의 해 뜨는 곳에 있다는 신성한 나무. 여기서는 그 나무가 있는 일본을 지칭한다—옮긴이)으로 간 마쓰이 가문이 가장 번창했지요. 화파 일족의 비보는 줄곧 그 두 가문에서 돌아가며 보관했지요. 그래서 사람들은 화파 곤충소환사 가문이 두 파뿐이라고 생각했습니다. 그런데 사실은 또 다른 가문이 있어요. 바로 멀리 고비사막 북쪽으로 간 일파입니다."

반준은 자신이 알고 있는 이야기를 자세히 들려주었다.

"화파 곤충소환사의 세 번째 분파라고?"

담배를 입에 물고 있던 풍만춘은 불을 붙이는 것도 잊은 채 반준의 말에 넋이 나갔다.

"네, 세 번째 가문은 떠날 당시 겨우 십여 명밖에 남지 않았다는군요. 번창하진 않았지만 각기 절세의 기예를 소유한 자들인 데다, 여타 분파와 달리 몽고사충이라는 기괴한 괴물을 부렸다고 합니다. 몽고사충이 얼마나 흉악한지, 당시 양대 곤충소환사 가문이 연합해 그들의 씨를 말려버리려고까지 했죠. 결국 그들은 추격을 피해 멀리 고비사막 북부까지 달아났습니다. 그중 죽은 사람도 있고, 오랫동안 소식이 전해지지 않은 채 그렇게 백여 년이 흘렀지요."

반준이 한숨을 내쉬고는 말을 이었다.

"그렇게 사라져버렸다고 생각했는데 여기서 만날 줄은 정말 몰랐습니다."

"화파 곤충소환사 가문에 그런 얘기가 숨겨져 있는 줄은 몰랐군."

"네, 몽고사충에 대한 이야기 역시 고서에 간략하게 소개된 것을 읽었을 뿐이에요. 그런 괴물이 실재하리라고는 상상도 못 했습니다."

반준이 탄식했다.

"직접 보지 않았다면 아마 그런 괴물의 존재를 믿지도 않았을 거예요."

반준의 말이 끝나자 두 사람 사이에 적막이 감돌았다. 풍만춘이 먼저 침묵을 깼다. 그가 담배 한 모금을 빨았다. 담뱃불이 바지직 타들어갔다.

"반준, 사실 묻고 싶은 것이 하나 있는데."

"무슨 일인지 말씀해보십시오, 풍 사부님."

"내 생각에 이번 우리의 신강행은 단지 인초를 키우는 사람을 찾는 것만이 목적은 아닌 것 같은데?"

줄곧 풍만춘의 머릿속을 떠나지 않던 문제였다. 그는 털털한 것 같으면서도 섬세한 구석이 있는 사람이었다. 겉으로는 호방한 기운이 하늘을 찌를 정도지만 하나에서 열까지 세심하게 신경을 썼다.

"그리고 말이야, 우리가 안양을 떠날 때 봤던 그 마차 안에 대체 누가 타고 있었던 건가?"

반준이 자리에서 일어나며 말했다.

"사실 처음 신강에 가려던 이유는 확실히 인초 재배자를 찾기 위해서였습니다. 그런데…….

반준이 하늘에 환하게 떠 있는 달을 응시했다. 그의 두 눈이 끊임없이 흔들렸다. 그의 기억은 어느새 그들이 안양성을 떠나던 날 밤으로 돌아가 있었다.


일행이 찻집 노인을 따라 안양을 떠나던 날, 안양성 밖 10리 부근으로 마차 한 대가 다가왔다. 너비나 높이가 족히 2~3미터는 될 정도로 큰 마차였다. 반준은 마차에 올랐다. 휘장을 내리니 마차 안이 어두컴컴했다. 갑자기 누군가가 손을 잡자 반준은 깜짝 놀랐다. 상대방이 그의 옆으로 바짝 다가와 나지막한 소리로 말했다.

"반 나리, 절 기억하시겠습니까?"

목소리가 매우 귀에 익었다. 북경 유통당의 주인 애신각라 경년이었다. 청 왕조의 후손인 그가 갑자기 이곳엔 무슨 일일까?

"안양에는 무슨 일이십니까?"

반준이 의아해서 물었다.

"반 나리, 사실 수년 동안 북경에 살면서 계속 비밀리에 조사한 일이 있었습니다."

경년이 은밀한 말투로 말했다.

"북경 포국 감옥 밀실에 죄수 두 명이 압송되었습니다. 두 사람 모두 관동군 사령부에서 직접 명령을 내려 몰래 수감하고 있던 자들입니다. 제가 알기로는 두 사람 다 곤충소환사 가문과 밀접한 관계가 있습니다."

"네?"

반준이 의아한 표정으로 어둠 속의 경년을 바라봤다.

"일본인들이 두 사람을 콘크리트를 부어 만든 지하 밀실에 가뒀어요. 바람 한 점 통할 구멍이 없는 곳이죠."

경년이 긴 한숨을 내쉬었다.

"그러나 세상에 바람이 통하지 않는 벽은 없습니다. 제가 알기로 두 사람은 수십 년 전 신강에서 일본인들에게 잡혀온 자들이에요."

"신강이라고요?"

반준이 무엇인가 생각에 잠겼다.

"네, 신강요. 일본인들은 일찍부터 신강에서 비밀리에 활동을 벌였습니다. 분명히 곤충소환사의 비밀과 관련이 있을 겁니다."

경년은 편지 한 통을 꺼내 반준에게 건넸다.

"반 나리. 제가 직접 쓴 편지입니다. 천수에 가면, 수고스러우시겠지만 설귀란 자에게 전해주십시오."

"그러죠."

반준이 편지를 받아 조심스럽게 가슴에 넣었다. 그가 막 떠나려 할 때 경년이 그를 붙잡았다. 어리둥절하는 반준에게 경년이 다가와 귓속말을 했다. 반준의 두 눈이 휘둥그레졌다.

"정말입니까?"

"십중팔구는요."

경년은 단언하긴 어려웠지만 그냥 나온 소문은 아닐 거라고 생각하는 듯했다.

"이번 신강행은 도처에 어려움이 도사리고 있을 겁니다. 조심하십시오."

경년이 두 손을 모으며 말했다.

"감사합니다."

반준은 휘장을 젖히고 마차에서 내린 뒤 풍만춘 등과 함께 서서히 멀어져가는 마차를 지켜봤다.


반준이 그날 겪었던 일을 털어놓자, 인상을 잔뜩 찌푸리고 있던 풍만춘의 얼굴이 천천히 펴졌다.

"당시 왜 천수성에서 만나자고 했는지 궁금했는데 그런 일이 있었군."

"네."

반준이 일어섰다.

"이틀 뒤면 천수성에 닿을 거예요."

반준의 말이 떨어지자마자 말발굽 소리가 들려왔다. 마당 후문에서 들려오는 소리였다. 반준의 가슴이 철렁 내려앉았다. 그와 풍만춘의 눈이 마주쳤다. 두 사람은 동시에 마당으로 뛰어갔다. 검은 그림자가 마구간에서 막 뛰어나오는 것이 보였다.


밝은 달빛 아래 사방이 고요에 잠겨 있었다. 번잡한 하루가 끝나고 북경성에 고요한 밤이 찾아왔다. 풀숲 여치만이 지치지도 않는지 끊임없이 목청을 높였다. 동교민항 지역에 위치한 한 작은 주택의 문이 가만히 열렸다. 금순은 방 안의 불을 모두 끈 뒤 종종걸음으로 달려가 문틈으로 밖을 내다봤다. 검은색 망토를 걸친 남자가 문 앞에 모습을 드러냈다. 그가 잠시 멈춘 후 천천히 마당으로 들어섰다.

금순은 잔뜩 긴장한 채 상대를 지켜봤다. 청사 상자를 쥐고 있는 손바닥이 땀으로 흥건했다. 눈앞의 남자가 팔자걸음으로 다가왔다. 깊게 눌러쓴 삿갓이 얼굴 대부분을 가리고 있었다. 집 쪽으로 다가온 남자가 걸음을 멈추고 길게 숨을 내쉬더니 입을 열었다.

"만나자고 했으면 문 뒤에 숨어 있지 말고 나오시지, 세질."

남자의 목소리에는 힘이 넘쳤다. 금순이 얼굴 가득 미소를 지은 채 황망히 문을 밀고 나왔다.

"정말 세백이셨군요."

금순이 공손하게 인사를 올렸다. 그의 말이 채 끝나기도 전에 검은 망토의 인물이 금순의 옷 속으로 손을 넣어 청사 상자를 빼내더니 콧방귀를 뀐 후 대청으로 걸어갔다.

어찌나 놀랐는지 식은땀이 주르르 흘러내렸지만 금순은 금세 알랑거리며 히죽 웃었다. 그는 상대가 자리에 앉은 뒤에야 정신을 가다듬고 앞으로 다가갔다. 금순이 초에 불을 붙이려고 화절자를 꺼내자 검은 망토가 그를 만류하더니 입을 열었다.

"나와 관련된 일을 아는 사람이 또 있나?"

금순이 잠시 멍하다 말고 화절자를 거두며 웃음 지었다.

"이런 비밀을 누구에게 말하겠습니까?"

"흥!"

남자가 냉소했다.

"그럼 됐어. 물건은 어디 있나?"

"헤헤!"

금순이 다호를 들어 차를 따라 남자 앞에 놓으며 말했다.

"뭐가 그리 급하십니까? 먼저 차나 한 잔 드시지요."

검은 망토의 남자가 금순을 차갑게 흘겨보더니 차를 바닥에 쏟아
버리고 자리에서 일어섰다.

"물건이나 당장 내놓으시지."

"헤헤!"

금순이 예의 능글거리는 표정으로 말했다.

"세백, 제가 지금 그 물건을 내놓으면 아마 이 비천한 목숨을 유지
하기가 힘들겠지요?"

금순은 줄곧 그 물건이 무엇인지가 궁금했지만 아무리 생각해도
알 수가 없었다. 그러나 물건을 내놓았을 때 방유덕의 표정을 보고
얼마나 중요한 것인지는 깨달을 수 있었다. 이제 그 물건은 자신의
부적이나 마찬가지였다. 일단 물건이 저자의 수중에 들어가면 자신
은 아마 이곳을 벗어나기 힘들 것이다. 그래서 여기 오기 전 물건을
다른 곳에 숨겨두었다.

"윽!"

남자가 금순의 목을 잡았다. 금순은 반사적으로 두 손으로 검은
망토의 팔을 잡았다. 상대의 손에 점점 힘이 들어갔다. 금순의 얼굴
에서도 웃음이 가신 지 오래였다. 그가 작은 두 눈을 부릅뜨고 시퍼
렇게 질린 얼굴로 눈앞의 남자를 뚫어져라 바라봤다.

"물건은 어디에 있나?"

"저…… 그게……."

금순이 버둥거렸다. 목이 막혀 말을 할 수가 없었다. 눈꺼풀이 뒤
집혔다. 검은 망토가 그제야 손의 힘을 풀었다. 금순이 황급히 두 손
으로 목을 잡고 몇 걸음 물러섰다. 그가 허리를 굽히고 연신 켁, 켁
하며 연거푸 손을 휘저었다.

"세백, 세백…… 제, 제가 물건 있는 곳으로 모시고 가지요."

"어디 있는데?"

검은 망토의 남자가 냉소했다. 금순은 한참 동안 기침을 한 뒤 가슴을 진정시키고는 몸을 반듯이 폈다.

"연봉루 제 계집한테 있습니다."

"지금 그곳으로 안내해."

검은 망토의 남자가 살벌한 목소리로 말했다.

"네, 그럼요!"

금순의 얼굴에는 더 이상 미소가 떠오르지 않았다. 그가 연신 고개를 끄덕였다.

"허튼수작은 안 부리는 게 좋을 거야."

검은 망토의 남자가 앞장섰다. 금순이 고개를 숙인 채 검은 망토의 뒤를 따랐다. 그는 애초에 왜 이자의 심기를 건드렸는지 후회하고 있었다.

문을 나서자 검은색 자동차 한 대가 밖에서 대기 중이었다. 검은 망토의 남자가 차에 올랐다. 금순은 곧바로 그 자동차가 방유덕의 것임을 알았다. 그도 검은 망토를 따라 차에 올랐다. 방유덕이 실실 웃으며 운전석에 앉아 있었다.

"출발해."

남자가 쌀쌀맞게 명령을 내리자 방유덕이 황급히 시동을 걸더니 고개를 돌려 나지막한 목소리로 물었다.

"어디로 갈까요?"

검은 망토의 남자가 고개를 돌려 금순을 바라봤다. 금순이 즉시 알았다는 듯 말했다.

"섬서항."

"하하!"

방유덕이 그를 비웃었다.

"주제에 섬서항 같은 곳에 드나들다니! 놀라운 일이군!"

섬서항은 건륭 연간 문을 연 최고의 기원이 자리하고 있는 지역이었다. 매춘뿐만 아니라 음주가무를 즐기는 가운데 시사의 운율을 주고받는 기원 골목으로, 출입하는 자들 대부분이 고관대작이나 사회 저명인사였다. 금순 같은 시정잡배가 그런 곳을 드나들다니 방유덕으로서는 정말 뜻밖이었다.

금순은 속이 부글거렸지만 검은 망토의 남자 때문에 감히 화를 낼 수가 없었다. 차는 동교민항을 벗어나 성 남쪽 대책란으로 향했다. 섬서항은 팔대 골목 가운데 한 곳으로, 남으로 주시구서 대가에서 시작해 북으로 철수사가까지 뻗어 있었다. 이미 삼경이 가까워오는 시각이었지만 섬서항에 들어서자 시국과는 무관하게 천하태평한 음악과 춤이 흘러넘치고 있었다.

형형색색 차림의 사람들이 밤을 잊은 이곳 섬서항을 오가고 있었다. 연봉루는 섬서항 가운데 위치하고 있었다. 검은 망토의 남자는 사람들의 이목을 피하기 위해 방유덕에게 차를 주시구(珠市口) 서쪽 큰길에 주차하도록 한 뒤, 소매에서 뭔가를 꺼내 금순의 손목을 찔렀다. 금순은 깜짝 놀랐다. 손목에 통증이 느껴졌다. 검은 망토의 남자가 조용히 말했다.

"수작 부리지 않는 편이 좋다고 했다. 아니면 너는 죽은 목숨이야."

금순은 고개를 끄덕였다. 수작을 부리지 않는다 해도 이미 자신의 목숨은 파리 목숨이나 마찬가지였다. 검은 망토가 방유덕에게 금순을 따라 연봉루에 가서 물건을 찾아오라고 말했다. 방유덕은 고개를 끄덕인 후 금순을 따라 섬서항 골목 안쪽으로 들어갔다.

"금순, 일을 너무 크게 벌리셨군!"

방유덕의 말이 금순의 속을 후벼 팠다. 그러나 금순은 방유덕의 말에 신경 쓸 겨를이 없었다. 그는 어떻게 하면 이 곤경에서 빠져나갈 수 있을지 머리를 굴리고 있었다. 경찰국 국장이긴 하지만 별 재주 없는 방유덕을 따돌리기는 식은 죽 먹기였다. 그러나 조금 전, 검은 망토의 남자가 자신의 손목에 찔러 넣은 침은 매우 치명적인 것이었다. 7일 안에 해독하지 않으면 자신은 그대로 저승행이었다.

그렇다고 물건을 넘기면 자신은 오늘을 넘기지 못할 게 분명했다. 이런 생각을 하는 사이 어느덧 연봉루에 도착했다. 연봉루는 4층 건물로, 밖에 등롱 여러 개가 달려 있었다. 화려하게 차려입은 아가씨들이 입구에 서 있었다. 안으로 들어서자 또 다른 별천지가 펼쳐졌다. 삼경이 넘은 시각에도 불구하고 각종 악기의 아름다운 선율이 넘쳐흐르고 있었다. 주인 여자가 그들을 맞이했다.

"금 나리께서 어인 일로 행차를 하셨을까!"

금순은 얼굴이 시퍼렇게 질린 채 목에는 아직도 벌건 손자국이 남아 있었다.

"이봐, 소월선 좀 불러줘!"

주인이 미안한 얼굴로 말했다.

"금 나리, 오늘 밤은 안 되겠는데요. 소월선한테 손님이 들었어요."

"뭐라고?"

그렇지 않아도 부글거리는 속을 풀 길이 없었던 금순은 주인의 말에 노발대발했다.

"이봐, 어서 소월선이 데리고 오지 못해? 당장 대령하지 않으면 전부 불태워버릴 줄 알아!"

"허!"

주인 여자가 그를 비웃었다.

"점잖게 말할 때 들으실 일이지, 화를 자초하시는군. 기껏 대접해서 나리, 나리 하니까 정말 자기가 나리인 줄 착각하나 보네! 그까짓

불알 두 쪽으로 우리 소월선을 독차지하겠다는 거야? 주제도 모르는 꼬락서니 하고!"

금순이 찻잔을 들어 주인의 머리를 향해 날렸다. 그 뜻밖의 행동에, 전혀 무방비 상태였던 주인 여자는 머리에 정통으로 찻잔을 맞았다. 주인이 비명을 질렀다. 그녀의 이마에서 붉은 피가 흘러내렸다. 주인 여자가 가만히 있을 리가 없었다. 그녀가 소리를 질렀다.

"야, 여기 좀 나와봐라!"

주인의 말이 떨어지기가 덩치가 산만 한 건장한 남자가 웃통을 벗은 채 안에서 튀어나와 문 앞에 섰다.

"어떤 놈이 짜증나게 여기서 생난리를 피우는 거야?"

이마에서 피가 흘러내리는 바람에 실눈을 뜬 채 주인이 옆에 서 있는 금순과 방유덕을 가리켰다.

"저놈! 저놈들……."

금순도 덩달아 주인이 가리키는 방향을 따라 자기 뒤에 있는 방유덕을 가리켰다. 건장한 사내는 두 사람이 가리키는 대로 방유덕을 덮쳤다. 당황한 방유덕이 변명을 늘어놓았지만 사내에게 그런 말이 들릴 리가 없었다. 사내가 다짜고짜 방유덕에게 다가가 그를 바닥에 쓰러뜨리고 사정없이 주먹을 날리기 시작했다. 방유덕에서 입에서 비명이 흘러나왔다.

구경거리 좋아하는 사람들이 순식간에 방유덕을 에워쌌다. 금순은 그 틈을 타 몰래 위층으로 올라갔다. 그는 소월선과 교분이 두터웠다. 출신이 비천한 소월선은 어릴 적 연봉루에 팔려왔다. 그러나 사람 보는 안목이 탁월한 주인 여자는 한눈에 소월선의 미모를 알아보고 각별히 교육에 신경을 썼다. 방년 열여섯이 된 소월선은 빼어난 용모뿐만 아니라 거문고, 생황 등 온갖 악기 연주와 디불이 시사와 서화에도 능통한 데다 요리까지 잘했다. 그러나 이런 모진 세상에 그녀를 찾는 사람이 많다 하나 진심으로 대하는 이가 몇이나 있겠는가? 소월선에 대한 금순의 마음은 순수했다. 비록 모습은 추레했지만 그런 금순에게 소월선 역시 정을 느끼고 있었다.

금순은 검은 망토의 남자가 결코 좋은 사람이 아니라 짐작하고 사전에 소월선에게 물건을 맡겼다. 물건을 맡기고 떠나면서 소월선에게 사람의 목숨을 좌지우지할 물건이니 잘 보관하라고 신신당부를 해둔 상태였다.

소월선의 방은 연봉루 3층 모퉁이에 있었다. 방문 앞에 이른 금순이 아래층을 살폈다. 건장한 사내들이 방유덕을 인사불성이 될 지경으로 혼구멍을 내주고는 밖으로 옮기고 있었다. 금순은 득의양양한 표정으로 그들을 지켜본 후 소월선의 방에 귀를 대고 안의 동정을 살폈다. 깊이 잠들어 있는 게 분명했다. 금순이 가만히 문을 두드리며 작은 소리로 불렀다.

"소월선…… 소월선……."

안에서 아무런 응답이 없자 금순이 가만히 문을 밀었다. 그러나 문은 잠겨 있지 않았다. 힘이 과했는지 금순은 그대로 안으로 고꾸라지고 말았다. 그의 손에 물컹한 것이 잡혔다. 금순은 깜짝 놀라 후다닥 몸을 일으켰다. 복도 불빛에 비춰보니 소월선이 바닥에 쓰러져 있었다. 그는 경계하듯 소월선의 코에 손을 대보았다. 아직 숨을 쉬고 있다. 그는 그제야 한숨을 돌렸다.

금순은 소월선의 인중을 눌렀다. 잠시 후 소월선이 깨어났다. 소월선은 눈을 뜨자마자 금순에게 따귀를 날렸다. 미처 피하지 못한 금순은 그대로 뺨을 얻어맞고 말았다.

"왜 그래?"

금순이 작은 소리로 물었다. 그제야 소월선은 자신이 때린 사람이 금순인 것을 알고 말했다.

"어서! 어서 쫓아가봐요! 조금 전에 아저씨가 맡긴 물건을 가져갔어요."

"뭐?"

금순이 놀라서 소리쳤다.

"언제? 누가? 어떻게 생겼는데?"

소월선이 머리를 살살 쓰다듬으며 말했다.

"여자예요. 남장을 하고 있었지만 들어오는 순간 여자라는 걸 알았어요."

"여자라고?"

금순이 소월선을 부축해 일으키며 재빨리 머리를 굴렸다. 여자, 여자라고? 대체 누구지? 그 여자는 어떻게 소월선에게 물건이 있다는 걸 알았을까?

그때 아래층이 시끌벅적했다. 바짝 긴장한 금순이 문 쪽으로 달려갔다. 주인 여자가 얼굴을 감싼 채 방유덕에게 사죄하며 경거망동한 사내 몇 명을 나무라고 있었다.

"이봐!"

방유덕은 옷이 갈가리 찢긴 채 얼굴에 시퍼렇게 멍이 들고, 부서진 안경을 콧대에 걸치고 있었다. 그가 입가에 피를 흘리며 물었다.

"금순 그놈 계집 방이 어디야?"

"방 국장님, 이 늙은 것이 높으신 분을 알아보지 못하고! 모두 제 탓입니다."

주인 여자가 그렇게 말하며 제 뺨을 갈겼다. 그러나 방유덕은 그녀와 이런 이야기를 나눌 여유가 없었다. 그가 큰 소리로 말했다.

"제길! 금순의 계집이 어딨는지 묻고 있잖아!"

"아! 네! 3층 모퉁이 첫 번째 방입니다."

주인이 이마의 상처를 감싼 채 계단을 가리키며 말했다. 방유덕이 앞에 선 사내들에게 소리쳤다.

"오늘 금순을 놓치면 내일 전부 감방에 처넣을 줄 알아!"

방유덕의 말에 사내들이 일제히 위층으로 뛰어 올라갔다. 금순은 상황이 불리하게 돌아가자 재빨리 물러나 방문을 닫은 후 소월선을 보며 말했다.

"월선이, 며칠 떠나 있어야겠어."

소월선이 그의 말뜻을 채 헤아리기도 전에 창문 쪽으로 달려간 금순은 창을 열고 소매에서 무언가를 꺼냈다. 그것을 살짝 누르자 안에서 철침 몇 개가 튀어나와 창틀에 고정되었다. 금순은 곧장 창문 아래로 뛰어내렸다.

사내들이 문을 박차고 방 안으로 들어왔을 때 금순은 이미 사라진 뒤였다. 창틀에 철침과 철선 몇 개만 남아 있었다. 방유덕은 텅 빈 아래층을 바라보며 창문을 부순 뒤 그대로 연봉루를 떠났다.

연봉루를 나온 금순은 골목의 다른 길을 통해 섬서항을 빠져나갔다. 방유덕이 찾아올까 봐 감히 집으로 돌아가지는 못한 채 금순은 북경성 남쪽에 위치한 계모점으로 향했다. 그곳은 경성의 다른 계모점과는 달랐다. 세상에 금순 자신의 행적을 아는 사람이 있다면 그건 오직 한 사람, 바로 이 계모점의 주인인 마장생, 바로 마 영감이었다.

계모점에 도착한 금순은 곧장 한 방으로 들어갔다. 평소 항상 만원이지만 이곳을 잘 아는 손님들은 절대 그가 들어간 방에 출입해서는 안 된다는 것을 알고 있었다.

종업원이 나가자 금순은 문을 닫고 의자에 앉아 소매를 걷었다. 손목에 붉은 점이 남아 있었다. 차에 탔을 때 검은 망토의 남자가 침을 찌른 곳이었다. 무슨 독인지는 알 수 없었지만 그자에게 해독약을 받지 못할 경우 7일 안에 급사한다는 사실만은 잘 알았다. 그가 지금 할 수 있는 유일한 일은 물건을 가져간 정체불명의 여자를 찾아 도로 빼앗아오는 것이었다. 그렇게 해야 검은 망토의 남자와 타협해 목숨을 건질 수 있었다.

금순이 차를 따라 한 모금을 마시다 말고 모두 뱉어버렸다. 고쇄라는 차로, 실상 찻잎을 가루 낸 차였다. 지독하게 쓸 뿐만 아니라 차에서 이상한 냄새가 났다. 막 한바탕 욕을 퍼부으려는 찰나, 갑자기 방문이 스르르 열렸다. 금순은 찻잔을 움켜쥔 채 문 쪽을 바라봤다. 잠시 후 금순 앞에 한 사람이 모습을 드러냈다. 금순은 깜짝 놀라 뒤로 물러서다 그대로 바닥에 고꾸라지고 말았다.

# 제5장

# 무만산, 반딧불의 유혹

반준과 풍만춘이 문 앞까지 쫓아갔지만 검은 그림자는 이미 사라진 뒤였다. 두 사람은 서로를 쳐다본 후 방으로 돌아갔다. 단이아는 금용을 안고 깊이 잠들어 있었지만 연운의 모습은 보이지 않았다. 반준은 한숨을 내쉬었다. 벌써부터 짐작하고 있던 일이었다. 자신의 동생인 연웅이 지척에서, 그것도 여전히 일본인들을 위해 일하고 있다는 것을 알았으니 가만히 있을 리가 없었다.

"풍 사부님, 단 소저와 용이를 데리고 잠시 이곳에 계세요. 연운을 찾아오겠습니다."

반준이 잠시 생각하더니 말을 이었다.

"만약 이틀 내에 돌아오지 않으면 단 소저, 용이와 함께 먼저 천수성으로 가세요."

"그러지."

풍만춘이 반준의 어깨를 가볍게 도닥거렸다. 방을 나선 반준은 말한 필을 끌고 뒷문으로 나가 연운이 사라진 방향으로 말을 달렸다.

북쪽으로 40리 정도 갔을까, 넓은 대로가 점점 좁아지더니, 강물을 따라 구불구불한 오솔길이 위쪽으로 이어졌다. 어두침침한 오른쪽에는 하늘을 찌를 듯한 고목들이 자리해 있고, 왼쪽은 파도가 일렁이는 황하였다. 하늘이 점차 밝아오기 시작했다. 여명 무렵, 갑자기 산에 안개가 짙게 깔리기 시작했다.

짙은 안개는 마치 밥 짓는 연기가 뭉게뭉게 흘러나오는 것처럼 보였다. 눈앞으로 작은 오솔길이 안개에 갇혀 있었다. 반준은 황하 진령 오솔길의 기이한 풍경으로 유명한 '무만산(霧漫山)'에 관한 얘기를 들은 적이 있었다. 그런데 오늘 이곳에 오다니, 전혀 예상하지 못했던 일이었다.

안개가 꼭 손에 잡힐 듯했다. 바로 코앞만 보일 정도로 짙은 안개였다. 오솔길은 두세 사람 정도가 겨우 지날 수 있을 만큼 협소했다. 자칫하면 말이 그대로 굴러떨어질 것 같았다. 반준은 조심스럽게 앞으로 나아갔다. 자연히 속도도 그만큼 줄어들었다. 마치 아교 같은 안개 속에서 끊임없이 물소리가 들려왔다. 겨우 100보쯤 갔을까, 반준이 갑자기 고삐를 끌어당겼다. 뭔가 느낌이 이상했다.

말 역시 위험을 감지한 듯 앞발로 자꾸만 바닥을 긁어댔다. 반준은 말에 탄 채 상황을 냉정하게 돌아보았다. 그리고 마침내 왜 이상하다는 생각이 들었는지를 깨달았다. 끊임없이 귓가에 들려오던 물소리가 갑자기 사라진 것이었다.

순간 불안한 생각이 들었다. 이 오솔길은 황하를 따라 북으로 곧장 감숙성 천수까지 이어져 있었다. 왜 갑자기 물소리가 들리지 않는 걸까? 반준은 고삐를 잡고 두세 걸음 물러선 다음 말 등에서 뛰어내렸다. 말을 끌고 네다섯 걸음 갔을 때, 오른발에 미끄러운 돌이 밟혔다. 돌에는 이끼가 잔뜩 끼어 있었다. 발밑이 미끄러지더니, 반준의 몸이 빠르게 길옆 낭떠러지로 떨어지기 시작했다.

그나마 고삐를 잡고 있어서 다행이었다. 고삐를 당기자 말이 힘껏 고개를 쳐들어 떨어지지 않을 수 있었다. 그러나 몸은 여전히 허공에 매달린 채였다. 반준의 귓가에 다시 물소리가 들리기 시작했다. 반준은 자신의 몸 아래 도도한 황하의 물줄기가 입을 벌리고 있다는 사실을 깨달았다.

반준은 고삐를 잡고 있던 손에 힘을 주는 동시에 다른 손으로 이끼가 잔뜩 낀 바위를 잡고 조금씩 위로 올라갔다. 오솔길에 있던 말이 고개를 숙인 채 필사적으로 뒤로 몸을 뺐다. 말 머리에 묶여 있던 고삐가 조금씩 빠져나왔다.

반준이 바위를 짚고 있을 때 갑자기 큰 소리와 함께 고삐가 말 머리에서 벗겨졌다. 반준은 한 손의 힘이 풀린 채 다른 손으로만 힘겹게 몸의 무게를 지탱했다. 더 이상 위로 기어오를 수가 없었다.

고삐를 벗어난 말이 요란하게 울부짖으며 오솔길을 따라 달려나갔다. 그렇게 수십 보를 달렸을까, 반준의 귀에 풍덩 하는 소리가 울려 퍼졌다. 말이 황하에 빠진 것이 분명했다. 반준은 마음이 아팠지만 자신의 목숨이 경각에 달린 탓에 이것저것 생각할 겨를이 없었다. 가까스로 버티고 있긴 하지만 누군가 구해주러 오지 않는 한 황하에 빠지는 것은 시간문제였다.

그 순간, 그의 머릿속에 조각난 기억들이 떠오르기 시작했다. 어두컴컴한 숲속에 반준과 시묘묘가 모닥불 앞에 앉아 있었다. 시묘묘는 계속 고개를 숙인 채였다. 그녀의 눈가에 눈물이 반짝거렸다.

"반준."

시묘묘가 고개를 숙인 채 눈앞의 모닥불을 바라보며 입을 열었다.

"내 말을 믿지 않으리라는 거 알아."

반준이 얼굴을 찡그렸다. 눈앞의 여자는 마치 베일에 가려진 산처럼 보일 듯 말 듯 종잡을 수가 없었다.

"하하."

그래도 다른 때와 달리 시묘묘의 웃음에는 따뜻한 정이 담겨 있는 것 같았다. 그녀가 숨을 들이쉬고는 자리에서 일어나며 말했다.

"나 혼자 이 일의 단서를 찾아볼 거야. 찾게 되면 신강에서 다시 만날 수 있겠지."

그렇게 말한 후 시묘묘는 그대로 쌩하니 숲속으로 걸어갔다.

"시 소저."

반준이 그녀를 불렀다. 시묘묘가 어두컴컴한 숲속에서 발걸음을 멈췄다. 반준이 다가가 그녀의 손을 잡으며 말했다.

"결과야 어떻든 난 반드시 신강에서 당신을 기다릴 겁니다."

시묘묘가 몸을 바르르 떨더니 반준의 손을 놓고 조용히 숲속으로 사라졌다.

반준은 머리에 극심한 통증을 느꼈다. 감각이 사라진 손에서 힘이 빠지며 그의 몸이 마치 바람 속 낙엽처럼 아래로 떨어지기 시작했다. 바로 그때, 거친 손이 반준의 손목을 세차게 움켜쥐더니 밧줄 하나를 떨어뜨렸다. 밧줄 끝에는 올가미가 만들어져 있었다. 반준의 다리 쪽으로 떨어진 밧줄이 그의 발밑을 통과해 곧장 허리를 옭아맸다. 이어 밧줄을 따라 반준의 몸이 위로 올라가기 시작했다.

짙은 안개는 여전히 흩어질 기미를 보이지 않았다. 고개를 드니 머리 위에 붉은 점 하나가 반짝였다. 반준은 길가에 앉아 있었다. 한 남자 노인이 그의 곁에 서 있었다. 노인은 손에 쥐고 있던 밧줄을 조금씩 감아 허리에 걸었다.

"이봐, 청년. 괜찮은가!"

노인의 말투는 매우 평온했다. 방금 전 한 사람을 낭떠러지에서 끌어올렸는데도 숨이 차지 않은 모양이었다. 한편 그가 건 위험천만한 일을 겪은 반준은 아직 제정신이 돌아오지 않은 상태였다. 그는 땅바닥에 앉아 잠시 숨을 몰아쉰 후 고개를 들었다. 대략 육칠십대로 보이는 노인이었다. 크지 않은 키에 몸은 약간 구부정한 데다 장작개비처럼 말라 보였다. 한여름인데도 검은색 솜옷을 입었는데 안쪽 솜이 터져 나와 있었다. 크지 않은 눈에는 생기가 번뜩였다.

"감사합니다."

반준이 두 손 모아 말하고는 몸을 일으켰다. 노인이 그의 앞을 가로막았다.

"어디로 가려고?"

노인이 반준을 똑바로 바라봤다.

"친구를 쫓아가던 중이었습니다. 여기에서 이렇게 짙은 안개를 만날 줄은 몰랐어요. 말을 잃은 데다 목숨까지 잃을 뻔했습니다."

반준이 예의 바르게 대답했다.

"하하! 계속 앞으로 가다간 100미터도 못 가서 다시 낭떠러지로 떨어질지도 몰라."

노인이 앞에 펼쳐진 안갯길을 잘 아는 듯 살며시 미소 지으며 말했다.

"이 안개에 대해 들어본 적이 있나?"

"전에 귀무산(鬼霧山)이란 말을 들은 적이 있습니다. 황하에 물이 불기 시작하면 황하 연안 감숙성 일대에 짙은 안개가 낀다고요. 그 안개 속으로 잘못 들어갔다가는 귀신이 벽을 두드리는 소리를 따라가다 방향을 잃게 된다더군요. 선하지 못한 자들은 안개 속에 길을 잃고 낭떠러지로 떨어져 목숨을 잃는다고 들었습니다."

반준은 타고난 영특함 덕분에 선친이 지나가는 말로 몇 마디 해주었던 얘기를 기억하고 있었다. 반준의 말에 노인이 빙그레 웃었다.

"외부 사람들은 겉만 알지 그 속에 담긴 이야기는 모르지."

노인이 뭔가 내막을 알고 있다는 생각에 반준이 황급히 두 손을 모으며 청했다.

"자세한 이야기를 듣고 싶습니다."

"하하. 이곳 귀무산은 확실히 멋진 곳이야. 황하가 불어나면 양쪽 심산유곡 가득 안개가 피어오르지. 태양이 떠오르면 안개와 산중 습기가 하나 되어 이곳 특유의 기이한 짙은 안개가 형성된다네."

노인이 허리 뒤쪽에서 물담배를 꺼내 불을 붙인 후 몇 모금을 빨았다. 그러자 안개가 마치 살아 있는 생명체처럼 담배 연기와 함께 주위로 퍼져나갔다. 노인이 힘껏 담배를 빨아 가만히 내뿜자 연기가 퍼지는 곳마다 안개가 멀리 흩어졌다.

넋 나간 사람처럼 멍하니 그 광경을 바라보는 반준을 본 노인의 얼굴에 웃음이 번졌다. 그가 흩어지는 안개를 가리키며 말했다.

"이게 바로 자네에게 말하려고 했던, 짙은 안개에 숨겨진 이야기일세."

"네?"

반준이 당혹스러운 표정으로 노인을 바라봤다.

"사람들은 황하의 오솔길에 귀무산이 있다는 것만 알 뿐, 그 안에 담긴 의미를 알지는 못하지."

노인은 짐짓 의미심장한 얼굴로 다시 담배를 깊게 빤 후 연기를 뿜었다. 눈앞의 짙은 안개가 흩어졌다. 노인이 다시 입을 열었다.

"'무타장(霧打墻)'이란 걸세."

반준은 갈수록 알 수가 없었다. 귀신이 벽을 두드린다 하여 '귀타장(鬼打墻)'이란 말은 들어봤어도, '무타장'이라니. 그건 또 무슨 소리인가! 노인은 난감해하는 반준의 표정을 살피며 이야기를 이었다.

"이 짙은 안개를 보게, 얼핏 안개처럼 보이지만 사실 이 안에 비밀이 숨겨져 있지."

노인의 말에 반준의 머릿속에 떠오르는 것이 있었다. 그럴 리가!

반준이 노인을 바라보며 잠시 머뭇거리다 말고 말했다.

"그렇다면 저게 '소요봉(逍遙蜂)'이란 말씀이십니까?"

그 말에 노인이 눈을 반짝이며 신기하다는 듯 반준을 훑어보았다. 그가 의미심장하게 웃었다.

"그렇다네."

"제 말이 맞단 말씀인가요?"

반준은 노인의 반응에 대충 짐작하고 있었다. 노인이 여전히 눈을 가늘게 뜬 채 고개를 끄덕거렸다.

"자네가 말한 것처럼 이 농무의 반은 안개, 반은 소요봉이라네."

반준이 길게 한숨을 내쉬며 고개를 끄덕였다.

"소요봉이란 곤충이 얼마나 작은지 거의 볼 수가 없다는 말을 들었습니다. 게다가 수명도 정말 짧고요. 장자는 《소요유(逍遙遊)》에서 '아침에 났다가 저녁에 사라지는 버섯은 초하루에서 그믐까지의 한 달 일을 알지 못한다'고 했지요. 대부분 아침의 버섯을 버섯류로 알고 있지만 사실 매우 작은 곤충이에요. 삼경에 알을 깨고 나오고, 사경에 날개를 펼치고, 오경에 교배를 하고, 해가 나오면 죽지요."

노인은 소요봉에 대해 상세히 알고 있는 반준을 보고 감탄한 듯 고개를 끄덕였다.

"이처럼 작은 곤충은 죽기 전 동물의 체온이나 소리에 이끌리는데, 그들이 한데 모이는 이유는 아마 여기에 있을 것입니다."

반준이 눈앞에 펼쳐진 어두컴컴한 안개를 바라보며 말했다.

"더구나 죽기 전에 내뿜는 냄새는 사람을 환각에 빠뜨리고요. 조금 전 저 역시 그들의 냄새에 이끌린 건 아닌가 생각했습니다."

"청년, 소요봉에 대해 그처럼 훤히 꿰뚫고 있을 줄은 몰랐군."

노인이 담배 연기를 내뿜고는 웃으며 말했다.

"다만……."

반준이 머뭇거렸다.

"고서에 이르길, 소요봉은 당시 이미 종적을 감췄고, 또한 사라지기 전에도 운남, 강소, 강서, 복건, 절강 등의 지역에만 나타났다고 했습니다. 오직 만타라화의 과실만 먹고 산다고 했는데, 설마 이 산 중에……."

반준의 머릿속에 불길한 생각이 스치고 지나갔다. 그가 고개를 돌려 농무에 갇힌 산길을 바라봤다.

"자네 추측이 맞네. 이 산엔 만타라화가 있지."

노인이 담뱃대를 옆에 놓인 바위에 툭툭 턴 후 말했다.

"누군지 모르지만 오래전 저 산에 만타라화를 심어 소요봉을 불러들였지."

"이걸 어쩌지?"

반준의 가슴이 철렁 내려앉았다. 마을에서 밖으로 나가는 길은 이 길뿐인데, 만약 연운이 이 길을 지나갔다면 소요봉을 피할 수 없었을 테고 그렇다면……. 반준은 더 이상 생각하기가 끔찍했다. 그가 황급히 두 손을 모으며 물었다.

"어르신, 어떻게 해야 이 안개를 빠져나갈 수 있습니까?"

"하하."

노인이 잠시 침묵한 후 말했다.

"사람을 찾고 있지 않나?"

반준이 순간 주저하다가 살며시 고개를 끄덕였다.

"네."

"열여덟아홉 정도 된 아가씨를 찾는가?"

노인이 캐물었다. 반준이 황급히 고개를 끄덕였다.

"보셨습니까?"

"음."

노인의 말투에서 얼핏 실망한 느낌을 받을 수 있었다.

"이미 늦었을 거야. 말리려고 했는데 도무지 내 말을 들으려 하질 않더군. 그냥 곧장 말을 달려 숲속으로 들어갔네. 귀무산이 20리나 이어져 있으니 자칫하면 그대로 황하로 떨어졌을 텐데."

반준은 길옆 낭떠러지를 바라보았다. 강물은 잘 보이지 않았지만 세찬 물소리에 심장이 철렁 내려앉았다. 연운이 풍덩 물에 빠지는 소리가 들리는 것 같았다. 반준은 황망히 고개를 저었다. 그러고는 노인을 힐끗 쳐다본 후 성큼성큼 앞으로 나아갔다. 그런 그를 노인이 다가와 붙잡았다.

"자네, 어디 가는가?"

노인이 다정한 말투로 물었다.

"그 여자를 찾으려고요."

반준이 멀리 안개 속을 바라보며 말했다.

"하하. 정말 죽고 싶은 모양이로군!"

노인이 반준을 끌어당기며 만류했다.

"소요봉이 얼마나 위험한지 조금 전에 직접 겪지 않았는가!"

노인의 말도 일리가 있었다. 채 몇 걸음 가기도 전에 다시 소요봉에게 끌려, 연운을 찾기는커녕 자신도 고기밥이 될 수 있었다. 그러나 연운이 정말 봉변을 당했다면 세상을 떠난 구양뇌화에게 죄를 짓는 일이 아닌가! 반준이 주저하고 있을 때 노인이 미소를 지으며 말했다.

"청년, 날 따라오게."

반준이 인상을 찌푸렸다. 노인의 얼굴에는 여전히 알 듯 모를 듯 미소가 걸려 있었다. 노인이 고개를 끄덕이며 말했다.

"날 바짝 따라오게. 또다시 소요봉에 현혹되는 날엔 나도 자네를 구해줄 수 없을 걸세."

반준은 고개를 끄덕였다. 노인은 담배에 불을 붙이고는 뒷짐을 진 채 힘차고 빠르게 걷기 시작했다. 노인의 발걸음이라고는 생각할 수가 없었다. 반준은 노인과 한두 걸음 이상 떨어지지 않게 얼른 그를 따라갔다. 귓가에는 물소리가 계속 이어지고, 눈앞에는 마치 두꺼운 물감 같은 농무가 잔뜩 끼어 있어 도무지 방향을 잡을 수가 없었다. 한 시간 정도 걸었을까, 물소리가 점점 잦아들고 눈앞의 안개도 서서히 걷히고 있다는 생각이 들었다. 눈앞 작은 평지에 어렴풋이 잡풀이 무릎 높이까지 자라 있는 것이 보였다. 황금색 풀들이 끊임없이 바람에 흔들렸다.

풀숲 끝에는 작은 마당이 있고, 마당 앞으로 시냇물이 흐르고 있었다. 그야말로 도연명의 '도화원'과 다를 바가 없었다. 마당에 묶인 말은 목과 입가에 피를 묻힌 채 두 눈을 살짝 감고 바닥에 엎드려 있었다. 반준은 한눈에 연운의 말임을 알아봤다.

"어르신, 제 친구는……."

"안에 있네."

노인이 말 옆에 몸을 구부리더니 옆에 있는 돌 위에서 약초를 조금 집어 말에게 먹인 다음 목에 난 상처에도 발라주었다. 반준은 잠시 주춤한 후 안으로 걸어 들어갔다.

시골 나무집이었다. 마당으로 들어서니 왼쪽에 복숭아나무가 있고 그 밑에 아직 결판이 나지 않은 바둑판이 펼쳐져 있었다. 오른쪽에는 시냇물 소리를 따라 수차가 천천히 돌고 있었다. 눈앞에 자갈돌을 깔아 만든 작은 길이 보였다. 자갈길을 걷다 보니 조금 이상한 생각이 들었다. 세심하게 고른 듯 자갈은 모두 엄지 손톱만 한 크기로, 길 표면이 3~4센티미터 정도 올록볼록 튀어나와 있었다. 발바닥의 경혈을 압박하도록 만들어놓은 길이다.

그러나 이런 것들을 즐기고 있을 겨를이 없었다. 반준은 오직 연운의 안위가 걱정스러울 뿐이었다. 나무 문을 열고 들어서니 옅은 향내가 풍겼다. 순간, 반준의 눈앞이 흔들렸다. 그는 재빨리 정신을 가다듬었다. 방은 한 칸뿐이었고, 매우 단출하게 꾸며져 있었다. 침상 하나, 대나무 의자 하나, 벽에는 산수와 글씨 몇 점이 걸려 있었다. 창문 옆 침대에 연운이 누워 있었다. 목둘레에 엷게 핏자국이 보였다.

반준이 재빨리 다가가 연운의 숨을 확인했다. 가만히 그녀의 왼손을 잡아 혈자리를 짚어보았다. 맥이 때로 급하게, 때로 약하게 뛰긴 했지만 힘을 느낄 수 있었다. 크게 다친 곳은 없고 그저 놀랐을 뿐이었다. 목에 묻은 피는 말의 피일 것이다.

그제야 반준은 마음을 놓고 연운의 손을 내려놓은 뒤, 자리에서 일어나 사방을 훑어보았다. 탁자 뒤에 나무로 만든 서가가 보였다. 그는 호기심에 서가 앞으로 다가갔다. 다양한 고서가 진열되어 있었는데 그중에는 진귀한 결본도 적지 않았다.

그 순간, 반준은 곁눈으로 무언가 번뜩이는 것을 포착했다. 한 줄기 빛이 창밖에서 엄청난 속도로 자신을 향해 날아오고 있었다. 피할 수가 없다. 그는 바짝 긴장한 채 무의식적으로 청사 상자를 눌렀다. 청사가 발사되었다. 탕! 금속이 부딪치는 소리가 들리더니, 청사와 빛이 부딪치는 순간 작은 섬광이 번뜩였다. 빛을 내는 물체는 잠시 주춤했지만 공격의 칼날은 늦추지 않았다. 반준은 황급히 몸을 피했다. 물체가 그의 귀 옆을 지나쳐 정확하게 등 뒤 서가에 꽂혔다.

어찌나 놀랐는지 온몸에 식은땀이 흘렀다. 조상 대대로 전해진 청사는 십 수 미터 밖의 물건을 뚫을 수 있을 정도로 강력했지만 조금 전 빛은 청사보다 더 강력한 것 같았다.

그는 고개를 돌려 서가에 손가락 한 마디 정도 박힌 가느다란 실을 살펴보았다. 실 한끝이 갈라져 있고, 자신이 발사한 청사는 그 가운데 정통으로 박혀 있었다.

바로 그때 문지도리 돌아가는 소리가 들렸다. 고개를 돌려보니 노인이 미소를 지으며 문 앞에 서서 그를 바라보고 있었다. 잠시 후 노인이 물었다.

"목파 반씨 집안 사람인가?"

반준이 황급히 두 손 모아 답했다.

"그렇습니다. 목파 반준입니다."

창밖 햇살이 눈부셨다. 눈을 뜬 금순은 자신의 두 손이 뒤로 결박당해 있음을 알았다. 그가 고개를 들어 탁자 앞에 서 있는 여자를 바라봤다. 놀라울 정도로 아름다운 여자였다. 양미간에서 영웅적인 기개마저 느껴졌다. 여자가 탁자 앞에 앉아 혼자 차를 따라 마셨다.

"깨어났나?"

여자의 말투는 살벌했다. 고개는 여전히 숙인 채였다. 금순은 깨어나지 않은 척 재빨리 눈을 감았다. 여자가 입가에 힘을 주며 한 손에 찻잔을 쥔 채 다른 한 손을 가볍게 툭툭 털어냈다. 순간 하얀 섬광이 스치고 지나갔다. 금순 눈앞의 의자에 흰 물질에 들러붙더니 순식간에 쩍 갈라졌다. 금순이 깜짝 놀라 재빨리 눈을 크게 뜨고 말했다.

"깼어요, 깼어. 뭐 시킬 일이라도 있습니까?"

"하하!"

눈앞의 여자가 냉소하더니 소매 안으로 손을 집어넣었다. 금순이 부르르 몸을 떨었다. 여자가 다시 한 번 손을 떨치면 자신은 그대로 황천행일 것이다. 잠시 후, 여자가 주머니에서 뭔가를 꺼내 탁자에 올려놓았다. 금순이 두 눈을 반찍이며 탁자 위 물건을 뚫어져라 바라봤다. 며칠 전 그가 방유덕에게서 몰래 빼돌린 물건이었다.

"어, 어떻게 그게……."

사실 금순은 이미 대충의 상황을 짐작하고 있었다. 눈앞의 여자는 어젯밤 연봉루에 가서 소월선을 기절시키고 물건을 빼앗아간 사람이었고, 금순이 마 영감의 계모점을 찾아 도움을 청하리란 사실을 미리 파악하고 이곳에 와서 그를 기다리고 있었던 것이다. 다만 금순은 여자가 이미 물건을 얻었는데도 왜 다시 자신을 찾아왔는지가 궁금했다.

"금순, 당신을 찾아온 건 그자에게 물건이 내 손에 있다는 것을 알려주도록 하기 위해서야. 수파 시씨 집안 사람은 결코 백년 약속을 어기는 법이 없으니까."

그렇게 말한 사람은 시묘묘였다. 그녀가 자리에서 일어나 다시 말했다.

"물건을 찾고 싶으면 그자더러 신강으로 오라고 해."

"그건……."

금순은 무슨 말인가를 하려다 말고 눈앞에 있는 여자만 뚫어져라 바라보다 그 방을 나갔다.

시묘묘는 뒤뜰로 나가 문을 열었다. 차 한 대가 골목 입구에 대기 중이었다. 그녀가 천천히 차 문을 열었다. 운전석에 앉아 있는 이는 다름 아닌 자오였다. 시묘묘가 차에 앉아 한숨을 쉬고는 말했다.

"출발해."

"이제 어디로 갈까요?"

자오가 시동을 걸며 물었다.

"자오."

시묘묘가 진지한 어조로 자오를 불렀다.

"네?"

자오가 고개를 돌리며 의아한 눈으로 시묘묘를 바라봤다.

"내가 계속 널 믿을 수 있을까?"

시묘묘는 자오에게 묻고 있었지만 실은 스스로에게 묻고 있는 느낌이 더 강했다. 자오가 잠시 머뭇거리더니 고개를 끄덕였다.

"묘묘 누님, 아니 세숙, 무슨 일이든 명령만 내리세요."

시묘묘가 한숨을 쉬었다.

"자오, 성 북쪽에서 용청이 너를 가뒀던 그 오래된 창고 기억해?"

자오가 멍하니 기억을 되짚더니 고개를 끄덕였다.

"어떻게 잊을 수 있겠어요?"

"그래."

시묘묘가 고개를 끄덕였다.

"그곳으로 데려다줘."

"네?"

자오가 어리둥절한 표정으로 입을 벌린 채 룸미러로 시묘묘를 바라봤다.

"세숙, 왜 갑자기 거길 가자는 거예요?"

"가보면 알게 될 거야."

시묘묘의 대답은 더 이상 자오의 질문을 듣고 싶지 않다는 말이나 다름없었다. 자오는 알았다는 듯 고개를 끄덕였다. 그는 북쪽으로 천천히 차를 몰았다. 시묘묘는 두 눈을 살짝 감은 채 자는지 어쩐지 피곤한 듯 의자에 기대 있었다. 자오는 차를 몰면서 때로 룸미러로 시묘묘를 봤다. 두 눈을 살포시 감은 것이 잠든 것 같았다. 자오는 뭔가를 말하려다 말고 다시 운전에 집중했다.

"무슨 할 말 있어?"

그런 자오의 마음을 눈치챈 듯 시묘묘가 갑자기 입을 열었다. 자오가 고개를 들어 룸미러를 봤다. 그와 시묘묘의 눈이 마주쳤다. 자오가 황급히 고개를 숙였다.

"세숙……."

자오가 더듬거리며 말했다.

"왜 혼자 북경에 돌아왔어요? 어린 세숙은요?"

시묘묘가 미소 지었다.

"구양연운이 궁금한 거지?"

시묘묘에게 마음을 들킨 자오의 얼굴이 발갛게 달아올랐다. 그가 겸연쩍은 듯 웃었다.

"세숙, 그게 그러니까…… 연운은 어때요?"

"연운 일행은 지금쯤 신강으로 가고 있을 거야."

그렇게 말하면서 시묘묘는 문득 외로움을 느꼈다. 예상 밖의 일이 벌어지지 않았더라면 아마 자신도 지금쯤 반준 일행과 신강으로 향하고 있을 것이었다. 자오가 다시 입을 열었다.

"세숙, 왜 그 사람들하고 같이 신강에 가지 않았어요?"

시묘묘가 힘없이 웃더니 고개를 저은 후 두 눈을 꼭 감았다. 여전히 무표정하니 얼음처럼 차가운 표정을 짓고 있었지만 그녀는 내심 깊이 갈등하고 있었다. 지난 일이 홍수처럼 순식간에 시묘묘를 집어삼켰다.

자오는 차를 몰아 북경성을 빠져나갔다. 어쨌거나 그는 일본 특무였다. 성문은 여전히 경계가 삼엄했지만 성을 빠져나가는 일은 자오에게 식은 죽 먹기였다.

성문을 빠져나온 차는 계속 북쪽으로 향했다. 몇 리쯤 갔을까, 차가 창고 앞에 도착했다. 용청이 물건을 숨기는 장소였다. 여전히 몇 사람이 총을 들고 입구를 지키고 있었다. 차가 다가가자 사람들이 바짝 경계했다.

"누구냐!"

차가 멈추자 그중 목청이 큰 사람 하나가 고함을 질렀다. 자오가 대답하기 전, 시묘묘가 가만히 차 문을 열고 내렸다. 시묘묘를 본 사람들이 함박웃음을 지었다.

"오셨습니까? 두목은 안에 계세요. 기다리신 지 한참 됐습니다."

사람들이 철문을 밀었다. 시묘묘가 차에 타고 있던 자오에게 손짓했다. 자오가 알았다는 듯 차를 몰고 마당으로 들어섰다.

원래 목기 공장이었다가 폐쇄된 창고 자리에 건물이 두 줄로 늘어서 있었다. 오랫동안 사람이 거주하지 않은 탓에 마당에는 잡초가 잔뜩 자라 있었다. 울퉁불퉁한 길에 바큇자국만 남아 있을 뿐이었다. 시묘묘가 앞장서서 걷고 자오가 차를 몰며 천천히 그 뒤를 따랐다. 사람들이 들어가 용청에게 보고했다.

시묘묘가 첫 번째 공장 앞에 이르렀을 때 벌컥 문이 열렸다. 조그맣고 동그란 안경에 머릿기름을 바르고 구레나룻을 기른 용청이 웃으며 시묘묘를 맞이했다.

"시 소저, 오셨습니까!"

시묘묘가 미소 지으며 고개를 끄덕였다. 그 순간 차 문을 열고 내리는 자오의 모습을 발견한 용청이 미간을 찌푸렸다. 그러나 금세 다시 웃으며 말했다.

"자오 형제도 왔군!"

"용청, 그 사람은 깨어났나요?"

시묘묘가 안으로 걸어 들어가며 물었다.

"네, 어젯밤에요. 그런데……."

용청이 인상을 찌푸리며 무슨 말인가를 하려다 말았다. 바로 그때 부하 하나가 허겁지겁 뛰어나왔다. 얼굴과 몸이 군데군데 할퀸 상처투성이였다. 그가 얼굴을 감싼 채 용청 앞으로 와 말했다.

"두목, 그 어지기 또 밧줄을 풀었어요."

"이런!"

용청이 길게 한숨을 내쉬더니 뒤에 서 있던 두 사람에게 말했다.

"우선 쟤 상처부터 어떻게 해봐!"

두 사람이 다친 부하를 데리고 자리를 떠나자 용청이 난처한 듯 말했다.

"벌써 세 번째입니다. 소저가 데려온 그 여자가 어젯밤 깨어난 뒤부터 난동을 부리고 있어요. 어쩔 수 없이 사람들을 시켜 침대에 묶어놓으라 했는데 들어가는 족족 마치 굶주린 호랑이처럼 덤벼들어 물고 할퀴는 바람에 저 모양입니다."

시묘묘가 미안한 표정을 지었다.

"괜한 고생을 시키네요."

시묘묘의 말에 용청은 황급히 손을 내저었다.

"시 소저, 무슨 그런 말씀을! 시 소저와 반준 나리를 위해서라면 뭔들 못 하겠습니까! 다만……."

용청이 난색을 보이며 말했다.

"다만 그 여자가 누군지 궁금할 뿐입니다."

시묘묘는 미소만 지을 뿐, 아무런 대답도 하지 않은 채 용청을 따라 복도 끝 방에 이르렀다. 방 앞에는 사람들이 탁자에 둘러앉아 심드렁하니 카드놀이를 하고 있었다. 그들은 용청이 다가오자 후다닥 자리에서 일어났다.

"형님!"

용청이 고개를 끄덕였다. 그중 한 명이 용청에게 열쇠를 가져다주었다.

"시 소저, 여자가 깨어나고부터 완전히 발광을 하고 있습니다. 조심하세요."

시묘묘가 고개를 끄덕인 후 열쇠를 받아 문 앞에 섰다. 간단하게 자물쇠를 푼 후 잠시 주춤하다가 문을 열었다. 지독한 곰팡이 냄새가 얼굴을 덮쳤다. 방에는 누리끼리한 전등이 켜져 있었다. 여자는 산발한 채 시묘묘를 등지고 벽에 기대 있었다. 미쳐 날뛰었다는 말과 달리 여자는 방문객에 대해 아무런 반응도 보이지 않았다.

자오가 시묘묘 뒤에 바짝 붙어 방으로 들어섰다. 지독한 곰팡이 냄새에 그가 얼굴을 찌푸렸다.

"왜 날 구해줬지?"

여자의 목소리는 낮고 음산했다. 말을 하면서도 계속해서 시묘묘에게 등을 돌리고 있었다.

"정말 그렇게 죽고 싶어요?"

시묘묘의 말투는 차가웠지만 차분히 가라앉아 있었다. 그녀가 옆에 놓인 의자에 앉았다.

"하하!"

여자의 목소리에 자오는 소름이 끼쳤다. 여자가 시묘묘를 힐끗 바라봤다. 시묘묘의 차분한 표정을 본 여자가 말했다.

"날 구해줘봤자 얼마 살지도 못해."

"중독 상태라는 거 알아요."

시묘묘가 한숨을 쉬며 말했다.

"하지만 정말 아이를 다시 보고 싶은 생각이 없나요?"

시묘묘의 입에서 '아이'라는 말이 나오자 여자의 몸이 부르르 떨렸다. 목소리도 따라 떨리기 시작했다.

"당신이 어떻게 알아?"

"반원원……."

시묘묘가 한 글자 한 글자 또박또박 말했다.

"반준의 친누나. 수년 전 갑자기 실종됐지만, 사실은 신강으로 섭생술의 해독약을 찾으러 갔죠. 그런데 돌아오는 길에 비적을 만나고 그 뒤로 이름을 숨긴 채 살아왔고요. 모든 사람이 당신을 잊었다고 생각하겠지만 단 한 사람, 당신을 조용히 있도록 내버려두지 않는 사람이 있지요."

"어떻게 그렇게 잘 알지?"

반원원은 시묘묘가 자신의 과거를 낱낱이 알고 있자 의아한 생각이 들었다.

"그것 말고도 아는 것이 더 있습니다."

시묘묘가 길게 숨을 내쉬었다.

"당신이 매우 희귀한 독에 중독되었고, 반년에 한 번씩 그자를 찾아가 해독약을 구해야 한다는 것도요. 그러지 않으면 죽은 목숨이니까. 이번에 하남에서 북경까지 온 것도 해독약 때문이었죠."

반원원은 계속 입을 다문 채였다. 시묘묘의 입에서 나올 다음 말을 기다리고 있는 것 같았다.

"그자가 당신에게 해독약을 주지 않았기 때문에 한순간 자살하고 싶은 생각이 들었던 겁니다."

시묘묘는 자신이 추측한 내용을 말했다.

"당신 말이 다 옳다고 하지. 근데 그렇다고 뭐가 달라져?"

반원원이 원망 섞인 말투로 물었다.

"당신이 내 몸에 남아 있는 독을 해독이라도 해주겠다는 건가?"

"그런데……."

시묘묘가 자리에서 일어나며 말을 이었다.

"왜 반준에게 가지 않는 거죠? 그러면 방법이 있을 수도 있잖아요."

반원원이 고개를 저었다.

"불가능한 일이야. 세상에 이 독을 해독할 수 있는 사람은 그자 하나뿐이야."

"대체 무슨 독인데요?"

시묘묘가 이해할 수 없다는 듯 물었다.

"이 독 자체에 대해 알고 있는 사람도 극소수지."

반원원이 가만히 한숨을 내쉬었다.

"그럼 용이를 보고 싶지도 않단 말이에요?"

시묘묘가 보통 때와 달리 부드러운 말투로 물었다.

"아마 엄마가 살아 있다는 것도 모르고 있겠죠?"

시묘묘의 말에 반원원은 가슴이 아팠다. 그녀가 몸을 심하게 떨더니 천천히 고개를 돌렸다. 산발한 머리카락도, 자신이 칼로 마구 그어댄 얼굴의 상처를 가릴 수 없었다. 반원원의 얼굴에 눈물이 주르륵 흘러내렸다. 수년 동안 단 한 번도 금용을 그리워하지 않은 적이 없었다. 장군포의 한 사냥꾼이 금용을 키우고 있다는 소식을 듣고 그곳에 가서 아이를 보자고 생각하기도 했다. 그러나 자신의 얼굴을 생각하면 그 모든 생각이 부질없었다.

그런 이유로 안양 고택에서도 금용이 깊이 잠들었을 때만 가만히 아이 얼굴을 쓰다듬었던 것이다. 반원원이 구석에 선 채 시묘묘를 똑바로 바라보았다. 그녀는 목이 메는 듯 한참 뒤에야 입을 열었다.

"용이가 어디 있는지 알아?"

"네."

시묘묘가 확신하듯 고개를 끄덕였다.

"지금 반준과 함께 신강으로 가고 있을 거예요."

시묘묘의 입에서 '신강'이란 말이 나오자 반원원이 재빨리 앞으로 다가오더니 그녀의 두 팔을 잡았다.

"뭐라고? 용이랑 내 동생이 신강으로 가고 있다고?"

"네."

시묘묘가 고개를 끄덕였다.

"신강으로 약초 새배자를 찾아간다고 했어요. 그렇지 않으면 북경이 죽음의 도시가 될 테니까요."

"안 돼! 절대로 안 돼!"

반원원이 시묘묘를 잡고 있던 손을 맥없이 놓으며 의자에 앉았다. 그녀가 한 손으로 이마를 짚은 채 고통스러운 듯 중얼거렸다.

"안 돼. 준이는 신강에 가면 안 돼. 걘 아무것도 몰라……."

"뭘요?"

반원원의 말에 시묘묘는 민감한 반응을 보였다. 그러나 반원원은 그녀에게 전혀 신경 쓰지 않은 채 계속 고개만 흔들었다. 잠시 후 그녀가 자리에서 일어났다.

"정말 날 용이랑 준이한테 데려다줄 수 있어?"

"네."

시묘묘가 확답했다.

"몸은 어때요? 괜찮으면 당장이라도 출발하죠."

반원원이 잠시 주춤하며 가만히 입술을 깨물더니 시묘묘를 힐끗 바라봤다. 그녀는 이어서 문가에 서 있는 자오와 용청을 보고 미소 지었다.

"두 사람 좀 나가 있을래요? 이 소저랑 할 말이 있는데."

용청과 자오가 서로를 마주 보더니 문을 닫고 나갔다. 이제 좁은 방에는 시묘묘와 반원원 두 사람만 남아 있었다. 반원원은 여전히 넋이 나간 듯 전방만 주시했다. 시묘묘는 침착하게 반원원 곁에 서서 그녀가 입을 열길 기다렸다.

"내 추측이 틀리지 않다면 당신은 수파 시씨 집안 사람이지?"

반준과는 안양 고택에서 만났지만 반원원이 시묘묘를 본 적은 없었다.

"역시 눈썰미가 보통이 아니군요."

시묘묘가 미소 지었다.

"과연……."

반원원이 길게 한숨을 내쉬었다.

"할아버지 말이 맞았어. 72년 전, 상서 시씨 집안 사람들이 그 이상한 화재로 모두 죽은 건 아니었군."

"할아버지요?"

시묘묘가 의아한 듯 물었다.

"72년 전, 우리 할아버지는 소문을 듣고 상서 시씨 집안을 둘러보러 갔었어. 당시 사흘 밤낮으로 불이 계속되었다고 하더군. 할아버지가 도착했을 때는 이미 저택 곳곳이 무너져 폐허가 되어 있었대. 당시 시씨 집안 식구 72명이 모두 죽었다고 했지."

시묘묘의 반응에는 전혀 관심이 없는 듯 반원원이 혼자 중얼거렸다.

"할아버지는 그곳에서 보름을 머물다 한 사당에서 도무지 형체라고는 알아볼 수 없을 정도로 타버린 시신 72구를 봤다고 했어요. 상서에서 돌아온 후 할아버지는 궁중 태의원 직무를 사직하고 3년간 집을 떠나셨고, 이후 돌아와서는 문을 닫고 손님도 거절한 채 줄곧 쌍합제에 갇혀 사셨다더군. 큰아버지와 아버지 말고는 할아버지를 다시 본 사람은 별로 없었다나 봐. 홀연 세상을 떠날 때까지 그렇게 사셨대."

반원원이 슬픈 듯 말을 이었다.

"할아버지가 돌아가시기 전 어른들에게 하신 말씀이, 상서 시씨 집안에 난 화재가 암만 해도 수상하다는 거야. 분명 숨은 곡절이 있을 거란 얘기지. 십여 년 동안 그 집안 화재에 대해 조사했는데 결국 원인을 찾지 못했어. 그러나 시씨 집안 후손이 분명 살아 있을 거라고 굳게 믿고 계셨시."

"그래요. 당신 추측이 맞아요."

시묘묘가 담담하게 말했다.

"당시 저희 할머니는 임신 중이셨대요. 그런 비극 속에서도 하늘의 뜻은 있었나 보더군요. 어머니 말씀이, 시씨 집안이 재난을 당하기 하루 전날 밤 할머니가 낯선 사람에게서 편지 한 통을 받았대요. 편지 내용은 잘 모르겠지만 할머니는 바로 그 편지 때문에 하루 앞서 집을 떠나셨고 그 덕분에 재난을 피할 수 있었지요."

"그랬군."

반원원의 짧은 대답에는 많은 의미가 담겨 있었다.

"시 소저, 당신이 날 데리고 신강에 가겠다는 게 그저 동정에서 나온 말은 아니었군."

시묘묘가 미소를 짓더니 두세 걸음 걸어가 반원원 앞에 앉고는 천천히 고개를 들며 말했다.

"똑똑한 분이니 괜히 빙빙 돌려 이야기하지 않겠어요. 내가 알고 싶은 건 오직 하나뿐이에요."

"알겠어."

반원원이 시묘묘의 말을 끊더니 한숨을 길게 내쉬었다.

"그러나 난 단 한 사람한테만 알려줄 수 있어."

"반준."

시묘묘는 반원원이 무슨 말을 할지 예상하고 있었다. 반원원이 미소 지으며 고개를 끄덕였다.

# 제6장

# 안양성, 백년의 비밀이 밝혀지다

"반준?"

문 앞에 서 있던 노인이 눈을 가늘게 뜨고, 준수한 외모에 검은색 옷을 입고 있는 스무 살 남짓의 청년을 아래위로 훑어봤다. 노인은 뒷짐을 지고 반준 뒤로 걸어가 서가에서 청사를 뽑아 자세히 들여다보았다. 그가 미소를 지으며 말했다.

"과연 목파의 후계자답군!"

"어르신……."

반준이 두 손 모아 예를 올리자 노인은 손을 내젓더니 청사를 쥔 채 마당 도화나무 아래 돌 탁자 앞으로 가서 앉았다. 아직 승부가 나지 않은 바둑판이 펼쳐져 있었다. 반준은 잠시 주저하다가 노인을 따라 나갔다.

노인은 반준은 안중에도 없는 듯 혼자 바둑알 상자에서 검은 알 하나를 집어 눈앞의 바둑판을 노려보았다. 그는 살짝 이맛살을 찌푸린 채 바둑알을 들고만 있을 뿐, 여전히 다음 수를 두지 못했다.

반준은 그 앞에 서서 눈앞에 펼쳐진 바둑판을 신기한 듯 바라봤다. 왠지 눈에 많이 익은 대국이었다. 흑백 각기 이백 개가 넘는 알이 놓여 있었는데, 이미 물과 불의 형세를 이루어 치열한 대국이 펼쳐져 있었다. 반준은 어느새 얼굴을 잔뜩 찌푸린 채 노인 앞에 자리를 잡고 앉아 있었다. 노인이 살짝 고개를 들어 반준을 쳐다봤다. 반준은 꼼짝하지 않고 바둑판에 정신을 집중하고 있었다. 노인의 입가에 알 듯 모를 듯 웃음이 번졌다. 그가 검은돌을 판 위에 얹었다.

반준이 상자에서 돌 하나를 집어 손에 쥐었다. 생각을 정리하는 듯 보였다. 눈앞의 대국은 이미 진롱(珍瓏)의 형세를 펼치고 있었다. 흰돌은 험준한 지형에 기대 완강하게 저항하고 있었지만 이미 눈이 없어졌으므로, 검은돌과 흰돌의 공배 두 개뿐이었다. 검은돌은 눈이 하나뿐이니, 흰돌이 공배를 채우면 죽음이 확실하다. 만약 공배에 돌을 놓으면 좌충수를 두는 것이다. 검은돌이 곧바로 기습해 오겠지만, 이 또한 죽음뿐이었다.

"바둑은 장기와 달라, 장기는 왕이 죽으면 다른 이들도 모두 죽지만 바둑은 병사마다 모두 진영이 있고 내딛는 걸음마다 전투를 벌인다네. 취사선택의 과정에서 서로 견제하고 제약하며 유인하니 모든 병사가 평등하지. 장군은 출중한 존재로, 목숨이 붙어 있는 한 역할을 할 수 있어."

노인은 돌을 든 채 결정을 내리지 못하고 있는 반준을 힐끗 쳐다봤다.

"오래전 목파 군자랑 이 마지막 대국을 벌였네. 그런데 3년이 지나고도 대국을 끝내지 못했지."

그의 말에 반준은 더 확실히 이 형세를 본 적이 있다는 생각이 들었다. 평소 아버지가 바둑의 마지막 대국을 펼쳐두고 멍하니 바라보던 기억이 떠오른 것이다. 아버지 말씀이, 당시 바둑 형세는 할아버지가 남기신 것으로 죽을 때까지 다음 수를 놓지 못한 것이 평생의 한으로 남았다고 했다. 반준이 정신을 집중하는 사이 시간은 점차 흘러갔다. 칠성무당벌레 한 마리가 머리 위 나무에서 바둑판으로 떨어졌다. 엄지손톱만 한 칠성무당벌레는 바둑판에 떨어지자마자 일곱 색깔 껍데기 속에 사지를 움츠린 채 옴짝달싹하지 않았다. 마치 일곱 색깔 바둑알처럼 보였다.

반준은 잠시 칠성무당벌레를 바라보더니 숨을 불어 그것을 날려버렸다. 무당벌레는 그 즉시 날아올라 반준의 눈앞에서 한 바퀴 빙글 돌고는 나뭇가지로 올라갔다. 반준이 막 흰돌을 놓으려 할 때였다. 노인이 경멸하듯 웃었다.

"청년, 잘 생각하게. 그곳에 놓으면 결과는 빤하다네."

반준이 어찌 그것을 모르겠는가? 칠성무당벌레가 떨어진 곳은 바로 흰돌의 공배 위치였다. 이 자리에 돌을 놓으면 스스로 공배를 채우는 것이니 흰돌은 자기 목숨 줄을 끊는 것이었다. 반준이 빙긋 웃더니 전혀 주저하지 않고 그곳에 흰돌을 두었다. 노인이 의미심장하게 웃으며, 반준이 조금 전에 놓은 돌을 먹어치웠다. 그러나 수를 두는 순간, 노인의 얼굴에 피어났던 웃음기가 싹 가셔버렸다. 노인이 자신의 문을 활짝 열어 흰돌을 되살아나게 만든 것이기 때문이다. 이로써 판세가 완전히 기울었던 대국에 다시 불을 붙인 꼴이 되고 말았다.

잠시 바둑판을 지켜보던 노인이 껄껄 웃기 시작했다. 그는 스스로를 위로하듯 말했다.

"불가(佛家)에 이르길, 내가 지옥에 들어가지 않으면 누가 지옥에 들어가겠는가라고 했지! 선택의 갈림길에서 삶과 죽음의 이치가 바로 이런 것이지. 집착하는 사람은 결코 삶을 버리고 죽음으로 향하지 않아. 그래서 결국 한계에 처하게 되고. 대의를 중히 여기는 사람은 삶을 버리고 죽음으로 향하지. 자신의 죽음으로 전체를 살리는 일은 실로 쉽지 않다네."

노인의 말에는 반준을 향한 찬사가 가득했다. 사실 이전 세대 사람들이라고 이런 수를 생각지 못한 것은 아니었으니 그렇게 신비한 수일 것도 없었다. 다만 눈앞의 이익에만 급급하다 보니 흉을 피해 길한 선택을 했을 뿐이었다.

반준은 그제야 자리에서 일어났다. 이미 정오가 지난 시각이었다. 불볕더위에도 산중 공기는 매우 맑고 서늘했다. 반준이 두 손을 모으며 말했다.

"조금 전 어르신께서 이 마지막 대국이 수년 전 목파 곤충소환사가 남긴 것이라 하셨는데, 그 말이 사실입니까?"

노인이 미소 지으며 고개를 끄덕이고는 길게 한숨을 내쉬었다. 그가 아래위로 반준을 훑어보더니 말했다.

"이 늙은이 예상이 틀리지 않다면 그 사람이 자네 조부가 되겠군."

"네."

반준이 고개를 끄덕이고는 잠시 뭔가 생각한 후 말했다.

"당시 아버지께서 할아버지가 상서에서 돌아오신 뒤 3년 동안 외지에 가 계셨다고 했습니다. 그때는 줄곧 이곳에서 마지막 대국을 벌이고 계셨으리라고는 생각도 못 했습니다."

노인이 미소 지었다.

"이제 해결되었으니 이 늙은이도 마음의 걱정을 덜어야겠군."

"어르신, 제가 언제나 이곳을 떠날 수 있을까요?"

반준이 두 손을 모으며 물었다. 풍만춘 일행의 안위가 걱정스러웠던 것이다.

"여기서 하룻밤 조용히 지내는 게 좋겠네. 내일 동이 트면 저 아가씨도 깨어날 걸세. 아가씨와 함께 이곳을 떠나도록 해주지."

노인은 그렇게 말한 후 방으로 들어갔다. 반준은 한시라도 빨리 이곳을 떠나고 싶었다. 더구나 몽고사충에 대한 연운의 말을 떠올리니 더더욱 풍만춘 등의 안위가 걱정스러웠다. 만약 연운이 그렇게 사라지지 않았다면 결코 일행의 곁을 떠나지 않았을 것이다. 슬며시 불길한 느낌이 고개를 들었다.

밤공기가 상큼했다. 계곡 위 달빛이 유난히 밝고 환했다. 안개가 걷히고 사방에 향긋한 풀 냄새가 가득했다. 방으로 들어간 반준은 연운의 손을 이불 속에 넣어주었다. 맥을 짚어보니 큰 문제는 없었다. 다만 너무 놀라는 바람에 아직 정신이 돌아오지 않고 있을 뿐이었다. 몇 시간 지나면 호전될 것 같았다. 그는 자리에서 일어나 천천히 방문을 열었다. 오후에 노인이 연운의 말을 돌보는 모습을 본 뒤로 궁금함을 떨칠 수 없었다. 대체 노인은 누구일까? 어찌 반씨 집안에 대해 그리 잘 알고 있을까? 노인이 사용한 기괴한 병기는 어떻게 반준의 청사를 그리 쉽게 쳐낼 수 있었던 것일까?

반준은 문을 닫고 그 앞에 섰다. 밝은 달빛을 온몸으로 받으며 잠시 마음의 평안을 즐겼다. 한 달 전 어느 날 오후 평온했던 일상이 완전히 엉망이 된 이래 그는 수많은 생사이별, 사건사고와 수수께끼 같은 일을 겪어야 했다. 불과 한 달 동안 지난 20년 남짓 겪은 것보다 더 많은 일을 겪었다. 갑자기 달빛이 심하게 흔들리기 시작했다. 그는 머리를 흔들었다. 달은 그대로인데 그의 눈앞에 어느새 시묘묘의 모습이 어른거렸다.

"이제 우리 두 사람밖에 없어요. 시 소저, 당신이 누구인지 말해줄 수 있지 않나요?"

반준이 시묘묘의 뒤에 서서 말했다. 시묘묘가 살짝 고개를 들었다. 달빛 아래 시묘묘의 눈가에 눈물이 반짝였다.

"반준, 당신 말이 맞아. 72년 전, 시씨 집안 화재로 72명이 죽었지. 그렇지만 우리 할머니는 기적적으로 살아남았어. 그 순간부터 시씨 집안 사람들은 이름을 숨기고 살아왔지만 원수들의 추적은 끊이지 않았지. 할머니는 어쩔 수 없이 시씨 집안 사람들을 이끌고 멀리 고향을 떠나 해외를 전전했어."

"뭐라고요?"

반준은 놀라지 않을 수 없었다.

"계속 해외에서 생활했다고요?"

"그래."

시묘묘가 뒤돌아 살짝 고개를 끄덕였다.

"그런데도 우리 어머니는 청사에 당해 돌아가셨어."

"정말 어머니께서 청사에 당해 돌아가셨군요."

반준은 생각에 잠겼다.

"그래. 어머니는 생전에 청사가 목파 곤충소환사 집안의 독보적인 무기라고 말씀하셨어. 그래서 내가 이곳에 오게 된 거지."

시묘묘가 조용히 말했다.

"후에 청사가 계속 문제를 일으키는 걸 보면서 어머니를 죽인 원흉이 당신이 아닐 수도 있다는 것을 알게 됐어. 하지만 이번에 돌아온 건 또 다른 일 때문이야."

"72년 전 화재에 관한 건가요?"

반준은 이미 시묘묘의 생각을 모두 읽고 있었다.

"그래."

시묘묘가 고개를 끄덕였다.

"내가 어릴 때 할머니께서 당시 화재에 대해 말씀하신 적이 있었어. 불이 나기 전날 밤 이상한 편지를 한 통 받으셨다는 거야. 편지에 초대장이 들어 있었는데 이상하게도 글 전체가 수파 곤충소환사

의 암호로 써 있었지. 시씨 집안 사람이라고 해도, 그런 암호를 아는
건 수파 군자밖에 없거든. 그 이상한 초대장을 받고 할머니는 급히
집을 떠나셨지. 그런데 암호 내용에 따라 약속한 장소에 가보니 탁
자 위에 이상한 물건만 놓여 있었다더군."

시묘묘가 품에서 붉은 천으로 싼 물건 하나를 꺼냈다. 그녀가 겹
겹이 싸인 붉은 천을 풀었다…….

다시 극심한 두통이 밀려왔다. 조금 전까지 선명했던 장면들이 다
시 흐릿해지더니 휘영청한 달빛과 높은 산봉우리만 눈에 들어왔다.
반준은 심호흡을 했다. 며칠 동안 시묘묘와 함께했던 기억들이 단편
적으로 떠오르기 시작했다. 조각난 기억들을 완전하게 모을 수가 없
었다. 또한 돌이키려 할 때마다 머리에 극심한 통증이 느껴졌다.

고개를 드니 노인이 빙긋 웃는 얼굴로 구부정하니 서서 그를 들여
다보고 있었다. 노인의 눈빛에 머쓱해진 반준이 황급히 고개를 돌렸
다. 갑자기 노인이 반준의 오른손 손목을 잡았다. 반준은 어리둥절
했지만 노인은 매우 침착하게 눈을 반쯤 뜨고 그의 맥을 짚었다.

반준은 네 살 때부터 아버지 곁에서 온갖 풀과 곤충을 경험하고,
여섯 살 때 의서에 통달하고, 여덟 살 때부터 처방문을 쓰기 시작해
수도 제일가는 명의가 되었다. 그런데 지금 눈앞의 볼품없는 노인이
공자 앞에서 글을 읽고 있지 않은가. 반준은 이해가 안 갔지만 어쨌
거나 뛰는 자 위에 나는 자가 있기 마련이라고 생각했다.

20분쯤 지났을까, 노인이 반준의 손을 내려놓으며 긴 한숨을 내
쉬었다.

"자네, 설마 섭생술에 중독됐나?"

반준이 살짝 고개를 끄덕였나. 노인이 의아한 눈으로 그를 바라보
았다.

"내 기억이 틀리지 않다면 섭생술은 목파 반씨 집안의 기술로 지금은 전하지 않는다고 들었는데, 어쩌다 목파 군자가 중독이 되었나?"

"사실대로 말씀드리지요."

반준이 담담하게 말했다.

"북경에서 누군가가 섭생술로 인해 죽을 경우 그 해독법을 찾기 위해……."

그의 말을 들은 노인이 빙긋이 웃었다.

"그러다 만에 하나 해독약을 찾지 못하면 그냥 목숨을 버리는 게 아닌가?"

반준이 미소 짓고는 멀리 높은 산에 걸린 커다란 달을 바라보며 혼잣말처럼 중얼거렸다.

"섭생술이 퍼진다면 목파 곤충소환사 군자로서 수수방관할 수 없는 일입니다. 그때가 되면 정말 죽느니만 못할 수도 있지요."

노인이 고개를 끄덕였다.

"젊은 사람이 그처럼 대의를 중히 여기다니 실로 드문 일이군. 다만 청년이 정말 목숨을 버릴 각오가 되어 있다 해도 재난을 피하기 어려울지도 모르네. 게다가 자네는 곤충소환술에 대해 외피만 알 뿐, 안에 담긴 진리는 모르는 것 같구먼."

반준은 반박하고 싶었지만 노인은 그런 그의 마음을 읽은 듯 말을 이었다.

"아마 내 말이 고깝게 여겨지겠지."

반준은 대답 대신 노인을 가만히 바라봤다. 노인이 긴 한숨을 내쉬었다.

"날 따라오게."

노인은 반준을 이끌고 오솔길을 따라 초가 뒤로 향했다. 초가 뒤쪽은 무릎까지 잡초가 자라 있는 넓은 들판이었다. 바람결에 잡초가 제멋대로 쓰러져 있었다. 100보 정도 걸어갔을 때 갑자기 10미터는 족히 될 법한 깊은 구덩이가 반준의 눈에 들어왔다. 구덩이 주위에는 매끄러운 돌이 쌓여 있었다. 노인이 힘겹게 구덩이 가장자리에 서서 반준 쪽으로 고개를 돌렸다.

"젊은이, 이 구덩이 안에 뭐가 있는지 아나?"

반준이 천천히 구덩이 가장자리에 섰다. 구덩이에서 차가운 기운이 올라오고 있었다. 산허리에 걸려 있던 밝은 달도 두꺼운 구름에 가려, 구덩이는 바닥이 보이지 않을 정도로 어두컴컴했다. 그러나 반준은 눈앞의 구덩이가 어떤 모양인지 알 것 같았다. 북경 쌍합제나 안양 반씨 고택 후원에는 사람들의 발길이 들지 않는, 매우 정성스레 설계된 건물 하나가 있었다.

당초 북경성의 쌍합제는 줄곧 반준의 큰아버지인 반창원이 지키고 있었다. 목파 군자인 반준 역시 다만 어린 시절 아버지를 따라 줄곧 닫혀 있던 건물 안으로 들어가봤을 뿐이다. 그렇긴 해도 반준은 어렴풋이 당시 건물 중앙에도 지금 눈앞에 보이는 것과 같은 커다랗고 깊은 구덩이가 있었던 것을 기억했다.

구덩이 사방으로 거대한 한백옥이 쌓여 있었다. 가장자리에 서서 귀를 기울이면 들릴 듯 말 듯 어렴풋한 개울물 소리가 들려왔다. 반준은 어린 시절 아버지가 그 건물에 틀어박혀 며칠이 지난 뒤에야 초췌한 모습으로 밖으로 나왔던 광경을 떠올렸다. 아버지가 돌아가신 후 쌍합제는 반창원에게 넘어갔고, 그는 언제나 반준을 차갑게 대했다. 만약 여러 사달이 나지 않았더라면 아마도 반준이 쌍합제에 돌아가는 일은 없었을 것이다.

"이선……."

반준이 의혹 가득한 눈길로 노인을 바라보았다. 여러 가지 의문이 꼬리에 꼬리를 물고 이어졌다. 사실 노인이 황하 강변에서 자신을 구해준 뒤부터 반준은 묻고 싶은 것이 무척 많았다. 겉모습은 보잘것없이 느껴지는데 소요봉에 대해 그렇게 자세히 알고 있는 것이며, 또 그가 목파 반씨 집안 사람이라는 것을 어떻게 한눈에 알아봤단 말인가? 더더욱 궁금한 점은 노인이 그의 맥을 짚고 대번에 중독 상태를 알아낸 것이었다. 정확하진 않지만 반준은 노인이 분명 곤충소환사 일족과 관련 있을 것이라고 생각했다. 문제는 체형이나 걸음걸이 등으로 볼 때 5대 곤충소환사 일족의 특징을 전혀 찾아볼 수 없다는 것이었다.

"이 안에 대체 뭐가 들어 있는지 도무지 감이 잡히지 않습니다."

반준이 공손하게 두 손을 모으며 말했다. 노인이 빙그레 웃더니 고개를 들어 하늘을 바라봤다. 달그림자가 점점 어두워지기 시작하더니 눈앞이 깜깜해졌다. 가만히 깊은 구덩이를 마주한 채 노인은 손뼉을 쳤다. 이어 구덩이가 마치 살아 있기라도 한 듯 메아리가 울려 퍼지기 시작했다. 반준은 어렴풋이 구덩이에서 시냇물이 흐르는 듯한 소리를 들었다.

호기심이 발동한 반준이 구덩이 앞으로 몇 걸음 다가섰다. 그 순간 노인이 화절자를 꺼내 안을 비추었다. 어둠 속에 비친 불빛이 마치 별처럼 눈부셨다. 불빛에 비친 노인의 얼굴에 미소가 피어올랐다. 노인이 가만히 화절자를 구덩이에 떨어뜨렸다.

반준은 뚫어져라 화절자를 응시했다. 화절자가 조금씩 아래로 떨어지면서 구덩이 벽이 연쇄적으로 조금씩 밝아지기 시작했다. 귓가에 들리던 시냇물 소리도 점차 웅웅, 하는 거대한 소리로 변했다. 구덩이가 대체 얼마나 깊은지 알 길이 없었다. 화절자가 떨어진 곳 주위 벽에 점점이 연한 푸른빛이 반짝였다.

"청년, 물러서게."

노인이 그렇게 말하더니 자신도 두어 걸음 물러섰다. 반준 역시 노인을 따라 뒤로 물러섰다.

노인이 다시 구덩이를 향해 가볍게 손뼉을 치자 순식간에 빛이 움직이기 시작하더니 구덩이 주위를 빙빙 돌다가 어두운 밤하늘을 향해 날아올랐다. 마치 하늘을 향해 빛의 기둥이 뻗은 것 같았다. 주위 무성한 잡초도 빛의 기둥 때문에 엷은 푸른빛을 띠고 있었다.

반준은 자신의 눈을 믿을 수가 없어서 멍하니 거대한 빛기둥을 바라봤다. 그 순간, 빛기둥에서 빛방울이 날아올랐다. 반준은 자기도 모르게 손을 뻗었다. 그의 손바닥 안에 작은 반딧불이 떨어졌다. 반준은 거대한 빛기둥이 수억 마리의 반딧불로 이루어졌다는 사실을 믿을 수가 없었다.

노인이 반준을 힐끗 바라보며 미소 지었다. 잠시 후 눈앞의 거대한 반딧불 빛기둥이 조금씩 흩어지기 시작하면서 빛도 점차 수그러들었다. 반딧불들이 하늘 가득 날아올라 무리를 짓더니 멀리 풀밭에 내려앉았다. 풀밭을 보니 밤바람결에 잡초가 마치 거대한 반딧불의 파도처럼 끊임없이 넘실대며 반짝이고 있었다.

"이건……."

반준은 눈앞에서 벌어진 광경이 그저 놀라울 뿐이었다. 목파 곤충 소환사인 그도 이런 장관은 난생처음이었다.

"이런 것도 곤충소환의 기술 중 하나입니까?"

"물론이지!"

노인이 웃었다.

"세상에서 가장 매력적인 곤충소환술은 사실 자연이 만들어내는 거라네."

"자연이 만들어내는 거라고요?"

반준은 노인의 말이 이해가 될 듯 말 듯 했다.

"진정한 곤충소환사라면 자연의 도를 알아야 해."

노인이 넘실대는 반딧불들을 바라보며 말했다.

"천문과 지리, 사계절의 변화에 통달해야 비로소 변화무쌍하게 곤충을 부릴 수 있네. 세상 어느 누가 저렇게 거대한 곤충 무리를 통제할 수 있단 말인가?"

노인이 자문자답하듯 말했다.

"오직 자연의 변화만이 가능하다네."

반준이 가만히 고개를 끄덕였다.

"조금 알 것 같습니다."

"청년, 자연의 이치야 자네 스스로 깨닫는 거고, 여기 자네에게 줄 물건이 하나 있네."

노인이 말하며 소매 안에서 상자를 꺼냈다. 반준이 가지고 있는 청사 상자와 똑같았다. 그가 가만히 상자를 열었다. 안에는 청사와 모양이 흡사하긴 하지만 조금 다른, 가는 실이 들어 있었다. 반준은 한눈에 오후에 방에서 봤던 물건임을 알아보았다.

"이건……."

반준은 경이로운 눈빛으로 상자를 쳐다봤다.

"하하!"

노인이 껄껄 웃었다.

"이게 진짜 청사지. 자네가 갖고 있는 물건은 전해지는 도면에 따라 제작한 것이나, 그건 완전한 도면이 아닐세."

반준의 의문이 깊어졌다. 목파 곤충소환사 집안에 대대로 전해지는 물건이 모조품이었단 말인가. 노인이 청사를 반준에게 건네며 조용히 말했다.

"수십 년 전 반씨 집안에 줬어야 하는 물건일세. 이제야 청사를 부릴 수 있는 사람에게 가게 되었군. 청년! 이 청사를 반드시 잘 보관해야 하네."

노인이 상자를 반준에게 건넸다.

"자네가 사용한 청사는 암기에 불과하네. 앞으로 청사의 진정한 쓰임을 알게 될 걸세."

반준은 잠시 주저하다가 두 손을 모으며 말했다.

"감히 어르신 정체를 묻는……."

노인이 손을 내저었다.

"묻지 말게! 자네 몸안의 섭생술 독은 이미 사라졌지만 또 다른 독에 중독되었다는 것만 기억하게. 나도 해독법을 알긴 하지만 그 독을 해독하는 게 자네에게 꼭 좋은 일만은 아니라네."

그렇게 말한 후 노인은 눈앞의 반딧불들을 향해 걸어갔다. 그의 뒷모습이 점차 풀숲으로 사라져갔다.

반준은 초가로 돌아왔다. 연운은 여전히 편안한 듯 침대에 누워 있었다. 반준은 의자에 앉아 청사 상자를 열었다. 상자의 문양이 무척 섬세하고 아름다웠다. 연식이 있어 보이는 상자였다.

"물……."

침대 위의 연운이 가만히 말했다. 반준은 재빨리 상자를 내려놓고 탁자에 있던 찻잔에 물을 따른 후 그녀의 곁으로 다가갔다. 물을 한두 모금 마신 뒤 연운은 힘겹게 눈을 떴다. 어렴풋이 반준의 얼굴이 눈에 들어오자 연운이 미소 지었다.

"연운, 기분은 좀 어때요?"

반준이 부드러운 목소리로 물었다.

"응?"

연운이 작은 소리로 물었다.

"오라버니, 여기가 어디예요?"

"그런 건 묻지 말고 편안하게 쉬어요. 좀 괜찮아지면 내일 길을 떠나야 해요."

반준이 찻잔을 옆에 두고 연운의 머리에 베개를 받쳐주었다. 연운은 안도의 한숨을 내쉰 다음 다시 두 눈을 감았다. 그런데 갑자기 어디서 힘이 났는지 그녀가 반준의 두 손을 잡아끌더니 침대에서 벌떡 일어나 앉았다. 그녀가 당황한 눈빛으로 사방을 둘러보았다. 숨소리가 점점 거칠어졌다. 반준이 의아한 표정으로 연운을 봤다. 연운이 점점 더 세게 반준의 손을 잡았다. 손바닥이 땀으로 축축했다.

"연운, 왜 그래요?"

반준이 의아한 듯 물었다.

"생각났어요."

연운이 혼잣말하듯 중얼거렸다.

"오라버니, 누군가가 우리를 이곳으로 유인했어요."

"뭐라고요?"

반준이 어리둥절한 표정으로 연운을 바라봤다.

"연운, 마음을 가라앉히고 천천히 얘기해봐요."

"그날 밤, 단 소저한테 연응 얘기를 듣고 도무지 마음을 가라앉힐 수가 없더라고요. 밤새 뒤척이며 한 숨도 못 잤어요. 오라버니하고 풍 사부님이 방에 없는 것으로 보고 바람을 쐬러 나간 줄 알았죠. 그런데 나가자마자 마구간에서 말 울음소리가 들려왔어요. 보통 사람들 같으면 별일 아니라고 넘겼겠지만 내가 누구예요, 화파 곤충소환사잖아요. 어려서부터 동물 길들이는 일에 익숙한 사람이에요. 말 울음소리만 듣고도 마음을 읽을 수 있어요. 게다가 화파 곤충소환사들한텐 서로 은밀히 소식을 전할 때 쓰는 암호가 있어요."

연운이 흥분해서 말했다.

"말의 긴 울음소리가 매우 슬프게 들렸어요. 부근에 위험에 처한 화파 곤충소환사가 있다는 뜻이었죠. 울음소리를 따라가 말에 올랐어요. 그런데 말이 전혀 말을 안 듣더라고요. 말이 갑자기 울부짖으며 두 발로 땅을 박차고는 단번에 수십 리를 달려갔어요. 그러더니 갑자기 짙은 안개가 깔리면서 방향을 잃는 바람에 하마터면 그대로 황하에 빠져 죽을 뻔했어요."

반준은 연운의 말에 귀를 기울인 채 곰곰이 생각에 잠겼다. 연운이 말을 마치자 반준이 심각한 어조로 물었다.

"연운, 그 암호를 남긴 사람이 연웅이었을까요?"

연운이 실망한 표정으로 고개를 흔들었다.

"연웅이 배운 화파 곤충소환술은 매우 간단한 것들뿐이에요. 암호로 소식을 전하는 방법은 열여덟이 지나고 할아버지가 가르쳐준다고 하셨어요."

두 사람 사이에 잠시 침묵이 흘렀다. 화파 곤충소환사라면 연운 이외에 연웅밖에 없는데, 연웅이 그런 기술을 배우지 않았다니. 그렇다면 대체 소식을 전한 사람은 누구일까? 설마 이 부근에 화파 곤충소환술을 쓰는 사람이 또 있단 말인가? 반준은 갑자기 뭔가를 떠올린 듯 몸을 부르르 떨었다.

"연운, 그제 저녁에 내가 몽고사충에 대해 말한 것 기억나요?"

"네."

연운이 고개를 끄덕였다.

"신강에서 중원에 오던 길에 몽고사충을 본 적이 있다고 했죠?"

반준이 일어나 방 안을 서성거렸다.

"그래요."

연운이 당시의 기억을 더듬었다.

"구양 집안은 몽고사충에 대한 이야기를 잘 알고 있어요. 할아버지가 살아 계실 때 화파 곤충소환사는 사실 두 파만 있는 게 아니라고 하셨어요. 다만 두 파의 사람이 가장 많고, 돌아가면서 비보를 지켰기 때문에 사람들이 잘 알고 있을 뿐이라고요. 또 하나의 화파 곤충소환사 일족이 있는데 그들은 사망충이라는 괴물을 부릴 수 있다고 했어요."

반준이 고개를 끄덕였다. 그 역시 대강 알고 있는 이야기였다. 다만 몽고사충을 부리는 일족이 일찌감치 모두 사라졌다고 생각했을 뿐이다. 그런데 뜻밖에 몽고사충을 만나게 된 것이다.

"사망충은 매우 흉악한 데다 길이 잘 들지 않기 때문에 아기 때부터 먹이를 줘가며 키워도 늘 배반한다고 했어요. 그래서 화파 곤충소환사의 양대 문파가 연합해서 그들을 사막 깊숙한 곳에서 섬멸했다고 해요. 그런데 백여 년 동안 소식이 없다가 갑자기 십여 년 전 신강에 모습을 나타낸 거예요."

연운은 기억나는 대로 이야기를 이어갔다.

"네?"

반준이 인상을 찌푸리며 연운에게 되물었다.

"몽고사충이 십여 년 전에도 나타났다고요?"

"네."

연운이 고개를 끄덕였다.

"그때 전 겨우 네 살인가 다섯 살이었어요. 마치 강적이라도 만난 것처럼 집안 사람들 전체가 삼엄한 경비에 들어갔던 게 어렴풋이 기억나요. 그 와중에도 사문 제자들이 목숨을 잃었다는 소식이 종종 날아왔고요."

"그 뒤에는?"

"아마 1년 남짓 계속되었던 것 같아요. 바로 그 시기에 어머니가 갑자기 신강을 떠났고요. 어머니가 떠나고 얼마 지나지 않아 완전히 딴사람이 돼버린 아버지는 온종일 술에 취해 난폭하게 굴었어요. 아버지는 효성이 지극한 분이었어요. 언제나 할아버지 말씀을 잘 따르던 분이었는데 그 뒤로는 걸핏하면 할아버지와 말싸움을 벌였어요. 그러던 어느 날 밤, 몽고사충이 우리 집에 쳐들어온 거예요. 밤새도록 살벌하게 싸운 끝에 결국 양쪽 다 부상을 입었죠. 그런데 그 날 밤 아버지도 사라져버렸어요."

연운의 눈시울이 촉촉하게 젖었다.

"사망충에 당했던 당시 사문들은 살이 다 너덜너덜해질 정도로 온몸이 피범벅이 되고 몰골이 말이 아니었어요. 아예 누군지 못 알아볼 정도였으니까요. 그 후 그 곤충소환사 일족은 우리가 신강을 떠나기 전까지 한 번도 나타난 적이 없어요."

연운이 탄식했다.

"사실 할아버지가 외부에 계속 비밀로 했던 일이 하나 있어요. 비보가 사라진 후 나는 할아버지를 따라 사방이 산으로 둘러싸인 절벽까지 사람들을 쫓아갔었어요. 추적하는 길에 일본인 사체를 몇 구 발견했는데 그 모습이 당시 사망충에게 당한 것과 똑같았어요. 한눈에 몽고사충에게 당했다는 것을 알 수 있었죠."

"그랬군요."

반준은 생각에 잠겼다.

"후에 신강에서 중원에 오는 길에도 사망충을 만났나요?"

연운이 고개를 끄덕였다.

"우리를 공격하진 않았지만, 오던 길에 몽고사충에 당한 일본인들이 자주 눈에 띄었어요. 시체들을 본 할아버지는 잔뜩 긴장하셨고요. 100년 전 일에 대한 보복을 하고 있는 것 같다고 말씀하셨어요."

반준은 가만히 연운의 말이 끝나길 기다렸다. 그의 얼굴이 더 심하게 일그러졌다. 화파 곤충소환사가 복수를 위해 나타났다면 왜 중원으로 향하던 구양뇌화를 건드리지 않았을까? 더 이상한 일은, 사망충들이 암암리에 그의 일행을 보호하고 있는 게 분명하다는 사실이었다. 이 모든 것을 조종하는 사람은 어둠 속에 숨어 있었다. 대체 무슨 목적일까?

반준은 밤새도록 잠을 자지 못하고 연운 곁에 앉아 있었다. 그제야 몸을 회복한 연운은 반준의 옷자락을 두 손으로 잡고 깊이 잠들었다.

그동안 많은 일이 벌어졌다. 비보를 도둑맞자 화파 구양 일가는 불원천리 중원으로 보물을 찾으러 왔다. 그 일이 도화선이 된 것처럼 5대 곤충소환사 일족이 그간 유지해온 평온함에 금이 가기 시작했다. 이후 누구도 예상치 못했던 일들이 벌어지기 시작했다. 불과 한 달여 만에 그들은 북경을 떠나 멀리 안양까지 오게 되었고, 결국 신강을 향하게 되었다. 모든 일이 너무나 빠르게 전개되었다.

반준은 어렴풋이 어둠 속에 뭔가 거대한 함정이 도사리고 있는 느낌을 받았다. 수년 전 누군가가 꼼꼼하게 계획을 세우고, 때가 오기만을 기다리고 있었다. 때가 무르익는 순간, 함정은 열리게 되어 있었다. 다만 대체 그때가 구체적으로 언제를 말하는지 아무리 생각해도 감을 잡을 수가 없었다.

반준은 조심조심 연운의 손을 내려놓고 밖으로 나가 살며시 방문을 닫았다. 바람이 서늘했다. 여전히 풀숲에 앉아 있는 반딧불들 덕분에 마치 풀에서 빛이 나는 것 같았다. 마음이 홀가분했다. 이따금 반딧불 한두 마리가 정적을 깨는 날갯짓과 함께 풀숲을 맴돌았다.

반딧불 한 마리가 안양성의 높은 담장을 넘어 성안을 이리저리 날아다녔다. 몸통 끝에서 빛이 반짝였다. 어두운 밤하늘 아래 반딧불이 유난히 빛나는 것 같았다. 반딧불이 성 남쪽에 위치한 사합원으로 날아들었다. 양복을 입고 안경을 쓴 청년이 차가운 표정으로 마당에 서서 날아다니는 반딧불을 가만히 바라봤다.

그때 또 다른 청년 하나가 손에 다호를 들고 나왔다. 그는 반딧불을 뚫어져라 바라보는 남자의 모습에 미소 지었다.

"관수, 무슨 생각 하고 있나?"

"조금 걱정이 돼서."

마당에 서서 반딧불을 바라보고 있던 남자는 관수였다. 그가 고개를 돌렸다. 또 다른 청년이 마당 돌 탁자 앞에 앉아 차를 따르고 있었다. 순식간에 차향이 사방에 퍼졌다. 관수가 웃으며 말했다.

"경년, 이 차 영강 작설 같은데?"

"맞아. 그 차 맞네."

애신각라 경년이 미소 지었다.

"《다경》에는 이 차의 산지가 한중 영강현이라고 되어 있지."

관수가 차를 한 모금 마신 후 진지한 표정으로 말했다.

"관수 자네가 하고 싶은 말은 그게 아니겠지?"

경년은 관수의 관심이 어디에 가 있는지를 알고 있었다.

"그래. 차질이 없으면 세숙은 한중을 지나 감숙에 닿았을 거야."

관수가 근심스러운 기색으로 다시 차를 마시고는 말했다.

"사실 걱정이야. 만일 모든 것이 자네의 추측대로 된다면 신강에 도착한 후 세숙은 더욱 험한 꼴을 당하겠지."

"그래."

애신각라 경년이 가만히 차를 한 모금 넘긴 후 눈을 감은 채 잠시 생각에 잠겼다.

"하지만 그것 말고 다른 방법이 있나?"

"아!"

관수가 한숨을 길게 내쉬더니 주먹을 쥐었다.

"세숙이 스스로의 힘으로 이번 재난을 부사히 극복하길 바랄 뿐이네."

"사실 이번 일은 반 나리 말고는 다른 적임자를 찾을 수 없었어."

경년이 찻잔을 내려놓으며 말했다.

"이번 신강행에 어떤 이해관계가 얽혀 있는지 미리 설명해주었는데도 기꺼이 위험을 무릅쓰고 신강행을 결정해줬거든."

"시 소저의 정체에 대해 세숙에게 말했나?"

관수가 돌연 시묘묘 얘기를 꺼냈다. 애신각라 경년이 가만히 고개를 저었다.

"다른 사람에게 신분을 노출시키지 않겠다고 시 소저와 약속했네. 반 나리라면 대충 짐작하고 있을걸."

"아."

관수가 맥없이 한숨을 내쉬었다.

"시 소저는 수파 곤충소환사의 마지막 후계자야. 72년 전 상서 시씨 집안 멸문의 원흉을 밝혀내겠다고 벼르고 있지."

"그래. 사실 나 역시 72년 전 화재 사건을 몰래 조사해봤는데 말이지."

애신각라 경년이 목소리를 낮췄다.

"기가 막힌 사건 아니었나. 시씨 가문 72명을 모두 살해한 뒤 불을 지르다니! 누군가가 뭔가를 숨기려고 한 것 같네."

"뭘 숨기려 한 거지?"

관수가 갑자기 눈을 번뜩이더니 경년 쪽으로 고개를 돌렸다.

"설마 방화가 살인을 숨기기 위한 것이었단 말인가?"

"그뿐만이 아니야."

애신각라 경년이 눈을 가늘게 뜨고 주위를 날아다니는 반딧불을 바라봤다.

"또 다른 목적이 있지."

"자네가 말하는 목적이라는 게……."

관수가 나이는 젊지만 생각이 깊은 청조의 후손 경년을 응시했다.

"수파 곤충소환사의 비보."

애신각라 경년이 한 글자 한 글자 또박또박 말했다.

"수파 곤충소환사의 비보라는 게 뭐지?"

관수가 의혹에 가득 찬 눈으로 물었다.

"하하. 수파 곤충소환사들은 외부와의 왕래가 거의 없기 때문에 일족의 비보에 대해서도 거의 아는 사람이 없다네."

경년이 담담하게 말했다.

"3년 전 일본 헌병사령부가 남쪽에서 비밀리에 특별한 물건 하나를 운송한 적이 있었는데, 기억하나? 봉적산을 지나던 중 비적에게 도난당해 헌병사령부에서 즉시 북경의 용청을 보내 협상하도록 했던 일 말일세. 그래서 결국 물건을 되찾아오지 않았나."

"음, 그건 나도 들은 적이 있어. 하지만 물건이 북경으로 돌아오고 나서 별다른 문제가 없었는데."

잠시 후 관수가 의아해하며 물었다.

"그럼 그 물건이 수파의 비보였단 말인가?"

"그래, 확실해."

애신각라 경년이 차 한 모금을 마셨다.

"게다가 계속 북경에 보관되어 있고 말이지."

관수가 고개를 살짝 끄덕였다.

"하나 이해가 안 되는 일이 있어. 자네 얘기를 듣고 싶군."

"아는 것은 남김없이 다 말해드리지."

애신각라 경년이 차분하게 말했다.

"자넨 왜 갑자기 북경에서 안양까지 온 건가?"

관수가 단도직입적으로 물었다.

"하하!"

애신각라 경년이 의미심장하게 웃더니 주머니에서 편지 한 통을
꺼내 탁자 위에 올려놓았다.

"이 편지를 보면 알 거야."

관수가 어리둥절한 얼굴로 경년을 바라보며 편지를 펼쳤다. 방 안
의 희미한 불빛 아래에서도 관수는 편지의 필적을 한눈에 알아볼 수
있었다. 그의 얼굴에 당혹스러운 빛이 역력했다.

"이미 알고 있다고?"

# 제7장

# 귀신 마을, 참혹한 죽음들

시묘묘가 살짝 고개를 끄덕였다.

"반 소저, 반준에게 데려다줄게요."

"원하는 게 뭐지?"

반원원이 시묘묘를 힐끗 쳐다보며 물었다. 그간 숱한 일을 겪고 가슴에 응어리가 맺히는 동안 반원원은 세상에 대가 없는 선의란 없다고 생각하게 되었다. 설사 친족이라 해도 마찬가지였다. 시묘묘가 가만히 고개를 저으며 담담하게 말했다.

"그런 것 없어요. 가든지 말든지 반 소저가 결정하세요."

그렇게 말한 후 시묘묘가 문을 향해 걸어갔다. 그녀가 막 몇 걸음 내디뎠을 때, 반원원이 자리에서 벌떡 일어서며 말했다.

"좋아, 당신과 함께 신강에 가겠어."

시묘묘가 걸음을 멈추고 고개를 끄덕였다.

"만일 반준을 말리고 싶다면 지금 바로 출발하는 게 좋을 거예요."

"하지만 난······."

반원원이 난처한 표정을 지었다. 자해 후 반원원은 계속 검은 베일로 얼굴을 가리고 다녔다. 이런 몰골로 거리에 나서면 분명 사람들의 주의를 끌 것이고, 자연히 불필요한 일들을 겪을 것이다. 시묘묘는 그런 반원원의 속내를 벌써부터 짐작하고 있었다. 그녀가 가만히 웃었다.

"반 소저, 날 믿죠?"

반원원이 인상을 찡그린 채 의혹에 찬 눈으로 시묘묘를 바라봤다.

대략 한 시간 후 시묘묘가 문을 열더니, 밖에서 기다리고 있던 용청과 자오에게 말했다.

"거울 좀 갖다 줘요."

두 사람이 멍하니 서로를 마주 봤다. 용청이 재빨리 고개를 끄덕였다.

"잠깐만 기다리십시오."

그가 부하에게 거울을 찾아오라고 말했다. 거울이 귀한 물건은 아니었지만 용청의 부하들 같은 거리 불량배들에게는 별 볼일 없는 물건이었다. 한참 만에 부하 하나가 얼룩덜룩한 거울을 찾아왔다. 용청이 겸연쩍은 듯 두 손으로 시묘묘에게 거울을 건넸다. 시묘묘는 미소를 지으며 방으로 되돌아가 문을 닫았다. 방으로 들어간 시묘묘가 거울을 들고 말했다.

"반 소저, 한번 보세요."

시묘묘가 거울을 탁자 위에 올려놓았다. 반원원이 입술을 살짝 깨문 채 인상을 찌푸렸다. 자해 후 수년 동안 귀신같이 추악한 얼굴이 두려워 거울에 비춰본 적이 없었다.

그녀가 고개를 들고 시묘묘를 힐끗거렸다. 시묘묘가 살며시 고개를 끄덕였다. 반원원은 손가락이 거울에 닿자 후다닥 다시 손을 뒤로 빼고 잠시 머뭇거렸다. 잠시 후 마음을 가다듬은 반원원이 다시 거울을 들고 천천히 얼굴 앞으로 가져갔다. 거울에 비친 얼굴은 기막힐 정도로 아름다웠다.

반원원은 감격에 겨워 자기도 모르게 얼굴을 어루만졌다. 그녀의 입가에 미소가 번졌다. 세상에 아름다워지고 싶지 않은 여자가 어디 있을까? 귀신도 사람도 아닌 해괴한 모습으로 망가진 얼굴을 태연하게 받아들일 수 있는 여자가 얼마나 된단 말인가?

"반 소저, 어때요?"

시묘묘가 옆에 서서 차분한 음성으로 물었다.

"아!"

반원원은 어찌나 감동했는지 말도 제대로 할 수가 없었다.

"수파 시씨 집안에 천의 얼굴로 변장할 수 있는 기술이 전해진다 더니 이처럼 대단할 줄은 몰랐어."

"시간이 좀 지나면 원래 모습을 되찾을 수 있어요. 이 가면은 그냥 임시방편일 뿐이고요."

시묘묘가 담담하게 말했다.

"원래 모습을 되찾을 수 있다고?"

반원원이 믿을 수가 없다는 듯 물었다.

"네."

시묘묘가 확신하듯 고개를 끄덕였다.

"이 인피가면에는 연지충이라는 아주 작은 곤충이 들어 있어요. 오래전 우리 할머니가 외국에서 발견한 거죠. 상처에 난 새살을 먹고사는데 그렇게 생긴 상처는 흉터가 남지 않아요. 사람들이 알아볼 수도 없고요. 보름이면 상처가 완벽하게 원래 모습으로 회복되죠."

"고마워!"

줄곧 시묘묘를 차갑게 대하던 반원원이었지만 이 말만큼은 진심이었다. 반원원은 마지막 남은 걱정이 해결되자 자리에서 일어나 고개를 끄덕였다. 시묘묘가 웃으며 말했다.

"가죠, 반 소저."

"좋아."

시묘묘가 문을 열었다. 자오와 용청이 다가왔다. 그들은 시묘묘를 뒤따라 나온 아름다운 여자를 보고 깜짝 놀랐다. 불과 한 시간 만에 그녀의 얼굴이 완전히 변해 있었다. 직접 보지 않는다면 누구도 이처럼 신비한 기술이 있으리라고 믿지 못할 것이다.

"세숙 가문의 변장술은 정말 대단하네요."

자오가 진심으로 찬사를 보냈다. 시묘묘가 미소 지었다.

"전에 말한 물건 준비해뒀어?"

"네, 세숙이 부탁한 일은 기필코 완벽하게 처리합니다."

그렇게 말하며 그는 윗옷 주머니에서 통행증 두 장을 꺼냈다.

"이 통행증은 경기 지역 반경 100리에서만 유용해요. 그 바깥에서는 효과가 없을 거예요."

시묘묘가 통행증 두 장을 받고는 미소 지었다.

"고마워."

"무슨 말씀을요!"

자오가 잠시 후 다시 입을 열었다.

"한 가지 부탁할 일이 있는데요."

"연운에 대한 일이야?"

눈치 빠른 시묘묘는 자오가 무슨 생각을 하는지 벌써 짐작하고 있었다.

"어, 네!"

자오가 한숨을 쉬며 말했다.

"연운은 착한 사람이에요, 이번 소란에 말려들게 할 순 없어요."

"안심해."

시묘묘가 고개를 끄덕였다.

"내가 가능한 한 보살펴줄게."

"고마워요."

자오가 긴 한숨을 내쉬었다.

"그럼 마음이 놓이죠. 북경 쪽 일은 제가 세숙 대신 완벽하게 처리해놓을게요. 이쪽에 이상한 조짐이 있으면 바로 알리겠습니다."

"그래."

시묘묘가 용청에게 고개를 돌렸다.

"용청, 북경에서 여러 가지 도움을 줘서 고마워요. 마지막으로 하나 더 부탁할게요."

"네, 소저. 말씀하십시오."

용청은 돈이 된다면 좋은 일이든 나쁜 일이든 가리는 것이 없었지만, 의협심 강하고 화끈한 사람이기도 했다.

"북경 내에서 인맥이 넓죠? 일본인들도 잘 알고요. 어떤 사람을 좀 조사해줘요."

시묘묘가 잠시 주저하다 말했다.

"하하. 사람 뒷조사하는 일이라면 이 용청이 최고수죠. 말씀해보세요. 누굽니까? 원하신다면 땅굴을 파서라도 소저 앞에 그자를 대령하겠습니다."

용청이 가슴을 두드렸다. 그러나 시묘묘는 그처럼 시원시원하게 말할 수가 없었다. 그녀가 잠시 주춤거리다 입을 열었다.

"용청, 잘 생각해요. 이 일은 당신 목숨을 위험하게 만들지도 몰라요."

그 말에 용청이 잠시 머뭇거리더니, 시묘묘의 진지한 표정을 보고 다시 정색하며 말했다.

"소저, 이 용청을 믿으십니까?"

시묘묘가 고개를 끄덕였다.

"하하. 그럼 됐습니다."

용청이 웃으며 말했다.

"소저가 이 용청을 믿어주신다면 목숨을 바쳐도 아깝지가 않습니다. 누구를 조사해야 하는지 알려주십시오."

시묘묘가 주저하며 힐끗 뒤돌아봤다. 반원원과 자오가 의미심장하게 웃더니 눈치껏 밖으로 나갔다. 그들이 나가자 시묘묘가 그제야 한숨을 쉬며 말했다.

"용청, 그 사람은 포국 감옥에 있어요."

"포국 감옥이라고요?"

북경 내 용청의 인맥은 매우 넓었다. 건달, 고관대작, 저명인사, 심지어 일본 군관까지 모두 왕래가 있었다. 포국 감옥에 대해서는 진작부터 들은 바가 있었다. 그냥 평범한 감옥이건만 무슨 일인지 일본인들이 철통같이 경비를 서고 있다는 것이다. 보통 사람들은 들어가는 것은 고사하고 포국 감옥이란 말만 들어도 오금이 저릴 정도였다.

"포국 감옥 얘길 들으니 수상했던 일 하나가 생각나네요."

"네?"

시묘묘가 의아한 표정으로 용청을 바라봤다. 용청이 눈살을 찌푸리며 말했다.

"아마 잘 모르실 텐데요, 북경에는 '악취 나는 하수구가 열리면 거자(擧子, 과거시험 응시자—옮긴이)가 온다'는 옛말이 있습니다. 매년 음력 2, 3월이 되면 1년 동안 하수도에 쌓인 쓰레기를 본격적으로 처리하기 시작합니다. 최근 수년 동안 일본인들이 그 일을 우리 조직에 맡겼어요. 그간 별 탈 없이 잘 처리했는데 포국 감옥 밑 하수도를 청소하려 할 때 문제가 생겼지요."

"무슨 문제죠?"

시묘묘가 당혹스러워하는 용청을 보며 물었다.

"어느 날 오후, 포국 감옥 밑 하수도를 청소하게 됐는데, 일꾼 하나가 헐레벌떡 달려와 이상한 물건을 발견했다는 거예요."

용청이 당시 일을 떠올렸다.

"대체 뭘 발견했느냐고 추궁하니, 말을 제대로 못 하고 그냥 웅얼대기만 하면서 함께 그 하수도에 가보자는 거예요. 세숙도 아시죠? 1년 묵은 하수도 악취가 어떤지. 전 좀 난감해하며 다음 날 가보자고 했죠. 그런데 그날 밤, 마쓰이 아카기가 나타나 포국 감옥 하수도 처리는 자기들이 하겠다면서 하수도 처리 담당 인부들 명단을 내놓으라는 겁니다. 워낙 갑작스런 일이라 분명 무슨 꿍꿍이가 있을 거라는 생각에 일부러 시간을 끌면서 절 찾아왔던 인부를 몰래 피신시켰지요. 그리고 아카기에게는 명단을 대충 써줬습니다. 그런데 다음 날 명단에 있던 사람들이 모두 사라져버린 겁니다."

용청이 한숨을 쉬었다.

"십중팔구 일을 당한 거죠. 한참 시간이 지나고 일본 측이 제 뒤를 밟고 있다는 것을 알았습니다. 그래서 숨겨둔 인부를 함부로 만날 수도 없었지요. 반년쯤 지난 뒤에야 겨우 만났을 때 인부는 그곳 하수도를 청소할 때 비밀 통로를 발견했다고 말하더군요. 호기심에 위험을 무릅쓰고 사람들 몇 명과 함께 통로 안으로 들어가봤대요. 족히 100미터는 되더랍니다. 통로는 포국 감옥까지 이어져 있고요. 비밀 통로가 시작되는 지점에 잔뜩 녹이 슨 철문이 있고 그 주위는 모두 콘크리트 구조물로 되어 있었다고 했어요."

용청이 담배에 불을 붙이며 말을 이었다.

"그런데 인부를 만난 다음 날, 그 역시 이전 사람들처럼 사라져버렸어요. 나중에야 일본인들이 제 주변에 스파이를 심어놓았나는 걸 알았죠."

"콘크리트 구조물?"

시묘묘가 미간을 찌푸리며 용청의 말을 되풀이했다.

"네. 나중에 몰래 사람을 보내 조사했습니다. 확실히 콘크리트로 만든 지하 감방 두 곳이 있다고 하더군요. 그런데 누가 갇혀 있는지는 아무도 아는 사람이 없었어요."

용청이 눈썹을 찡긋거린 후 말했다.

"소저가 조사해달라는 자가 바로 그 감방에 있는 사람인가요?"

시묘묘가 고개를 끄덕이며 한숨을 길게 내쉬었다.

"맞아요. 이제 얼마나 위험한 일인지 알았으니, 문제가 있다고 생각되면 안 해도 돼요."

시묘묘의 말이 떨어지자마자 용청이 큰 소리로 웃음을 터뜨렸다. 뭔가 서운함이 섞인 웃음이었다.

"이 용청을 너무 우습게 보시는군요. 제가 비록 성인군자는 아니지만, 도둑질에도 나름대로 원칙이 있습니다. 제 목숨을 구해주신 반 나리에 대한 보답이 아니라고 해도, 억울하게 죽은 형제에 대한 복수는 해야 할 것 아닙니까! 이깟 목숨이 뭐 대수라고."

그의 말에 시묘묘는 문득 변소호와 오존을 떠올렸다. 평소 말은 거칠게 해도 마음만은 열정으로 가득 차 있던 사람들이었다. 목숨을 위협하는 위험도 전혀 아랑곳하지 않았다. 겉으로 점잔 떨며 군자 흉내를 내는 위선적인 자들보다 몇 백 배는 낫다는 생각이 들었다.

"그럼 용청이 이 모든 수고를 맡아줘야겠네요."

표정은 언제나처럼 냉정하기 그지없었지만 시묘묘는 진심으로 탄복했다. 용청이 담배를 한 모금 빨더니 말했다.

"제가 변을 당하면 소저가 반 나리께 전해주십시오. 용청의 목숨, 반 나리가 주신 것이니, 보답이니 뭐니 하는 말은 할 수 없어도 반 나리를 만난 것으로 평생 여한이 없다고요."

시묘묘는 고개를 끄덕이며 마음속으로 반준을 떠올렸다. 자기도 모르게 마음이 찡했다. 그녀의 눈가가 촉촉해졌다. 그녀가 재빨리 고개를 돌렸다. 용청에게 눈물을 보이고 싶진 않았다.

시묘묘는 용청과 헤어진 뒤 반원원과 함께 자오의 차에 올라 성 동쪽 흑마장장으로 향했다. 일전에 자오에게 빠른 말 두 필을 부탁해두었던 것이다. 자동차 엔진 소리만 들릴 뿐, 세 사람 모두 입을 열지 않은 채 각자 생각에 빠져 있었다. 흑마장장에 이르렀을 때는 이미 해가 진 뒤였다. 자오가 시묘묘와 반원원을 위해 말 두 필을 끌고 왔다. 자오가 고개를 숙이더니 무슨 말인가를 하려다가 다시 입을 다물었다.

시묘묘와 반원원은 자오와 작별한 후 밤을 틈타 말을 타고 북경성 서쪽 관도를 달렸다. 자오에게서 받은 통행증이 있었기 때문에 길을 가는 데는 어려움이 없었다. 그들은 그 밤에 북경 근교를 벗어났다.

오후에 두 사람은 장가구에 도착했다. 장가구에는 일본의 군사 요지가 있었다. 번거로운 일을 피하기 위해 그들은 성으로 들어서지 않았다. 이미 자오의 통행증은 별 효력이 없었다. 그들은 관도를 벗어나 작은 길로 들어섰다. 객상들이 일본인들을 피해 가려고 만든 좁은 길이었다.

길은 말 두 필이 겨우 함께 지나갈 정도로 좁았다. 길이 울퉁불퉁한 데다 산세가 험준하고 숲이 울창해 늘 비적이 출몰했지만, 일본인을 만나는 것보다는 안전했다. 이처럼 작은 길에도 객상들의 휴식처인 객잔이 있었다. 다시 수십 리를 달린 시묘묘와 반원원은 초라한 객잔 하나를 발견했다.

객잔은 두 산 사이에 산을 등지고 있었다. 진흙벽돌을 쌓아 만든 객잔은 멀리서 보니 이중 토루(土樓)가 유난히 낮았다. 두 사람은 말을 타고 객잔 앞에 도착했다. 입구에 말을 매어두는 기둥이 있었고,

말 몇 필과 화물을 끄는 마차 몇 대가 묶여 있었다.

　두 사람은 빈 기둥에 말을 매어두고 마당으로 걸어 들어갔다. 마당은 제법 넓었다. 다양한 사람들이 마당을 가득 메우고 있었다. 대부분 마바리꾼들로, 두 여자를 힐끗거리고 있었다. 시묘묘와 반원원은 곧장 객잔 안으로 들어갔다. 검은 비단옷을 입은 종업원이 배시시 웃으며 다가와 친절한 어조로 물었다.

　"식사하실 건가요, 숙박하실 건가요?"

　"숙박."

　시묘묘가 냉랭하게 말했다. 종업원이 안에 대고 소리를 높였다.

　"사장님, 두 분 숙박요!"

　시묘묘는 소리가 나는 방향을 따라 시선을 옮겼다. 한 손에 주판, 다른 한 손에 담뱃대를 든 사십대 사내가 장부와 주판을 번갈아보며 담뱃대를 입에서 뺐다. 그가 고개를 들지도 않고 물었다.

　"손님, 때가 안 좋을 때 오셨군요. 특실은 하나뿐입니다."

　사장의 말이 떨어지자마자 갑자기 바깥이 소란스러워졌다. 장정 다섯 명이 걸쭉한 욕설을 섞어 떠들어대고 있었다.

　"제기랄, 이런 우라질 촌구석에서 이제야 겨우 밥 먹을 곳을 발견했네."

　덩치가 산만 한 장정 다섯이 성큼성큼 안으로 들어왔다. 상의를 벗은 시커먼 장정들의 말투에 동북지역 발음이 묻어났다. 안으로 들어서자마자 그중 네 명이 문 앞에 놓인 등받이 없는 긴 의자에 나눠 앉았다. 구레나룻을 기른 두목인 듯한 남자가 계산대로 다가가 그 앞에 서 있는 두 여자를 힐끗 쳐다보더니 능글맞게 웃었다.

　"주인장, 우리 형제들한테 특실 두 개 내주쇼."

　"특실?"

　중년의 주인이 담배 한 모금을 빨다 말고 연기가 목에 걸렸는지

격하게 켁켁거리고는 말했다.

"특실은 하나뿐이외다. 조금 전 이분들이 예약해서 지금은 일반 실밖에 없소."

시묘묘는 주인이 그래도 상식이 있는 사람이라고 생각했다. 그러자 조금 전 사내가 계산대를 탕 내리치며 말했다.

"그럼 그 특실을 내게 주면 되겠네."

주인은 화도 내지 않고 그냥 어깨만 으쓱하더니 생각할 여지도 없다는 듯 미소를 지은 후 계속 주판알을 굴렸다.

"미안합니다. 작은 객잔이긴 하지만 차례를 지켜야 합니다."

"허! 사람이 점잖게 나오면 대접을 해줘야지. 이런 식으로 사람 체면을 깔아뭉갠다 이거야?"

탁자에 앉아 있던 일행 중 스무 살 남짓한 사내가 말했다. 그가 계산대로 성큼 다가오더니 옆에 있는 시묘묘와 반원원을 힐끗 본 후 말했다.

"그럼 이 몸이 조금 손해긴 하지만 이 두 소저와 한 방을 쓰는 건 어떨까?"

고개를 돌리는 순간 사내는 정수리에 왠지 서늘한 느낌을 받았다. 주인이 계산대 뒤에서 총 한 자루를 꺼내 사내의 머리를 겨누고 있었다. 옆에 서 있던 두목 같은 사내도 재빨리 허리에서 총을 꺼냈다. 그 순간 주인이 다른 한 손에 쥐고 있던 담뱃대를 계산대에 올려놓는 동시에 비수를 들어, 총을 쥐고 있던 두목의 손목을 내리쳤다. 그 바람에 두목의 손에 들려 있던 총이 바닥에 떨어졌다. 주인이 잽싸게 두목의 손을 짓눌렀다. 두목이 다른 손을 내미는 순간, 주인이 계산대에 칼을 꽂고는 두목의 손가락 쪽으로 칼날을 기울였다. 칼날이 두목의 손가락으로 파고들었다.

두목이 고통스러운 비명을 질렀다. 줄곧 뒤에 앉아 있던 사내 둘이 벌떡 일어나 총을 뽑으려는 순간, 주인의 손에 들린 총이 그들을 향해 총알 두 발을 발사했다. 핑! 핑! 두 발의 총알은 정확하게 두 사내들의 발 앞에 명중했다. 사내들이 황급히 몇 걸음 물러섰다. 상황이 불리하게 돌아가자 두목은 바로 꼬리를 내렸다.

"주인장, 좀 봐주십쇼. 우리가 실수했습니다."

주인은 탁자에서 비수를 뽑아 계산대에 올려놓는 동시에 총도 옆에 내려놓았다.

"고개를 돌려보시오. 우리 가게 규칙이 붙어 있으니 가서 자세히 읽어보고 맘에 안 들면 여기서 당장 꺼지시오."

사내들은 군말 없이 고개를 돌려 객잔 입구 왼쪽에 붙어 있는 팻말을 바라봤다. 시묘묘와 반원원도 호기심 어린 눈으로 팻말 쪽으로 고개를 돌렸다. 팻말에는 다음과 같은 규칙이 적혀 있었다.

본 점은 아래 다섯 가지 항목에 해당하는 손님을 거부합니다.

첫째, 풍씨 성을 가진 사람

둘째, 일본인과 매국노

셋째, 청 왕조 후손

넷째, 매춘 등 음란 행위자

다섯째, 방문 순서를 지키지 않는 자

팻말 내용을 읽은 시묘묘가 미소 짓고는 반원원의 귓가에 가만히 속삭였다.

"반 소저, 저 팻말 내용 어딘가 눈에 익지 않아요?"

반원원이 고개를 끄덕였다. 그녀는 집을 떠난 후 계속 이름을 숨기며 살아왔다. 그러나 동생인 반준은 워낙 유명세를 타고 있었기 때문에, 일본인들이 북경에 들어온 후 그가 문앞에 커다란 게시판을 붙이고 진료를 거부하는 경우를 열거했다는 말은 익히 들어 알고 있었다. 반준은 첫째 풍씨 성을 가진 자, 둘째 일본인, 셋째 청 왕조 후손의 경우 진료를 거부한다는 신념을 가지고 있었다. 이 허허벌판 한가운데의 작은 가게에는 두 가지 규칙이 더 추가되어 있었지만 어딘지 반준의 생각이 엿보이는 듯했다.

"똑똑히 봤소?"

주인이 물었다. 시묘묘와 반원원은 그제야 주인의 얼굴을 똑바로 볼 수 있었다. 중년 남자의 얼굴에는 이마에서 눈 언저리까지 두 줄로 깊은 상처가 나 있었다. 생기 넘치면서도 부드러운 눈빛에서 조금 전 사람들을 제압하던 매서운 모습은 전혀 찾아볼 수가 없었다.

"네! 네! 똑바로 봤습니다."

두목이 손에 난 상처를 움켜쥔 채 연신 고개를 끄덕였다.

"주인장, 너무 언짢게 생각지 마십쇼. 우리 형제들이 실수했소이다."

주인이 손뼉을 치더니 얼굴에 미소를 가득 띤 채 계산대에서 걸어나오며 말했다.

"보아하니 마바리꾼 일들 하시나 본데 그럼 강호의 규칙을 잘 알고 있지 않나. 강호에서 산다는 건 누구에게나 쉽지 않지. 양보할 수 있으면 양보하는 것 아니오. 게다가 여긴 여자 분들이고. 모두 강호의 자식인데 왜 그렇게 윽박지르시나?"

"네! 네!"

주인에게 단단히 혼쭐이 난 사내들은 상대가 보통 사람이 아니라 생각한 모양이었다. 반경 수십 리에 다른 객잔이 없으니 이곳을 지나치면 오늘은 분명 들판에서 노숙을 해야 할 판이었다.

"육자야!"

주인이 안에 대고 소리를 지르자 조금 전 종업원이 안에서 뛰어나왔다.

"사장님, 무슨 일이세요?"

"이 손님 다섯 분, 뒤뜰 객실로 안내해드려라!"

주인이 다섯 사내를 가리키며 말했다.

"네!"

종업원이 만면에 웃음을 가득 담은 채 말했다.

"나리들, 안으로 오시지요. 깨끗합니다."

다섯 사내는 그제야 종업원을 따라 뒤뜰로 나갔다. 주인이 눈앞의 두 여자를 훑어보더니 말했다.

"이 손님들, 이층 특실로 모셔라!"

그의 말에, 눈빛이 차가운 열대여섯 된 말끔한 여자아이 하나가 뒤에서 조용히 걸어 나왔다. 소녀는 아무 말도 하지 않은 채 반원원과 시묘묘에게 고개만 끄덕이고는 두 사람을 계단으로 안내했다.

"두 소저는 저 아이를 따라서 위층에 올라가 쉬십시오."

주인은 그렇게 말한 후 두 손을 뻗으며 하품하고는 뒷짐을 진 채 천천히 문밖으로 나갔다. 바깥 마당에는 여전히 다양한 사람들이 시끌벅적 분주하게 움직이고 있었다.

시묘묘와 반원원은 소녀를 따라 위층으로 올라갔다. 특실은 동쪽 끝에 있었다. 문을 열고 들어서자 은은한 향기가 풍겼다. 향기 나는 쪽을 바라보니 수선화 한 포기가 놓여 있었다. 특실이라고는 하지만 북경의 일반 객실보다도 못했다. 방 안은 매우 간단하게 꾸며져 있었다. 침대 하나, 화장대 하나, 의자 두 개, 탁자 하나가 전부였다.

소녀가 문을 열고 몸을 한쪽으로 비키며 두 사람을 방으로 들여보냈다. 소녀가 나가려는 순간, 시묘묘가 그녀를 불렀다.

"아가씨, 조금 이따 먹을 것 좀 가져다줄 수 있나?"

소녀는 말을 못 하는지 고개만 살짝 끄덕인 후 자리를 떠났다.

시묘묘는 탁자 위에 짐을 올려놓고 창가로 걸어가 가만히 창문을 열었다. 상큼한 풀 냄새가 날아들었다. 오후의 향기로운 풀 냄새가 마음을 편안하게 했다.

한편 반원원은 미간을 찌푸렸다. 이마에서 식은땀이 났다. 수많은 개미떼가 온몸의 관절을 물어뜯는 것 같았다. 그녀가 맥없이 침대에 앉았다. 시묘묘가 고개를 돌려 고통스러워하는 반원원을 바라봤다.

"독이 다시 발작하는 건가요?"

반원원이 이를 악물었다. 이불을 움켜쥔 손에 땀이 배어나고 있었다. 시묘묘는 그런 반원원을 지켜만 볼 뿐, 아무런 도움도 줄 수가 없었다. 대략 20분이 지나자 마침내 반원원이 길게 한숨을 내쉬더니 힘겹게 일어나 앉았다. 시묘묘가 수건을 건넸다. 반원원은 가만히 이마의 땀을 닦고는 미소 지었다.

"만일 열흘 내에 해독약을 얻지 못하면 아마도⋯⋯."

반원원은 살며시 미소만 지은 채 더 이상 아무 말도 하지 않았다. 그때 문 두드리는 소리가 들렸다. 시묘묘가 고개를 돌리며 말했다.

"들어와요."

말이 끝나자마자 종업원이 음식 몇 접시를 받쳐 들고 들어왔다. 그녀가 웃으며 말했다.

"가게가 워낙 촌구석에 있다 보니 대접할 만한 게 없네요. 그래도 이 음식들이 우리 가게에서 가장 자랑하는 요리예요. 드셔보세요."

시묘묘가 미소 짓더니 주머니에서 지폐 몇 장을 꺼내 종업원에게 내밀었다. 돈을 받은 종업원의 얼굴이 환해졌다.

"두 분 손님! 필요한 것이 있으면 바로 절 부르세요."

"그러죠."

시묘묘가 웃으며 고개를 끄덕였다. 종업원이 막 나가려고 할 때 반원원이 그녀를 불러 세웠다.

"소저."

종업원이 고개를 돌려 창백한 얼굴의 여자 손님을 쳐다봤다.

"뭐 필요하신 거라도……?"

"그게……."

반원원이 잠시 우물쭈물하다가 입을 열었다.

"여기 들어온 지 얼마나 됐죠?"

"헤헤! 소저라고 안 부르셔도 돼요. 그냥 육자라고 부르세요."

종업원이 싹싹하게 말했다.

"여기 온 지 7, 8년 됐어요."

"아, 그래요."

반원원이 말을 이었다.

"객잔이 크진 않은데 규정을 제대로 갖추고 있군요."

"헤헤!"

종업원은 웃기만 할 뿐, 대꾸하지 않았다. 반원원은 이곳의 규칙
이 반준의 의술 시행 원칙과 사뭇 비슷하다는 생각에 뭔가 관련이
있을 거라고 생각했다. 그러나 뭔가 숨긴 듯 속 시원하게 말하지 않
는 종업원의 모습을 보고 잠시 생각하다 이렇게 말했다.

"참, 그러고 보니 손님을 그렇게 대하다니 이곳 주인은 손님들이
화를 내고 그냥 가버릴까 걱정은 안 하나 봐요?"

종업원이 배시시 웃으며 말했다.

"사실 그 사람들, 여기서 나간다 해도 갈 데가 없거든요."

"응?"

반원원은 종업원의 말뜻이 궁금했다. 평소 사람들이 들끓는 객잔
이지만 남자 손님들이 대부분이고, 여자들이 객잔을 찾는 경우는 매
우 드물었다. 게다가 시묘묘나 반원원이나 미녀 중의 미녀니, 종업

원으로서는 조금이라도 더 그들과 이야기를 나누고 싶었다. 두 사람이 자기 말에 관심을 보이자 종업원은 신이 난 듯했다.

"저기 조그만 길을 따라 40~50리 가면 마을이 하나 있어요. 그런데 야밤에 그 마을에 들어가는 사람은 별로 없지요. 여길 지나다니는 객상들은 밤에 그 마을에 가고 싶어 하지 않아서 일몰 전에 이곳에 투숙해요."

종업원이 그럴듯하게 이야기를 이어갔다.

"그 이유가 궁금하지 않으세요?"

시묘묘가 가만히 웃었다. 그녀에게는 그다지 중요할 것도 없는 이야기였다. 지금 그녀의 최대 관심사는 어떻게 하면 빨리 반준을 따라잡을 수 있는가였다. 그러나 그녀와 달리 반원원은 종업원의 이야기에 관심이 많은 것 같았다. 종업원도 그런 기색을 간파했는지 반원원에게 바짝 다가가며 말했다.

"그 마을에는 귀신이 있거든요."

종업원은 은연중에 '귀신'이란 단어에 힘을 실었다. 그러나 종업원의 예상과 달리 눈앞의 두 미녀는 그저 담담하게 웃기만 할 뿐이었다. 마치 자신을 비웃는 것 같아 실망한 종업원은 자기 말이 사실임을 입증하기 위해 다시 입을 열었다.

"그 마을이 생겨난 일화도 정말 기괴해요. 원래는 삼면이 산으로 둘러싸인 하얀 모래사장이었거든요. 객상들이 지나다니면서 산 주위로 작은 오솔길이 생겼죠. 피곤할 때 모래밭에서 잠시 쉬어 가기도 하고요. 그런데 10년 전 어느 날, 꼭 귀신 짓거리처럼 불과 한 달 사이에 백사장에 마을이 솟아난 거예요. 집들은 모두 푸른 벽돌로 만든 대저택이었어요. 담장이 높고 문은 다 굳게 닫혀 있었고요. 그 집들을 누가, 언제 지었는지 아무도 알지 못했어요."

"푸른 벽돌로 만든 대저택이라고?"

시묘묘가 불쑥 한마디를 거들었다. 처음엔 별로 관심을 보이지 않던 시묘묘도 차츰 종업원의 말에 주의를 기울이기 시작했다. 종업원은 시묘묘까지 자기 말에 관심을 보이자 더 신바람이 나서 말했다.

"그렇다니까요! 처음에 그곳을 지나가던 객상들이 공터에 갑자기 솟아난 마을을 보고 깜짝 놀라 다 함께 우르르 마을로 들어가봤대요. 그런데 모든 문이 굳게 닫혀 있고, 길은 깨끗하게 정돈되어 있는데 반해 사람은 그림자도 보이지 않더래요. 저택 안 상황이 궁금해진 호사가 몇 명이 높은 담벼락을 뛰어넘어 저택 안으로 들어갔다나 봐요. 그런데 별 이상한 기미는 없었대요. 누군가가 거주하는 듯 모든 가구가 갖춰져 있지만 사람은 보이지 않았고요. 정말 이상한 점은 따로 있었어요. 저녁만 되면 마을에서 밥 짓는 연기가 피어오른 거죠. 그럴 때마다 사람들이 짝을 지어 몰려가봤지만 여전히 사람은 보이지 않고, 부엌에서 음식만 끓고 있고요. 사람들이 이상하다 생각하며 솥뚜껑을 열어보니 안에 이상한 고기가 들어 있었대요. 호기심 많은 사람이 국자를 가지고 휘휘 저어보니 냄새가 기가 막혔나 봐요. 맛있는 고기는커녕 고기 누린내를 맡아본 지도 오래된 참에 결국 뒤쫓아온 사람들과 함께 고깃국을 한 사발 떠서 게 눈 감추듯 먹었대요. 고기가 어찌나 부드럽고 기름진지 또 한 그릇을 먹으려던 사람들은 솥 안에 허연 뭔가가 굴러다니는 것을 봤어요. 어리둥절해진 사람들이 국자로 솥 밑바닥의 허연 물체를 건져 올린 순간, 속이 뒤집혀 먹은 것을 다 토해내고 말았대요. 다른 게 아니라 푹 고아진 사람 두개골이었다는 거예요."

"두개골이라고?"

반원원이 깜짝 놀랐다.

"네, 그렇다니까요?"

종업원이 연거푸 고개를 끄덕였다.

"질겁한 호사가들이 허겁지겁 마을을 떠났고, 반경 100리에 그 소문이 파다하게 퍼졌어요."

종업원이 어깨에 걸치고 있던 행주로 탁자를 닦으며 말을 이었다.

"좀 전 객상들을 보니 모두 이 부근 마바리꾼들인 것 같더라고요. 아마 그 귀신 마을 이야기를 들었을 거예요."

"소저 말대로라면 이 마을이 생긴 지 10년이 넘었다는 건가?"

반원원이 물었다.

"네!"

종업원은 탁자를 다 닦고 음식을 가지런하게 올려놓은 다음 행주를 다시 어깨에 걸치고 두 손을 모으며 말했다.

"두 분, 천천히 드세요. 무슨 일이 있으면 절 부르시면 돼요."

반원원이 빙긋 웃으며 고개를 끄덕였다. 종업원이 물러가자 시묘묘는 인상을 쓴 채 천천히 창가로 다가가 뭔가 생각에 잠겼다.

"시 소저……."

반원원이 탁자 앞에 앉아 가만히 시묘묘를 불렀다. 시묘묘는 먼 산을 응시한 채 아무런 대답도 하지 않았다. 반원원이 잠시 뜸을 들인 뒤 다시 그녀를 불렀다. 그제야 시묘묘가 미안한 듯 대답했다.

"아, 네."

"어서 와서 식사해."

반원원은 그렇게 말한 후 그릇을 들고 밥을 먹기 시작했다. 일본인들 때문에 길이 막히는 바람에, 이렇게 외진 곳에서는 먹을 만한 반찬이 없었다. 겨우 허기만 면할 뿐이었다. 반원원은 젓가락만 들어 올린 채 멍하니 있는 시묘묘를 바라보며 살며시 웃었다.

"무슨 근심이라도 있어?"

시묘묘가 애써 미소 지었다.

"아, 아니에요."

그렇게 말한 후 시묘묘도 식사를 시작했다. 반원원은 눈앞의 여자가 겉으로는 냉정해 보이지만 속내를 잘 감추지 못하는 것 같다고 생각했다. 말하고 싶지 않은 일은 캐묻지 않는 게 좋을 것 같았다.

대충 식사를 마친 두 사람은 한 침대에 들었다. 밤길을 달려온 데다 중독까지 된 상황이라 반원원의 몸 상태는 말이 아니었다. 그녀는 베개에 머리가 닿자마자 그대로 단잠에 빠져들었다. 그러나 옆에 누운 시묘묘는 아무리 애를 써도 잠을 청할 수가 없었다. 그녀는 베개에 몸을 기댔다. 창밖으로 객잔 뒤 들판에 민들레가 가득 피어 있는 것이 보였다. 산들산들 미풍이 불자 우산 모양의 민들레씨앗이 창문으로 날아들었다. 민들레 씨앗을 멍하니 바라보던 시묘묘는 점차 기억 속으로 빠져들기 시작했다.

1년 전, 모락모락 피어오르는 하얀 연기를 따라 거대한 여객선 한 척이 중국 복건 지역을 향하고 있었다. 검은 옷에 준수한 얼굴, 차가운 눈빛을 가진 한 남자가 선미에 서서 넋 나간 듯 저 멀리 수평선을 바라보고 있었다. 잠시 후 청년 하나가 수행원 둘을 데리고 갑판으로 나왔다. 그가 좌우 수행원에게 손짓하자 그들은 경계하듯 입구를 지켰다. 그제야 그는 옷매무새를 단정히 하고 곧장 상대를 향해 걸어갔다. 검은 옷의 남자 곁으로 다가간 청년은 난간에 몸을 기대고 시가에 불을 붙였다. 계속 수평선만 바라보고 있는 남자에게 그가 물었다.

"중국에 갑니까?"

"네."

상대가 고개도 돌리지 않은 채 짧게 답했다. 담배를 문 채 청년이 미소 지었다.

"고향이 어딘가요?"

"상서입니다."

상대가 간단하게 대답했다.

"상서 시씨 저택을 아는지 모르겠군요."

청년이 여유 있는 태도로 난간에 기대고는 말했다.

"하하! 시묘묘!"

검은 옷 남자의 입가에 미소가 피어올랐다.

"애신각라 경년."

두 사람은 악수를 나눴다. 경년이 고개를 갸웃했다.

"상서 수파 곤충소환사의 후계자는 모두 여자라고 하던데, 당신은……."

시묘묘가 웃었다. 경년은 그제야 깨달은 듯 말했다.

"하하! 알겠어요. 수파 곤충소환사의 독보적인 기술 중 하나가 변장술이라죠? 기가 막히게 얼굴을 바꾼다고 들었습니다. 그런데 이정도인 줄은 몰랐군요. 모습뿐만 아니라 목소리까지 완전히 남자 같군요."

"하하. 비웃지 마시죠."

시묘묘가 나직한 어조로 말했다.

"날 어떻게 찾아냈는지 오히려 내가 놀라운데요. 72년 전 화재 이후 시씨 집안이 해외로 이주해 사는 것을 아는 사람은 극히 드무니까요."

"그건……."

경년은 그저 의미심장하게 웃기만 했다.

"세상에 영원한 비밀이 어딨겠습니까. 찾으려고만 하면 얼마든지 찾을 수 있지요. 일본인들도 당신을 찾아내지 않았습니까?"

"네?"

시묘묘가 무척 놀라며 곁에 있는 청년을 바라봤다.

"경년, 일본인들이 날 찾아온 걸 어떻게 알았습니까?"

"하하! 일본인들이 당신을 찾아간 사실뿐만 아니라 당신에게 보낸 편지 내용도 알고 있습니다."

애신각라 경년이 은밀하게 말했다.

"그 편지는 아마 마쓰이 나오모토라는 화파 곤충소환사 일본 방계 군자가 보낸 걸 겁니다. 편지에 당신 어머니의 죽음이 북경의 목파 반씨 가문과 관련이 있다고 적혀 있지요. 목파 곤충소환사 가문에서 수파의 비보를 노리고 독수를 쓴 것이 분명하니 북경에 와서 자신과 힘을 합치자, 뭐 그런 내용 아닙니까?"

시묘묘가 고개를 끄덕였다.

"정확하군요."

"마쓰이 나오모토가 한 말을 믿으십니까?"

애신각라 경년이 시가를 한 모금 빤 후 물었다. 시묘묘는 가타부타 대답 없이 그냥 웃기만 했다. 그러고는 입을 열었다.

"흉악한 속셈이 숨어 있는 졸렬하기 그지없는 계략이죠."

"네?"

눈앞의 여자 입에서 그런 말이 나오다니! 전혀 예상치 못한 반응이었다.

"그 말씀은……?"

"당신도 알고 있을 텐데요. 일본인들은 그것을 빌미로 나를 북경까지 오게 하려 했을 뿐, 다른 계획을 가지고 있지요."

시묘묘가 직설적으로 말했다.

"그, 그렇다면 상황을 이미 예상했으면서 왜 다시 중국으로 돌아온 겁니까?"

애신각라 경년이 의혹에 찬 목소리로 물었다.

"이유는 두 가지예요. 첫째, 당신의 편지를 받았기 때문이고, 둘째, 시씨 집안 사람들이 잊을 수 없는, 수년 전 일어났던 수상한 화재 때문이에요. 시씨 집안은 당시 화재로 하마터면 멸문의 화를 입을 뻔했지요. 72년 전 수파 시씨 집안에 무슨 일이 있었는지, 또 그 기이한 화재의 원인이 무엇인지 정확하게 조사해보고 싶었어요.”

시묘묘는 주먹을 불끈 쥐더니 경년 쪽으로 고개를 돌렸다.

“편지에서 당시 화재에 대해 추측한 내용을 언급했죠. 정말 증거가 있는 건가요, 아니면 그냥 혼자 추측한 건가요?”

경년이 고개를 끄덕이더니 주머니에서 붉은 천으로 싼 물건 하나를 꺼냈다.

“오래전부터 수파 시씨 집안에서 발생한 화재에 대해 관심을 갖고 있었습니다. 당시 화재에는 정말 수상한 점이 많습니다. 그런 화재가 일어난 데는 두 가지 가능성밖에 없습니다. 하나는 가문의 원수가 시씨 집안 사람들을 다 살해하려 했다는 것이고, 다른 하나는 가족이 모두 협의한 후 자살을 했다는 겁니다. 그러나 두 번째 가능성은 점차 부정되었어요. 당시까지 그런 조짐은 전혀 보이지 않았으니까요. 그렇다면 원수 집안에 살해당했다는 건데……. 그러면 왜 사람들을 죽인 다음 시신까지 불태워 흔적을 없애려 했느냐, 이에 대해서는 한 가지 해석밖에 할 수 없습니다. 바로 자신의 살인법을 은폐하려 했다는 거죠.”

시묘묘가 살짝 고개를 끄덕였다. 경년이 말을 이었다.

“이후 직접 시씨 저택에 가봤어요. 당시 검시관에게 거액을 주고 이걸 얻었죠. 사람들은 잘 모르겠지만 곤충소환사라면 이 물건이 낯설지 않을 거라고 믿습니다.”

경년이 말하며, 붉은 천에 싸인 물건을 건넸다. 시묘묘가 어리둥절한 표정으로 천을 벗겼다. 그 순간, 시묘묘의 가슴이 철렁 내려앉았다. 그녀가 천을 꼭 쥐고 이를 악물며 한숨을 길게 내쉬었다.

"어머니가 살아 계실 때 생각한 적 있었어요. 하지만……."

"시 소저, 사실 이 물건이 나타났다 하더라도 그냥 추측일 뿐, 다른 사람이 올가미를 씌운 건지도 모릅니다. 그래서 절 도와줬으면 하는 겁니다."

애신각라 경년이 시묘묘를 뚫어져라 바라보며 말했다.

"당신을 도와달라고요?"

시묘묘가 어리둥절한 표정으로 눈앞의 청년을 바라봤다.

"네, 일본인들은 수십 년 전부터 곤충소환사 일족의 비보에 주목해왔어요. 그들은 보물을 손에 넣고 싶어 했죠. 다만 당시 일본 우익들이 기고만장해서 병약한 중국을 염두에 두지 않았을 뿐입니다. 곤충소환사의 비보를 찾는 일은 차선책이었을 뿐이에요. 그런데 태평양전쟁이 발발하고 점차 일본의 세력이 약해지면서 지금은 곤충소환술의 보물로 상황을 역전시키고 싶어 안달이 난 거죠."

애신각라 경년이 걱정스런 듯 말을 이었다.

"그 놀라운 보물이 그들 손에 들어가는 날이면 분명 세상에 큰 재앙이 닥칠 겁니다."

"하하. 그게 나랑 무슨 상관이죠?"

시묘묘가 냉랭하게 말했다.

"게다가 당신은 청 왕조의 후예잖아요. 나라가 패망한 책임은 당신들에게 있는 거 아니었나요?"

"시 소저 말이 옳습니다."

경년은 청 왕조 후손 중 드물게 애국애민의 마음이 깊은 사람이었다. 일본에 유학했던 것도, 지피지기하여 귀국 후 나라에 보탬이 되면 지금 상황을 바꿀 수 있지 않을까 생각했기 때문이었다.

"이처럼 크고 훌륭한 강산을 우리 손으로 잃어버렸으니까요. 다시는 강도 같은 일본 놈들에게 빼앗기고 싶지 않습니다."

"당신이 말한 걸 어떻게 믿나요?"

시묘묘가 아무 거리낌 없이 물었다.

"시 소저가 절 못 믿었다면 오늘 우리가 이 자리에서 이야기를 나누고 있지도 않았겠죠."

경년은 이미 시묘묘의 마음을 꿰뚫고 있었다.

"좋아요. 그럼 내가 어떻게 도와야 하지요?"

시묘묘가 경년을 보며 물었다.

"일본인들은 분명 곤충소환사 전원을 북경으로 불러들인 뒤 보물을 빼앗을 계획일 겁니다."

경년이 인상을 찌푸리며 말했다.

"수파에 가장 먼저 손을 썼고, 이어 다른 가문들 역시 북경으로 유인할 겁니다. 그런 뒤에 곤충소환사 일족끼리 서로 살육하게 만들어 어부지리를 얻으려는 거지요. 그러니 얼마 동안은 일본인들도 당신에게 손을 대진 않을 겁니다. 마쓰이 나오모토가 당신을 불러들였으니 당신은 나오모토의 최고의 손님일 거예요. 시 소저의 그런 신분을 이용해 두 가지 일을 조사해줬으면 합니다."

"두 가지?"

시묘묘가 인상을 쓰며 물었다.

"모두 곤충소환사 일족과 밀접한 관계가 있는 일입니다."

경년이 길게 한숨을 내쉰 후 말을 이었다.

"먼저, 마쓰이 나오모토에 대해 몰래 조사해주십시오. 누가 그자와 접촉하고 있는지 알고 싶습니다. 분명 나오모토 혼자 힘으로 곤충소환사 일족 전체를 그렇게 속속들이 파악할 수는 없었을 겁니다. 배후에 분명히 원흉이 있을 거예요. 그런데 나오모토가 워낙 조심스럽게 행동하기 때문에 접근이 쉽진 않습니다. 또 하나는 일본인늘이 십 수 년 전 중국 북부 어딘가에서 매우 위험한 괴물을 기르고 있는 일이에요. 몽고사충이라는 괴물이지요. 얼마나 악독한지 그 괴물이 전쟁이 투입될 경우 일대 재앙을 불러올 것입니다. 다만 지금까지도 그 괴물을 연구하는 비밀 기지가 어디에 있는지 파악이 안 되고 있습니다. 일본인 내부 첩자 말에 따르면 아마 깊은 산중에 위치해 있을 거라더군요."

"정말 그런 일이 있단 말이에요?"

시묘묘가 그의 말에 경악했다.

"네."

경년이 고개를 끄덕였다.

"일본 고위층만이 아는 일입니다. 그래서 시 소저가 신경 써서 알아봐주셨으면 하는 거고요. 시 소저 역시 일본 측이 곤충소환술을 전쟁에 이용하는 건 바라지 않겠지요."

시묘묘가 잠시 생각한 후 말했다.

"뭔가 발견하면 당신한테 어떻게 연락해야 하죠?"

"그 점은 안심하세요. 관수가 이미 그들 내부에 잠입해 있어요. 그가 당신과 연락을 취할 겁니다. 필요한 일이 있으면 관수에게 직접 이야기하십시오."

경년이 잠시 뜸을 들인 후 말을 이었다.

"시 소저, 전 사실 당신의 또 다른 정체도 알고 있어요. 이 배에는 일본인 첩자가 있습니다."

시묘묘가 경년 쪽으로 고개를 돌리더니 두 손으로 난간을 잡았다.

"하지만 이 일은 저만 알고 있습니다."

경년은 그렇게 말한 후 성큼성큼 갑판을 떠났다.

시묘묘가 고개를 들고 두 팔을 난간에 올린 채 들고 있던 붉은색 천을 풀었다. 바닷바람이 불어왔다. 그녀가 살며시 눈을 감았다. 그러고는 천에 싼 물건을 조심스럽게 가슴에 안았다.

회상을 멈추고 시묘묘는 한숨을 길게 내쉬었다. 중국에 돌아온 후 반년 동안 계속 마쓰이 나오모토를 비밀리에 감시했다. 그러나 나오모토의 행적이 어찌나 은밀한지 종잡을 수가 없었다. 게다가 천성적으로 의심이 많은 자라, 일을 하는 데도 극도로 신중을 기했다. 시묘묘가 조금이라도 수상한 행동을 하면 나오모토는 그 즉시 계획을 변경했다. 그런 이유 때문에 반년이 지났는데도 아무런 성과를 거두지 못했던 것이다.

그러나 오늘 객잔 종업원의 말을 듣자 그녀는 문득 종업원이 말한 귀신 마을이 일본인의 비밀 기지와 관련 있을 거라는 생각이 들었다. 시묘묘는 더더욱 잠을 청할 수가 없었다. 그녀는 옆에서 잠이 들어 있는 반원원을 바라봤다. 그 순간에도 반원원은 깊이 잠들어 있었다. 옆모습이 무척 익숙했다. 반준과 많이 닮은 얼굴이었다.

시묘묘는 반준이 지금쯤 기억을 많이 되살리진 않았을까 걱정되었다. 그렇지 않을 거야. 절대 그럴 리가 없어. 시묘묘는 마음속으로 조용히 되뇌었다. 눈앞에 있는 반원원의 옆모습이 반준의 얼굴과 겹치면서 마치 지금 옆에 누워 있는 사람이 반준인 것 같은 착각이 들었다. 영원히 그 속을 알 수 없을 것 같은 사람, 깊이 잠들어 있을 때는 꼭 어린아이 같은 사람. 아마도 반준이 모든 것을 기억해낸다면 그를 떠나야 할지 모른다. 그런 생각이 들자 시묘묘의 눈가에 뜨거운 뭔가가 흘러내렸다.

눈물인가?

# 제8장

# 난주성, 독충계를 교묘하게 격파하다

반짝이는 물방울이 반준의 얼굴에 떨어졌다. 그가 고개를 들었다. 하늘에 먹구름이 잔뜩 끼어 있었다. 빗방울이 떨어지기 시작했다.

"반준 오라버니, 비가 오나 봐요."

연운이 말을 타고 반준을 뒤따르고 있었다. 황하 오솔길에서 그리 멀지 않은 곳에 위치한 계곡이었다. 속도를 올린 지 채 한 시간도 되지 않아 두 사람 모두 오솔길로 되돌아올 수 있었다. 다만 신기하게도 하룻밤 사이에 눈앞의 황하가 수십 미터나 불어나 있었다. 진흙과 부서진 나뭇가지 등이 흙탕물에 섞여, 하늘로 솟아오를 듯 솟구치는 거대한 물결을 따라 일렁이고 있었다.

"오라버니, 황하가 불어난 것 같아요."

반준을 따라 황하 언덕의 오솔길을 지나던 연운은 힘찬 기세로 자꾸만 밀려가는 물결을 보자 가슴이 철렁 내려앉는 것 같았다.

"아마 황하 상류에 폭우가 내렸을 거예요."

반준이 어젯밤에 봤던 수많은 반딧불을 떠올리며 말했다. 노인은 진정한 곤충소환사라면 자연의 변화를 파악해야 한다고 말했다. 반준은 반딧불들이 황하의 물이 불어날 것을 예감했기 때문에 그렇게 한꺼번에 몰려들었다는 것을 깨달았다.

"풍 사부님 일행은 지금 어디쯤일까요?"

연운이 조금 걱정스러운 듯 물었다.

"만약 별일이 없다면 우리보다 앞서 난주성에 도착할 겁니다."

반준이 말 등을 가볍게 내리쳤다. 사실 그 역시 마음속으로 풍만 춘의 안위를 걱정하고 있었다. 그가 이처럼 불안해하는 이유는 또 하나, 바로 신출귀몰한 죽음의 곤충 때문이었다.

난주성에서 불과 수십 리 떨어진 곳이었다. 반준과 연운은 재빨리 말을 달려 반나절 만에 난주성 앞에 이르렀다. 두 사람이 도착하자 한참 동안 뜸을 들이던 장대비가 하늘을 온통 뒤덮을 듯 쏟아지기 시작했다. 꿈틀대는 먹구름 사이로 때때로 핏빛 번개가 번뜩였다.

두 사람은 곧바로 난주성으로 들어갔다. 난주성은 고대 실크로드 의 주요 도시로 남북으로 군산(群山)들이 마주하고 동서 100리에 걸 쳐 황하가 가로지르고 있었다. 물결은 출렁이고 산은 고요했다. 산 을 의지해 건설된 이곳 난주성은 첩첩이 이어진 산봉우리의 모습에 기백이 넘치는 곳이었다. 여기서부터 서쪽은 일본 세력으로부터 완 벽하게 벗어나 있었다. 그들은 성 동쪽으로 들어갔다.

마차 한 대가 성문 안 한쪽에 멈춰 섰다. 반준 일행이 성으로 들어 서는 것을 본 마차가 그 즉시 그들을 따라붙더니 반준과 연운 옆에 멈췄다. 안에서 익숙한 목소리가 들려왔다.

"나리, 마침내 오셨군요."

연운과 반준이 소리 나는 방향을 쳐다봤다. 마차에서 한 사람이 내렸다. 다름 아닌 안양 갑골당 사장 유간이었다. 유간은 새들이 안 양을 습격했을 때 반준의 말에 따라 기차를 타고 난주에 이르렀다. 유간을 본 반준은 무척 반가웠다. 비록 며칠 사이였지만 생사 고비를 몇 번이나 넘지 않았는가. 마치 몇 년은 흐른 것 같았다. 반준이 고개를 끄덕였다.

"유간 아저씨, 풍 사부님은 난주에 도착했나요?"

"네, 어젯밤에 도착했습니다."

유간이 여기까지 말하더니 잠시 머뭇거렸다.

"우선 저와 함께 충초당에 가시죠."

유간이 반준과 연운을 차로 안내했다. 연운은 유간을 처음 만났지만 이곳까지 오는 길에 풍만춘이 안양에서 일어났던 일을 말해줬기 때문에 유간이란 인물을 대충 알고 있었다.

마차는 홍은가를 따라 북으로 달렸다. 거리 몇 곳을 지나 멀리 충초당의 금빛 간판이 눈에 들어왔다.

마차는 충초당 정문에 멈추지 않고 다시 거리를 반 바퀴 돌아 후문에 멈췄다. 유간이 차에서 내려 우산을 펼쳤다. 반준과 연운이 마차에서 내렸다. 유간이 가만히 두드리자 문이 서서히 열렸다. 사십 대로 보이는 한 사람이 유간에게 살짝 고개를 끄덕였다.

"나리 오셨군요."

유간이 웃으며 반준과 연운을 이끌고 충초당 후원으로 들어갔다. 난주의 충초당에는 마당이 세 군데 있었다. 첫 번째 마당에는 진료실이 위치해 있고, 두 번째 마당에는 약초가 보관돼 있었다. 세 번째 마당에 주인의 거처가 있었다. 세 번째 마당은 매우 넓었고, 주위 벽의 담쟁이넝쿨이 담벼락 밖까지 뻗어 있었다. 마당 한가운데 인공으로 만든 산과 그 위로 누각과 정자가 보였다. 주인의 독창적인 흥취를 엿볼 수 있는 경치였다.

유간이 하인을 따라 반준과 연운을 본채로 안내했다. 본채 대청에 녹나무 의자 몇 개가 놓여 있고 양옆에 방이 두 개씩 보였다. 유간이 반준을 상석으로 안내했다. 하인이 차를 들고 오자 유간이 지시를 내렸다. 연운은 대청에 서서 한참 동안 좌우를 살펴보고는 말했다.

"아저씨, 풍 사부님은 어디 계세요?"

연운의 물음에 유간이 미간을 찌푸리더니 반준 앞으로 다가와 털썩 주저앉았다. 그의 갑작스러운 행동에 반준은 깜짝 놀라 황망히 유간을 일으켰다.

"유간 아저씨, 왜 그래요?"

조금 전 성에 들어올 때 반준은 유간이 뭔가 숨기고 있는 것 같다는 느낌을 받았다. 유간의 행동을 보니 분명히 큰일이 벌어진 것 같았다.

"나리, 무능한 저를 용서해주십시오. 풍 사부님 일행은 난주성에 들어오자마자 납치당했습니다."

유간의 얼굴에 슬픔과 분노가 교차했다.

"뭐라고요?"

반준이 못 믿겠다는 듯 두 손으로 유간의 팔을 잡았다.

"풍 사부님 일행이 납치됐다고요?"

"네."

유간은 반준이 맡긴 임무를 제대로 처리하지 못했다는 생각에 여전히 바닥에 무릎을 꿇은 채 꼼짝하지 않았다.

"시간을 따져보니 나리 일행이 며칠 사이에 난주에 도착할 것 같아, 행여 차질이 생길까 하루 종일 성문 앞을 지키고 있었습니다. 그런데 어젯밤 풍 사부님 일행이 난주성에 들어와 막 그 앞으로 다가가려는데 어디서 나타났는지 갑자기 차가 한 대 다가오더니 그 안에서 사람들이 뛰쳐나와 풍 사부님과 단 소저, 그리고 그 남자아이를 차에 태우고 눈앞에서 사라져버렸습니다."

"일본인이었나요?"

반준 역시 이곳이 일본인들의 세력 범위가 아니란 건 알고 있었지만 지금은 각 세력이 뒤엉켜 각축을 벌이고 있으니 난주성에도 일본 첩자가 잠복해 있을지 모를 일이었다. 유간이 고개를 저었다.

"어젯밤에 암암리에 알아보니 풍 사부님 일행을 데려간 사람은 일본인이 아니었습니다."

"일본인이 아니라고요? 그럼 대체 누굽니까?"

반준이 의혹에 가득 차 물었다.

"설귀라는 인물입니다. 난주성에 도박장과 전당포 몇 곳을 열고 있어요. 이곳에서는 정부든 범죄 조직이든 어느 쪽과도 소통이 가능한 인물로 정평이 나 있습니다."

유간이 말했다.

"설귀라고요?"

반준은 그 이름을 중얼거렸다. 어디서 들었더라? 그 순간 그는 안양성 밖에서 애신각라 경년이 자신을 찾아와 난주성에 있는 누군가에게 전해달라며 편지를 주었던 일을 떠올렸다. 그 사람의 이름이 바로 설귀였다.

"그 사람!"

"왜요? 나리가 아는 사람입니까?"

유간이 놀라서 반준을 바라봤다. 반준이 가만히 고개를 끄덕였다.

"이곳에 오기 전에 누가 난주성에 사는 설귀라는 사람에게 편지를 전해달라고 했어요. 분명 그 사람 같군요."

"그 사람이 왜 풍 사부님 일행을 납치해갔을까요?"

유간이 이해가 안 된다는 듯 말했다. 사실 반준 역시 무척 수상하다고 생각했다. 애신각라 경년은 내막은 밝히지 않은 채 그냥 편지만 전해달라고 했을 뿐이다. 설귀란 인물이 적인지 친구인지조차 분명치 않았다. 그러나 반준은 일행이 위험하진 않을 거라는 확신이 들었다. 그가 유간을 가만히 일으켰다.

"유간 아저씨, 괜히 힘들게 했네요. 이 일은 아저씨 탓이 아닙니다. 일어나세요."

반준의 말에 유간은 마음이 조금 편안해졌는지 자리에서 일어났다.

"설귀란 사람은 대체 어떤 인물입니까? 자세히 얘기해주세요."

반준은 옆에 있던 차를 한 모금 마셨다.

"설귀라는 자, 나이는 마흔 정도일 거예요. 집안 대대로 난주성에 살고 있습니다. 난주성에서 제일가는 부호라고 할 수 있지요. 난주는 실크로드의 주요 도시입니다. 설귀의 가족은 일찍부터 비단 장사를 했고 그러다 후에는 다마(茶馬) 무역을 했죠. 재산으로 따지면 난주에서 그를 따라갈 자가 없습니다."

유간은 자신이 알고 있는 이야기를 반준에게 모두 들려줬다. 반준은 차를 마시며 생각에 잠겼다. 애신각라 경년은 왜 편지를 전해달라고 했을까?

유간은 반준이 여전히 인상을 쓰고 있는 것을 보고 입을 다물었다. 바로 그때 하인이 헐레벌떡 뛰어 들어왔다.

"사장님, 어떤 사람이 뵙자고……."

하인이 상석에 앉아 있는 반준을 힐끗 보더니 하던 말을 멈췄다.

"누구지?"

유간이 자리에서 일어나며 물었다. 하인이 고개를 저었다.

"그냥 이 물건을 드리면 안다고, 분명 만나주실 거라고 했습니다."

하인이 품에서 어떤 물건을 꺼내 두 손으로 유간에게 건넸다. 그것은 다름 아닌 명귀였다. 금용이 갖고 있던 명귀가 분명했다. 유간이 고개를 들어 반준을 바라봤다. 반준이 미소 지으며 말했다.

"찾아올 건 언젠가 오게 되어 있지요. 우리가 찾아나서는 것보다 훨씬 편해졌네요. 제게 그렇게 관심이 많다면 설귀라는 인물이 얼마나 대단한 사람인지 한번 만나봐야겠습니다."

"모두 몇 명이나 왔나?"

유간이 신중한 어조로 물었다.

"세 명입니다. 중년 남자 한 명하고 나머지 두 사람은 하인인 것 같아요."

하인 역시 평소 가장 관심이 많은 것이 바로 자신과 관련된 사항일 것이다. 주방장은 다른 이들의 요리 솜씨에 관심이 있고, 의사는 다른 이의 의술에 관심이 있듯이, 하인은 방문객의 신분에 가장 관심이 많았다. 그렇게 살다 보니 각양각색의 사람들 속에서 단번에 그 사람의 신분을 파악할 수 있었다. 사람을 대할 때 그의 머릿속에는 언제나 주인과 하인, 이 두 가지 개념이 있을 뿐이었다.

"들어오라고 하세요."

반준이 담담하게 말했다. 하인이 고개를 끄덕이더니 밖으로 나갔다. 사실 반준과 연운이 들어올 때부터 하인은 반준이 보통 사람이 아님을 느낄 수 있었다.

잠시 후, 하인을 따라 마흔 정도로 보이는 남자가 들어왔다. 검은색 저고리에 동그란 안경, 짧은 머리에 얼굴이 각진 남자였다. 방으로 들어서서 사방을 둘러보던 남자의 시선이 반준에게 멈췄다. 그가 웃으며 두 손을 모았다.

"경성의 명의 반준 나리 아니신지요!"

반준 역시 자리에서 일어나 손을 모아 예를 갖췄다.

"설 선생이시죠?"

"하하!"

설귀가 큰 소리로 웃었다.

"네, 바로 접니다!"

"설 선생께서 무슨 연유로 우리 일행을 납치하셨는지 모르겠습니다."

반준이 단도직입적으로 말했다.

"그건 오햅니다, 오해!"

설귀가 황급히 두 손을 모으며 말했다.

"반 나리, 정말 오해입니다. 제가 왜 반 나리 일행을 납치하겠습니까? 집으로 초대한 것이지요."

"헛소리!"

옆에 서 있던 유간이 버럭 화를 냈다.

"내 이 눈으로 직접 당신 부하들이 차 안에 그분들을 밀어 넣는 걸 봤는데도?"

"유 사장님, 그건 정말 오해입니다."

설귀가 한숨을 쉬더니 해명했다.

"며칠 전 절친한 친구 하나가 편지를 보냈는데 반 나리가 조만간 난주에 도착할 거라더군요. 반 나리 명성은 벌써부터 듣고 있던 터라 한번 직접 뵙고 싶었습니다. 더구나 친구 말이 반 나리가 이곳에 아는 사람이 없다고 해서, 나리께서 성을 통과하다 문제가 생기지 않을까 밤낮으로 성문을 지켰습니다. 어제 몇몇 낯선 사람들이 들어오는 것을 보고 외지인인 것 같아 다가가 물었더니 반준 나리 일행이라 해서 집으로 모신 것입니다."

"그랬군요."

반준이 잠시 생각에 잠겼다가 다시 말을 이었다.

"절친한 친구라는 분이 혹시?"

"경년입니다."

설귀가 곧바로 말을 이었다.

"오늘은 원래 제가 직접 성문에 가 있을 생각이었는데, 나리가 들어오자마자 이곳으로 오셨다고 해서요. 행여 오해하실까 봐 달려온 것입니다."

"아!"

반준이 고개를 끄덕인 후 손을 내밀었다.

"설 선생님, 앉으시죠."

대화를 들은 유간은 그제야 안심했다. 그는 자리를 청한 후 하인을 시켜 설귀에게 차를 대접하도록 했다. 설귀는 마흔이 넘은 나이였고, 반준 옆에 앉은 모습은 왠지 불안해 보였다. 이따금 반준을 아래위로 훑어보기도 했다.

"참, 설 선생님, 여기 경년이 드리라고 한 편지가 있습니다."

반준이 주머니에서 경년의 편지를 꺼냈다. 두 손으로 편지를 받아 읽는 설귀의 표정이 점점 밝아졌다. 잠시 후 설귀가 편지를 접은 다음 일어나 반준 앞으로 다가왔다. 반준은 의아한 생각이 들었다. 그런데 갑자기 설귀가 털썩 무릎을 꿇는 것이 아닌가. 주위 모든 사람이 깜짝 놀랐다. 반준이 황망히 설귀를 일으키며 물었다.

"설 선생님, 왜 이러십니까?"

설귀의 두 눈에 눈물이 그렁그렁 맺혔다. 그가 몸을 부들부들 떨며 말했다.

"반 나리, 우리 딸아이의 목숨을 구해주십시오."

"일어나서 이야기하십시오."

반준이 눈짓하자 유간과 하인이 함께 다가와 설귀를 일으켜 옆에 있는 의자에 앉혔다. 설귀가 손수건을 꺼내 가만히 안경을 닦았다.

"반 나리, 이 편지는 제가 실수할까 봐 경년 형제가 특별히 나리를 통해 보낸 겁니다."

"네."

반준은 이미 간파한 부분이었다.

"설 선생님, 조금 전 따님이⋯⋯."

"반 나리! 저 설귀는 난주성에서 제법 폼 나는 인물입지요. 그런데 전생에 죄를 많이 지었는지 아들은 없고 딸 하나만 낳았습니다. 그래도 애지중지 귀하게 딸을 키웠습니다. 그런데 딸아이가 5년 전 괴질에 걸리고 말았습니다. 하루 종일 잠만 자고, 몸에서 나는 악취가 코를 찌릅니다. 부근의 명의란 명의는 모두 불러 진료를 했지만 아무런 효과가 없었습니다. 일전에 누군가가 경성의 반준이란 명의가 기가 막힌 의술을 행한다고 하더군요. 그런데 여기가 오죽 먼 곳입니까? 게다가 일본인들 기세에 나라가 이처럼 소란하니 가만있을 수밖에요. 후에 경년 말이 나리께서 난주성에 오신다고 하더군요. 얼마나 기뻤는지, 속으로 딸아이 병도 고칠 수 있겠다 희망을 가졌습니다."

반준이 일어나며 말했다.

"그럼 먼저 따님을 보도록 하지요."

사실 반준은 여전히 풍만춘 일행이 걱정스러웠다. 한시라도 빨리 일행을 만나고 싶었다.

"네?"

설귀는 반준이 뜻밖에 적극적으로 나오자 조금 놀란 눈치였다. 그냥 오해나 풀자고 나선 길이다. 경성의 명의라면 나름대로 여러 가지 규칙이나 예의를 지켜야 하리라 생각했는데 이처럼 통쾌하게 답을 주자 오히려 얼떨떨한 기분이 들었다.

"아, 네! 네!"

"연운은 유간 아저씨와 여기서 기다려요. 조금 늦게 돌아올 겁니다."

반준이 연운에게 말했다. 원래 반준을 따라가려고 했지만 지금까지 지은 죄가 많은 탓에 연운은 인상만 찌푸릴 뿐 그저 고개를 끄덕거렸다.

말을 마친 반준은 설귀를 따라 난주 충초당을 나섰다. 충초당에서 나온 차가 홍은가를 거쳐 남동쪽 성관 지역으로 향했다. 성내를 관통해 동곽 광무문에 이르자 차가 한 저택 입구에서 멈췄다. 하인 몇 명이 우산을 들고 안에서 뛰어나왔다. 반준이 설귀를 따라 차에서 내렸다. 북경에 갖다놓는다 해도 손에 꼽힐 정도로 대단한 저택이었다. 반준은 설귀를 따라 회랑을 지나 뒤뜰에 이르렀다. 소주(蘇州) 지역의 경치를 본떠 만든 인공산 원림을 지나자 푸른 기와의 건축물이 눈앞에 나타났다.

설귀는 하인들에게 풍만춘 일행을 찾아보라고 한 뒤 반준을 이끌고 곧장 눈앞에 보이는 건물로 향했다. 건물 안은 무척 넓었다. 벽에 명인들의 산수화가 걸려 있고 넓은 책상 위에는 지필묵이 놓여 있었다. 탁자 뒤 금테를 두른 녹나무 재질의 장식장에는 골동품이 진열되어 있었다. 반준이 주위를 둘러보고 있을 때 뒤에서 익숙한 음성이 들렸다.

"반준!"

반준이 고개를 돌렸다. 풍만춘이 만면에 웃음을 짓고 다가왔다. 그 뒤로 단이아와 금용도 보였다. 풍만춘이 반준의 손을 꼭 잡으며 말했다.

"하루가 마치 몇 년은 지난 것 같군. 하하!"

"이렇게 무사히 만나 뵈었으니 됐습니다."

반준은 울컥했다.

"안심하게. 이아랑 용이를 자네에게 안전하게 인도하지 않고는 감히 죽을 수도 없는 몸일세."

풍만춘이 반준의 어깨를 도닥거리며 웃었다.

"어? 참! 그 고집 센 말썽꾸러기는?"

풍만춘이 말하는 건 당연히 연운이었다. 반준이 웃었다.

"연운은 유간과 함께 충초당에 있어요."

"유간도 왔나?"

풍만춘 역시 반준이 이렇게 모든 준비를 해놓았을 줄은 몰랐다. 반준이 의아한 표정으로 풍만춘을 바라보며 물었다.

"교영은요?"

"응?"

풍만춘이 어리둥절한 듯 되물었다.

"난 자네랑 있는 줄 알았는데?"

"어찌 된 일이죠?"

반준이 놀라서 물었다.

"연운이 떠나던 날 밤, 교영은 생명의 은인이 떠났다는 말에 행여 연운에게 무슨 일이 있을까 곧바로 자네를 뒤따라갔어."

풍만춘의 말에 반준은 더욱 이상한 생각이 들었다. 교영이 자기 뒤를 따라 그 안개 속으로 들어갔다면 이미 황하의 물귀신이 되었을 지도 모르는 일이었다.

"조금 전 설 선생이 자네가 왔다고 해서 농담하는 줄 알았네. 정말 왔을 줄이야."

풍만춘이 웃었다. 그때 설귀가 다가와 나지막이 입을 열었다.

"반 나리……."

반준이 알았다는 듯 고개를 끄덕인 후 풍만춘에게 말했다.

"풍 사부님, 여기서 잠깐 기다리세요. 금방 돌아오겠습니다."

풍만춘은 고개를 끄덕였다. 반준은 설귀를 따라 대청 옆으로 난 복도를 지나 뒤뜰로 향했다. 10~20분쯤 지났을까, 눈앞에 작은 마당이 나타났다. 산을 등지고 자리한 이곳은 앞서 본 대청에서 1리 정도 떨어져 있었다. 행여 사람들이 딸의 휴양을 방해할까 봐 특별히 만들어놓은 공간이었다. 설귀가 살며시 문을 열고 안으로 들어갔다. 난꽃 향기가 은은하게 풍겼다. 반준이 살짝 눈썹을 찡그렸다. 난꽃 향기가 오랫동안 코끝을 맴돌았다.

마당은 그리 넓지 않았지만 춘란, 건란, 춘검, 혜란, 연꽃 등 다양한 꽃과 난초가 피어 있었다. 작은 마당을 난꽃 가득한 꽃동산으로 꾸민 모습에서 주인의 마음씀씀이를 느낄 수 있었다.

설귀는 마당 중간에 난 길을 따라 반준을 안내했다. 방문 앞에 이르자 설귀가 문 앞 나무상자에서 향포 두 개를 꺼내더니 반준에게 그중 한 개를 건넸다.

"반 나리, 딸아이 방에 악취가 심합니다. 이걸 쓰세요."

반준이 웃으며 손을 내저었다. 잠시 주저하던 설귀는 자신이 쓰려고 했던 향포도 도로 상자에 넣었다. 설귀가 방문을 열었다. 방 안에서 풍기는 악취에 구토가 나올 것 같았다. 머리가 어찔어찔할 정도였다. 반준은 악취를 참으며 설귀를 따라 방으로 들어갔다. 창문은 굳게 닫혀 있고 커다란 침대 위에 열예닐곱쯤으로 보이는 소녀가 누워 있었다. 볼그족족한 얼굴에 눈을 살포시 감은 모습이 곤히 잠이 든 것 같았다. 악취는 소녀의 몸에서 나는 것이었다. 반준이 천천히 소녀 곁으로 다가가 오른손의 맥을 짚었다.

맥이 느리게, 그렇지만 힘차게 뛰고 있었다. 기혈의 흐름이 느린 것을 보니 실한(實寒)의 증세가 있는 듯했다. 그러나 발그레한 혈색을 보니 음한한 기운이 전혀 없어 맥하고는 동떨어진 모습이었다. 실로 기이한 증상이었다. 한참이 지난 뒤 반준이 소녀의 손을 내려놓으며 생각에 잠겼다.

설귀는 계속 옆에 서서 한 손으로 코를 막은 채 반준을 바라보고 있었다. 그의 얼굴에서 희망을 읽고 싶었지만 실망스럽게도 반준은 묵묵히 깊은 생각에 잠겨 있을 뿐이었다. 그의 얼굴에서 감정의 기복을 살필 수가 없었다.

"반 나리……."

설귀는 한참 동안 생각에 잠겨 있는 반준을 보고 참지 못해 입을 열었다가 금세 후회하고 말았다. 반준이 말하지 않는 동안만이라도 한 가닥 희망을 가질 수 있지 않은가. 만약 반준이 가망이 없다고 말하면 그나마의 희망마저 사라져버리기 때문이다.

반준이 고개를 들었다. 그러나 그는 설귀가 아닌, 방 안 이곳저곳을 살피고 있었다. 소녀의 방은 그다지 크지 않았다. 꽃문양이 새겨진 배나무 탁자 위에 절강성 호주의 호필(湖筆)과 안휘성 휘주의 명품인 휘묵(徽墨) 등 지필묵이 놓여 있었다. 탁자 뒤로는 목제 장식장에, 외부와 마찬가지로 각종 난꽃 화분이 놓여 있었다. 다만 빽빽하게 들어찬 마당의 난꽃과 달리 대부분이 시들어 있었다. 반준이 몸을 일으키며 물었다.

"설 선생님께서 난꽃을 좋아하시나요?"

"네?"

설귀는 실망했지만 그런 티를 낼 수는 없었다. 그가 황망히 입을 열었다.

"사실 딸아이가 좋아합니다. 어려서부터 난꽃에 둘러싸여 자랐어요. 병이 난 뒤로 제가 꽃들을 돌보고 있습니다. 깨어나면 난꽃들을 보고 기뻐할 것을 기대하면서요. 그런데 이렇게 몇 년을 계속 잠만 자고 있답니다."

그렇게 말하는 사이 설귀의 눈이 다시 촉촉하게 젖었다. 반준은 설귀를 보는 둥 마는 둥, 난꽃 장식장으로 걸어가 꽃을 쳐다보며 말했다.

"품종이 아주 다양하군요. 처음 보는 것들도 많은데요?"

"네, 전국 각지에서 힘들게 수집한 것들이 많습니다."

설귀는 깊이 잠들어 있는 딸아이를 힐끗 바라봤다. 마음이 애잔했다.

"난꽃들이 거의 시들었는데 왜 바꿔주지 않으십니까?"

반준이 손을 뻗어 난초 사이에서 뭔가를 찾았다.

"사실 매일 바꿔주는데도 방 안의 악취 때문인지 꽃들이 모두 시들어버려요."

설귀가 푸념하듯 말했다.

"하하."

반준이 웃으며 난꽃 장식장에서 조그만 난초 하나를 들어 탁자 위에 놓았다.

"이 꽃도 매일 바꿔놓습니까?"

설귀가 고개를 들고 탁자 위에 놓인 난꽃을 봤다. 다른 것에 비해 크기가 작아 평소 다른 화분에 가려져 잘 보이지 않았던 모양이다. 꽃은 작지만 잎이 반들반들 초록빛을 띠었으며, 잎은 좁아도 잎맥의 거치가 분명하고 잎자루가 또렷했다. 색깔도 다양한 것이 노란색, 하얀색, 초록색, 분홍색뿐만 아니라 여러 가지 빛깔이 섞여 있는 꽃도 있었다. 방 안에는 악취가 코를 찔렀지만 이 난꽃에서는 은은하게 향기가 났다.

난을 본 설귀가 고개를 내저었다.

"이건 한 번도 바꿔준 적이 없는데?"

그는 뭔가 감이 잡히는 듯했다.

"반 나리, 그럼 설마 딸아이 병이 이 꽃 때문입니까?"

반준이 가만히 고개를 끄덕였다.

"아마도요. 정원에 들어오자마자 이상한 향기가 나더라고요. 그런데 정원에 난꽃이 많아서 별다른 생각을 하지 않았습니다. 그런데 맥을 짚어보니 맥과 얼굴색이 전혀 맞질 않더군요."

"네, 전에도 의사들이 그런 말을 한 적이 있어요. 딸아이의 맥은 분명 실한의 증상인데 얼굴빛은 촉촉하고 발그레하다고요. 약을 몇 첩이나 먹었는데도 전혀 호전되지 않았습니다."

설귀는 의사들이 말한 내용을 반준에게 들려주었다.

"네, 따님은 병이 든 것이 아니라 중독된 거예요."

반준이 길게 한숨을 내쉬었다.

"중독이라고요?"

반준의 말에 설귀는 황급히 바닥에 무릎을 꿇었다.

"병의 원인을 알았으면 어서 아이 목숨을 구해주십시오."

"설 선생님, 이러지 마세요. 의사 역시 부모의 마음과 같습니다."

반준이 설귀를 일으키며 말했다.

"어서 약 처방을 써주십시오. 하인들을 시켜 약재를 사 오도록 하겠습니다."

설귀가 흥분해서 말했다.

"서두르지 마세요. 먼저 물어볼 게 하나 있습니다."

반준이 그렇게 말하고는 설귀의 귀에 대고 나지막하게 속삭였다. 설귀가 잔뜩 인상을 찌푸렸다. 반준의 말이 끝나자 그가 뒤로 몇 걸음 물러섰다. 설귀가 눈앞의 스무 살 남짓한 청년을 훑어보며 의아한 표정으로 물었다.

"반 나리, 전에도 난주에 오신 적이 있습니까? 그걸 어떻게 아세요?"

"그럼 제 말이 맞다는 말씀이시죠?"

반준이 미소 지었다.

"네. 확실히 그렇습니다."

설귀가 고개를 끄덕였다.

"그렇다면 제 추측이 맞아떨어지네요."

반준은 그렇게 말하더니 뒤로 돌아 화선지에 처방을 줄줄이 써 내려갔다. 그가 화선지를 설귀에게 건네며 말했다.

"여기 적힌 물건들을 모두 준비해야 합니다."

잔뜩 흥분해서 화선지를 받아 든 설귀의 표정이 딱딱하게 굳었다. 화선지에는 다음과 같이 적혀 있었다.

백지(白紙)로 만든 남녀 어린아이 한 쌍

개(狗)의 피 한 대야

웅황(雄黃, 약으로 사용하는 광석의 하나—옮긴이) 한 포

고급 향 세 가닥

"반 나리, 이건……."

설귀는 이해할 수 없다는 듯 처방을 바라봤다. 하나하나가 약 처방이 아니라 마치 귀신 쫓는 굿을 위한 준비물 같았다. 반준이 웃으며 말했다.

"그대로 준비해주세요. 쓸 데가 있어서 그래요."

설귀는 이상하다는 생각이 들었지만 감히 더 이상 물어볼 수가 없었다. 어쨌거나 병의 원인을 말한 사람은 반준이 유일하니 그의 말을 따를 수밖에 없었다. 그는 반준과 함께 대청으로 돌아왔다.

이미 차를 너덧 잔이나 마시고 지겨워진 풍만춘이 반준을 보자 곧바로 다가왔다.

"대체 어디 갔다 오셨나?"

반준이 웃으며 말했다.

"풍 사부님, 먼저 단 소저랑 용이를 데리고 연운이 있는 충초당에 가 계세요. 아마 지금쯤 여러분을 걱정하고 있을 겁니다. 전 여기서 할 일이 있어요. 처리하고 나면 바로 돌아가겠습니다."

반준이 풍만춘의 어깨를 살짝 눌렀다. 풍만춘이 의아한 눈으로 바라보며 무슨 말을 하려고 했지만 반준은 가만히 고개를 저었다. 반준이 옆에 있는 설귀를 돌아보며 말했다.

"설 선생님, 죄송하지만 풍 사부님을 충초당에 바래다주십시오."

"네! 안전하게 모셔다드리겠습니다."

"감사합니다."

반준이 두 손을 모으며 말했다.

"당연히 그래야지요!"

설귀가 하인을 불렀다. 풍만춘 일행은 반준에게 인사한 후 하인을 따라 저택을 떠났다. 그들이 떠나는 것을 본 반준이 말했다.

"설 선생님, 제가 조금 전 드린 약 처방에 있는 물건은 꼭 선생님이 직접 준비하셔야 합니다. 그렇지 않으면…….''

반준의 말이 채 끝나기도 전에 설귀가 연신 고개를 끄덕였다.

"안심하십시오. 모두 반 나리 분부대로 하겠습니다. 물건이 아니라 제 살을 베라고 해도 딸아이만 낫는다면 기꺼이 그렇게 하겠습니다."

저녁 무렵이 되자 비가 그쳤다. 반준은 뒷짐을 진 채 창가에 서서 노을 사이로 비친 무지개를 바라봤다. 마음에 잔잔한 파문이 일었다. 한 달여 동안 일어난 모든 일이, 마치 오랫동안 준비된 음모가 한꺼번에 반준을 향해 몰아치고 있는 것 같았다. 제대로 숨 돌릴 여유조차 없었다.

갑자기 머리에 극심한 통증이 느껴졌다. 눈앞의 석양이 점차 핏빛 점이 되었다. 정신을 가다듬자 귓가에 시묘묘의 목소리가 들렸다.

"반준, 날 믿어?"

시묘묘의 그림자가 끊임없이 눈앞에 어른거렸다. 핏빛 점이 점차 활활 타오르는 모닥불로 변했다.

반준은 들고 있던 붉은색 천을 조심스럽게 다시 싸서 시묘묘에게 돌려주었다. 그가 걱정스러운 듯 물었다.

"이 물건, 어디서 났습니까?"

"그건 묻지 마."

시묘묘가 고개를 숙이고 잠시 침묵하더니 입을 열었다.

"반준, 내가 한 말을 믿어?"

"아."

반준이 한숨을 길게 내쉬었다.

"사실 나도 당신처럼 의심했어요. 그렇지만 시 소저, 감히 상상할 수가 없었습니다. 만약 당신 말이 모두 사실이라면 이런 끔찍한 음모가 아주 오랫동안 준비됐다는 것 아닙니까."

"하하."

시묘묘의 냉랭한 미소가 반준의 눈을 스치고 지나갔다. 그가 다시 눈을 떴다. 여전히 창문 앞에 서 있었다. 이마에 온통 땀이 맺혀 있었다. 그는 가만히 땀을 닦고 뒤에 있는 탁자로 다가가 화선지에 글을 썼다.

비보

중국 서북부 도시에 마침내 밤이 찾아왔다. 하루 동안 내린 폭우 덕분에 하늘은 누군가가 일부러 닦아놓은 것처럼 말끔했다. 반짝이는 별을 보고 있으려니 기분이 다 시원해졌다.

초저녁, 도시 동쪽 설귀의 저택에 형형색색의 장식과 함께 휘황찬란한 등불이 불을 밝혔다. 하인들은 저녁 무렵부터 마당을 분주히 오가고 있었고, 설귀가 이를 직접 진두지휘했다. 그는 의도가 무엇인지 파악할 수는 없었지만 딸의 치료를 위해 무엇이든 반준의 말을 따랐다.

그 시각, 설귀의 딸이 머무는 작은 정원은 이상하리만큼 조용했다. 설귀는 일찌감치 사람들을 딸의 방으로 보내 향로 탁자를 차려놓도록 했다. 탁자 앞에는 남녀 어린아이 종이인형 한 쌍을 배열했다. 입을 헤벌리고 웃고 있는 종이인형의 모습이 소름끼쳤다. 반준은 미리 준비한 개의 피로 소녀의 침상 앞에 닫히지 않은 원을 그린 후, 난꽃 화분을 조심스레 원 안에 옮겨놓았다.

반준의 기괴한 행동을 바라보는 설귀의 가슴이 계속 두근거렸다. 도무지 마음을 가라앉힐 수가 없었다. 반준의 의술에 대해서는 믿음이 있지만, 지금 눈앞에서 벌어지는 광경은 의술과는 전혀 관계가 없는 무당의 굿 같았기 때문이었다.

"설 선생님."

반준이 모든 준비를 마친 뒤 말했다.

"조금 있다가 사람들을 모두 정원에서 내보내십시오. 그리고 마당 바깥에서 징과 북을 치고 폭죽을 터뜨리세요."

"아! 네!"

설귀가 얼떨떨하니 대답했다.

"이거 받으시고요."

반준이 개의 피가 반쯤 담긴 청자 그릇을 설귀에게 내밀었다.

"조금 이따가 뭔가가 저 원 안으로 들어가면, 피를 발라서 원을 완성하세요."

"그러지요!"

설귀가 고개를 끄덕이더니 개의 피가 담긴 그릇을 받쳐 들고 문밖으로 나가 반준이 말한 대로 준비를 시킨 후 마당으로 돌아왔다. 반준은 여전히 향로 앞에 서 있었다.

"설 선생님, 들어가세요."

설귀가 반준을 바라보며 무슨 말인가를 하려다 말고 얼굴을 찡그렸다. 그는 반준의 자신만만한 모습을 보며 입을 다문 채 방으로 들어갔다. 잠시 후 진한 향기가 풍기기 시작했다. 반준이 마당을 향해 소리쳤다.

"폭죽!"

순식간에 폭죽이 터지고 징과 북소리가 하늘을 울렸다. 모든 소리가 일제히 요란스럽게 울려 퍼졌다. 설귀는 만반의 준비를 한 채 다 그려지지 않은 원을 뚫어져라 바라봤다.

소란스러운 시간이 20분 정도 계속됐을까, 점점 짙어진 연기에 방 안은 숨이 막힐 지경이었다. 바로 그때 오색찬란한 작은 곤충 하나가 소녀의 귀에서 기어 나왔다. 곤충은 얼마나 빠른지 순식간에 몸을 꿈틀거리며 침대에서 내려오더니 선이 이어지지 않은 곳을 통해 원 안으로 들어가 난초가 심어진 흙 속을 비집고 들어갔다. 오색 곤충의 모습에 설귀의 가슴이 덜컹 내려앉았다. 그 순간 그는 반준의 당부를 떠올렸다. 그가 재빨리 개의 피를 찍어 선을 이어서 원을 완성했다. 잠시 후 폭죽 소리와 징, 북소리가 서서히 멈추었다. 반준이 바깥에서 들어오며 물었다.

"설 선생님, 어떻습니까?"

"네. 조금 전 오색의 조그만 곤충이 화분으로 들어갔어요."

설귀의 손은 여전히 청자 그릇을 꼭 붙들고 있었다.

"아!"

반준이 웃으며 품에서 죽통을 꺼내 한 손으로 화분을 잡아 바닥에 툭툭 내리쳤다. 화분이 깨지면서 진주같이 생긴 오색의 곤충 알이 모습을 드러냈다.

"어?"

설귀가 이상한 듯 말했다.

"분명히 곤충이었는데 왜 알로 변했죠?"

"설 선생님, 손으로 만져보세요."

반준이 들고 있던 난꽃을 옆에 내려놓으며 말했다. 설귀가 조심스럽게 손을 뻗어 알을 건드리자, 일곱 빛깔 알이 꿈틀거리더니 순식간에 오색의 작은 곤충으로 변했다. 곤충이 재빨리 땅 위를 기어갔다. 그런데 이상하게 개의 피가 묻은 곳에 닿자 도망치듯 다른 곳으로 방향을 틀었다. 그렇게 원 안을 빙글빙글 돌며 빠져나갈 구멍을 찾는 것 같았다.

"이게 어찌 된 일이죠?"

설귀는 눈앞의 상황이 그저 신기하기만 했다. 반준은 웃기만 할 뿐 아무런 대답도 하지 않은 채 난초 잎을 꺾어 오색의 곤충을 건드렸다. 그러자 곤충은 색색의 알로 움츠러들었다. 반준은 미리 준비해온 죽통에 알을 조심스럽게 담았다.

"보재(寶財)라는 곤충입니다. 의서에 따르면 서역 투르판, 누란, 고창 등의 지역에서 서식하죠. 열에 닿으면 곤충으로 변하고 나무에 닿으면 알로 변하기 때문에 예전에는 귀족의 장난감이었답니다. 식성도 단일해서 유명란(幽冥蘭)이라는 이 난초만 먹습니다. 유명란 역시 매우 희귀한 종류입니다. 그래서 보재가 유행했을 당시 가격이 만만치 않았습니다."

"이 난초가 유명란이란 말씀입니까?"

설귀가 뭔가 생각에 잠겨 물었다.

"네, 이 꽃 이름이 유명란입니다."

반준은 어려서부터 고금의 지식에 통달한 인물이었다.

"모양으로 보면 난꽃 비슷하지만 사실 유명란의 일종입니다. 이 꽃은 만주사화꽃과 함께 핍니다. 만주사화꽃은 《대승묘법연화경》에서 말하는 '유명', 즉 저승꽃이지요. 그래서 이 난꽃을 유명란이라 합니다."

"그렇군요."

설귀가 가만히 생각을 더듬으며 말했다.

"반 나리 말씀은, 우리 딸아이의 병은 이 보재가 원인이라는 건가요?"

반준이 고개를 끄덕였다.

"처음에 귀족들은 아름답다는 이유로 보재를 좋아했습니다. 그런데 이 보재는 유명란을 먹을 뿐만 아니라 인체 내에도 기생합니다. 보재가 체내에 들어가면 그 사람은 긴 잠에 들어가 깨어나지 않고 몸에서 악취를 풍기지요. 그런데 이 곤충은 소음을 극히 싫어해요. 시끄러우면 인체를 벗어나 난꽃으로 들어가 알이 됩니다. 게다가 더러운 것을 싫어하기 때문에 개의 피를 이용해 가뒀던 겁니다."

"반 나리, 보재를 꺼냈으니 이제 딸아이는 아무런 문제가 없는 겁니까?"

설귀가 걱정스러운 얼굴로 물었다.

"따님 몸은 이제 문제없습니다. 며칠 지나면 깨어날 겁니다. 보양 처방을 해드릴게요. 금방 일어날 수 있을 겁니다."

반준이 말하며 붓을 들어 화선지에 처방을 써서 설귀에게 건넸다. 설귀가 처방을 받아 들고 읽어보더니 고개를 돌려 입구에 놓여 있는 어린아이 종이인형을 쳐다봤다.

"그런데 저 물건은 왜 준비하라고 하셨습니까?"

"선생님은 이 일의 배후에 자리한 원흉이 누군지 알고 싶지 않으십니까?"

반준이 차분하게 웃으며 물었다. 설귀가 어리둥절한 얼굴로 반준을 바라봤다. 젊은 나이에도 불구하고 속내가 깊은 눈앞의 청년에게 탄복하는 중이었다.

"그렇다면 반 나리께서는 원흉이 누구인지 이미 알고 계시다는 말씀입니까?"

반준이 고개를 끄덕였다.

"설 선생님, 제가 가솔들을 전부 대청에 모아달라고 말씀드렸죠? 지금 그들 모두 그 자리에 있습니까?"

"네."

설귀가 고개를 끄덕였다.

"좋습니다. 그럼 가서 보도록 하지요. 지금 이 자리에 없는 사람, 그자가 바로 범인입니다."

설귀는 반준과 함께 대청으로 나갔다. 저택에는 가족에 하인들까지 합쳐 50명 정도가 모여 있었다. 반준이 의자에 앉아 차를 음미하는 동안 설귀는 사람들의 수를 셌다. 잠시 후 그가 고개를 돌렸다.

"반 나리, 확실히 한 사람이 부족합니다."

"누구죠?"

반준이 물었다. 설귀가 인상을 찌푸렸다.

"다른 사람이라면 몰라도 그 사람은 절대 그럴 리가 없는데!"

"설 선생님, 열 길 물속은 알아도 한 길 사람 속은 모른다고 했습니다."

반준이 가장 뼈저리게 체험한 말이었다. 줄곧 곁을 지켰던 자오나, 어릴 적부터 그가 자라는 걸 지켜본, 심지어 아버지보다 더 가까웠던 반박 역시 그를 배반하지 않았는가.

"아!"

설귀는 마음을 모질게 먹었다.

"설평은 어디에 있지?"

"나리, 그러지 않아도 말씀드리려고 했는데, 둘째나리께서 좀 전만 해도 저희가 오색 등롱을 다는 걸 구경하고 계셨는데요, 폭죽이 터지고 징과 북이 울리기 시작하자 황급히 나가셨습니다."

오십대 남자가 말했다. 설귀는 남자의 말에 잠시 멈칫하더니 갑자기 무슨 생각이 난 듯 물었다.

"나갈 때 내 서재에 들어갔다 가던가?"

"그게······."

남자가 난처한 표정을 지었다.

"확실히 들렀다 가셨습니다."

설귀가 반준에게 고개를 돌렸다.

"반 나리, 절 따라오십시오."

설귀는 반준을 이끌고 회랑을 지나 동쪽 끝에 위치한 방으로 다가 갔다. 방문은 굳게 닫혀 있고 자물쇠가 삐딱하게 걸려 있었다. 설귀가 이를 악다물더니 자물쇠를 빼내고 문을 열었다.

방은 그리 크지 않았으며 실내 장식도 간결했다. 탁자 하나에 의자 하나, 금테를 두른 녹나무 서가가 다였다. 서가에는 책이 몇 권밖에 꽂혀 있지 않았다. 주인이 이곳에서 책을 읽는 경우는 드문 것 같았다. 설귀가 탁자 앞으로 다가갔다. 탁자 모서리를 몇 번 살살 두드리자 철커덕 소리와 함께 비밀 서랍이 튀어나왔다. 서랍은 6, 7센티미터 정도 너비로 안은 텅 비어 있었다.

"큰일이군!"

설귀가 탁자를 내리쳤다.

"물건이 없어졌습니다."

"설 선생님, 이 안에 뭐가 있었습니까?"

설귀는 난주성 제일가는 부자였다. 평범한 물건이 눈에 들어올 리가 없었다. 그런 설귀가 이토록 화를 내는 것을 보니 안에 매우 중요한 물건이 들어 있었던 게 분명했다.

"반 나리, 사실대로 말하겠습니다. 경년이 나리께 절 만나라고 했던 것은 이 안에 들어 있는 물건 때문이었습니다."

설귀가 주먹을 쥐고 가만히 탁자를 두드렸다.

"곧 사람을 뒤쫓아 보내야겠어요. 아마 멀리 못 갔을 겁니다."

그렇게 말한 후 설귀는 문으로 발길을 돌렸다. 그런데 뜻밖에도 반준이 제지했다. 설귀가 의아한 눈으로 반준을 바라봤다.

"나리, 왜 그러십니까?"

"저택 입구에 가보면 압니다."

그렇게 말한 후 반준은 설귀와 함께 앞서거니 뒤서거니 입구 쪽으로 걸어갔다.

# 제9장

# 귀신 마을로 향하다

맑은 밤하늘에 수많은 별이 반짝이고 있었다. 가을 초입이라 조금 서늘했다. 담벽 담쟁이덩굴 근처에서 반딧불 한 쌍이 위아래로 날아오르며 자꾸만 붙었다 떨어졌다 노닐더니 한 바퀴를 빙글 돈 후 담을 넘어 바깥으로 날아갔다. 담 바깥 골목길에 그물채를 들고 대기하고 있던 통통한 아이 둘이 반딧불이 날아오자 손을 휘둘렀다. 아이들의 헛손질에 놀란 반딧불은 더 높은 곳으로 날아가버렸다.

1,000리 밖 객잔, 시묘묘가 잠에서 깨어났다. 침대에 누워 오후 내내 뒤척였는데 언제 잠이 들었는지 모를 일이었다. 그녀가 깨어났을 때는 이미 밤이었다. 반딧불 두 마리가 창밖에서 애절한 마음을 떨칠 수 없는 한 쌍의 연인처럼 서로의 주위를 맴돌고 있었다. 그녀는 옆에서 자고 있는 반원원을 돌아보았다. 고요한 가운데 반원원의 고른 숨소리가 들려왔다. 중독된 몸으로 밤새도록 100리 넘게 달려왔으니 무척 힘이 들었을 것이다.

시묘묘는 살금살금 침대에서 내려와 신발을 신고 짐에서 총을 꺼내 허리춤에 넣었다. 고개를 돌려 반원원이 잠들어 있는지를 다시 확인한 그녀는 밖으로 나가려다 발걸음을 멈췄다. 그녀는 조심스레 창가로 다가가 창문을 닫고 나서야 살며시 방을 나가 아래층으로 내려갔다.

아래층 대청에 불이 환하게 밝았다. 사람들이 왁자지껄 오가고 있었다. 대부분 객상들이었다. 1년 내내 이 길로 장사를 하러 다니는 사람들이었으므로 '이 마을을 지나면 묵을 곳이 없다'는 사실을 잘 알고 있었다. 여정이 멀든 그렇지 않든 간에 날이 어둡기 전 이곳에 투숙하기 때문에 장사는 언제나 잘되는 편이었다.

시묘묘가 계단을 따라 1층 대청으로 내려갔다. 낮에 봤던 사내 몇 명이 계단 좌측에 놓인 탁자에 앉아 있었다. 탁자 위에는 백주 몇 단지가 놓여 있고, 바닥 가득 땅콩과 각종 씨앗 껍질이 떨어져 있었다. 두목 사내는 웃통을 벗고 있었다. 가슴팍에 산을 내려오는 맹호가 문신으로 새겨져 있었다. 술기운에 얼굴이 벌겋게 달아올랐는데도 두목은 여전히 술 항아리를 껴안고 놓으려 하지 않았다. 그가 목을 길게 내빼고 술을 벌컥벌컥 들이켰다. 너무 한꺼번에 들이켰는지 그가 술을 내뿜었다.

"하하!"

그의 일행 몇 명이 크게 웃음을 터뜨렸다. 그중 키 작은 사내 하나가 말했다.

"형님, 형님도 나이가 되셨나 보네요. 안 되겠는데요!"

"꺼져, 자식아!"

두목이 손을 내저었다.

"이 몸이 강호를 떠돌 때 기저귀나 차고 있던 놈이!"

"하하! 두목 또 허풍 시작하셨네."

키 작은 사내가 비웃듯 말했다.

"자식, 아직 못 믿겠다는 거야? 그럼 왜 이 많은 사람이 한사코 밤에 이곳 객잔을 찾아 들어오는지 알아?”

두목이 술 항아리를 껴안은 채 고함쳤다.

“그거야 누가 몰라요? 귀신 마을 피하려고 그러는 거잖아요.”

키 작은 사내가 발을 의자에 올려놓으며 거만한 자세를 취했다.

“어쨌거나 너흰 너무 약해빠졌어. 너! 너! 너희 놈들 말이야!”

두목이 젓가락을 들고 사내들의 머리를 돌아가며 두드렸다.

“누구 귀신 마을에 가본 사람?”

사내들이 머리를 긁적거리며 서로의 얼굴을 쳐다보더니 일제히 두목에게로 고개를 돌렸다.

“그럼 형님은 귀신 마을에 가봤단 말예요?”

“두말하면 잔소리지! 이 몸이야 당연히 갔다 왔다.”

목소리가 크진 않았지만 주위에 앉아 있던 손님들의 시선이 모두 두목 쪽으로 향했다.

“정말 그 귀신 마을에 들어갔다 왔습니까?”

“그럼! 내가 거짓말하면 개자식이다!”

그가 득의양양한 기색으로 가운데손가락을 들어 올렸다.

“정말 소문처럼 그렇게 음산해요?”

더 많은 사람들이 탁자 주변으로 모여들었다. 조금 전 질문은 스물네댓 된 한 청년이 한 것이었다. 그 역시 마바리꾼 일을 하는 사람 같았다. 두목이 청년을 힐끗 보더니 말했다.

“음산하다뿐인가? 사람을 먹어도 뼈도 안 뱉는 곳이오.”

“아!”

그의 말에 주위 사람들의 입이 떡 벌어졌다. 시묘묘는 계산대로 가서 종업원에게 요리를 주문한 다음 옆 탁자에 앉아 두목의 말에 귀를 기울였다.

“어떻게 사람을 먹고 뼈를 안 뱉어요?”

곁에 있던 호사가 하나가 물었다.

"3년 전 어느 비 오는 날 밤이었소. 그때도 우리 형제들끼리 술을 옴팡 마셨지. 할 일도 없고 심심하던 차에 귀신 마을이나 한번 가보자는 말이 나와 몇몇 대담한 놈들끼리 날이 지기 전 귀신 마을 근처까지 갔지!"

두목이 잠시 말을 멈추더니 사람들을 훑어보았다. 자기 이야기에 푹 빠져든 사람들의 표정을 본 그가 다시 말을 이었다.

"우리가 마을 입구에 도착했을 때는 이미 날이 저문 뒤였고! 그날 밤은……."

두목이 등 뒤의 창문을 가리키며 말했다.

"오늘 밤처럼 하늘에 별이 가득했소. 우리는 산허리 풀숲에 자리를 잡고 귀신 마을을 관찰하기 시작했지. 그런데 칠흑처럼 어둡기만 하고 푸른 벽돌 저택에는 귀신 그림자도 얼씬대질 않더군. 한참을 기다렸는데도 아무런 기미도 느낄 수가 없었소. 그래서 막 그곳을 떠나려고 하는데 마을에 일제히 불이 켜지는 거요."

"불이 켜졌다고?"

호기심 많은 구경꾼 하나가 목을 길게 빼고 물었다.

"그렇소. 눈 깜짝할 사이에 온 마을의 등이 환하게 켜졌지."

두목이 조금 목이 말랐는지 항아리를 들고 흔들었다. 항아리는 텅 비어 있었다. 옆에 있던 남자가 그에게 술 한 대접을 건네자 두목은 단숨에 잔을 비웠다.

"집 안뿐만 아니라 입구에 걸린 홍등까지 모두 불을 밝히더라고. 그리고 안에서 누군가가 이야기를 나누는 것 같은 소리가 들리기 시작했소."

"그러고 나서?"

사람들이 일제히 물었다.

"형제들 모두 자지러지듯 놀라 막 그 자리를 뜨려는데 뒤쪽에 화룡 한 마리가 나타난 거요."

두목이 당시 기억을 떠올렸다.

"당신들, 이 부근 산중에 소북풍이라는 비적이 있었다는 얘기 들어본 적 있소? 부하 백 수십 명을 이끌고 왕처럼 군림했다는 사람!"

"그럼요, 알고말고요!"

사람들 사이에서 마흔 정도 되어 보이는 마바리꾼의 말에는 요녕성 발음이 섞여 있었다.

"원래 노북풍의 부하였는데 1939년 노북풍이 죽자 이곳으로 왔다던데요."

요하 일대에서 노북풍이라고 하면 모르는 사람이 없었다. 본명은 장해천, 요녕 해성 사람으로 스무 살에 비적이 되어 점차 요하 일대에서 유명한 비적 두목이 되었다. 9·18 만주사변이 일어나자 동북의 비적 두목들도 자연히 두 파로 나뉘었는데, 한쪽은 일본에 붙어 주구가 됐지만 더 많은 비적 두목들이 항일 대오와 함께했다. 장해천은 부하 2천여 명을 이끌고 '항일자위군'이라는 기치를 내건 채 비적에서 항일유격대로 변신했다. 당시 동북지역 일본 관동군 사령관의 이름이 혼조 시게루(本莊繁)였는데, 동북지역 마작에서 '북풍이 장(莊)가를 이긴다'라는 말이 있어서 스스로 '노북풍'이라고 별명을 지은 것이다. 혼조 시게루를 업신여기는 뜻이 담긴 별명이었다.

당시 요하 일대의 일본군은 '풍'이라는 글자만 봐도 간담이 서늘해지곤 했다. 소북풍은 바로 그 노북풍의 막강한 부하였다.

"맞아, 그 소북풍이요. 그가 바로 화룡이었소. 그가 이곳을 근거지로 삼은 이유는 오직 하나, 일본에 대적하기 위해서였소. 일본 놈들 역시 수백 리에 걸쳐 그를 무척 두려워했으니까 어떤 인물인지 알겠지. 그날 밤 우리 뒤에 나타난 백여 명이 바로 소북풍과 그 부하들이었소. 그래서 우리도 부대를 따라 귀신 마을로 들어갔지."

두목은 점점 더 신바람이 나서 이야기를 이어갔다. 그가 큰 사발로 술을 들이켠 후 다시 입을 열었다.

"그런데 마을에 들어가보니 길이 엄청나게 넓더라고. 족히 마차 두 대는 나란히 달릴 수 있을 정도였고, 바닥 전체가 푸른 벽돌로 깔려 있었소. 어찌나 깨끗하던지! 소북풍 부대는 누군가를 찾고 있는 것 같았소."

바로 그때 갑자기 퍽 하고 도자기 깨지는 소리가 들렸다. 모두가 소리가 나는 곳으로 시선을 옮겼다. 말이 없었던 예의 말끔한 소녀가 창백한 얼굴로 주방 앞에 서 있었다. 들고 있던 질그릇을 떨어뜨려 박살이 난 것이다. 주인이 들고 있던 담뱃대를 내려놓고 미안한 듯 말했다.

"계속하시오, 어서. 애가 조심스럽지가 못해서."

주인이 소녀 앞으로 다가가 가만히 아이를 밀며 눈짓했다. 소녀는 그제야 몸을 굽혀 하얗고 조그만 손으로 깨진 질그릇 파편을 주웠다. 눈가에 눈물이 어른거렸다. 옆에 앉은 시묘묘가 그 모습을 모두 지켜보고 있었다. 두목이 다시 입을 열었다.

"소북풍이 사람들에게 조를 나누어 조사하게 했소. 100명이 넘는 부대원이 십여 조로 나뉘어 굳게 닫힌 집으로 잠입했지. 그런데 푸른 벽돌 저택으로 들어가자마자 등이 일제히 꺼져버린 거요. 눈앞이 칠흑같이 어두워졌지. 이어 귀청이 터질 정도로 요란한 총소리, 포 소리, 고함 소리가 들리기 시작했소. 질서정연하게 모여 있던 사람들이 다들 흩어졌고, 나도 뭔가에 세게 밀려 그대로 기절해버리고 말았지."

"그 뒤에는요?"

"나중에 몽롱하니 누군가가 곁을 지나가는 것 같았는데 온몸이 마비된 것처럼 도무지 꼼짝할 수가 없었소. 겨우겨우 눈을 떴을 때는 도처에 시체가 즐비했고. 곁에 있던 사람들이 모두 핏덩이가 되어 있더군. 아예 살점 하나 없이 백골만 남아 있는 시체도 있었고. 멀지 않은 곳에서 귀신 같은 허연 물체가 어른거리는 것 같았소. 나는 겨우겨우 산기슭을 따라 마을을 빠져나왔소."

두목의 목소리에 기운이 많이 빠져 있었다. 그의 목소리가 처량하게 들렸다.

"그럼 소북풍은요?"

누군가가 묻자 두목이 고개를 저었다.

"그 뒤로 소북풍에 관한 소식은 전혀 들을 수가 없었소."

"100명이 넘는 사람들이 귀신 마을에서 죽었단 말은 아니겠지?"

또 다른 남자 하나가 익살스럽게 물었다. 두목이 그를 힐끗 쳐다보더니 아무 말도 하지 않고 옆에 있는 술 항아리를 들어 벌컥벌컥 비웠다.

"내가 들은 건 당신 이야기와 다른데."

남자가 무시하듯 말했다.

"소북풍이 부하의 여자를 건드리는 바람에 술을 마시고 독살되었다고 들었소만."

남자의 말이 끝나자마자 갑자기 술 항아리가 그를 향해 날아갔다. 조금 전까지 거들먹거리며 말하던 남자는 갑작스런 일격에 채 방어도 못 하고 그대로 머리에 항아리를 맞았다. 퍽 하는 소리와 함께 항아리가 떨어져 깨졌다. 남자가 비틀거렸다. 그의 머리에서 선혈이 흘러내렸다. 두목이 한 발로 의자를 밟고 손가락으로 남자를 가리키며 고함을 질렀다.

"이 새끼, 밥은 네 멋대로 처먹어도 말은 함부로 지껄이지 마!"

조금 전까지만 해도 득의양양하던 남자는 두목이 정말 화가 난 것을 보고 머리를 감싼 채 물러났다. 두목은 콧방귀를 뀐 다음 의자로 돌아와 앉았다.

"또 못 믿겠는 사람? 죽는 게 두렵지 않은 놈들, 오늘 밤에 내가 당신들을 데리고 가서 직접 보여주지. 갈 사람 있어?"

그가 사방을 둘러보았다. 사람들이 모두 고개를 숙이고 있자 두목이 히죽 웃었다.

"못난 놈들!"

"내가 가지."

갑자기 옆에서 여자 목소리가 들려왔다. 사람들 모두 소리가 난 쪽으로 고개를 돌렸다. 시묘묘가 물잔을 내려놓으며 말했다.

"조금 전 말씀이 아주 장황하던데. 정말로 그 말처럼 신기한지 직접 가봐야겠는걸?"

두목이 건들건들 몸을 일으키더니 주위 사람들을 밀치고 시묘묘의 탁자 앞으로 다가왔다. 그러고는 시묘묘의 맞은편에 앉아 탁자를 짚고 술에 취해 흐리멍덩한 눈으로 그녀를 바라봤다. 두목이 등 뒤 사내들에게 고개를 돌렸다.

"사내 새끼들이 여자 하나만 못하고!"

그의 말에 자존심이 상한 몇몇이 서로 가겠다고 나섰다. 그러나 목숨까지 버리고 그곳에 가겠다는 사람이 그리 많지는 않았다. 두목이 자리에서 일어났다.

"내 오늘 이 목숨을 걸고 그대를 모셔다드리지."

시묘묘와 함께 가겠다고 나선 남자들은 모두 6명이었다. 그들은 말을 타고 먼지바람을 일으키며 객잔을 떠났다. 그들 뒤로 또 다른 말 한 필이 마당을 나왔다. 한 사람이 객잔 입구에 서서 앞쪽을 살폈다. 누군가 자신을 지켜보고 있다는 생각이 들었던 것이다. 아무도 없는 것을 확인한 그는 그제야 말을 타고 귀신 마을을 향해 달렸다.

범상치 않은 밤. 이것도 운명인 듯하다. 세상에는 이렇듯 정말 우연찮은 일들이 종종 있다. 많은 일이 거의 동시에 발생하기 때문이다. 시묘묘와 사내들이 말을 타고 객잔을 떠났을 때, 멀리 북경의 마쓰이 나오모토 역시 검은색 차에 올랐다.

최근 보름 동안 마쓰이 나오모토는 갑자기 늙어버린 듯했다. 마쓰이 아카기는 그의 유일한 손자였다. 마쓰이 아카기가 안양에서 예기치 못한 사고를 당한 후 그는 많이 침울해 있었다. 수염이 하룻밤 사이에 하얗게 셌다. 만약 오늘 밤 그자의 편지가 오지 않았다면 이렇게 외출하지도 않았을 것이다. 마쓰이 나오모토가 차에 앉아 담배 한 개비에 불을 붙인 후 운전기사에게 말했다.

"포국 감옥으로."

"하이!"

운전기사는 북경성 동쪽에 있는 포국 감옥을 향해 천천히 차를 몰았다. 밤하늘 아래 마쓰이 나오모토는 차창 밖 고요한 북경성을 바라보았다. 최근 동남아전쟁에서 계속 패배 소식이 전해지고 있었다. 독일도 마찬가지였다. 이제 일본은 얼마 버티지 못할 것 같았다. 지금은 일본 국내에서조차 반전 분위기가 뜨겁게 달아오르고 있었다. 전쟁이 얼마나 지속될지 아무도 알 수 없었다.

마쓰이 나오모토는 이따금 모든 것을 포기하고 싶을 때가 있었다. 손자가 죽고 이런 기분은 점점 더 강해졌다. 유일하게 그를 지탱해주는 것은 바로 곤충소환사의 비밀이었다. 만약 전설로 내려오는 내용이 사실이라면 상황을 뒤집을 수 있다.

자동차가 포국 감옥 앞에 멈췄다. 운전사가 통행증을 내보이자 문을 지키던 병사가 철책을 치웠다. 차가 천천히 감옥 안으로 들어섰다. 일본 전통의상을 입은 마쓰이 나오모토가 조심스레 차에서 내렸다. 일본 병사 몇 명이 다가왔지만 그는 주변 사람은 아랑곳하지 않고 고개를 숙인 채 곧장 감옥 건물 안으로 들어갔다.

일본 병사가 그의 마음을 읽은 듯 앞에서 길을 안내했다. 마쓰이 나오모토는 계단을 따라 콘크리트로 된 두 개의 감방이 있는 곳까지 내려갔다. 병사가 눈치껏 물러서자 마쓰이 나오모토는 그제야 품에서 열쇠꾸러미를 꺼내 그중 가장 큰 것을 구멍에 끼웠다. 철커덕 소리와 함께 자물쇠가 열렸다. 마쓰이 나오모토가 녹이 슨 육중한 문을 밀었다.

안은 전혀 감옥 같지 않았다. 그보다는 오히려 지하에 위치한 작은 저택 같았다. 금빛 테를 두른 녹나무 사각 탁자 뒤로 마찬가지로 녹나무로 만든 서가가 보였다. 서가에는 각종 경전이 가득 진열되어 있었다. 중국 책뿐만 아니라 일본 책도 있었다. 그 옆 커다란 침대에 한 노인이 앉아 있었다.

마쓰이 나오모토가 철문을 닫은 후 차렷자세를 취하더니 그에게 깊이 고개 숙였다.

"閣下はどう?(각하, 무슨 분부십니까?)"

"마쓰이 군."

유창한 중국어 발음에 나오모토의 몸이 부르르 떨렸다. 이제껏 십여 년간 이자와는 항상 일본어로 대화했다. 그가 이처럼 정통으로 중국어를 구사할 수 있다는 사실을 아는 사람은 아무도 없었다.

"이상한가?"

상대는 마쓰이 나오모토를 등지고 있으면서도 그의 생각을 모두 꿰뚫어보고 있는 것 같았다.

"네, 선생님께서 중국어를 모르시는 줄 알았습니다."

"하하!"

상대가 차갑게 웃었다.

"앞으로 더 놀랄 일이 벌어질 걸세."

마쓰이 나오모토는 아무 말도 하지 않았다. 잠시 후 상대가 다시 입을 열었다.

"마쓰이 군, 준비는 다 됐나?"

"네. 분부하신 대로 모두 준비했습니다."

마쓰이 나오모토가 매우 정중한 어조로 말했다.

"선생님 계획대로 되어가고 있습니다. 그들 모두 신강으로 모여들고 있습니다."

"음."

그자가 고개를 끄덕였다.

"그렇게 되면 최고지. 마쓰이 군, 탁자 위에 편지가 있네. 거기에 앞으로 자네가 해야 할 일이 적혀 있네."

마쓰이 나오모토가 앞으로 몇 발짝 다가갔다. 탁자 위에 편지봉투 하나가 놓여 있었다. 그는 두 손으로 봉투를 집어 품에 넣더니 뭔가 말하려다 말고 그냥 입을 다물었다.

"마쓰이 군, 내가 대체 어떤 사람일까 생각하고 있었겠지?"

노인은 고개도 돌리지 않았으면서 마쓰이의 거동 하나하나를 꿰뚫어보고 있는 것 같았다.

"솔직히 줄곧 두 가지 의문을 갖고 있었습니다. 첫째, 선생님께서 각 곤충소환사 가문을 훤히 꿰뚫고 있는 부분입니다. 일본인은 차치하고라도 곤충소환사 가문들에 대해 선생님만큼 잘 아는 사람은 없을 겁니다. 둘째, 금소매 선생에 관한 문제입니다. 금 선생이 일본에 있었던 기간이 그리 길지 않은데도 파격적으로 기용하신 점 말입니다. 저는 금소매 선생 배후에 누군가 돕고 있는 사람이 있다고 의심해왔습니다. 금 선생을 몰래 돕고 있는 사람이 선생님이시죠?"

"마쓰이 군, 그런 일은 많이 알수록 자네에게 좋을 것이 없어. 때가 되면 다 알게 될 걸세."

상대가 조금 성가신 듯 말했다.

"가보게. 이제 쉬어야겠네."

화파 곤충소환사 군자인 마쓰이 나오모토 역시 성격이 불같은 사람이었다. 그는 애써 화를 누르고 상대에게 허리 굽혀 인사한 후 밖으로 나와 문을 닫았다. 일본 병사 한 사람이 문 앞을 지키고 있었다. 그는 건물을 나가는 대신 경비실로 향했다.

마쓰이의 굳은 표정에 뭔가 분위기가 심상치 않다고 느낀 일본 군관은 가만히 고개를 숙인 채 앞에 서 있었다. 잠시 후, 마쓰이 나오모토가 눈을 가늘게 뜨며 물었다.

"첩자 짓을 하면 어떤 처분을 받는지 알지?"

"네!"

마쓰이 나오모토가 옆에 있는 찻잔을 거머쥐더니 갑자기 바닥에 내던졌다. 쨍그랑, 찻잔이 박살 났다. 일본 군관 몇 명이 깜짝 놀라 부르르 몸을 떨었다. 그러나 아무도 감히 입을 열지 못했다.

"나 이외에 또 다른 사람이 감옥에 들어갔었나?"

"아닙니다!"

군관 몇 명이 바짝 긴장한 채 일제히 대답했다. 마쓰이 나오모토는 눈앞의 군관들을 훑어봤다. 거짓말을 하는 것 같지는 않았다. 더구나 그곳 자물쇠는 특수 제작한 것이라 열쇠를 만드는 것도 매우 어려웠다. 그렇다면 저토록 단단한 콘크리트 감옥에 갇혀 있는 사람이 외부 일을 어찌 그리 상세하게 알고 있단 말인가? 초가를 나오지 않고도 이미 삼분천하를 계획한 제갈공명과 같은 인물이란 말인가?

마쓰이 나오모토는 자부심이 대단한 사람이었다. 자신이 하지 못하는 일은 누구도 할 수 없다고 생각하는 사람이기도 했다. 그 순간, 갑자기 한 가지가 떠올랐다.

3년 전 어느 날 밤, 그는 화북 일본군 총사령관에게서 전화 한 통을 받았다. 증인 보호 명령이 내려졌다는 것이다. 화북 일본군 총사령관의 입에서 나온 가장 단호한 표현이었음을 지금도 분명하게 기억하고 있었다.

"즉시, 반드시, 절대 비밀리에 추진하시오."

그런데 마지막으로 한 마디가 더 추가되었다. 마쓰이 나오모토라 해도 결코 그 사람들을 심문해서는 안 된다는 내용이었다. 그런데 이러한 엄격한 지시와 안 어울리게도, 보호해야 할 증인은 어떤 중요한 인물이 아니라 하수도를 파던 노동자들이었다.

당시에도 정말 이상한 생각이 들었지만 마지막에 덧붙인 말 때문에 물어볼 수가 없었다. 마쓰이 나오모토라 해도 감히 그 사건에 지나치게 간여할 수가 없었다.

그러나 해당 노동자들이 포국 감옥에 파견되어 하수도 처리를 했다는 사실을 떠올린 그는 혹 그들이 뭔가를 발견한 것은 아닌가 생각했다. 마쓰이 나오모토 역시 그냥 앉아만 있을 수는 없었다. 꼭 만나야 할 사람이 있었다. 아마도 그 사람이라면 자신의 의혹을 풀어줄 수 있을지도 모른다.

마쓰이 나오모토는 자리에서 일어나 재빨리 차에 올랐다. 검은색 자동차가 어두운 밤하늘 아래 포국 감옥으로부터 천천히 멀어져갔다. 차 안에서 그는 생각에 잠겼다. 그처럼 유창하게 중국어를 하는 것을 보면 일본인은 아닐 것이다. 만약 그자가 중국인이라면 대체 어떻게 그처럼 뛰어난 능력을 가질 수 있단 말인가? 이런 모든 의문이 계속 나오모토의 머리를 맴돌고 있었다. 그자의 신분을 정확하게 알 수 있는 유일한 단서는 바로 그자 자신에게 있을 거라는 생각이 들었다. 자동차가 어두운 북경성을 빠른 속도로 가로질렀다.

밤바람이 서늘했다. 몇 개의 횃불이 별처럼 드문드문 숲속 작은 길을 빠른 속도로 이동하고 있었다. 시끄러운 말발굽 소리에 때때로 길가의 메추라기들이 푸득거리고, 길 주변 풀밭에서 노닐던 꿩들이 더 멀찌감치 떨어진 풀숲을 향해 날아올랐다.

남자 여섯과 여자 하나가 말을 타고 귀신 마을을 향해 질주했다. 풀잎에 맺힌 밤이슬이 요란한 진동에 몸을 푸르르 떨며 바닥으로 떨어졌다. 객잔에서 귀신 마을까지는 40~50리 정도의 산길이지만, 객상들이 1년 내내 오가는 덕분에 길은 대체로 평탄했다. 일행은 거의 한 시간 동안 산을 빙 둘러 난 길을 달려 두 개의 작은 산 중간 지점으로 들어섰다. 그러자 갑자기 사방이 산으로 둘러싸인 작은 분지가 나타났다.

상단들이 오가는 길은 산허리를 빙 돌아 맞은편 산 초입까지 이어져 있었다. 그곳 산 아래 정말 마을 하나가 있었다. 사람들은 산 초입에서 말을 멈췄다. 살랑대던 밤바람이 갑자기 거세지기 시작하더니 서늘한 기운이 느껴졌다. 그곳에서 약 200미터 아래로 푸른 벽돌 기와집들이 즐비한 귀신 마을이 환하게 불을 밝히고 있었다.

시묘묘가 일행 맨 앞에 서서 집들을 세어보았다. 귀신 마을에는 모두 열여섯 채의 집이 있었다. 한 줄에 네 채씩 반듯하게 자리를 잡고 있었으며, 저택의 구조 또한 거의 동일했다. 모든 저택에는 넓은 정원이 하나씩 있었고, 집 안이나 입구 할 것 없이 환하게 불을 밝히고 있었다. 마치 누군가가 안에 살고 있는 것 같았다.

"봤어? 내가 거짓말한 거 아니지? 이곳에선 밤만 되면 모든 불이 켜진다고!"

울퉁불퉁한 길을 달려온 데다 밤바람을 맞은 덕분에 두목은 술이 거의 깬 상태였다. 그가 산 아래 귀신 마을을 가리키며 말했다.

"세상에! 정말이네!"

옆에 있던 청년 하나가 목을 길게 빼고 산 아래를 굽어보았다.

"정말 귀신같은 일이네. 사람은 없는데 불이 다 켜 있어."

"쉿!"

두목이 주위 사람들에게 조용히 하라고 손짓했다.

"들어봐…….."

모두가 소리를 죽이고 귀를 기울였다. 말조차 이 긴장된 분위기를 아는 것처럼 꼼짝 않고 그 자리에 서 있었다. 귓가에는 윙윙 하는 바람 소리, 풀숲에서 찌르르 하는 풀벌레 소리 말고는 아무런 소리도 들리지 않았다. 잠시 후, 지겨워진 사내들이 두목을 힐끗거렸다. 두목이 두 눈을 살며시 감고 계속 귀를 기울이자 사람들도 그를 따라 인상을 찌푸린 채 귀를 기울였다.

시묘묘도 신경을 집중했다. 바람 소리, 풀벌레 소리 그리고 쏴쏴 물 흐르는 소리도 들리는 것 같았다. 그녀 역시 살짝 짜증이 나려고 할 무렵 어렴풋이 사람들 말소리가 들리기 시작했다. 조금 전 자연의 소리에 묻혀, 자칫 신경 쓰지 않으면 잘 들리지 않을 만큼 작은 속삭임이었다.

"정말 누가 있는 건가?"

시묘묘가 수상하다는 듯 중얼거렸다.

"소저, 내 말이 맞지?"

두목이 말했다.

"저게 바로 귀신들이 지껄이는 소리 아니오!"

시묘묘가 피식 웃었다. 비록 너무 작아 무슨 말인지 알 수는 없었지만 일본이 낯설지 않은 그녀는 일본어로 쑥덕대는 소리라는 것을 알 수 있었다. 다만 사람이라고는 그림자도 얼씬하지 않는 마을인데 대체 어디서 이런 소리가 들려오는 것인지 의아할 뿐이었다. 시묘묘가 말에서 내려 앞으로 두어 걸음 옮겼다. 갑자기 두목이 작은 소리로 다급하게 외쳤다.

"소저, 지금 뭐하는 거요?"

시묘묘가 걸음을 멈추고 작은 소리로 답했다.

"자초지종을 알아봐야겠어."

"목숨이 아깝지 않소? 귀신 마을이란 말이오. 들어가면 못 나온다고."

나지막하게 속삭이긴 했지만 두목의 목소리에는 힘이 잔뜩 실려 있었다.

"하하. 이런 기괴한 일들은 대부분 사람 짓이지. 무서우면 돌아들 가든가."

시묘묘가 앞으로 걸어갔다. 산 초입에 잡초가 잔뜩 자란 구불구불한 오솔길이 보였다. 시묘묘는 전혀 주저하지 않고 오솔길을 따라 산 아래 귀신 마을로 향했다.

사내들이 서로를 바라보았다. 두목 역시 말에서 뛰어내려 뒤쪽에 있는 사내들에게 말했다.

"사내대장부는 날 따르고, 겁보들은 돌아가라!"

남은 자들이 잠시 주저하다가 너도나도 말에서 내려 길옆 소나무에 말을 묶어두고 종종걸음으로 시묘묘의 뒤를 따라갔다. 시묘묘가 걸음을 멈추고, 자신을 따라오는 사내들을 의아한 눈으로 바라봤다.

"왜 따라오는 거야?"

시묘묘가 작은 소리로 물었다.

"여자가 야심한 밤에 혼자 귀신 마을로 간다는데 사나이들이 되어가지고 그냥 가면 남자 구실 제대로 하겠소?"

두목이 자못 의리의 사나이처럼 말했다.

"하하! 마을에 정말 악귀가 있어도 무섭지 않다는 건가?"

시묘묘가 조심스럽게 발을 디디며 물었다.

"하하. 여자 귀신이었으면 좋겠네!"

두목 뒤에 서 있던 청년이 농담을 했다. 그의 말에 주위 사내들이 일제히 숨죽여 웃었다. 겉으론 침착해도 시묘묘는 마음이 가볍지 않았다. 그녀는 어렴풋이 이 귀신 마을이 애신각라 경년이 말한 몽고 사충 사육을 위한 비밀 기지일 거라는 느낌이 들었다. 얼마나 무시무시한 괴물인가! 객잔에서 들은 이야기로 비춰볼 때 조금만 실수가 있어도 저자들은 돌아올 수 없는 길을 가는 것이리라.

시묘묘의 뒤를 따라 조심스럽게 산에서 내려온 사내들이 풀이 수북이 자란 곳에 쪼그리고 앉았다. 시묘묘는 죽음 같은 정적이 감도는 마을을 바라봤다. 귓가에 휘휘 바람 소리가 들렸다. 소곤대는 사람들 말소리를 좀 더 분명하게 들을 수 있었다.

"들려?"

시묘묘가 고개를 돌려 뒤에 있는 사내들에게 물었다.

"네."

사내들이 고개를 끄덕이며 작은 소리로 대답했다.

"어째 귀신 소리처럼 들리는걸?"

"정말 그래!"

다른 사내가 맞장구쳤다.

"설마 이곳에서 일본 놈들이 수작을 부리는 건 아니겠지?"

이런 말이 오가는 사이 두목은 벌써 14년식 권총을 손에 쥐고 앞으로 나아가고 있었다. 그런데 뜻밖에 시묘묘가 앞을 가리켰다. 두목은 그녀가 가리키는 방향으로 시선을 보냈다. 전방 1미터 정도 되는 지점에 어렴풋이 가는 철사줄 몇 가닥이 보였다.

"어? 저건……?"

두목이 조그만 소리로 말했다. 그때 풀숲에 숨어 있던 메뚜기가 사람들 움직임에 놀라 폴짝 뛰어오르다가 철사줄에 부딪쳤다. 빠지직 하는 소리와 함께 메뚜기가 그대로 튕겨 나왔다. 순간 곁에 있던 사내들도 소스라치게 놀랐다.

"철사줄에 전기가 통하고 있을 거야. 저기 부딪치는 날엔 기절을 하든지 아니면 그 자리에서 감전되어 저승길이겠지."

그렇게 말하면서도 시묘묘는 더욱 의아한 생각이 들었다. 이처럼 큰 마을에 빙 둘러 전기 철조망이 쳐 있다니, 그렇다면 전기는 어디서 끌어온 것일까? 갑자기 시묘묘의 머릿속에 한 가지 생각이 스치고 지나갔다. 그녀가 고개를 숙이고 작은 소리로 물었다.

"이 부근에 수원(水源)이 있나?"

"아!"

두목이 고개를 끄덕이며 북쪽 산을 가리켰다.

"저 산 뒤에 저수지가 있소. 근데 왜?"

시묘묘가 의미심장하게 웃었다. 귓가에 바람 소리와 함께 물소리가 들리는 것도 당연했다. 그녀가 고개를 저었다. 앞에 설치된 철조망은 사람들의 주의를 끌지 않기 위해 나지막하게 쳐져 있어 다리를 들면 쉽게 넘어갈 수 있었다. 시묘묘가 철조망을 넘어가자 두목은 더 이상 감히 그녀를 앞서지 못했다.

눈앞의 마을길은 과연 두목이 말한 것처럼 마차 두 대가 나란히 지나갈 정도로 넓었고, 청소도 깔끔하게 되어 있었다. 시묘묘는 마을 입구에 서서 잠시 주저하듯 길을 바라봤다. 일본인들은 대체 어디에 숨어 있을까? 시묘묘는 사내들을 이끌고 담벼락에 붙어 마을을 한 바퀴 돌았다.

붉은색 대문은 모두 굳게 닫혀 있고 문 양측에 등롱이 달려 있었다. 모두 전기등이었다. 시묘묘는 자신의 추측이 맞다고 확신했다. 일행은 가장 북쪽에 위치한 저택 앞에 멈췄다. 시묘묘와 사내 셋이 벽에 바짝 붙어 대저택으로 들어섰다. 남은 세 사람은 총을 들고 밖에서 망을 봤다.

저택 안은 텅 비어 있었다. 그림자도 보이지 않았다. 시묘묘가 세 사람과 함께 실내로 들어섰다. 소문대로 여러 가지 물품이 갖추어져 있었다. 구들에 이불과 요가 가지런히 정리되어 있고, 벽에는 물주전자 네다섯 개가 걸려 있었다. 군영의 모습 그대로였다.

"소저, 이것 좀 보시오!"

두목이 다른 방에서 타다 만 종잇조각을 발견했다. 뭐라고 쓰여 있는지 정확하게 알아볼 수 없었지만 일본어가 분명했다. 예상대로 일본인들이 몽고사충을 훈련시키는 곳이 분명했다!

바로 그때, 밖에서 총소리가 들렸다. 총소리가 계곡을 따라 기이하리만큼 커다랗게 울려 퍼졌다. 저택 안에 있던 사람들이 서로를 쳐다본 후 막 나가려 할 때 갑자기 밖에서 괴성이 들렸다. 두목이 시묘묘를 붙들며 말했다.

"저…… 저 소리…….."

시묘묘는 얼굴이 하얗게 질린 채 제대로 말을 잇지 못하는 두목을 바라봤다.

"지난번에도 저 소리를 들은 후 습격을 당했소."

그의 말이 떨어지기가 무섭게 참담한 비명 소리가 들려왔다. 구태여 물어보지 않아도 밖에서 망을 보고 있던 사람들의 목소리임을 알 수 있었다. 발각된 게 분명했다.

"어떡하죠?"

두목이 갈피를 잡지 못하는 사이, 사내들이 시묘묘에게 시선을 돌렸다. 그들은 이 신비스러운 여자가 뭔가 묘안을 내주길 기대하고 있었다. 그러나 시묘묘 역시 어째야 할지 그저 혼란스러울 뿐이었다. 어떻게 하지? 발각되었다면 일본인들이 곧 포위해올 텐데! 만약 반준이라면 분명히 방법을 생각해냈을 텐데!

반준이 갑자기 재채기를 했다. 앞에 있던 설귀가 걱정스러운 얼굴로 반준을 바라봤다.

"반 나리…… 감기 걸렸나 봅니다."

반준이 미소 짓더니 설귀와 함께 대문 앞에 이르렀다. 설귀가 가만히 문을 열자 두 사람이 서 있었다. 오후에 그곳을 떠났던 풍만춘, 그리고 한 사람은 뜻밖에도 설평이었다. 풍만춘이 한 손으로 설평의 손을 잡아 뒤로 돌린 채 반준에게 말했다.

"반준, 자네가 말한 대로 폭죽을 터뜨리자마자 이자가 몰래 마당에서 빠져나오더라고."

"반 나리, 대체 어찌 된 일입니까?"

설귀가 이해가 안 된다는 듯 반준을 바라봤다. 풍만춘은 일찌감치 이곳을 떠났고 반준도 별다른 말을 하지 않았는데, 어떻게 갑자기 설씨 집 문밖에서 설평을 붙잡았단 말인가?

"설 선생님, 제가 따님 방에서 했던 귓속말로 했던 질문을 기억하십니까?"

반준이 미소를 지으며 물었다.

"따님이 거주하던 건물을 병이 난 뒤에 올린 거냐고 물었지요?"

"네, 그렇게 물으셨죠. 그땐 반 나리가 전에 난주성에 온 적이 있어서 그런 내용을 알고 계신 줄 알았습니다."

설귀가 기억을 더듬었다.

"그곳에 방을 만들자는 것도 이 사람 입에서 나온 의견이었죠?"

반준이 눈앞의 설평을 가리키며 물었다. 설귀가 눈썹을 살짝 찡그린 채 잠시 옛일을 되새겨보더니 말했다.

"그렇습니다."

"그럼 틀림없네요. 따님이 시끄러운 곳에서 있으면 깨어날까 봐 그곳에 거처를 만들자고 한 겁니다."

"하지만……."

설귀가 의혹에 가득 찬 기색으로 풍만춘을 힐끗 바라봤다.

"풍 나리는 오늘 오후에 여길 나가셨는데! 일행을 충초당까지 바래다드렸는데 어떻게……."

"하하!"

풍만춘이 웃었다.

"내가 떠날 때 반준이 토파 곤충소환사들이 사용하는 손짓을 이용해 내게 충초당에 돌아가는 척하다가 문밖에서 대기해달라고 하더군요. 당신이 밖으로 나왔을 때 누가 뒤를 따라 나오는지 봐달라고요. 집에서 폭죽을 터뜨린 후 나오는 사람을 잡아달라고 했소이다."

"그럼 그 종이인형은 왜 만들라고……?"

설귀는 뭔가 감이 잡히는 듯했지만 그래도 반준의 입을 통해 확실한 설명을 듣고 싶었다.

"하하! 종이인형은 그냥 저자의 주의를 돌리기 위한 것이었어요."

반준이 웃으며 말했다.

"따님 방을 조용한 곳으로 옮겼다는 것은 분명 보재의 효용을 알고 있었다는 것입니다. 제가 보재를 끌어내는 걸 보면 아마 그 즉시 도주했을 겁니다. 저 역시 그땐 아직 저자가 범인이라고 확신을 못한 상황이었고요. 그래서 종이인형 두 개를 마련해달라고 부탁을 드린 거예요. 무슨 영문인지 알아보려고 외출하는 선생님을 따라갔다가 선생님이 종이인형을 구하는 모습을 보면 그저 저를 무당 정도로 생각하고 안심한 채 상황을 지켜볼 테니까요. 그런데 갑자기 폭죽을 터뜨리고 징과 북을 두드리자 놀라서 다급하게 도주한 겁니다."

"하하! 이 풍씨가 이곳에서 자기를 얼마나 기다리고 있었는지도 모르고!"

풍만춘이 웃으며 힘껏 설평을 밀쳤다. 설평은 별로 크지 않은 키에 도둑 같은 인상에다 마흔도 채 되지 않은 사람이 머리숱이 무척 적었다. 그는 계속 고개를 숙인 채 설귀를 똑바로 쳐다보지 못했다. 설귀가 설평 곁으로 다가갔다.

"설평, 그렇게 오랜 시간 결코 널 박하게 대하지 않았는데, 왜 난이에게 독을 쓴 거지?"

"큰형님, 제가 한순간 어떻게 됐었나 봐요."

설평이 바닥에 털썩 무릎을 꿇고 마치 방아를 찧듯이 계속해서 머리를 조아렸다.

"한 번만 용서해주십시오."

"내 서재의 물건, 네가 갖고 있는 거냐?"

설귀가 이를 악물며 쌀쌀맞게 물었다.

"네, 네!"

설평이 입을 움찔거렸다.

"제 주머니에 있습니다."

설귀가 단숨에 앞으로 다가가 설평의 주머니에서 정교하게 생긴 작은 상자를 꺼냈다. 그는 찬찬히 상자를 살펴보고 아무런 이상이 없는 것을 확인한 뒤에야 품에 넣었다.

"설평, 넌 이 물건이 설씨 문중의 가보라는 것을 알고 있지 않았느냐! 지금까지 수백 년 동안 전해진 가보를 감히! 이 가보를 지키기 위해 얼마나 많은 선조들이 목숨을 잃었는데! 설마 이런 사실을 다 잊었단 말이냐?"

"형님, 잊을 리가 있습니까! 제발 용서해주십시오."

설평이 그렁그렁한 두 눈으로 설귀를 쳐다봤다.

"오랫동안 큰형님 옆에서 실수 없이 착실히 일했던 것을 생각해 한 번만 봐주십시오."

설귀가 한숨을 내쉬었다.

"좋아! 어서 꺼져! 앞으로 다시는 난주의 설씨 집안 사람이라고 말하지 말아라!"

"감사합니다, 큰형님! 감사합니다."

설평이 황급히 머리를 조아렸다. 설귀가 고개를 옆으로 돌린 채 손을 휘저었다. 설평은 무슨 대사면이라도 받은 듯 몸을 일으키더니 어둠 속으로 달려갔다.

대청으로 돌아오자 가족들과 하인들 모두 자기 자리로 돌아가 있었다. 설귀는 반준을 상석에 앉혔다. 눈앞의 청년은 의술이 고명할 뿐만 아니라 영특하기 이를 데가 없었다. 범인은 결코 범접할 수 없는 인물이란 생각이 들었다. 반준을 향한 설귀의 경외심이 한층 더 배가되었다. 세상 사람들이 추앙하는 인물들 가운데는 이름과 달리 실속 없는 사람들이 많지만 눈앞의 청년은 정말로 비범한 인물임이 틀림없었다.

"반 나리!"

풍만춘과 반준이 자리에 앉자 설귀가 품에서 상자를 꺼냈다.

"이 안에 든 물건은 설씨 집안 대대로 내려오는 가보입니다. 당나라 때부터 지금까지 천년 넘는 역사를 가지고 있지요. 그간 부침의 세월을 거치면서도 단 한 번도 이 가보를 어찌할 생각은 한 적이 없습니다."

"안에 대체 뭐가 들어 있습니까?"

풍만춘이 설귀의 손에 들린 상자를 찬찬히 바라보며 물었다. 설귀가 인상을 찌푸렸다.

"반 나리, 경년도 나리께 당나라 정관 연간에 있었던 쥐들의 군량 운반에 대한 이야기를 했을 겁니다."

반준이 고개를 끄덕였다. 반준이 두 번째로 북경에 돌아갔을 때 경년에게서 분명 그 이야기를 들은 적이 있었다. 그 순간까지도 반준은 그의 얘기를 완전히 믿진 않았다. 설귀가 갑자기 그 얘기를 꺼내자 그는 호기심이 일었다.

"그럼 쥐가 군량을 운반했다는 것이 사실입니까?"

"정말입니다!"

설귀가 한숨을 길게 내쉬었다.

"애신각라 경년이 나리께 한 얘기가 다가 아닙니다."

"자세하게 들려주십시오."

반준이 쳐다보자 설귀가 잠시 뜸을 들인 후 입을 열었다.

"두 분, 절 따라오십시오."

설귀는 반준과 풍만춘을 이끌고 원래 가보를 보관해두었던 밀실로 향했다. 그가 탁자 귀퉁이를 살짝 몇 번 두드리자 지익 하는 소리와 함께 벽이 옆으로 이동했다. 반준과 풍만춘이 서로를 마주 봤다. 밀실이 열리자 설귀가 두 사람을 안으로 안내했다.

"두 분, 안으로!"

반준과 풍만춘이 차례로 밀실 안으로 들어갔다. 조금 전에 봤던 서재보다 훨씬 크고 실내장식도 더 신경 쓴 곳이었다. 벽에는 각양각색의 서화가 걸려 있었는데 모두 엄청난 가치를 지닌 보기 드문 작품들이었다. 밀실 정중앙에 탁자가 하나 있고, 그 위에 문방사보가 놓여 있었다. 그중 가장 눈에 띄는 것은 탁자 뒤에 걸린 초상화였다. 초상화 속 인물은 갑옷 차림에 방천화극(方天畵戟)을 들고 말에 올라 있었고, 활과 화살은 말 등에 걸려 있었다. 호방하고 늠름한 기상이 넘쳐흘렀다.

초상화 앞에 향로 위패가 놓여 있었다. 설귀가 공손하게 향 세 촉을 집어 불을 붙였다. 헌향(獻香)을 마친 뒤 그가 반준과 풍만춘을 향해 고개를 돌렸다.

"반 나리, 풍 나리, 이 초상화의 주인공이 누군지 아십니까?"

반준이 초상화를 살피더니 말했다.

"제 추측이 틀리지 않다면 '화살 세 개로 천산을 평정(三箭定天山)' 한 당나라 장군 설인귀(薛仁貴) 같은데요."

풍만춘이 반준의 말을 반박했다.

"반준, 이 사람 손에 들린 건 방천화극 아닌가? 《삼국지》에서 이 병기를 사용한 사람은 여포(呂布) 아니었나?"

"풍 사부님이 모르시는 것이 있습니다. 《삼국지》에서는 확실히 여포가 방천화극을 능수능란하게 사용했지요. 그런데 그건 후세 사람들이 견강부회한 면이 없지 않습니다. 《구당서》에는 분명 방천화극을 다룬 명장이 설인귀라고 나와 있습니다."

반준이 흥미진진한 어조로 말했다. 설귀가 흡족한 듯 고개를 끄덕였다.

"반 나리! 과연 명불허전입니다. 고금에 능통하시군요. 반 나리의 추측이 맞습니다. 초상화 속 인물은 다름 아닌 설인귀, 우리 설씨 집안의 선조입니다."

"그랬군요!"

"석서(큰 쥐)가 군량을 운반했다는 이야기는 그로 인해 전해진 것입니다. 사람들은 역사 속 설인귀라는 인물에 대해 그저 '화살 세 개로 천산을 평정'한 이야기, 투루판 원정에 대한 것 정도만 알고 있지 그가 투루판 원정을 갔던 진짜 이유에 대해서는 아는 이가 별로 없습니다."

설귀가 반준과 풍만춘에게 앉으라고 손짓한 후 다시 말을 이었다.

"쥐가 군량을 운반한 사건 이후 곤충소환사는 황제에게 매우 존경할 만한 인물이자 또한 두려움의 대상이 되었습니다. 국력이 날로 강성해지면서 결국 이러한 두려움이 존경심보다 앞서게 되었지요. 이에 황제는 전국적으로 곤충소환사를 교살하라는 밀지를 내렸습니다. 최후의 곤충소환사 몇몇이 티베트로 도주하자 황제는 설인귀에게 투루판을 치라고 명령했습니다. 당시 설인귀의 원정은 실패로 끝났지만 대신 이 보배를 얻을 수 있었습니다."

설귀가 집안의 가보를 탁자 위에 올려놓았다.

"설인귀가 투루판을 공격했을 때 곤충소환사들은 죽음을 피하기 위해 이 물건을 그에게 바쳤습니다."

설귀가 조심스럽게 상자를 열었다. 반준과 풍만춘은 호기심 가득한 얼굴로 자리에서 일어섰다. 상자 안에는 까만 먹이 들어 있었다. 촛불 아래 비친 먹은 유난히 매끄럽고 반짝거렸다. 먹 표면에 바늘구멍만 한 작은 구멍이 있었다.

"전설에 따르면 이 안에 지도가 들어 있다고 합니다만 여는 방법은 전해지지 않습니다."

설귀가 유감스럽다는 표정으로 말했다.

"오래전, 애신각라 경년이 어디서 들었는지 제게 이 물건이 있다는 걸 알고 북경에서 허둥지둥 절 찾아왔어요. 물건의 가치를 알기에 그에게 보여주었지요. 그는 이 물건을 열 수 있는 사람은 세상에 단 한 명뿐이라고 말했습니다. 바로……."

설귀가 고개를 들고 반준을 바라봤다.

"반 나리, 당신입니다."

"저요?"

반준은 의아한 표정으로 설귀를 바라보더니 다시 탁자에 놓인 까만 먹으로 시선을 돌렸다. 눈앞의 물건이 곤충소환사와 관련 있을 것 같다는 느낌은 들었지만 아버지에게 이에 대해 들은 기억은 없었다. 그는 잠시 먹을 들여다보다 말고 풍만춘에게 고개를 돌렸다.

"풍 사부님, 이 먹에 대해 들어보신 적이 있습니까?"

풍만춘이 턱을 어루만지며 잠시 물건을 들여다보더니 허탈한 듯 고개를 저었다.

"아니."

"당시 경년이 이 물건을 반 나리께 드리라고 하더군요. 그러나 어쨌거나 대대로 천년 넘게 전해진 가보라서……."

설귀가 길게 한숨을 내쉬었다.

"그런데 수년 전부터 이 보물을 주시하기 시작한 사람들이 있었습니다. 일본인들도 몇 번이나 절 찾아와서 물건의 행방을 물었고요. 차라리 없애면 없앴지 일본 놈들에게 내주고 싶진 않았습니다. 수년 동안 반준 나리가 소년 영재라는 말을 들어온 데다 의협심 또한 강하다는 말에 반 나리께 이 물건을 드려야겠다고 생각하게 되었습니다. 오늘 나리를 보니 과연 소문이 거짓이 아니었군요. 물건의 주인을 찾은 것 같습니다."

설귀가 나무 상자의 뚜껑을 닫고 반준에게 건넸다.

"설 선생님, 조상이 물려주신 가보를 제가 어떻게……!"

반준이 사양했지만 설귀는 간곡하게 매달렸다.

"반 나리께서는 이 보물이 일본 놈들 손에 들어가길 원하십니까?"

풍만춘이 옆에서 고개를 끄덕였다.

"설 선생 말도 일리가 있네, 반준! 자네가 거부하면 이 물건은 조만간 일본인들 수중에 들어갈 걸세."

반준은 그제야 두 손으로 상자를 받아 들어 조심스럽게 품에 넣었다. 세 사람은 밀실을 나와 거실로 돌아왔다. 그들이 자리를 잡고 앉자마자 설씨 저택의 하인이 누군가를 데리고 허겁지겁 안으로 들어왔다. 유간이었다. 그는 얼굴이 땀으로 범벅인 데다 무척 당황스러운 표정이었다.

"나리, 큰일 났습니다."

그 모습에 놀란 반준이 다급하게 물었다.

"유간 아저씨, 무슨 일입니까? 천천히 말씀해보세요."

"구양 소저가 실종됐어요."

유간이 헐떡이며 말했다.

"뭐라고요?"

반준과 풍만춘이 눈이 휘둥그레져서 서로를 쳐다본 후 의자에서 벌떡 일어났다.

"언제요?"

"오늘 오후입니다!"

유간이 이마의 땀을 닦았다.

"충초당 주위를 모두 뒤져봤어요. 점원들도 소저를 찾으러 모두 거리로 내보냈고요. 그런데도 아직 발견하지 못했습니다."

"난주성에 온 지 얼마 되지도 않아 사람도 거리도 그저 낯설기만 할 텐데. 멀리 가진 않았을 거예요."

반준은 불길한 생각이 들었다. 화파 곤충소환사 방계가 대체 누구인지 알 수는 없지만, 마치 자신의 존재를 일깨워주려는 듯 그렇게 매번 홀연히 나타났다 사라지지 않았던가. 구양씨 집안과 원한 관계가 있는 자들이었다. 만약 연운이 그들 손에 떨어지기라도 한다면…… 반준은 주먹을 불끈 쥐었다. 설귀가 다가왔다.

"반 나리, 너무 걱정하지 마십시오. 이 설귀가 난주 경내에서는 그래도 제법 말이 통합니다. 즉시 경찰국에 연락하겠습니다. 소저가 난주성 부근에 있기만 하다면 반드시 찾을 수 있을 겁니다."

반준이 두 손을 모았다.

"감사합니다, 설 선생님!"

"무슨 그런 말씀을!"

설귀가 하인을 손짓으로 불렀다.

"사람들 데리고 거리로 나가서 충초당 사람들과 함께 구양 소저를 찾아보게."

　그렇게 말한 후 설귀는 옆으로 가서 전화 수화기를 들었다. 난주시 경찰국 국장에게 전화를 걸려는 것이다.

　전화통화가 끝나자 반준과 풍만춘은 설귀에게 작별 인사를 하고, 대문 앞에 계속 대기 중이던 차로 유간과 함께 충초당으로 돌아갔다. 충초당의 점원과 일꾼 들은 이미 모두 거리로 나간 뒤였다. 세 사람이 첫째, 둘째 마당을 지나 셋째 마당으로 들어왔을 때 반준이 갑자기 유간의 팔을 잡으며 말했다.

　"유간 아저씨, 연운이 어떻게 사라졌는지 자세히 말씀해주세요."

　반준은 오는 내내 곰곰이 생각해봤다. 연운의 성격이 불같기는 하지만 안양에서 온갖 일을 겪은 뒤 행동이 많이 달라졌다. 그렇게 쉽게 이곳을 떠날 리가 없었다. 유간이 잠시 주저하다 말했다.

　"나리, 절 따라오십시오."

　반준과 풍만춘이 서로를 쳐다본 후 유간을 따라갔다. 그때 단이아가 금용의 손을 잡고 뛰어왔다. 단이아의 얼굴이 눈물로 범벅이 되어 있었다.

　"반준, 연운이……."

　"무슨 일이에요?"

　반준은 예감이 좋지 않았다.

　"몽고사충이에요!"

　단이아가 고개를 돌려 뒤쪽 바닥을 가리켰다. 바닥에 커다랗게 구멍이 패 있었다. 반준이 상상하던 최악의 일이 벌어졌다. 화파 방계가 줄곧 그들 일행을 미행하고 있었던 것이다. 그 순간 반준은 극심한 두통을 느꼈다. 눈앞에서 단이아의 얼굴이 끊임없이 흐려지다 아련해지더니 점차 또 다른 얼굴, 시묘묘의 얼굴로 변했다.

# 제10장

# 몽고사층, 귀신 마을의 정체

그 순간, 바깥 거리에서 발소리가 들려왔다. 가지런히 박자를 맞춰 행군하고 있었고, 못해도 30명은 넘을 것 같았다. 사내 몇 명이 시묘묘를 뚫어져라 바라보았다. 그때 저택의 등이 모두 꺼져버렸다. 갑작스런 어둠에 사람들은 방향을 잡을 수가 없었다.

눈앞의 문이 부르르 떨렸다. 누군가가 문을 열고 있는 것이 분명했다. 설마 오늘 밤, 재앙을 벗어날 길이 없단 말인가? 바로 그때 누군가가 시묘묘의 어깨를 잡았다. 시묘묘 역시 재빨리 상대의 손을 잡았다. 상대가 나지막한 소리로 말했다.

"살고 싶으면 날 따라오시오."

어딘지 모르게 익숙한 남자 목소리였다.

옆에 있던 사내들 역시 느닷없이 나타난 인물을 발견했다. 시묘묘가 손의 힘을 풀었다. 남자가 사람들을 이끌고 왼쪽 방으로 들어갔다. 살며시 옆으로 이동하자 눈앞에 구멍 하나가 모습을 드러냈다. 남자가 먼저 구멍 안으로 들어갔다. 뒤따라가던 사람들이 서로를 쳐다보더니 너도나도 시묘묘에게 눈길을 돌렸다. 시묘묘는 대체 그 목소리의 주인공이 누구인지 곰곰이 생각에 잠겨 있었다. 어둠 속이었지만 시묘묘는 사람들이 자신을 보고 있음을 알았다. 상대의 목적이 무엇인지는 알 수 없어도 지금 그를 따라가지 않는다면 일본인들이 들어와 자신들의 목숨은 그대로 끝장날 것이 뻔했다.

시묘묘가 고개를 끄덕이자 사내들은 그제야 줄줄이 구멍 안으로 몸을 들이밀었다. 시묘묘가 맨 뒤에 섰다. 사람들이 다 들어가자 그녀도 구멍 안으로 들어갔다. 그 순간 누군가가 저택 문을 열었고 이어 시끄러운 발소리가 울려 퍼졌다. 시묘묘가 재빨리 구멍으로 들어가 덮개를 덮었다. 눈앞이 칠흑같이 어두웠다. 누군가가 그녀의 귀에 대고 속삭였다.

"조용."

바깥에서 사람들이 방으로 튀어 들어오는 소리를 분명하게 들을 수 있었다. 방 안을 살피더니 알아들을 수 없는 일본어로 몇 마디 지껄인 후 방을 나가는 듯했다.

소리가 모두 사라지자 시묘묘의 눈앞이 환하게 밝아졌다. 조금 전 자신들을 인도했던 사람이 화절자를 밝힌 것이다. 눈에 익은 얼굴이 불빛 아래 드러났다. 바로 객잔 주인이었다.

"어떻게 당신이?"

두목이 깜짝 놀라 객잔 주인을 바라봤다. 주인은 차갑게 웃기만 할 뿐 아무 말도 하지 않은 채 구부정한 자세로 앞으로 걸어갔다.

"나가고 싶은 사람은 날 따라오시오."

객잔 주인은 고개도 돌리지 않은 채 곧장 앞으로 나아갔다. 동굴은 사방이 콘크리트로 되어 있었다. 높이가 1미터 정도라 몸을 구부려야 지나갈 수 있었다. 앞으로 10미터 정도 나아가자 마차 두 대가 나란히 다닐 수 있을 정도로 길이 넓어졌다. 동굴 천장에 백열등이 달려 있고 바닥에는 종횡으로 궤도가 깔려 있었다.

객잔 주인이 동굴 입구에서 멈춰 서더니 손에 들고 있던 화절자를 끄고 고개를 돌렸다.

"이곳 동굴은 미궁 같으니 조심해서 꼭 붙어 와야 하오. 놓쳐도 날 탓하지 마시오."

객잔 주인이 상체를 구부린 채 종종걸음으로 앞서 나아가기 시작했다. 다른 사람들도 행여 쥐구멍처럼 생긴 미로에서 방향을 잃지나 않을까 객잔 주인처럼 몸을 구부리고 바짝 그 뒤를 쫓았다.

객잔 주인은 수많은 철궤도 가운데 하나를 따라 조심스럽게, 그러나 신속하게 앞으로 나아갔다. 시묘묘는 앞사람들을 따라가면서 사방을 둘러보았다. 직접 보지 않았더라면 일본인들이 귀신 마을 아래에 이처럼 사통팔달 길을 파놓았으리라 믿지 못했을 것이다. 일본인들의 비밀 기지가 분명했다. 그러나 지금 시묘묘가 가장 궁금한 것은 객잔 주인의 정체였다.

대체 누굴까? 전날 오후, 손님들을 다루던 수완을 보고 분명 사연이 있는 사람일 거라고 생각했다. 일본인 같진 않았다. 일본인이라면 이런 곳에 나타났을 리가 없다. 그 순간, 시묘묘의 머리를 스치는 생각이 있었다. 설마…….

객잔 주인은 사람들을 이끌고 굴속을 몇 바퀴나 돌았다. 처음 온 사람이라면 복잡한 굴 안에서 길을 잃었을 것이다. 시묘묘의 귓가에 솨, 솨 하는 물소리가 점점 분명하게 들리기 시작했다. 꼭 폭포 소리 같았다. 굴은 계속 위로 뻗어 있는 듯했다. 내부의 수증기가 점점 짙어지면서 때로 머리 꼭대기에서 물이 한두 방울 떨어져 내렸다.

한참을 가던 중 갑자기 객잔 주인이 걸음을 멈췄다. 뒤따르던 사람들이 영문도 모른 채 객잔 주인을 따라 제자리에 멈췄다. 사람들은 어리둥절한 표정으로 서로를 바라보았지만 아무도 무슨 일이 일어났는지 감을 잡을 수가 없었다. 잠시 후, 그들 앞쪽에서 일본인들의 말소리가 들려왔다.

잘 들리진 않았지만 일행 모두 가슴이 떨렸다. 곧 힘찬 발소리가 울려 퍼졌다. 그들이 있는 방향으로 다가오는 것 같았다. 객잔 주인이 황급히 뒤로 손을 휘둘렀다. 시묘묘가 알았다는 듯 몇 걸음 물러선 순간 발이 미끄러지면서 그녀의 몸이 뒤로 넘어갔다. 동굴 벽에 몸을 기대자 벽 한쪽이 열리더니 놀랍게도 작은 밀실이 모습을 드러냈다.

사람들이 어리둥절한 표정으로 시묘묘를 따라 밀실로 들어섰다. 밀실은 그리 크지 않았다. 맞은편에서 빛이 들어오는 것이 보였다. 시묘묘는 사방을 둘러봤다. 밀실은 10평방미터 정도밖에 되지 않았다. 뒤쪽으로 난 가로세로 50센티미터 정도의 창문을 통해 빛이 들어오고 있었다.

시묘묘는 의아한 표정으로 벽에 바짝 붙어 창가로 다가간 다음 밖을 바라봤다. 창밖은 거대한 지하 공간이었다. 등이 환하게 켜 있고, 100명이 넘는 일본인들이 하얀 가운을 입고 움직이고 있었다. 철로 만들어진 크고 작은 우리도 보였다.

하얀 가운 차림의 일본인 하나가 우리를 열고 멀찌감치 물러섰다. 그는 고기 한 덩어리를 전방 1미터쯤에 놓고 몇 걸음 물러선 다음, 돌을 주워 조금 전 고깃덩어리를 향해 던졌다. 순간 괴상하게 생긴 괴물 하나가 우리에서 튀어나왔다. 괴물은 한 치의 오차도 없이 잽싸게 고기를 덮쳤다.

거리가 멀어 괴물의 모습을 정확하게 볼 수 없었지만, 이제껏 한 번도 보지 못한 모습인 것만은 분명했다. 저게 몽고사충인가? 바로 그때 옆에서 일본인 한 부대가 걸어왔다. 병사 몇 명이 한 남자를 압송해오고 있었다. 저택 밖을 지키던 일행 가운데 하나였다.

"저건, 저건 우리 형제잖아!"

두목이 흥분해서 말했다. 시묘묘는 두목을 한번 쳐다본 후 다시 창문으로 시선을 옮겼다.

곁에 있던 하얀 가운의 일본인 몇 명이 원형의 궤도를 따라 거대한 둥근 철책 하나를 끌어와 남자를 그 가운데 놓고 단단히 봉쇄했다. 남자의 손은 뒤로 결박되어 있었다. 그 앞에는 검은 천으로 가린 거대한 우리가 있었다. 검은색 중산복을 입은 일본 청년 하나가 우리 앞에 서서 호루라기를 불었다. 거대한 몽고사충 한 마리가 우리에서 나와 그 앞에 섰다.

괴이하게 생긴 거대한 괴물을 보고 어찌나 놀랐는지 남자는 그 자리에서 얼어붙고 말았다. 잠시 후 그가 경악하며 철책 가장자리까지 물러났다. 그가 등 뒤의 일본인에게 신경질적으로 고함을 질렀다.

"이 개새끼들! 대체 뭘 하려는 거야?"

일본인들은 그에게 전혀 신경 쓰지 않았다. 일본인 하나가 남자의 두 손을 포박한 밧줄을 칼로 끊은 다음 비수를 우리에 던졌다. 그 행동이 무엇을 의미하는지 이해한 남자가 뚫어져라 괴물을 바라봤다. 그는 조심스레 몸을 굽혀 칼을 쥔 후 출구가 없는지 뒤쪽을 힐끗거렸다. 그러나 빠져나갈 구멍은 없었다.

일본 청년이 다시 호루라기를 불었다. 박자를 갖춘 호루라기 소리를 들은 괴물이 바닥을 꼬리로 살짝 몇 차례 내리쳤다. 남자가 그 소리를 듣더니 몸을 부르르 떨며 앞으로 몇 걸음 떼어놓았다. 그가 움직이자마자 괴물이 돌연 입에서 끈적끈적한 검은 액체를 내뿜었다. 남자가 재빨리 몸을 비켰지만 피하기에는 거리가 너무 가까웠다. 액체가 남자의 왼쪽 어깨를 스치고 지나갔다. 그 순간 남자의 어깨가 타들어가기 시작했다. 그가 고통스러운 듯 고함을 질렀다.

"썩을 개자식들!"

밀실에 숨어 있던 두목이 주먹을 불끈 쥐며 버럭 화를 냈다.

"저놈의 새끼들이 대체 뭘 하려는 거야?"

두목이 밖으로 뛰어나가려고 몸을 돌렸다. 그러나 한 걸음 내딛는 순간 객잔 주인이 그를 잡아당겼다. 격노한 두목은 마음속에 가득 차 있던 분노를 한꺼번에 폭발시켰다. 그는 자신이 결코 객잔 주인의 상대가 아니라는 것을 알면서도 주먹을 휘둘렀다. 주먹엔 제법 힘이 실려 있었지만 객잔 주인은 또 다른 손으로 가볍게 두목의 주먹을 잡았다.

"그냥 이렇게 나가서 죽을 텐가? 이곳 귀신 마을 지하에는 400명이 넘는 일본인들이 있소. 게다가 사충도 100마리가 넘어. 지금 나가면 저자를 구하기는커녕 당신까지 죽게 돼."

두목이 씩씩거리며 숨을 몰아쉬었다. 그러나 객잔 주인의 말이 맞았다. 두목의 손에서 점점 힘이 빠졌다. 객잔 주인의 말을 곱씹어보던 시묘묘는 깜짝 놀랐다.

"사충?"

그렇다면 객잔 주인도 이 비밀 기지에서 일어나는 일을 알고 있었단 말인가? 그녀는 객잔 주인의 정체에 더욱 확신을 갖게 되었다.

바로 그때 창밖에서 참담한 비명 소리가 들려왔다. 사람들이 창가로 다가가 밖을 바라봤다. 철책 구석까지 밀린 남자는 이미 만신창이가 되어 있었다. 칼은 어디로 갔는지 보이지도 않았다. 남자는 가까스로 철책 가장자리에 몸을 기대고 있었다. 그때 검은 옷을 입은 일본인이 남자 앞에 칼을 떨어뜨려주었다. 남자는 일본인을 흘겨볼 뿐 칼을 집지 않았다.

화가 치민 일본인이 남자를 발로 걷어찼다. 그런데 뜻밖의 일이 벌어졌다. 남자가 이때를 노린 듯 몸을 굽혀 일본인의 허벅지를 감싸 안더니 잽싸게 바닥에 있던 칼을 집어 일본인의 가슴을 찔렀다. 예상 밖의 반격이었다. 칼이 가슴을 찌르는 순간에도 일본인은 호루라기를 불었다. 괴물의 몸이 부르르 떨렸다. 남자의 몸도 심하게 경련을 일으켰다. 표정이 일그러졌다. 그래도 그는 한사코 일본인의 다리를 놓지 않았다. 그가 온몸을 실룩거리더니 자신이 죽인 일본인을 노려보았다. 경멸의 빛이 가득한 얼굴에 웃음이 번지며 그의 몸이 바닥에 세차게 고꾸라졌다. 그 순간 괴물이 남자를 덮쳤고 남자는 핏덩이가 된 채 괴물 아래 깔리고 말았다.

두목은 여전히 주먹을 꽉 쥔 채 씩씩거리고 있었다. 뒤에 선 사내들의 눈에도 눈물이 고였다. 시묘묘가 객잔 주인을 보며 물었다.

"당신, 대체 정체가 뭐지?"

객잔 주인이 벽 모퉁이에 기대 시묘묘를 힐끗 쳐다봤다. 그가 쌀쌀맞게 물었다.

"내가 누군 것 같소?"


"소북풍?"

반원원이 이마를 찌푸리며 탁자 앞에 앉았다. 그녀의 앞에는 열대여섯의 소녀가 앉아 있었다. 말을 못 하는 줄 알았던, 객잔 종업원 소녀였다.

소녀가 고개를 숙인 채 살며시 고개를 끄덕였다. 촛불이 살짝 흔들렸다. 불빛 아래, 소녀의 눈가에 맺힌 눈물이 어렴풋이 어른거렸다. 그녀가 잠시 뜸을 들인 후 고개를 들었다.

"정말 북경성 반씨 가문 사람이세요?"

"응."

반원원이 빙그레 웃었다. 사실 시묘묘가 밖을 나설 때 반원원은 이미 깨어나 몰래 그녀를 지켜보고 있었다. 객잔의 남자들이 나눈 이야기도 모두 들었다. 그들이 떠난 뒤 반원원은 누군가가 후문을 열고 나가는 것을 발견했다. 그자는 말을 타고 시묘묘 일행을 쫓아 객잔을 떠났다.

반원원은 이곳 객잔의 특이한 규정을 본 이래, 어렴풋이 이곳이 반준과 뭔가 관련이 있을 거라고 생각했다. 누군가가 말을 타고 떠난 뒤 반원원은 몰래 객잔 뒤채로 향했다. 안에는 여전히 등불이 환하게 켜 있고, 말없는 종업원 소녀가 촛불 앞에 멍하니 앉아 있었다. 잠시 후 소녀가 문을 열고 나왔다.

반원원 자신이 북경 반씨 집안 사람이라고 말하자 종업원 소녀는 깜짝 놀랐다. 소녀는 수상한 눈초리로 눈앞의 미녀를 훑어보며 반씨 집안에 대한 사항을 물어보았다. 반원원이 모든 질문에 정확하게 답변하자 소녀는 그제야 경계심을 풀고 그녀와 이야기를 나눴다.

소녀의 이름은 장옥흠, 노북풍의 남겨진 어린 딸이었다. 노북풍은 생전에 부상을 당할 때마다 북경에 가서 치료를 받았는데, 언젠가 장학량(張學良, 중국의 군인이자 정치가로, 1920~1930년대 항일 운동에 힘썼다—옮긴이)의 소개로 반준을 알게 되었다. 반준의 의술과 사람됨을 매우 훌륭하게 생각했던 그는 이 객잔을 연 뒤에 그처럼 기이한 규정을 마련했던 것이다.

반원원이 객잔 주인에 대해 묻자 장옥흠이 입술을 깨물더니 입을 열었다.

"그분이 바로 소북풍이에요."

소북풍의 원래 이름은 장계원. 흑룡강 사람으로 1928년 노북풍을 따라 동·서를 정벌하고, 1932년 5월 노북풍이 동북 항일군사지역 제2군구 제3로 사령관에 임명되자 그의 부관이 되었다. 1939년 노북풍이 북경에서 세상을 떠나자 그는 노북풍의 어린 딸을 데리고 소리 소문 없이 동북항일군을 떠났다.

소북풍이 장옥흠을 데리고 이처럼 외진 산속에 들어와 비적이 된 사실을 아는 이는 아무도 없었다. 그가 갑자기 항일군을 떠난 이유는 바로 귀신 마을 때문이었다. 군벌 장학량은 장계원에게 암암리에 귀신 마을을 조사하도록 비밀 지령을 내렸다. 일본인들이 북부의 한 지역에 비밀 기지를 세우고 살아 있는 생명체로 비밀 무기를 연구하고 있다는 정보를 입수했기 때문이었다. 소북풍에게 임무를 맡겼을 당시 장학량은 '서안사변'을 일으킨 이유로 장개석에게 연금을 당하게 될 거라고는 전혀 생각도 못 했다. 그 일로 계획도 흐지부지되고 말았다.

원래 소북풍은 시기에 맞춰 행동할 준비를 하고 있었는데, 공교롭게도 부근에서 실험용 생체를 찾던 일본인이 길을 잃고 헤매는 장옥흠을 귀신 마을로 데려가는 일이 발생했다. 두목이 객잔에서 백여 명의 비적들이 귀신 마을을 공격했다고 말한 이야기의 배경이다.

소북풍은 당시 전투에서 형제를 모두 잃었지만 그나마 귀신 마을의 비밀 통로를 알고 있었기에 형제들의 도움으로 장옥흠과 함께 구사일생으로 귀신 마을을 빠져나올 수 있었다. 그 뒤 귀신 마을에서 40~50리 정도 떨어져 있는 곳에 객잔을 열고 지금까지 살고 있었던 것이다.

장옥흠의 말을 들은 반원원은 가만히 고개를 끄덕였다.

"그랬군. 그럼 두 사람의 신분을 다른 사람도 알고 있나?"

장옥흠이 고개를 저었다.

"삼촌은 우리 신분이 탄로날까 봐 제게 벙어리 흉내를 내라고 했어요."

장옥흠이 씩 웃었다. 그녀의 웃음에 반원원은 마음이 훈훈해지는 것을 느꼈다. 어린 종업원의 모습에 금용이 떠올라 반원원의 눈가가 촉촉해졌다. 반원원이 가볍게 기침을 한 후 말했다.

"그럼⋯⋯."

순간 반원원이 말을 멈추고 장옥흠에게 조용히 하라고 손짓했다.

그녀가 일어나 살금살금 문으로 다가가더니 손잡이를 잡고 냅다 당겼다. 밖에 서 있던 검은 그림자가 안으로 튕겨 들어왔다. 그가 도망치려는 순간, 반원원이 잽싸게 손을 뻗어 그의 손목을 틀어쥐는 동시에 발끝으로 상대의 무릎을 걷어차 바닥에 꿇어앉게 만들었다.

반원원은 장옥흠에게 문을 닫게 한 후 품에서 은침을 꺼내 남자의 대추(大椎), 천정(天井), 명문(命門) 등 세 혈에 놓고는 손을 풀었다. 반원원이 의자에 앉아 찻잔을 들며 말했다.

"고개 들어. 당신 누구야?"

상대는 시종일관 고개를 숙이고 있었다. 장옥흠이 다가가 그 앞에서 몸을 구부리고는 상대의 얼굴을 들여다봤다. 그러더니 깜짝 놀랐다.

"어?"

그제야 상대방이 고개를 들었다. 그의 입가에 야비한 웃음이 번졌다.

"헤헤! 말을 할 줄 알았네!"

바닥에 꿇어앉은 사람은 다름 아닌 이 객잔의 종업원 소육이었다. 그가 자리에서 일어나려고 몸부림을 쳤다. 그런데 대체 무슨 짓을 한 건지 온몸의 힘이 모두 빠져나간 것 같았다. 그가 고개를 들고 반원원을 쳐다봤다.

"소저, 전 그냥 무심결에 대화를 들었을 뿐입니다."

"무심결에?"

반원원이 웃으며 손에 찻잔을 든 채 소육을 힐끗 쳐다봤다. 그녀가 품에서 쪽지 한 장을 꺼내 바닥에 던졌다. 종이쪽지가 소육 앞으로 폴폴 날아갔다. 순진무구한 표정을 짓고 있던 소육의 얼굴이 굳었다. 그가 반원원을 힐끗거렸다.

"이왕지사 이렇게 된 것, 어서 죽이시지!"

장옥흠이 궁금한 듯 쪽지를 주워 들었다. 쪽지에는 "サンプル"라고 적혀 있었다. 장옥흠이 어리둥절한 표정으로 반원원을 바라봤다. 잠시 후 반원원이 입을 열었다.

"사실대로 털어놓으면 고통을 좀 줄여주지."

처음에 반원원은 '의사의 마음은 부모와 같다'는 원칙을 고수했지만 수많은 일을 겪은 후 냉혹한 행동도 서슴지 않게 되었다. 그녀가 품에서 은침을 꺼냈다. 촛불 아래 은침이 반짝거렸다.

소육이 자신만만하게 웃었다. 그의 표정을 지켜보던 반원원이 소육의 용천혈(湧泉穴)에 정확히 은침을 찔러 넣었다. 인체에서 가장 중요한 혈 가운데 하나였다. 소육이 고통스러운 듯 얼굴이 퍼렇게 질려 입을 헤벌리고 소리를 지르려는 순간, 반원원이 재빨리 은침 하나를 더 꺼내 그의 부돌혈(扶突穴)에 꽂았다. 소육은 뭔가에 목구멍이 막힌 듯 아무리 애를 써도 소리를 지를 수 없었다. 어찌나 고통스러운지 소육의 온몸이 땀으로 범벅이 되었다. 반원원이 그제야 은침을 뽑았다. 소육이 바닥에 엎드려 계속 숨을 몰아쉬었다. 얼굴이 한껏 일그러져 있었다.

"이젠 입을 열겠어?"

반원원이 서슬 퍼런 어조로 묻자 소육은 연신 고개를 끄덕였다.

소육은 원래 일본인이 객잔에 심어놓은 특무였다. 그의 임무는 귀신 마을의 귀신, 즉 일본인들에게 실험 대상에 관한 정보를 제공하는 것이었다. 쪽지에 쓰여 있던 일본어는 바로 '샘플'이었다. 소육은 말을 마치자마자 그대로 기절해버렸다.

"그 종이는 어떻게 얻으셨어요?"

장옥흠이 궁금한 듯 반원원을 바라봤다. 반원원이 웃었다.

"객잔에 막 들어왔을 때 저 창문으로 뒷마당에서 기르는 비둘기를 봤어. 다른 사람들 눈에는 그냥 평범한 비둘기처럼 보였겠지만 잘 아는 사람들은 금세 그 비둘기가 전서구라는 것을 알 수 있지. 이런 외진 객잔에 왜 전서구가 있는지 의아한 생각이 들어서 마음에 담아 두고 있었어. 아가씨 삼촌인 소북풍이 떠날 때 내가 막 창문을 닫으려는데 전서구 한 마리가 서쪽으로 날아가길래 곤충유인술로 비둘기랑 쪽지를 손에 넣었지."

"소육이 일본인일 줄은 정말 몰랐어요."

장옥흠은 눈앞에 벌어진 일들을 도무지 믿을 수가 없었다.

"참, 삼촌이 객잔을 나간 사실은 알아?"

반원원은 자신이 뭔가 놓치고 있는 것 같다는 생각이 들었다.

"객잔 손님들이 밤에 귀신 마을에 간다는 얘기를 듣고 저지하러 간다고 했어요."

장옥흠은 고개를 숙인 채 반원원의 눈을 똑바로 바라보지 못했다. 반원원이 가만히 웃었다. 장옥흠의 말은 사실이 아닐 것이다. 만약 소북풍이 정말로 그들을 저지하려 했다면 떠나기 전에 말렸어야 했다. 그런데 그러지 않았다. 대체 소북풍은 뭘 하려는 것일까? 순간, 반원원의 머릿속에 뭔가가 떠올랐다. 소북풍이 객잔을 떠날 때 어렴풋이 본, 소북풍의 말에 매달려 있던 묵직한 무언가. 반원원의 낯빛이 변했다. 가슴이 철렁 내려앉았다. 그녀는 자신이 놓친 게 무엇이었는지 이제야 깨달았다. 소북풍은 그들을 말리러 간 게 아니었다. 그게 아니라…….

반원원은 문을 밀어젖히고 마구간으로 달려갔다. 그러고는 말에 올라 쏜살같이 달리기 시작했다.

한편 소북풍과 시묘묘를 비롯한 일행은 컴컴한 밀실에서 잠시 대기한 후 살금살금 입구 쪽으로 다가가고 있었다. 그들은 문에 바짝 붙어 밖을 살핀 후 아무런 움직임도 보이지 않자 뒤쪽을 향해 손짓했다. 시묘묘는 사람들을 이끌고 소북풍의 뒤를 이어 굴을 따라 계속 나아갔다. 점점 세찬 물소리가 들려왔다. 게다가 나아갈수록 일본인들의 순찰대가 점점 많아졌다.

소북풍이 밀실에서 자신의 정체를 밝히긴 했지만 시묘묘는 갈수록 이상한 생각이 들었다. 그런데 대체 뭐가 잘못된 것인지 알 수가 없었다. 갈림길을 몇 개 돈 끝에 소북풍은 사람들을 이끌고 좀 전과 비슷한 밀실로 들어갔다.

"바로 앞이 일본인들이 산에 세운 발전소요. 출구는 발전소 오른쪽에 있고, 그곳으로 나가면 산 뒤의 저수지가 나오지. 하지만 발전소는 이곳 귀신 마을의 핵심이기 때문에 적어도 실탄이 장착된 총을 가진 일본인들이 30~40명은 될 거요."

소북풍이 차근차근 설명했다.

"이곳을 떠나고 싶으면 반드시 그 일본인들을 피해 가야 하지. 좀 이따 내가 나가서 그들을 유인할 테니 그때 옆의 출구로 나가시오."

사내들이 서로를 마주 봤다. 두목이 의아한 표정으로 물었다.

"소북풍 당신은? 당신은 그럼 어떻게 나갑니까?"

소북풍이 한숨을 쉬었다.

"잘 빠져나가기나 하시오. 난 신경 쓰지 말고."

"안 됩니다."

두목이 단호히 거부했다.

"일본 놈들을 유인하면 죽을 게 뻔하잖소. 게다가 우리가 뭐 잘난 인물들은 아니지만, 만약 이 얘기가 전해지면 우리 형제들이 무슨 낯을 들고 다니겠소. 갈 거면 같이 가고, 아니면 모두 남겠소."

"당신들······."

소북풍이 갑자기 걸음을 멈추더니 사람들에게 조용히 하라고 손짓하고는 문가에 바짝 붙어 밖을 바라봤다. 실탄이 장착된 총을 든 일본군 한 부대가 그리 멀지 않은 곳을 지나가고 있었다. 일본인들이 지나가자 소북풍이 말을 이었다.

"굴이 매우 복잡하오. 나 혼자 일본인들을 유인한 뒤 숨었다가 기회를 봐서 탈출할 거요. 나랑 같이 다니면 오히려 눈에 띌 뿐이오. 그럼 결국 모두 목숨을 잃겠지."

사람들은 소북풍의 말이 확실히 일리가 있다 생각하고 고개를 끄덕였다. 그러나 쭉 어둠 속에 서 있던 시묘묘는 모든 상황을 파악했다는 듯 한 마디도 하지 않았다.

그녀의 한 손이 한쪽에 놓아둔 짐보따리로 향했다. 그 안에서 가루 형태의 물건을 꺼내 냄새를 맡으며 그녀가 매서운 눈초리로 소북풍을 노려봤다.

"자! 더 늦으면 안 되니 모두 바로 행동에 들어갑시다. 여긴 일본인들의 금지구역이오. 자칫 잘못해서 일본인들에게 발각되면 모든 것이 수포로 돌아가고 말 거요."

소북풍이 이렇게 말하고 막 밖으로 나가려 할 때였다. 갑자기 시묘묘가 성큼성큼 다가와 소북풍의 앞을 가로막았다. 소북풍이 얼떨떨한 듯 입을 열었다.

"소저, 지금 뭐⋯⋯."

"지금 우리더러 가라는 길도 저승길이겠지?"

시묘묘의 말에 소북풍은 깜짝 놀랐다. 어둠 속이라 소북풍의 얼굴을 똑똑히 볼 수는 없었지만 어렴풋이 그의 호흡이 거칠어지는 것을 느낄 수 있었다. 소북풍이 코웃음을 치더니 말했다.

"소저는 어찌 그런 말을 하시오?"

"맞아요! 소북풍 대장이 홀로 일본인들을 유인해 우리를 살려주려 하는데 어떻게 사람을 의심할 수가 있소?"

두목이 소북풍 편을 들었다.

"이자는 여길 떠나고 싶은 생각이 없을걸?"

시묘묘가 한 걸음 한 걸음 그에게 다가갔다.

"출구의 경비가 그토록 삼엄하다면 당신은 애초에 어디로 들어온 거야?"

"난……."

시묘묘의 질문은 예상 밖이었다.

"다른 곳으로 들어왔겠지. 그렇지?"

시묘묘가 대신 대답했다.

"모두 저기를 봐봐. 거기 있는 짐보따리에 당신들이 잘 아는 가루가 들어 있을 테니."

사내들이 의아한 눈으로 시묘묘가 가리키는 쪽을 더듬었다. 과연 커다란 보따리 두 개가 손에 잡혔다. 그 안에서 가루를 꺼내 코에 대고 냄새를 맡는 순간, 그들은 낯빛이 하얗게 질린 채 서로를 마주 봤다. 그들의 시선이 모두 소북풍에게 쏠렸다.

"소북풍 대장, 이건 화약 아닙니까?"

소북풍의 얼굴이 딱딱하게 굳었다. 그가 주먹을 불끈 쥐고 매섭게 시묘묘를 노려봤다. 지금이라도 그녀를 죽여 후환을 없애고 싶은 마음이 굴뚝같았다. 시묘묘는 아랑곳하지 않고 말을 이었다.

"우리를 구하러 왔다는 말은 거짓이고, 우리를 이용해 발전소에 있는 저 일본인들을 유인하는 것이 진짜 목적 아닌가?"

"일본인들을 유인한다고?"

두목은 시묘묘의 말을 곰곰이 생각해보더니 그제야 상황을 파악한 것 같았다.

"그 말은……."

"그래. 일단 우리가 다른 출구를 통해 빠져나가면 발전소에 있는 일본인들을 유인하게 되겠지. 저자가 우리에게 가르쳐준 길은 분명

막힌 길이든지 아니면 일본인들의 요지일 테고. 그럼 저자는 다시
이곳으로 돌아와 발전소에 폭약을 설치하는 거야."

시묘묘가 소북풍을 노려봤다.

"소북풍 대장, 그런 거요?"

두목은 자신의 귀를 믿을 수가 없었다. 소북풍은 의리가 넘치는
사람이라고 들었는데 어찌 자신들을 미끼로 이용한단 말인가?

"몇 년 전, 132명의 형제들을 데리고 귀신 마을로 옥흠이를 구하
러 온 적이 있었소. 원래는 이곳을 완전히 부숴버리려고 했는데 여
기에 와보고 나서야 이곳의 핵심이 푸른 기와 저택이 아니라 지하의
방대한 비밀 군사기지라는 걸 알았지. 부하들과 함께 죽음을 무릅쓰
고 미로 같은 기지에 들어왔는데 바로 이곳에서 일본인들의 습격을
받았소. 나는 옥흠이를 찾다가 이 출구를 발견했지. 결국 옥흠이를
구할 수는 있었지만 132명의 부하들 중 겨우 20명만 살아남았소."

소북풍이 몸을 부르르 떨며 두 손으로 얼굴을 감싸쥔 채 바닥에
주저앉았다.

"마지막 남은 형제들이 나와 옥흠이를 엄호해줘서 겨우 두 사람만
이 지옥 같은 귀신 마을을 탈출할 수 있었소. 후에 감시하기 좋게 이
곳에서 50리 떨어진 곳에 객잔을 열었던 거요. 시간만 나면 이곳으
로 들어와 귀신 마을 지하의 지형을 정확하게 파악해두었지. 게다가
이 귀신 마을의 치명적인 약점도 발견했고."

소북풍이 입술을 깨물었다. 다음 순간 소북풍과 시묘묘가 동시에
외쳤다.

"발전소!"

소북풍이 고개를 들어 신기한 듯 눈앞의 여자를 쳐다봤다.

"어찌 알았소?"

"사실 마을에 들어올 때 물소리를 들었어. 철조망도 봤고. 귀신 마

을 뒷산에 저수지가 있다는 말을 들었을 때 일본인들이 여기에 분명 발전소를 세웠을 거라고 생각했지. 저수지를 이용한 수력발전소."

시묘묘가 차분하게 말했다.

"어떻게 그런 추측을 하게 됐는지는 모르지만 그 말이 맞소."

소북풍의 말투에는 어느새 분노가 사라지고 시묘묘에 대한 놀라움이 배어 있었다.

"이자들은 확실히 저수지 물을 이용해 수력발전을 하고 있소. 당시 나는 이 수력발전소를 폭파해서 저수지 물을 쏟아붓는다면 분명 귀신 마을을 물바다로 만들 수 있을 거라 생각했소."

"그래. 이 마을을 철저하게 없애는 유일한 방법이겠지."

시묘묘 역시 애초에 떠올렸던 방법이었다.

"다만 일본인들에게 가장 핵심적인 요지이기 때문에 족히 50명이 넘는 병사가 그곳을 방어하고 있소."

소북풍이 한숨을 길게 내쉬더니 힘 빠진 목소리로 말했다.

"그래서 이런 궁여지책을 생각한 거요. 소저 말이 맞소. 발전소 오른쪽 길은 발전소 통제실로 통하지. 일단 누군가가 통제실로 들어가는 것을 발견한다면 일본인들은 전력을 다해 쫓아갈 거고 나는 그 틈을 이용해 저수지에 폭약을 장치할 수 있는 거요."

소북풍의 말이 끝나자 모두 침묵에 빠져들었다. 칠흑 같은 밀실 안이 마치 묘실이나 된 듯 고요했다. 밀실 바깥쪽에서 다시 병사들의 가지런한 발소리가 들렸다. 10명은 넘는 것 같았다. 군홧발 소리가 묘하게 공포스럽고 괴이하게 메아리쳤다.

일본인들이 지나가자 소북풍이 벌떡 자리에서 일어나 품에서 지도 한 장을 꺼냈다.

"이 지도는 내가 최근 몇 년 동안 이 지하 미로의 지형을 그린 것이오. 굵은 선을 따라가면 뒷산 출구를 찾을 수 있소. 그곳의 경비병이 가장 수가 적소. 한 시간에 한 번씩 순찰을 돌지."

그가 시묘묘에게 지도를 내밀었다.

"소저, 형제들을 데리고 이곳을 떠나시오."

"그럼 당신은?"

두목이 바로 물었다.

"나?"

소북풍이 쓸쓸하게 냉소했다.

"132명 형제의 목숨을 대가로 구차하게 오랜 시간을 살았소. 매일 밤 꿈속에 형제들의 음성과 웃음소리가 들린다오. 그동안 제대로 잠을 잘 수가 없었소. 순간순간 마음속 분노를 삭여야 했지. 그들을 죽인 놈들이 이 귀신 마을에 있는 걸 뻔히 알면서도 복수할 수 없었소. 살아 있어도 마치 시체가 걸어 다니는 것처럼 정말 창피했소."

소북풍이 주먹을 불끈 쥐고 자신의 가슴을 내리쳤다. 두목은 이를 악물었다. 그러고는 물었다.

"만약 일본인들을 유인하면 소북풍 대장은 확실하게 저수지를 폭파할 수 있소?"

"뭐?"

소북풍과 시묘묘가 깜짝 놀라 동시에 외쳤다.

"밖에 있는 일본 놈들을 유인해주면 정말 저수지를 폭파할 수 있는지 물었소."

두목이 자신의 말을 반복했다. 소북풍이 고개를 끄덕였다.

"15분만 있으면 가능하오."

"좋아."

두목이 호방한 기세로 말했다.

"빌어먹을 일본 놈들! 눈엣가시 같은 놈들! 형제들! 원하는 자는 여기 남아 나와 함께 일본 놈들을 유인하자. 죽는 게 두려운 놈들은 이 소저와 함께 출구를 찾아 나가. 하지만 저승 가서 염라대왕을 만나면 날 안다고 하지 마라."

"형님 말씀이 맞습니다. 참을 만큼 참았습니다. 개자식들! 설사이 한 목숨 죽는다 해도 저 수백 명의 일본 놈들만 끌고 갈 수 있다면 기꺼이 그 길을 따르겠습니다."

한 사내가 두목의 말에 찬성했다.

"당신들……."

소북풍은 마바리꾼들이 이처럼 기개가 넘칠 거라고는 미처 생각하지 못했다. 그가 놀라서 사내들을 바라봤다. 애초에 그런 하수를 생각한 것은 정말 어쩔 수 없는 선택이었다.

"아마 살아남을 사람이 드물 텐데."

사실 소북풍은 한 사람도 살아남지 못할 거라고 말하고 싶었지만 차마 입 밖에 낼 수는 없었다.

"하하. 소북풍 대장! 우리 형제들은 모두 이미 한 번 죽었던 목숨들이오."

두목이 사내들을 향해 입을 삐쭉 내밀며 말했다.

"우리 형제들은 국민혁명군 56군 소속이었습니다. 마지막에 위원장이 자꾸만 후퇴하라는 통에 분통이 터져서 대오를 벗어났고요."

한 사내가 껄껄 웃으며 말을 보탰다.

"좋소. 그렇게 해준다면 정말 고마울 뿐이오. 다음 생이 있다면 이 소북풍, 여러분의 말이 되고 소가 되겠소."

소북풍 역시 격앙된 목소리로 말했다.

"형제들! 모두 날 따라오게."

두목이 허리에서 14년식 권총을 꺼내 가슴 앞에 부여잡은 후 시묘묘에게 말했다.

"소저, 이 지도 따라서 어서 여길 떠나시오."

사내들이 막 문을 열려고 할 때였다. 갑자기 혼잡한 발소리가 들려왔다. 바로 그들에게로 향하고 있는 것 같았다. 사내들의 가슴이 철렁 내려앉았다. 권총을 든 그들의 손아귀에 잔뜩 힘이 들어갔다. 바깥의 물소리가 유난히 크게 들리기 시작했다.

# 제11장

## 연석재에서의 가족 상봉

물소리가 점점 더 크게 들렸다. 반준은 눈을 뜨려고 안간힘을 썼다. 눈앞에서 한 여자가 자신을 등진 채 대야에다 수건의 물기를 짠후 그의 이마에 얹어주고 있었다. 여자는 반준이 이미 깨어난 줄 모르는 것 같았다. 여자 옆에 있던 아이가 고개를 들더니 반준과 눈이 마주쳤다. 아이의 얼굴에 놀람 섞인 미소가 떠올랐다.

"이아 누나, 반준 형 깨어났어요."

단이아가 황급히 고개를 돌렸다. 반준이 깨어난 것을 본 그녀의 얼굴에 웃음이 번졌다.

"반준, 드디어 깨어났네요."

그녀가 말하며 반준의 침상으로 다가왔다. 반준은 온몸이 쑤시고 사지에 힘이 없었다. 두 손으로 몸을 받친 채 가까스로 침대에서 일어나 앉았다. 금용이 얼른 달려가 그를 부축했다. 반준은 베개에 기대 금용의 머리를 부드럽게 쓰다듬었다.

"단 소저, 연운은……."

반준이 몸을 일으켜 침대에서 내려오려 하자 단이아가 황급히 제지했다.

"아직 몸이 다 안 나았어요. 좀 쉬어야 해요. 풍 사부님하고 설 선생님이 소식이 있으면 바로 알려준댔어요."

반준은 자신의 몸 상태가 좋지 않은 것을 느끼며 살며시 고개를 끄덕였다. 익숙지 않은 난주성에서 혼자 나가 길이라도 잃으면 오히려 사람들을 더 번거롭게 만들 것 같았다.

단이아가 뜨거운 차 한 잔을 반준에게 가져다주었다. 차를 받아 한 모금 마시자 머리가 맑아지는 것 같았다. 반씨 집안의 빙화청차였다. 박하와 용뇌향, 국화 등 원기를 회복하는 데 좋은 약재가 들어있었다. 차를 마시자 원기가 솟는 것 같았다. 그가 찻잔을 탁자에 내려놓는 순간 밖에서 급박한 발소리가 들려왔다.

단이아와 반준이 고개를 들고 문 쪽을 바라봤다. 풍만춘이 땀으로 범벅이 된 채 씩씩거리며 들어왔다. 그 뒤를 이어 유간과 점원 몇 명이 보였다. 반준이 깨어난 것을 본 풍만춘의 얼굴에서 어느 정도 노기가 가셨다.

"반준, 드디어 깨어났군!"

풍만춘이 옆의 주전자를 들어 올리더니 주전자째로 벌컥벌컥 남은 물을 모두 마셔버렸다.

"나리, 깨어나셨군요."

유간도 목이 말랐지만 풍만춘처럼 행동하진 않았다.

"유간 아저씨, 연운은요?"

반준은 한시라도 빨리 연운의 소식을 알고 싶었다. 유간이 막 입을 열려고 할 때 풍만춘이 주전자를 내려놓고 먼저 운을 뗐다.

"말도 말게! 유간하고 둘이서 수십 명을 데리고 어젯밤부터 난주 곳곳을 샅샅이 뒤졌는데 연운의 흔적은 어디서도 찾을 수가 없어."

풍만춘의 말을 들은 반준이 유간을 힐끗 쳐다봤다. 유간도 고개를 끄덕였다.

"우리랑 함께 갔던 점원은 모두 난주 지역 사람들입니다. 빠진 구석 없이 다 뒤졌는데, 혹 구양 소저가 어젯밤 이미 성을 떠났다면 모를까……."

"그건 불가능합니다."

문 밖에서 들려온 소리였다. 사람들이 소리가 들려온 방향으로 고개를 돌렸다. 설귀가 천천히 걸어 들어오고 있었다. 그가 반준 앞에서 두 손을 모으고 말했다.

"조금 전 유 사장이 구양 소저가 성을 떠났을 경우를 말했는데, 그건 불가능합니다. 어젯밤 경찰국에 물어보니 성문은 7시 정도에 이미 닫혔다고 하더군요. 오늘 새벽부터는 경찰국에서 경비를 섰는데 구양 소저와 같은 인상착의의 아가씨는 없었답니다."

"설 선생님, 고생하셨습니다. 앉으시죠."

반준이 일어나 설귀를 자리로 청했다.

"그럼, 구양 소저는 아직 난주성에 있단 말인가요?'

유간이 양미간을 찌푸리며 골똘히 생각에 잠겼다.

"성을 나가지 않았는데 전혀 흔적을 찾을 수 없다면, 혹시 객잔에 들었거나 친척이 있는 것 아닐까요?"

유간의 말에 반준은 뭔가 생각난 듯 인상을 찌푸렸다.

"객잔에 사람을 보내 찾아봤는데 구양 소저랑 비슷한 사람은 없다고 합니다."

설귀가 단이아에게서 차를 받아 들고 말했다. 유간은 설귀라는 자가 난주성 제일의 부호라더니 매사에 꼼꼼하게 일을 잘 처리한다고 생각했다. 그가 반준에게 고개를 돌렸다. 반준은 여전히 입을 다문 채 아무 말도 하지 않았다. 뭔가 고심하고 있는 것 같았다.

"그것 참 이상하네!"

풍만춘이 담배에 불을 붙이며 탁자에 기댔다. 그가 성냥불을 흔들어 끈 후 말했다.

"이야, 연운은 몽고사충을 쫓아 나간 거 아닌가?"

단이아가 고개를 끄덕였다.

"그렇긴 하지만 어떻게 갑자기 흔적도 없이 사라지지?"

풍만춘은 도무지 이해가 안 간다는 표정이었다. 그가 반준의 표정을 살피더니 물었다.

"반준, 뭘 그렇게 생각하나?"

잠시 멍하니 있던 반준이 고개를 들어 모두가 자신을 쳐다보고 있는 것을 깨닫고 천천히 입을 열었다.

"조금 전 유간 아저씨 말에, 혹시 난주에 연운이 아는 사람이 없나 생각해봤습니다."

"그건⋯⋯."

반준의 말에 사람들 모두 진지한 표정을 지었다.

"난주에 친척이 있었는데 우리가 몰랐을 수도 있지."

풍만춘이 살짝 탁자를 내리치며 말했다.

"사실 한 사람 있긴 해요."

반준이 생각에 잠긴 채 말했다.

"누구⋯⋯?"

풍만춘과 유간이 동시에 물었다.

"연응요."

반준의 대답에 두 사람은 실망스러운 표정을 지었다. 연응은 지난번 단이아와 금용을 납치했다가 놓아준 후 전혀 소식이 없었다. 설사 연응의 행방을 안다 해도 지금 일본인들을 돕고 있는 그를 찾는다는 것은 지극히 어려운 일이었다.

"아닙니다."

반준이 할 수 없다는 듯 한숨을 쉬더니 두 손을 모으며 말했다.

"설 선생님, 난주에서 계속 선생님 신세를 져야 되겠네요. 연운의 행방을 알게 되면 저희에게 연락해주십시오."

설귀가 일어나 예를 갖췄다.

"그거야 당연하지요. 반 나리의 일이 곧 이 설귀의 일입니다. 구양 소저가 난주성에 있는 한 절대 안전하도록 조치하겠습니다."

설귀가 작별 인사를 했다. 설귀가 떠나는 것을 지켜본 후 유간이 다가와 물었다.

"나리, 그럼 이제 어떡하지요?"

"모두 어젯밤 이후로 잠시도 못 쉬었잖아요. 우선 뭘 좀 드시고 각자 쉬십시오. 설 선생 쪽 소식을 기다려보지요."

반준의 말에 유간은 모두 쉬도록 했다.

방에는 반준과 풍만춘, 단이아와 금용만 남았다. 풍만춘은 내심 화가 났다. 연운이 경솔하게 행동하는 바람에 사람들이 걱정하고 있다 생각하니 그녀가 원망스러웠다. 단이아는 불안해하는 풍만춘과 반준을 바라보다 웃으며 말했다.

"풍 사부님, 안양에 계실 때 제게 동북 요리 만드는 법 가르쳐주신다고 하셨죠? 모두 배고프잖아요. 제게 요리법 알려주세요. 사람들 좀 먹이게요."

풍만춘이 단이아를 힐끗 쳐다보더니 머리를 긁적였다.

"그러지 뭐. 어차피 잠도 안 올 텐데."

그렇게 말하며 그는 뒷짐을 진 채 단이아와 함께 안뜰에 있는 주방으로 향했다.

반준이 고개를 돌려 의자에 앉아 넋 나간 듯 밖을 바라보고 있는 금용을 쳐다봤다. 그가 천천히 그 곁으로 가서 물었다.

"뭐 보고 있어?"

금용이 하늘에 떠 있는 구름을 가리켰다.

"형, 저 구름요. 파오처럼 생기지 않았어요?"

파오는 금용이 어려서부터 키운 장오의 이름이다. 안타깝게도 안양에서 주인을 지키느라 일본 쪽 피후에게 죽임을 당했다.

"파오 생각했어?"

반준은 금용이 반원원의 아들이란 걸 알게 된 뒤로 마음이 더 애틋했다.

"네!"

금용이 앙증맞게 턱을 괴며 말했다.

"형, 사람이 죽으면 귀신이 돼요?"

"응?"

반준은 금용이 무슨 생각을 하는지 알 수가 없었다.

"할아버지가 살아 계실 때 만약 어느 날 자기가 죽으면 파오가 날 돌봐줄 거고, 파오가 죽으면 모두 귀신이 돼서 날 보살펴준댔어요."

금용이 말하며 고개를 들었다. 두 눈에 잔뜩 기대를 품은 채 반준을 바라보고 있었다. 어린아이의 눈에 반준은 모르는 것이 없는 사람이었다. 반준의 말이라면 뭐든 믿었다.

"응, 그럼!"

반준이 금용의 머리를 쓰다듬었다.

"할아버지랑 파오 모두 언제나 네 곁에 있을 거야."

반준의 말에 금용이 흡족한 듯 웃음 짓더니 하늘의 구름을 바라보며 혼잣말로 중얼거렸다.

"그럼 저 구름은 분명 파오일 거예요. 파오는 개가 아니에요. 연응형이 준 개는 절대 파오를 대신할 수 없어요."

"연응이라고?"

반준이 화들짝 놀라 물었다.

"연웅이 개를 준다고 했어?"

"네!"

금용이 고개를 끄덕였다.

"연웅 형이 내게 파오보다 더 좋은 장오를 주겠다고 약속했어요. 하지만 세상에 파오는 단 한 마리뿐이에요. 그리고 언제나 날 지켜 줄 거고요."

금용이 뒤에 한 말은 반준의 귀에 전혀 들어오지 않았다. 그는 깊이 생각에 잠겼다. 잠시 후 그가 몸을 구부리며 금용에게 말했다.

"용아, 숲에서 연웅 형을 만났을 때 일을 이야기해줄래?"

금용이 반준에게 시선을 돌렸다.

난주성은 기원전 86년에 건설되었다. 성을 지을 때 금이 발견됐다고 해서 '금성'이라고도 한다. 그 후 수 양제가 군(郡)을 폐지하고 주(州)를 설치하면서 주총관부를 두었고 그때 '난주'라는 이름이 역사서에 처음 등장했다. 이후 주·군의 이름이 여러 차례 바뀌었지만 기본적으로 난주의 건제 연혁이 시행되어 지금에 이른다.

밤이 찾아들자 난주성은 대낮에 보여주었던 서북 도시 특유의 웅혼한 느낌을 벗어던지고 아리따운 다양한 자태를 뽐냈다. 반준은 충초당 셋째 마당에서 천천히 발걸음을 옮기고 있었다. 저녁 무렵 설귀가 사람을 보내 여전히 연운의 행방을 찾을 수가 없다고 알리자, 풍만춘은 불안한 마음에 다시 유간과 함께 연운을 찾으러 거리로 나갔다. 그러나 반준은 그들이 떠난 뒤 계속 마당을 거닐며 소식을 기다리고 있었다. 만약 그의 추측이 틀리지 않다면 오늘밤쯤 소식이 있을 것이다.

바로 그때 점원 한 사람이 밖에서 헐레벌떡 뛰어 들어왔다. 그가 반준 앞까지 달려와 말했다.

"나리, 여기 나리께 전하라는 편지가!"

반준의 입가에 힘이 실렸다. 그가 편지를 받아 들고 물었다.

"편지를 가져온 사람은?"

"거지예요. 편지를 입구에 놓더니 이걸 반 나리께 전해달라고 한 후 달아나버렸습니다."

"네, 나가 있어요."

반준이 손짓하고는 혼자 방으로 들어가 편지를 펼쳤다. 편지는 딱 한 줄이었다.

관원정가, 연석재

'연석재.' 금박 처리를 한 커다란 세 글자가 문에 걸려 있었다. 연운은 붉은 대문 앞에 이르렀다. 몽고사충의 진동을 따라 이곳에 이른 연운은 잠시 주춤했다. '연석재'는 오래전 난주에 머물렀던 할아버지 구양뇌화의 비밀 가택이었다. 설사 화파 구양 가문 사람이라 해도 극소수만 알고 있는 곳이다. 그들이 신강에서 북경으로 향했을 때에도 난주의 이곳에서 쉬어갔지만, 이미 오랫동안 내버려둔 탓에 황폐해져 있었다.

몽고사충이 이쪽으로 온 것이 분명했다. 연운은 문앞에 서서 들어가야 할지 말아야 할지 판단을 내릴 수가 없었다. 갑자기 동쪽에서 일제히 폭죽이 터지기 시작했다. 방향을 보아하니 설씨 저택 쪽인 것 같았다. 반준이 벌써 설씨 집안 아가씨를 치료한 걸까? 그렇게 생각하고 있을 때 갑자기 끽 하고 대문이 열렸다.

차가운 바람이 훅 불어왔다. 연운은 잠시 멈칫했다. 잘된 일일까, 아니면 호랑이굴로 들어가는 것일까. 그러나 불운이 기다리고 있다 해도 피할 수는 없었다. 연운은 성큼성큼 마당 안으로 들어섰다.

연석재는 원래 두 개의 뜰을 갖춘 구조로, 난주성에서 가장 복잡한 관원정가에 위치해 있었다. 이곳 지리가 익숙지 않은 사람은 미궁을 헤매는 것이나 마찬가지였다. 연석재는 바로 관원정가 한가운데 자리 잡고 있었다. 정문으로 들어가면 먼저 영벽이 모습을 드러낸다.

연운은 영벽을 돌고 작은 벽돌 길을 따라 첫 번째 마당에 있는 건물로 조심스럽게 걸어갔다. 막 방으로 들어서려 할 때 갑자기 칠흑같이 어둡던 방에 환하게 촛불이 켜졌다. 연운이 깜짝 놀라 그 자리에 멈춰 섰다. 촛불 아래 세 사람의 그림자가 창문에 비쳤다. 노인한 사람, 그리고 여자아이 하나가 턱을 괴고 탁자 앞에 앉아 있었다. 노인의 맞은편으로 남자의 그림자가 보였다.

창문에 비친 그림자에 연운은 순간 꿈을 꾸는 것 같은 착각에 빠졌다. 신강에서 북경으로 가던 중 이곳에 쉬어 가던 날 밤, 바로 그날 밤 풍경이었다. 연운은 허리춤에서 비수를 꺼내 후다닥 문 앞으로 다가갔다. 그리고 잽싸게 몸을 날려 문을 걷어차는 동시에 비수를 들고 방 안을 훑어보았다. 탁자 앞으로 걸어가서 보니 쪽지 하나가 놓여 있었다.

왔구나!

그 순간 연운의 눈앞이 컴컴해졌다. 방 안 전체가 다시 어둠에 잠겼다. 발아래 땅이 심하게 흔들리며 갈라지더니 연운은 그대로 구멍으로 미끄러졌다. 몸이 아래로 미끄러져갈수록 주위는 점점 환해졌다. 이어 연운은 세차게 바닥에 내동댕이쳐졌다. 몸이 산산조각 나는 것 같았다. 연운이 게슴츠레 눈을 떴다. 지하 밀실이었다. 멀지 않은 곳에 검은 천으로 가린 우리가 보였고, 그 앞 탁자에 촛불 하나, 촛불 맞은편에 한 사람이 앉아 있었다. 연운은 단번에 상대가 남자임을 알았다.

"어……."

연운은 손을 뻗어 눈앞의 남자를 가리켰다. 기운이 하나도 없었다. 눈꺼풀이 자꾸만 무거워지더니 눈앞이 흔들리며 그녀는 그대로 바닥에 쓰러지고 말았다.


연운은 눈앞이 환해지는 것을 느꼈다. 눈이 부셨다. 천천히 눈을 뜨자, 침대 머리맡에 한 사람이 엎드려 있는 게 보였다. 반준이었다.

"반준 오라버니."

연운이 작은 소리로 불렀다. 연운의 목소리에 반준이 몸을 일으켰다. 그는 연운을 보고 활짝 웃었다.

"연운, 깨어났군요."

"여기가 어디예요?"

연운이 베개에 몸을 기대며 눈앞의 방을 훑어봤다.

"충초당이에요."

반준이 말하고는 연운에게 물을 갖다주려고 일어났다. 갑자기 뭔가 생각난 듯 연운이 눈을 반짝이더니 힘껏 기운을 모아 침대에서 내려왔다. 그러나 두 발이 땅에 닿는 순간 무릎이 시큰거려 힘을 쓸 수가 없었다. 연운의 몸이 그대로 앞으로 기울어졌다. 반준이 재빨리 연운을 부축했다.

"연운, 왜 그래요?"

연운이 입술을 깨물었다. 그녀는 눈물만 그렁그렁한 채 말을 하지 못했다. 반준이 연운을 안은 채 가만히 물었다.

"연석재로 돌아가려고요?"

반준의 말에 연운은 거의 애원에 가까운 눈으로 그를 바라봤다.

반준이 얼굴을 찌푸리더니 말했다.

"어젯밤 막 관원정가를 지날 때 골목 깊숙한 곳에서 굉음이 들렸어요. 안에서 불길이 치솟고 짙은 연기가 피어오르는 것을 보고 불이 난 곳으로 달려갔죠. 그런데 불이 난 곳이 바로 연석재였어요. 골목 입구에서 기절해 있는 연운을 발견했고요."

"그럼…… 연석재는요?"

연운이 반준의 어깨를 꽉 잡으며 물었다.

"무너졌어. 아무것도 없어."

밖에서 걸어 들어오던 풍만춘의 입에서 나온 말이었다. 풍만춘의 온몸이 먼지투성이였다. 꼭 잿더미에서 기어 나온 것 같았다. 그의 뒤로 유간이 들어왔다. 유간의 모습 역시 풍만춘과 다르지 않았다.

"뭐라고요, 풍 사부님? 연석재가 없어졌다고요?"

연운은 자신의 귀를 믿을 수가 없었다.

"음, 나랑 유간이 어젯밤부터 지금까지 그곳에 있었어. 연석재가 폭파되는 바람에 난리가 났지. 불도 크게 나고. 아무것도 남아난 것이 없어."

풍만춘이 말하는 사이 단이아가 물을 들고 왔다.

"정말, 정말 아무것도 없어요?"

연운은 바닥에 주저앉아 멍하니 창밖을 바라봤다. 그녀의 눈가에 서서히 눈물이 흘러 손등 위로 떨어졌다.

그 뒤로 연운은 하루 종일 단 한 마디도 없이 탁자 앞에 앉아 멍하니 창밖만 바라보았다. 연운이 실종된 그날 무슨 일이 있었는지 아무도 아는 이가 없었다. 반준이 발견했을 때 연운은 온몸이 상처투성이였다. 어떤 동물에게 물어뜯긴 것 같았다. 야수 우리에 들어갔다 나온 것 같기도 했다. 반준이 이해가 안 가는 부분이 바로 그 점이었다. 만약 화파의 또 다른 곤충소환사 일파가 연운을 죽여 복수를 하려고 했다면, 야수가 들어 있는 우리에 넣어 괴롭힘을 당하다 죽게 만들었을 것이다. 그건 이해가 간다. 그런데 집을 완전히 파괴해놓고 연운을 풀어주지 않았는가? 그럼 누군가가 그녀를 구해줬다는 말인가?

반준은 연운 등 뒤 침대에 앉아 한 손으로 설씨 집안의 가보를 만지작거리며 생각에 잠겼다. 이 모든 일이 난마처럼 얽혀, 영특한 그도 도무지 영문을 알 수가 없었다. 연운의 마음이 가라앉으면 그녀의 입을 통해 자세한 상황을 들어야 할 것 같았다.

그날 밤, 몽롱한 달빛 아래 맑은 바람이 살랑살랑 불었다. 저녁 무렵, 금용이 조르는 바람에 풍만춘은 단이아와 금용을 데리고 난주거리 구경에 나섰다. 한편 반준은 방에서 연운을 돌보고 있었다. 연운은 하루 꼬박 멍하니 창밖만 바라봤다.

"반준 오라버니."

얼마나 지났을까, 연운이 갑자기 작은 소리로 반준을 불렀다. 반준이 재빨리 고개를 들었다. 연운이 그를 바라보고 있었다.

"연운, 기분은 좀 나아졌어요?"

반준이 다정하게 물었다.

"배가 고파요."

연운의 반응이 반가웠던 그는 유간에게 요리 몇 가지를 내오도록 부탁한 다음, 연운을 부축해 식탁에 앉혔다.

"유간 아저씨, 술 있어요?"

연운이 물었다.

"술요?"

유간이 의아한 눈초리로 반준을 바라봤다. 반준이 고개를 끄덕이자 유간이 웃으며 말했다.

"있습니다. 기다리세요."

잠시 후, 유간이 고량주 한 단지를 가져와 탁자에 놓았다.

"구양 소저, 이 술 어떻습니까?"

연운이 살며시 미소 지었다.

"유간 아저씨, 고마워요."

"그럼 먹고 계세요. 전 앞채에 가서 일을 좀 봐야 해서요."

그렇게 말한 후 유간은 눈치껏 자리를 피했다. 연운이 술단지를 열어 두 손으로 단지째 들고 꿀꺽꿀꺽 마시기 시작했다. 반준이 황급히 자리에서 일어나 연운 손에 들린 술단지를 빼앗았다. 연운의 눈에 눈물이 맺혔다. 그녀가 훌쩍거리기 시작했다. 반준이 술단지를 탁자에 놓고 물었다.

"연운, 왜 그래요? 실종된 그날 대체 무슨 일이 있었던 거예요?"

돌연 연운이 반준에게 안기더니 그의 품에서 꼼짝하지 않았다. 그녀가 몸을 부들부들 떨었다.

"오라버니, 왜죠? 어쩌다 이렇게 된 거죠?"

반준의 귀가 빨갛게 달아올랐다. 그는 잠시 팔을 올렸다가 다시 내리며 가만히 연운의 어깨를 도닥여주었다.

"연운, 무슨 일이 있었던 거죠? 내게 말해줄래요?"

"정말 북경에 오지 말았어야 했는데. 그랬다면 아무 일도 일어나지 않았을 텐데. 할아버지도 돌아가시지 않고, 연웅도 내 곁을 떠나지 않고."

반준은 연운이 어려서부터 연웅과 함께 할아버지를 목숨처럼 의지하고 살아온 것을 잘 알고 있었다. 한 달이 조금 넘었을 뿐인데 구양뇌화는 참담하게 죽임을 당하고, 동생 연웅과는 서로 다른 길을 가게 되었다. 스무 살도 안 된 어린 아가씨가 감당하기에는 너무나 큰 일이었다.

조금 뒤 연운은 안정을 되찾았다. 반준의 품을 빠져나온 연운이 물었다.

"오라버니, 교영이란 사람 기억해요?"

교영! 반준의 가슴이 철렁 내려앉았다. 반준이 살짝 고개를 끄덕였다.

"마을에서 구했다는 마바리꾼 말하는 겁니까?

연운이 쓴웃음을 짓더니 고개를 저었다.

"그 사람, 마바리꾼이 아니었어요."


연석재의 폭파 소리가 난주성에 울려 퍼지자 수많은 구경꾼이 그 부근으로 몰려들었다. 연석재 양쪽 마당은 이미 화염에 휩싸여 있었다. 각양각색의 사람들이 연석재의 주인이 누구일까 등에 대해 머리를 맞대고 수군대며 누군가가 마당에서 튀어나오기를 기다렸다. 그러나 구경꾼들의 염원과는 달리 몇 시간째 불길이 활활 타오르는데도 불구하고 연석재에서는 단 한 사람도 나오지 않았다.

그러나 여자 하나를 데리고 몰래 뒷문을 빠져나오는 남자에게 주의를 기울이는 이는 아무도 없었다. 또한 혼잡한 가운데 육칠십대로 보이는 한 노인에게 관심을 보이는 사람은 더더욱 없었다. 노인은 사람들 틈에 숨어 이를 악물고 주먹을 불끈 쥐었다. 힘줄이 툭 불거져 나올 정도로 거머쥔 주먹에서 우두둑 소리가 났다. 그는 화염에 타들어가고 있는 연석재를 분한 듯 지켜보았다.

잠시 후, 사람들 사이를 빠져나온 노인은 어둠 속으로 걸어갔다. 난주성 북쪽, 보잘것없는 작은 집에서 한 여자가 촛불 앞에 조용히 앉아 있었다. 그녀는 대꼬챙이로 촛불을 툭툭 건드리고 있었는데, 입가에는 멍이 들어 있었다.

밖에서 닫혀 있던 문이 열렸다. 여자는 여전히 침착하게 의자에

앉은 채였다. 노인이 문 앞에 서서 주위에 사람이 없는지를 확인한
후 안에서 문을 잠갔다.

"왜요? 연석재가 없어졌나요?"

여자의 차가운 말투에 조롱이 섞여 있었다. 노인은 화가 치밀어
오르는 듯 주먹을 불끈 쥐고 막 성질을 부리려다 말고 손의 힘을 풀
었다.

"금소매! 네가 무슨 말을 해도 또다시 주먹을 휘두르진 않는다."

"하하!"

금소매가 통쾌한 듯 웃더니 자리에서 일어났다.

"십 몇 년 사이에 참는 것도 배우고, 정말 뜻밖인데요?"

그렇게 말한 후 금소매는 인상을 쓰더니 정말로 미안해하는 듯한
표정을 지었다.

"아니지, 이미 오랫동안 참고 살아왔다고 해야 옳겠죠?"

"너……."

노인은 금소매의 말에 기가 막힌지 입을 열지 못했다. 잠시 시간
이 흐른 후 노인이 씩씩거리며 말했다.

"이 화근 덩어리! 너만 아니었다면 우리 구양 집안이 지금 이 모양
이 되진 않았다."

"하하!"

금소매가 비아냥거렸다.

"그래? 그 재앙 역시 당신이 뿌린 씨앗이라고 해야 옳겠지."

"당시 왜 내가 마음을 모질게 먹고 단칼에 널 죽이지 못했는지 정
말 후회스럽다. 그랬다면 아마 연뇌도……."

노인, 구양뇌화가 주먹을 불끈 쥐고 탁자를 내리쳤다. 당장이라도
금소매를 갈가리 찢어 죽이지 못하는 게 유감스러운 듯했다.

"연뇌만 불쌍하지!"

그 이름을 들은 금소매의 가슴이 부르르 떨렸다. 그녀는 눈앞에 흔들거리는 촛불을 바라보았다. 붉은 촛불이 살며시 흐느적거리더니 맞은편에 이십대로 보이는 남자가 나타났다. 피부가 약간 까무잡잡하고 갈색 눈에 얼굴 윤곽이 뚜렷한 그자에게 금소매는 첫눈에 반해버렸다.

눈앞의 남자는 붉은색 신랑 옷을 입고 있었다. 금소매의 남편인 구양연뇌로, 신강 화파 곤충소환사의 차기 군자였다. 그가 미소를 지으며 금소매의 섬섬옥수를 잡아끌었다. 부끄러워하는 금소매의 얼굴 연지가 더욱 붉게 보였다. 금소매는 어려서부터 북경에 살면서 눈앞의 이 남자 때문에 멀리 신강으로 떠나고 싶었다. 신강으로 가는 길에 만날 황사도 사랑에 빠진 여인을 어찌하지 못했다.

북경의 금씨 가문. 금소매는 온종일 금순, 금은같이 작고 추하게 생긴 남자들만 보던 중 구양연뇌 같은 사람이 나타나자 눈앞이 환해지는 것을 느꼈다. 자신이 이 남자랑 결혼하게 될 거라는 사실을 알았을 때 금소매는 너무 흥분한 나머지 몇 날 며칠 잠을 이루지 못했다. 그녀가 기대한 것처럼 두 사람은 신강 화염산 구양 가문의 대저택에서 결혼한 후 줄곧 행복하게 살았다.

평소 구냥연뇌가 피후를 길들이는 동안 금소매는 집에서 풍성한 만찬을 준비했다. 이따금 구양연뇌 역시 금소매를 데리고 피후를 훈련시키러 나갔다. 매번 흉악한 괴물을 볼 때마다 금소매는 자신의 남편이 행여 실수를 해서 괴물에게 다치지는 않을까 걱정이 이만저만이 아니었다.

다행히 그녀의 걱정은 기우에 지나지 않았다. 구양연뇌는 구양 가문 사람으로 부친인 구양뇌화로부터 가문의 독보적인 기예를 전수받았지만 그의 화통같이 난폭한 성격은 물려받지 않았다. 그래서인지 그는 구양뇌화보다 피후를 부리는 데 더 능란했다.

이처럼 평화로운 두 사람의 삶에서 첫 번째 아이, 바로 구양연운이 태어났다. 연운의 탄생은 집안에 전에 없는 기쁨을 선사했다. 구양뇌화는 매일 꿀단지 속에서 사는 듯 행복에 겨워 언제나 입을 다물지 못했다. 그는 항상 금소매에게 말했다.

"소매, 당신은 그야말로 하늘이 내게 내려준 가장 소중한 보물이오. 이제 연운까지 태어나니 나는 지금 죽어도 여한이 없소."

금소매는 그런 말을 들을 때마다 구양뇌화의 어깨를 툭 건드리며 괜한 소리를 한다고 그를 나무랐다.

그러나 그들은 그 평화롭고 아름다운 일상 뒤에 행복을 일시에 무너뜨릴 위기가 도사리고 있다는 사실을 모르고 있었다. 아름다운 가정이 풍비박산되어버릴 사건이 벌어진 것이다.

눈앞의 촛불이 바르르 떨렸다. 금소매는 멀고 먼 기억 속에서 다시 현실로 돌아왔다. 이제 촛불 맞은편에는 그저 시커먼 벽만 자리하고 있을 뿐이다. 10년 넘게 애써 회피하고 살았던 당시의 기억이 이 순간 갑자기 밀려오다니! 그녀의 눈가가 어느새 촉촉해졌다.

"사실……."

구양뇌화가 인상을 쓰더니 서서히 주먹의 힘을 풀었다.

"사실, 연뇌는 죽지 않았다."

"뭐라고요?"

금소매가 어리둥절한 표정으로 구양뇌화를 바라봤다. 얼음같이 차갑기만 하던 그녀가 간절한 눈빛으로, 구양뇌화가 뭔가 확실한 대답을 해주길 기대하고 있었다. 그러나 구양뇌화는 그저 고개만 살짝 흔들 뿐이었다.

"그 애는 확실히 살아 있어."

바로 그때 창밖에서 쏴, 하는 소리가 들렸다. 구양뇌화는 잔뜩 경계하며 허리춤에 찬 비수를 뽑고는 방문을 열었다. 문을 나서자 검은 고양이 한 마리가 창문에서 옆쪽 담벼락으로 달려가는 것이 보였다. 구양뇌화는 그제야 한숨을 놓았다. 그가 다시 비수를 집어넣고 두 걸음 물러서며 문을 닫고 들어왔다.

"조금 전에 그이가 살아 있다고 했어요? 정말이에요?"

금소매는 정신이 하나도 없었다. 오랫동안 자신의 심장이 모두 타서 재가 되었다고 생각했는데, 적어도 이런 감정을 다시 느낄 수 있을 거라고 생각하지 않았는데!


"뭐?"

반준이 깜짝 놀라 연운의 어깨를 잡으며 말했다.

"교영이 연운 아버지라고요?"

연운이 살며시 고개를 끄덕이며 반준의 눈을 바라봤다. 반준의 까만 눈동자에 촛불이 비쳤다. 촛불은 저만치 탁자 위에 놓여 있었다.


연운은 온몸의 관절이 욱신거리는 것을 느꼈다. 게슴츠레한 눈으로 주위를 둘러봤다. 사방이 어두컴컴했다. 그 순간 뭔가 떠오른 듯 연운이 침대에서 몸을 일으켰다.

"깨어났니?"

연운의 뒤, 어두운 공간에서 들려오는 목소리였다. 연운이 몸을 부르르 떨었다. 익숙하면서도 뭔가 생소한 목소리였다. 연운은 화들짝 놀라 한쪽으로 고개를 돌렸다.

어두운 구석에서 한 남자가 걸어 나왔다. 뜻밖에도 그는 교영이었다. 교영의 목소리는 분명 지금보다 훨씬 두꺼웠는데. 연운은 교영을 아래위로 훑어보았다. 교영이 미소를 지으며 연운 앞으로 다가와 들고 있던 그릇을 건넸다.

"연운, 이제야 깨어났구나."

연운이 경계하듯 교영의 손에 들린 그릇을 밀쳐내며 뚫어져라 그를 바라봤다.

"대체 누구예요?"

교영이 미소 짓더니 뒤로 돌아 탁자 앞으로 다가갔다. 그는 그릇을 탁자에 내려놓은 뒤 다리를 꼬고 앉았다.

"곤충소환사는 몸과 뜻, 기운의 합일이 중요해. 어느 것 하나 소홀히 해서는 안 되지. 곤충이 움직이면 사람도 움직이고, 곤충이 고요하면 사람도 고요하고, 그래야 인간과 곤충이 합일이 된다."

교영의 말은 연운이 어렸을 때 아버지가 항상 그녀에게 들려주었던 내용이었다. 목소리로 보나 자세로 보나 완전히 아버지와 판박이였다. 그러나 눈앞에 있는 남자의 용모는 아버지와 딴판이었다. 교영은 연운의 의구심을 짐작한 듯 미소 지었다. 그가 살며시 얼굴을 더듬더니 인피가면을 벗었다. 연운이 너무나 잘 아는 모습이 드러났다. 다만 그간의 세월이 더 녹아 있을 뿐이었다.

연운은 눈앞의 남자를 바라보았다. 눈물이 핑그르르 돌았다. 이생에서 다시는 아버지를 못 만날 거라고 생각했는데 바로 이곳에 아버지가 나타나다니, 정말 꿈만 같았다.

"아버지……."

연운이 가까스로 침대에서 일어나 구양연뇌 앞에 섰다.

"오랫동안 동생이랑 저는 아버지가……."

"모두 내가 죽었다고 생각했다는 거지?"

구양연뇌가 연운의 머리카락을 부드럽게 쓰다듬었다.

"아가야, 오랫동안 널 괴롭게 했구나."

연운은 구양연뇌를 부둥켜안았다. 그녀가 울음을 그치고 눈물을 닦았다.

"아버지, 할아버지는 북경에서…….."

그러자 구양연뇌가 살며시 손을 내저었다.

"다 안다. 네 동생 일도 다 들어서 알고 있고."

연웅이 떠오르자 연운은 내심 미안한 마음이 들었다. 그녀가 고개를 숙이고 잠시 침묵하더니 이내 물었다.

"아버지, 이렇게 오랜 세월 동안 어디 가 계셨어요?"

구양연뇌가 미소를 띤 채 자리에서 일어나며 말했다.

"아가야, 이리 와봐라. 뭘 하나 보여주마."

"네?"

연운이 의혹에 가득 찬 얼굴로 구양연뇌를 바라봤다. 그는 연운을 데리고 검은 천이 덮인 커다란 우리 앞으로 다가갔다.

"연운, 이 안에 들어 있는 것이 뭔지 아니?"

연운이 눈썹을 찡그리며 잠시 생각하더니 가만히 고개를 저었다. 구양연뇌가 웃으며 우리 옆의 밧줄을 잡아당겼다. 검은 천이 벗겨지고 이어 거대한 몽고사충이 연운 앞에 모습을 드러냈다. 눈앞의 몽고사충은 전에 봤던 것보다 훨씬 컸다. 몽고사충은 빛을 보자마자 으르렁거리더니 뛰어나왔지만 다행히 우리에 갇혀 있었다.

연운이 당황해 몇 발짝 물러서더니 걱정스러운 듯 구양연뇌를 바라봤다. 갑자기 연운의 귓가에 희미한 호루라기 소리가 들렸다. 구양연뇌가 내는 소리였다. 괴물이 거대한 머리통을 흔들더니 몸을 꿈틀거리며 우리 뒤쪽으로 물러섰다. 그제야 구양연뇌는 우리를 살짝 열고 안으로 걸어 들어갔다.

그가 괴물 앞으로 걸어가 손을 뻗어 괴물의 머리를 쓰다듬었다. 그토록 광포하던 몽고사충이 온순하기 그지없었다. 눈앞에서 벌어진 광경에 연운의 가슴이 벌렁거렸다. 잠시 후 구양연뇌가 나오더니 검은 천을 우리에 씌웠다. 그가 의혹이 가득한 기색으로 자신을 바라보는 연운에게 고개를 돌렸다.

"아버지, 설마 저 몽고사충을 부리는 사람이 아버지였어요?"

연운은 눈앞에 나타난 모든 것을 믿을 수가 없었다. 연운의 물음에 구양연뇌가 고개를 끄덕였다.

"몽고사충으로 연운 너를 우리 구양 가문 고택으로 유인했다."

연운은 도무지 갈피를 잡을 수가 없었다. 지금까지 그녀는 화파의 또 다른 가문이 구양 집안과 벌인 혈전을 똑똑히 기억하고 있었다. 그런데 왜 아버지가 그 일파의 곤충소환사가 되었을까? 그런 연운의 생각을 알았는지 구양연뇌가 그녀를 옆으로 불러 앉히고 말했다.

"네 어머니가 떠나고 얼마 되지 않아 구양 집안은 또 다른 화파 곤충소환사의 공격을 받았지. 아마 너도 기억하고 있을 게다."

"네."

연운이 고개를 끄덕였다.

"당시에 전 동생을 데리고 밀실에 숨어 있었어요. 밖에서 싸우는 소리가 무시무시했어요. 참담한 비명 소리가 밤새 계속되었고요. 다음 날 아침, 피바다가 되어버린 마당에 시체가 엄청나게 쌓여 있었던 기억이 나요."

"그랬지."

구양연뇌가 한숨을 내쉬었다.

"당시 상황은 매우 혼란스러웠어. 그때 네 할아버지가 어디선가 곤충소환사들이 습격해 온다는 정보를 듣고 미리 방어 준비를 했지. 그런데 우리가 상대의 실력을 너무 과소평가한 거야. 평소 흉악하다고 소문난 피후가 그대로 무너지더군. 난 제자 몇 명을 데리고 맨 앞에서 눈이 벌게진 채 침입자를 죽이느라, 같이 간 제자들이 전멸한 것도 몰랐다. 마지막에는 피후 세 마리를 이끌고 상처 입은 몽고사충을 쫓아 사막 깊은 곳에 이르렀단다. 그리고 그곳에 이르러서야 함정에 빠진 걸 알게 됐다. 사막에서 대기 중이던 몽고사충 여러 마리에 포위되었지. 피후 세 마리가 순식간에 내 앞에서 죽었다. 나를 기다리는 건 죽음뿐이었어. 네 어머니가 떠나고 그저 죽고 싶은 심정이었던 나는 긴 칼을 쥐고 앞으로 돌진했단다. 그런데 몽고사충에게 가까이 가기도 전에 사충의 몸에서 전해지는 전기에 기절했지."

구양연뇌가 옛일을 떠올리며 조용히 말했다.

"그 후 어떻게 되었는데요?"

연운은 눈물이 그렁그렁한 얼굴로 아버지를 바라봤다.

"의식이 돌아와 보니 눈앞에 웬 나이 든 영감님이 한 분 서 계시더라. 검은 베일에 검은 모자 차림이었어. 그 사람이 내게 미소 짓더니 자기 신분을 밝혔어. 또 다른 화파 곤충소환사로, 이름이 교영이었지. 처음에는 그가 날 죽이려는 줄 알았다. 그런데 그가 냉소하더니 자기 목적은 나를 죽이는 것이 아니고 내게 몽고사충을 부리는 곤충소환술을 계승해주는 것이라고 했단다. 나는 망설였다. 전부터 또 다른 화파 일족의 곤충소환술이 얼마나 사악한지 들어왔으니까. 화파는 물론이고 다른 곤충소환사들까지 그들을 비난했거든. 내가 망설이는 이유를 말하자 교영이 담담하게 웃더니 정말 놀라운 비밀 하나를 알려줬단다. 결국 그 이유 때문에 나는 몽고사충 소환술을 이어받기로 결심했다."

구양연뇌가 이를 악다물었다.

"비밀이라고요?"

연운은 오랜 세월 아버지가 겪었던 일들이 그저 경이롭기만 할 뿐이었다.

"무슨 비밀인데요?"

"대대로 몇 세대 동안 곤충소환사 일족 사이에 이어져온 음모와 관련 있단다."

구양연뇌가 연운을 힐끗 보더니 말했다.

"너랑 같이 다니는 목파 군자 반준이 이 음모의 핵심이다."

"네?"

연운은 그 음모가 반준과 연관이 있다는 얘기를 듣자 걱정이 밀려오는 것을 느꼈다.

"대체 무슨 음모인데요?"

"아가, 더 이상 묻지 마라. 이건 이미 한 사람만의 문제가 아니다. 내 생각이 틀리지 않다면 이 일은 아마도 세상 모든 사람의 존망이 걸린 문제가 될 게다."

구양연뇌가 눈앞의 촛불을 응시하며 말했다.

"그럼 빨리 반준 오라버니에게 알려 준비하도록 해야죠."

연운이 초조한 듯 말했다.

"바보! 네가 반준을 좋아한다는 건 벌써부터 짐작하고 있었다."

구양연뇌가 미소 지었다.

"네 눈이 정확해. 반준은 정말 보기 드문 인물이더구나. 그래서 내가 널 이곳으로 유인한 거야. 반준에게 너무 많은 음모가 도사리고 있어. 한 발만 삐끗해도 그는 산산조각이 날 거다!"

"음모가 도사리고 있다면 어떻게 해서든 음모에 가까이 가게 해서는 안 되잖아요."

연운이 다급하게 말했다.

"하하! 그건 불가능하단다. 처음에 발견했다면 빠져나올 수 있었을지도 몰라. 하지만 반준은 이미 너무 깊이 개입됐어. 빠져나오고 싶어도 그럴 수가 없을 게다."

구양연뇌가 할 수 없다는 듯 말했다.

"그럼 아버진 교영의 제의를 받아들인 후 어떻게 지냈어요?"

연운이 호기심 가득한 얼굴로 물었다.

"그 후로 화파 방계 곤충소환사에 대한 생각이 바뀌었지. 교영과 점점 가까워지면서 점차 내가 여태껏 들어왔던 화파 방계에 관한 소문이 사실과 완전히 다르다는 것을 알았지. 몽고사충 역시 소문처럼 흉악하지도 않고, 심지어 피후보다 통제가 쉽다는 것도 말이야."

구양연뇌가 검은 천을 덮어둔 우리 쪽으로 고개를 돌렸다. 아버지의 말에도 불구하고 연운은 몽고사충이 더 흉악하다고 생각했다.

"그 후 점차 많은 것을 발견했단다. 교영이 계속 검은 모자를 쓰고 검은 베일을 쓰고 다니는 건 그가 엄청난 화재로 얼굴이 완전히 망가졌기 때문이었어. 매번 물어볼 때마다 교영은 그저 고개만 흔들더구나. 어떤 이야기는 그가 말해줬어도 믿지 못했다. 그냥 내가 직접 정확하게 알아볼 수밖에. 그렇게 2년을 함께한 뒤 그는 세상을 떠났다. 임종 전 그는 자신이 구양 집안을 공격한 건 원한 때문이 아니라 자기 죽음이 다가온 걸 알고 다른 후계자를 찾을 수밖에 없었기 때문이라고 했단다. 그리고 내가 그의 유일한 후계자가 되었지."

구양연뇌의 눈빛은 조금 우울해 보였다. 한참 동안의 침묵 후 그가 한숨을 내쉬었다.

"설마 화파 방계에 교영 한 사람만 남은 거였어요?"

연운이 물었다.

"그래! 사실 화파 방계는 쭉 사막 깊은 곳에 살면서 바깥출입을 별로 하지 않았단다. 외부와의 교류가 극히 적었지. 흥성한 적은 없었지만 그래도 수십 명 정도는 유지했어. 그런데 72년 전 참담하게 살육당하고 결국 교영 한 사람만 살아남았단다."

"교영이 세상을 떠난 후 아버지는 왜 구양씨 가택으로 안 돌아왔어요?"

연운이 이해가 안 된다는 듯이 물었다.

"연운, 사실 집에 돌아간 적이 있었단다. 다만 네가 몰랐을 뿐이지. 비록 그렇게 오랫동안 사막 깊은 곳에 살고 있었지만 언제나 마음 한구석에 개운치 않은 일이 있었지. 바로 네 어머니가 소리 소문 없이 사라진 일이란다."

금소매를 떠올리자 구양연뇌는 돌연 마음이 따스해지는 듯했다.

"네 어머니는 연웅을 낳고 얼마 후 갑자기 말수가 줄었어. 이유를 물어도 언제나 얼버무리기만 할 뿐이었고. 그러더니 연웅이 돌이 되던 날 명귀 하나만 놓고 사라졌단다."

"어머니는 떠난 후 일본으로 가셨대요. 연웅에게 들었어요."

어머니 얘기를 하면서 연운은 마음이 씁쓸했다. 그녀는 어머니가 왜 갑자기 일본인들과 연관되었을까 이해가 가지 않았다. 자애롭고 부드러운 어머니와 연웅이 말한 금 선생은 완전히 딴판이었다.

"음!"

구양연뇌가 탄식했다.

"그 일은 나도 들었다. 문제는 지금 네 어머니의 행방이 묘연하다는 거야."

"네?"

연운은 어머니의 행동을 달갑지 않게 생각했지만 어쨌거나 그녀가 자신의 어머니라는 것은 바꿀 수 없는 사실이었다.

"그래. 행방을 찾을 수가 없단다."

연운이 한참을 생각하다 입을 열었다.

"어쨌든 화파 방계 곤충소환사는 아버지 하나뿐이네요. 그럼 무은진에서……."

"하하! 그건 완전히 우연이었지. 너희가 안양을 떠나리라는 것을 알고 먼저 길을 떠났단다. 그런데 뜻밖에도 무은진에 이르렀을 때야 전날부터 일본인이 그곳에 매복해 있다는 것을 알았어. 나는 마을로 흘러 들어가 몰래 관찰하기 시작했다. 다 젊은이들이었고 그들 모두 잡스런 곤충소환술을 부릴 줄 알았어. 그들이 네게 해코지를 할까 봐 전부 제거해버렸단다. 교영의 모습으로 네 곁에 있는 것이 널 보호하기도 좋고. 그것 말고도 한 가지 할 일이 있었다."

구양연뇌가 연운을 바라보며 말했다.

"할 일요?"

연운은 아버지의 말을 곰곰이 생각해봤다. 잠시 후 그녀는 불현듯 그 말의 의미를 깨달을 수 있었다. 짙은 안개에 길을 잃었던 그날, 그녀는 말의 긴 울음소리를 들었다. 그것은 화파 소환사 간에 은밀히 소식을 전할 때 쓰는 방법이었다.

"그럼 설마 화파의 암호?"

"그래. 화파의 긴급 암호는 내가 남긴 거란다."

구양연뇌가 담담하게 말했다.

"왜 그런 암호를 남기셨어요?"

연운은 이해를 못 하겠다는 표정으로 아버지를 바라봤다.

"반준 때문이지."

구양연뇌가 긴 한숨을 내쉬었다.

"말하자면 길어. 나중에 천천히 알게 될 거다."

"네."

연운이 고개를 끄덕였다.

"자, 연운. 이런 이야기는 그만하고, 오늘 널 이곳으로 유인한 것은 또 다른 일이 있어서다."

구양연뇌가 연운을 부축했다.

"무슨 일인데요?"

연운이 아버지의 눈을 바라보며 물었다.

"이 일을 절대 누구에게도 말해선 안 된다. 반준한테도!"

그는 그렇게 말한 후 연운을 데리고 밀실 한쪽으로 걸어갔다.

# 제12장

## 귀신 마을, 호수가 되다

연운이 길게 한숨을 내쉬더니 잠시 뜸을 들인 후 말했다.

"그런 다음 아버지가 내게 뭘 마시게 했는데 머리가 어지럽더라고 요. 깨어나보니 침대에 누워 있었어요."

"그랬군요."

반준은 턱을 매만지며 연운이 한 말을 곰곰이 생각해보았다.

"몽고사충은 원래 화파 구양 가문의 숙적인데 계속 우리를 보호하 고 있는 것 같아 이상한 생각이 들었죠. 알고 보니 그런 사연이 있었 군요."

"네, 모두 아버지가 한 일일 거예요."

말을 마친 순간 연운은 답답했던 마음이 시원해지는 것 같았다. 배가 고픈지 그녀가 젓가락을 들어 허겁지겁 음식을 먹기 시작했다.

"반준 오라버니, 아버지가 신강에 거대한 음모가 도사리고 있다 고 했어요. 안 가면 안 돼요?"

"하하."

반준의 눈에, 음식을 먹으며 말하는 연운의 모습이 무척 귀엽게 느껴졌다. 그가 미소 지었다.

"연운, 천천히 먹어요. 목에 걸리겠어요."

"이 말을 오라버니에게 할지 말지 계속 고민했어요. 그리고 어떻게 말해야 오라버니가 신강에 가지 않도록 설득할 수 있을까 고민했고요."

연운이 청경채를 우물거리면서 고개를 들어 반준을 보았다. 창가에 있던 반준이 연운 곁으로 다가와 앉았다.

"연운 아버지 말씀이 맞아요. 정말 음모가 있다면 난 이미 그 음모 깊숙이 들어가 있어요. 빠져나오고 싶어도 이미 늦었을 거예요."

"사실 나도 오라버니를 절대 설득할 수 없을 거라고 생각했어요. 하지만 안심해요. 설사 그곳이 불바다라 해도 이 구양연운이 끝까지 오라버니와 함께할 거니까요."

연운이 젓가락을 잡은 손에 힘을 주며 정색을 하고 말했다.

"네, 알았어요."

반준이 미소 지었다. 그때 풍만춘이 금용, 단이아와 함께 걸어 들어왔다. 그는 연운이 열심히 먹고 있는 걸 보더니 껄껄 웃었다.

"연운, 이제야 밥 생각이 나나 보지?"

"네."

연운이 입안에 든 음식을 삼키고 말을 이었다.

"풍 사부님, 정말 편애가 너무 심해!"

"어? 돌아오자마자 왜 날 원망하고 그래?"

풍만춘이 연운을 머리를 툭 건드리며 말했다.

"내가 무슨 편애를 한다고 그러나?"

연운이 젓가락을 움켜쥐며 탁자 위의 음식을 가리켰다.

"이것 봐요, 풍 사부님! 탁자 위에 있는 음식 중에 지난번 안양에서 해준 것 같은 요리는 하나도 없잖아요."

연운이 입을 삐죽거렸다. 연운의 말에 풍만춘은 가슴에 따사로운 햇살이 비치는 것 같았다. 그가 웃으며 말했다.

"요것 봐라! 그러니까 이 풍씨 음식 솜씨가 맘에 든다는 거지?"

"헤헤! 이 음식들은 도무지 맛이 안 나요. 역시 풍 사부님 요리가 제일 맛있어요."

연운이 한껏 풍만춘의 요리에 찬사를 보냈다. 풍만춘이 크게 웃음을 터뜨렸다.

"좋아. 그렇다면 내 기꺼이 최선을 다해 한번 만들어보지. 천천히 먹으면서 기다려보게. 내가 동북잡탕을 만들어 올 테니."

이렇게 말한 후 풍만춘은 한밤중인데도 불구하고 크게 웃으며 주방으로 들어갔다. 단이아도 풍만춘을 따라 나갔다.

그때 유간이 황급히 충초당 앞뜰을 지나 곧바로 셋째 마당으로 들어왔다. 셋째 마당 반준의 방에 등불이 환하게 켜져 있는 것을 본 유간은 잠시 주저하다 말고 반준 쪽으로 발길을 옮겼다.

"왜요, 아저씨?"

반준이 초조한 빛을 띤 유간의 얼굴을 보며 물었다. 유간이 귀에 대고 뭐라고 속삭이자 반준의 표정이 순간적으로 얼어붙었다. 그가 고개를 들고 유간을 바라봤다.

"어디에 있는데요?"

"대문 앞에 차가 와 있습니다."

유간이 또박또박 말했다.

"연운, 여기서 용이랑 풍 사부님 기다리고 있어요. 유간이랑 잠시 나갔다 올게요."

그렇게 말한 후 반준은 유간과 함께 대문으로 향했다. 반준은 걸어가면서 마음속으로 사실이 아니길 간절히 기도했다……

그곳에서 100리 떨어진 귀신 마을 지하 밀실, 사람들이 서로의 얼굴을 바라보았다. 문밖의 발소리가 점점 가까워지고 있었다. 발소리가 문 앞에서 멈췄다.

밀실 안에 있던 사람들은 바짝 긴장한 채 자기도 모르게 총을 더듬어 가슴팍에 대고 뛰어나갈 자세를 잡았다. 모두가 정신을 집중하고 숨을 죽였다. 일촉즉발의 위기였다. 눈앞의 문이 살짝 흔들렸다.

바로 그때, 귀신 마을 위쪽에서 거대한 굉음이 울려 퍼졌다. 마치 오랜 가뭄 끝에 들려오는 둔탁한 천둥 소리 같았다. 그 엄청난 소리에 밀실까지 진동했다. 천장에서 먼지가 떨어졌다. 서로가 눈을 마주쳤다. 무슨 일이 일어난 건지 알 수가 없었다.

문이 다시 굳게 닫혔다. 이어서 귀신 마을 지하의 일본인들이 소란스럽게 움직이는 소리가 들렸다. 저수지를 지키던 몇 십 명의 일본인들 가운데 두셋만 남고 모두 총을 든 채 밀실을 지나 귀신 마을 위쪽으로 향했다.

잠시 후, 또다시 굉음이 울려 퍼졌다. 조금 전 소리보다 크면 더 컸지, 덜하지 않았다. 견고한 지하 굴을 무너뜨릴 정도는 아니었지만 전체에 요란한 진동이 느껴졌다. 시묘묘는 바로 이때라 생각하고 일행에게 지시를 내렸다.

"일본 놈들이 모두 올라갔어. 저수지를 터뜨릴 절호의 기회야. 지금 행동하지."

시묘묘의 말에 일행은 고개를 끄덕이며 문을 열고 굴로 들어갔다.

잠시 후 굴을 빠져나온 소북풍 외 몇몇은 깜짝 놀랐다. 산중에 이처럼 거대한 지하 저수지가 만들어져 있었다니! 가로세로 약 40미터의 댐이 그들이 있는 곳에서부터 산까지 이어져 있었다. 댐의 물은 틀림없이 외부 저수지와 연결되어 있을 것이다. 20미터마다 배수구가 하나씩 있고, 배수구의 물이 10미터 높이에서 낙하하여 콘크리트 위로 떨어지고 있었다. 저수지를 폭파한다면 엄청난 물길에 귀신 마을 지하 미궁은 완전히 침수될 것이 분명했다.

소북풍은 전혀 주저하지 않고 미리 준비해두었던 폭약을 짊어지고 좌측으로 돌아 배수구 쪽으로 방향을 틀었다. 댐 위에 있는 일본군 3인은 전혀 눈치 못 챈 상태였다. 아마도 누군가가 댐을 폭파할 거라는 생각은 전혀 할 수가 없었을 것이다. 그들은 서로 한가롭게 한담을 나누고 있었다.

소북풍은 이전에 노북풍을 따라 동북지역 일대에서 일본인들과 교전을 벌인 경험을 가지고 있었다. 그는 폭발 효과를 높이기 위해 폭약을 어떻게 설치해야 하는지 잘 알고 있었다. 그는 폭약 몇 개를 저수지 배수구에 설치하고 긴 도화선을 굴 입구까지 이어놓은 후 작은 소리로 시묘묘와 사내들에게 말했다.

"됐소, 소저. 형제들을 데리고 어서 이곳을 피하시오."

"그럼 당신은?"

두목이 나지막한 소리로 물었다.

"가려면 다 같이 갑시다."

"형제! 도화선이 이렇게 기니 누군가는 남아서 불을 붙여야 하오. 어서 이곳을 떠나시오. 3분 뒤에 폭약에 불을 붙일 거요. 일단 댐을 폭파하면 여길 떠나고 싶어도 떠날 수가 없소."

소북풍이 말하며 일본인들의 움직임을 살폈다.

"하지만……."

소북풍의 결연한 표정에 두목은 무슨 말을 하려다 말고 그냥 입을 다물었다.

"어서 가시오. 일본 놈들이 돌아오면 더 일찍 폭약을 터뜨릴지도 모르니. 그럼 모두가 개죽음당할 거요!"

소북풍이 두목의 어깨를 치며 말했다.

"가능하다면 가게에 있는 여자아이를 동북 요하로 데려다주시오. 내 방에 편지 한 통을 남겨두었소. 무슨 일이 생기면 동북지역에 있는 형제들이 내 대신 아이를 돌봐줄 것이오."

"그러지요, 형제! 안심하시오."

두목이 가슴을 치며 말했다.

"어서 가시오!"

소북풍이 그들을 밀치며 시묘묘를 바라보았다. 두 사람이 서로 고개를 끄덕였다.

시묘묘가 몸을 돌려 사내 셋과 함께 굴을 따라 걷기 시작했다. 소북풍이 지도에 굵은 선으로 나가는 길을 표시해둔 상태였다. 시묘묘는 일본인들의 지하 미궁이 거미줄처럼 복잡하긴 하지만 굴 입구마다 모두 명확하게 표시를 해두었다는 것, 그러한 표시들이 소북풍이 지도에 남겨준 표시와 완벽하게 일치한다는 것을 알 수 있었다.

잠시 후, 시묘묘의 귓가에 다급한 발소리가 들려왔다. 조금 전 귀신 마을로 향했던 일본인들이 돌아오는 소리였다. 시묘묘는 일행에게 깊은 굴 안으로 몸을 숨기도록 했다. 잠시 후 길 사이사이 작은 굴에서 각각 십여 명씩의 일본인들이 모습을 드러냈다. 일본인들이 가운데 길에서 각각의 방향으로 흩어졌다. 시묘묘는 둑에서 나타난 삼십여 명의 일본인이 그들 옆을 지나가지 않을까 걱정했다.

그녀는 고개를 숙인 채 소북풍이 준 지도를 동굴 등불에 비춰봤다. 좀 더 가야 출구에 이를 수 있었다. 만약 일본인들이 돌아간다면 소북풍은 분명히 애초 계획보다 일찍 폭약을 터뜨려야 할 것이다. 시묘묘가 벌떡 일어나 소리쳤다.

"빨리 가야 돼!"

시묘묘는 몸을 잔뜩 숙인 채 소북풍이 지도에 표시해준 동북 방향 출구를 향해 달려갔다. 돌아오던 일본인들에게 발각되지 않기 위해 전보다는 속도를 조금 늦췄다. 그런데 몇 백 미터쯤 갔을 때 갑자기 굴 안쪽에서 굉음이 들려왔다. 조금 전 지상에서 울렸던 것보다 훨씬 큰 소리였다. 이어 두 번째 굉음이 들렸고 굴 전체가 심하게 요동쳤다.

시묘묘는 불길한 생각이 들었다. 일본인들에게 발각된 소북풍이 일찍 도화선에 불을 붙인 것이 분명했다. 시묘묘는 일행과 함께 가운데 길을 따라 다시 앞으로 수십 미터를 달려간 뒤 왼쪽으로 돌아 지도에 그려진 작은 굴로 들어갔다.

폭발 소리가 점점 잦아들었지만 요란한 진동은 멈출 기미를 보이지 않았다. 오히려 점점 진동이 강해지는 것 같았다. 둑은 그곳에서부터 수백 미터나 떨어져 있었지만 물비린내를 가득 품은 물길이 점점 더 밀려오는 것 같았다.

굴 안에 있던 일본인들은 무슨 일이 일어난 건지 전혀 예상할 수 없었다. 그들은 총을 들고 우르르 둑을 향해 달려갔다. 작은 굴 입구로 달려가자마자 그곳에서 거대한 물기둥이 뿜어 나왔다.

앞에 가던 일본인 몇 명은 미처 대처할 새도 없이 거대한 물길에 그대로 땅바닥에 곤두박질쳤다. 표면은 콘크리트였지만 굴 내부는 진흙으로 되어 있었다. 둑이 무너지자 엄청난 수압에 작은 굴 입구들이 무너지면서 점점 구멍이 커졌다.

시묘묘는 사람들과 함께 소북풍이 지도에 표시해준 작은 굴을 통과해 출구로 향했다. 굴은 뒷산으로 통해 있어 경사도가 높았기 때문에 앞으로 나아가기가 점점 더 힘들어졌다. 잠시 후 마치 납물을 부어 넣은 것처럼 다리가 묵직해져 한 걸음 한 걸음 옮겨놓기가 무척 힘겨웠다. 아마도 이런 이유 때문인지 일본인들은 이곳에 경비를 세워놓지 않았다.

거대한 홍수가 끊임없이 귀신 마을 지하 미궁으로 몰려들었다. 이런 재난을 겪어본 적이 없는 동굴 안 일본인들은 총이고 뭐고 다 내동댕이치고 작은 굴을 따라 도망치느라 정신이 없었다. 작은 굴마다 위쪽에 방이 하나씩 있었는데, 방으로 들어가면 목숨을 건질 수 있을 것이라 생각하는 모양이었다.

그러나 영특하게 기지를 건설했다고 생각하는 일본인들에게 이것은 바로 함정이 되었다. 일본인들은 몽고사충을 연구하기 위해 오랜 세월 심혈을 기울여 귀신 마을을 만들고, 또한 산중에 자급자족이 가능한 수력발전소를 세웠다. 이런 시설을 보호하고자 귀신 마을 주위에 전력망을 설치하고 각각의 터널 입구마다 전기시설을 해두었기 때문에, 밖에서는 쉽게 문을 열 수 있지만 안에서는 단추를 눌러야 열 수 있었다. 둑이 폭파되자 둑에서 가까운 발전소가 가장 먼저 피해를 입는 바람에 방대한 지하전력망은 완전히 마비되고 말았다.

원래 드나들기 편하도록 만들어놓은 출입구였지만 그곳에 도착한 일본인들은 아무리 해도 문을 열 수가 없었다. 홍수 때문에 둑이 완전히 무너졌다. 둑에서 터져 나온 콘크리트 덩어리들로 인해 굴이 더 커다랗게 뚫리면서 물살이 엄청난 기세로 몰려들었다. 물길은 그대로 일본인들이 몰려 있는 작은 동굴 입구까지 흘러들었다.

펑 하는 소리를 시작으로 귀신 마을에 마치 도미노처럼 연이어 굉음이 이어졌다. 굉음과 함께 밀려든 홍수에 귀신 마을 푸른 벽돌기와 가옥들이 산산이 부서지며 그 파편이 하늘로 솟구쳤다. 물기둥 위로 어렴풋이 사람들의 모습이 보였다. 홍수에 밀려 지하 터널에서 솟구친 일본인들은 그 순간에는 목숨이 붙어 있긴 했지만 그대로 바닥에 떨어지면서 온몸이 산산조각 났다. 홍수는 여전히 살벌한 속도로 사람들을 덮치고 있었다. 물줄기가 빠른 속도로 마을 전체를 뒤덮었다. 눈 깜짝할 사이에 엉망진창으로 무너져버린 푸른 벽돌 저택들이 물속에 잠겼다.

시묘묘가 갇혀 있는 동굴 안으로도 물이 쏟아져 들어왔다. 물길이 순식간에 일행을 덮쳤다.

"빨리요, 소저. 물이 들어와요!"

맨 뒤에 오던 사내가 당황하여 소리를 질렀다.

시묘묘가 힐끗 뒤돌아보았다. 여유를 부릴 틈이 없었다. 발걸음이 점점 빨라졌지만 수위가 높아지는 속도는 더 빨랐다. 지금 그들은 죽음의 신과 경주를 하고 있었다. 이 경주에서 진다면 일본 놈들의 부장품이 되어버릴 것이다.

"아직도 많이 남았소?"

두목이 발아래로 밀려드는 물을 보며 물었다. 신발까지 물이 찬 상태였다. 맨 뒤의 남자는 이미 무릎까지 물에 잠겨 있었다.

"금방, 이제 얼마 안 남았어."

동굴 내부의 등이 모두 꺼져 손가락도 구분 안 될 정도로 컴컴했다. 그들은 오직 감각에 의존해 위쪽으로 발걸음을 옮기고 있었다. 그런 상황이니 지도가 보일 리 만무했다. 또한 빛이 있다 해도 지금은 지도를 볼 여유가 없었다. 시묘묘는 그저 사람들의 용기를 북돋우기 위해, 그리고 더더욱 스스로에게 희망을 주기 위해 그렇게 대답했을 뿐이었다.

다시 위를 향해 100보 정도 갔을 때였다. 시묘묘의 머리가 무언가에 쾅 부딪쳤다. 그녀가 머리를 어루만졌다. 시묘묘가 멈춘 줄도 모르고 뒤이어 따라오던 사내들은 하마터면 그대로 시묘묘를 밀어서 넘어뜨릴 뻔했다.

"왜 안 가지?"

두목이 숨을 헐떡거리며 물었다.

"다 온 것 같군."

시묘묘가 품에서 화절자를 꺼내 지도를 비춰보았다. 지도에 따라 사방을 살피던 시묘묘의 얼굴에 기쁨이 번졌다.

"다 왔어!"

사내들 역시 기쁨을 감추지 못했다. 이런 재앙 속에서 죽지 않고 살아남을 수 있다니, 그들의 기쁨도 당연했다. 그런데 지도에 그려진 대로 제 위치에 있는 단추를 눌렀지만 눈앞의 출구는 요지부동이었다.

"왜 이러지?"

두목이 초조한 표정으로 시묘묘를 바라봤다.

"지도대로라면 출구 단추는 이건데. 왜 안 열리는 거지?"

시묘묘 역시 초조함을 감출 수 없었다. 이미 물이 그녀의 발꿈치까지 차올라 있었다.

"내가 해보지."

두목이 시묘묘 옆에 서서 단추를 눌렀다. 그러나 마찬가지로 아무리 눌러도 반응이 없었다. 몇 차례 시도해보던 두목은 화가 나서 욕을 퍼부었다.

"빌어먹을! 개새끼들, 문 하나를 만들어도 요지경속으로 만들어놓고! 그 자식들 방법대로 해야만 열리는 건 아니겠지?"

두목이 앞으로 몇 걸음 다가가 머리 위 철판을 더듬었다. 그러나 아무리 용을 써도 철판은 요지부동이었다. 발아래 물은 이미 시묘묘의 허리까지 올라와 있었다.

"어이! 형제들! 같이 힘 좀 써보자고!"

두목이 시묘묘 뒤에 있던 사내 둘에게 말했다.

두 사람이 바로 다가와 함께 힘을 썼지만 결과는 똑같았다. 물이 점점 차올랐다. 금방이라도 가슴까지 올라올 것 같았다. 시묘묘와 사내들은 자포자기하는 심정이 되었다. 시묘묘는 자신의 생명이 이렇게 끝날 수도 있겠구나, 하고 생각했다.

"하하! 소저, 조금 있으면 물이 위까지 올라올 것 같은데? 우리 모두 여기서 죽나 봅니다. 그런데 아직 소저 이름도 모르는군!"

두목은 여기까지 올라오느라 힘들었던 데다 조금 전 문을 여느라 진땀을 빼는 바람에 완전히 기진맥진한 상태였다.

"시묘묘."

시묘묘는 가슴까지 물이 차오른 바람에 숨이 막혔다. 음습한 기운에 조금씩 몸이 떨리기 시작했다. 물이 몸 안의 열기를 조금씩 앗아가는 것 같았다. 졸음이 밀려들기 시작했다. 이제껏 살아오면서 지금처럼 졸린 적이 없었다. 눈만 감으면 그대로 잠으로 빠져들 것 같았다.

"어? 물이 더 이상 안 올라오는 것 같아요!"

사내 하나가 기뻐하며 소리쳤다. 사람들이 들썩이기 시작했다. 시묘묘 역시 가슴까지 차오른 물이 더 이상 올라오지 않는다는 것을 깨달았다. 그렇긴 해도 여기 이렇게 갇혀 있으면 아무도 그들을 찾지 못할 거라 생각하자 다시 기운이 빠졌다. 그녀는 동굴 벽에 몸을 기댔다. 눈꺼풀이 자꾸만 내리감겼다.

"어이, 소저. 절대 잠들면 안 되오."

두목 역시 눈이 잘 떠지지 않았지만 계속 주의를 주었다.

"여기서 잠들면 다시는 못 깨어난다고. 어이, 너 말이야."

두목이 자기 옆에 서 있는 사내의 입을 툭 치며 말했다.

"빌어먹을! 자지 말란 말이야. 조심해. 커다란 물고기가 널 물지도 몰라."

"헤헤. 형님, 나 안 자요. 잠깐 졸았을 뿐이에요."

또 다른 사내가 바보같이 웃었다.

"안 되겠군. 이렇게 하지. 돌아가면서 가장 난감했던 경험 하나씩 털어놓자고!"

두목이 정신을 가다듬고 말했다.

"우선 내 얘기부터 하지. 우리 옆집에 손씨 영감이 살았는데, 나이 여든에 첩을 얻었어. 그런데 그 여자, 어찌나 말이 거친지 누구든 눈에 거슬렸다 하면 엄청나게 욕을 퍼부었어. 그래서 이 몸이 언젠가 손을 좀 봐주어야겠다고 생각하고 있었지. 하지만 직접 손을 쓸 수는 없는 일 아니겠어? 그러던 어느 날 손씨 영감과 밥을 먹다 말고 잠시 나갔다 돌아와서 손 영감에게 말했지. 방금 전 당신 아내가 꼬드기는 바람에 사통을 했다고 말이야."

"형님, 정말 그 여자한테 걸려든 거예요?"

다른 두 사내가 침을 꿀꺽 삼키며 물었다.

"귀신이나 잡아가라고 해. 누가 그런 여자를! 그냥 거짓말이었어."

두목이 헤헤 웃었다.

"그런 나리들이야 정말 그런 일을 당했다 해도 사람들 앞에서 인정할 리가 없지 않겠어? 게다가 애초에 내 말을 믿지도 않았고."

두목이 음흉하게 웃으며 말을 이었다.

"그래서 내가 말했지. 못 믿겠으면 지금 당장 돌아가 마누라 엉덩이를 만져보라고. 아직 시원할 거라고 말이야!"

"그래서요?"

두 사내가 신바람이 나서 물었다.

"영감이 내 말이 정말인지 알아보려고 집으로 돌아가 마누라 엉덩이를 만져봤대! 그래서 어떻게 됐겠어? 정말 엉덩이가 차갑더라는 거야! 다짜고짜 마누라 따귀를 올려붙인 거지!"

두목이 말하며 킬킬거렸다.

"어? 형님이 방금 거짓말이라고 했잖아요. 그런데 왜 엉덩이가 차가워요?"

다른 사내가 이해를 못 하겠다는 듯 말했다.

"하하! 남자든 여자든 엉덩이는 보통 다 차갑지."

시묘묘의 말이었다. 그녀 역시 행여 잠이 들세라 눈을 부릅뜨고 말 같지도 않은 두목의 이야기를 듣고 있던 중이었다.

"그렇지! 소저가 그래도 제법 상식이 있구먼!"

두목이 엄지손가락을 치켜세우며 말했다.

"소저도 하나 말해보쇼!"

시묘묘가 물에 잠긴 채 잠시 생각하다 입을 열었다.

"제일 난처했던 일은……."

어느새 시묘묘의 입가에 미소가 떠올랐다. 평소 잘 웃지 않는 그녀의 웃는 모습은 황홀한 정도로 아름다웠다. 갑자기 반준이 떠올랐다. 안양성 밖 작은 숲속에서였다. 모닥불이 마치 시묘묘의 마음처럼 끊임없이 톡탁톡탁 타오르고 있었다. 반준이 손을 꼭 쥐자 시묘묘의 얼굴이 발갛게 달아올랐다. 그녀는 아직 죽을 수 없었다. 절대 이따위 어두컴컴한 물무덤 속에서 죽을 수는 없는 일이었다. 그를 위해, 너무 미안한 그 남자를 위해 반드시 살아서 나가야겠다는 생각이 들었다.

바로 그때 머리 위에서 가벼운 발소리가 들렸다. 시묘묘가 귀를 기울였다.

"누가 온 것 같지 않아?"

시묘묘의 말은 사내들에게 어두운 밤길을 비추는 밝은 등불 같았다. 모두 귀를 기울였다. 쏴, 쏴 물소리 이외에 정말 어렴풋이 발소리가 들렸다.

사내들이 흥분해서 들썩이기 시작했다. 그들은 머리 위 철문을 힘껏 두드렸다. 그러나 한참 동안 아무런 반응도 없었다. 사내들이 동작을 멈추고 다시 귀를 기울였다. 발소리는 더 이상 들리지 않았다.

동물이 지나간 것일까? 한 가닥 품고 있던 희망이 사라지자 실망한 그들은 이제 더는 쓸 힘이 없었다. 이야기를 이어갈 기운도 없었다. 거대한 졸음의 신이 가슴까지 차오른 물처럼 그들을 엄습했다.

바로 그때 정신이 몽롱한 가운데 시묘묘는 머리 위 철문의 진동을 느꼈다. 눈 깜짝할 사이에 철문이 열렸다. 강한 빛이 동굴 안으로 들어왔다. 시묘묘는 문가에 한 여자가 서 있는 것을 보았다. 햇살에 비친 여자의 모습이 마치 선녀 같았다.

햇살이 점점 더 강하게 느껴졌다. 눈을 떠보려고 무의식적으로 손을 들어 빛을 가렸다. 한 방향이 아니라 주위 모든 방향에서 빛이 들고 있었다.

점차 빛에 익숙해진 시묘묘는 서서히 손을 내려놓았다. 그제야 시묘묘는 자신이 귀신 마을 북쪽 산자락에 누워 있는 것을 깨달았다. 귀신 마을 쪽 물빛이 눈부셨다. 비릿한 냄새를 안고 미풍이 살랑살랑 불어오고 있었다.

잠자리 몇 마리가 수면 위를 노닐고 있었다. 위험천만했던 귀신 마을은 이미 호수가 되어버린 뒤였다.

"깨어났군."

시묘묘가 깨어나자 반원원이 몸을 일으켜 그녀 옆으로 다가왔다. 시묘묘가 고개를 돌렸다. 반원원이 미소 지으며 그녀 뒤에 서 있었다. 시묘묘가 의아한 듯 사방을 둘러봤다. 사내들은 보이지 않았다.

"남자들은 벌써 객잔으로 돌아갔어."

반원원이 웃으며 손을 내밀었다. 시묘묘가 반원원의 손을 잡고 자리에서 일어났다.

"우리를 굴에서 구해준 건가요?"

반원원은 대답 없이 되물었다.

"몸은 어때? 움직일 수 있겠어?"

힘이 없긴 했지만 이곳에 더 있고 싶은 생각도 없었다. 시묘묘가 고개를 끄덕였다. 반원원은 그제야 말 두 필을 끌고 왔다. 두 사람은 말에 올랐다.

세 남자는 감탄을 금할 수가 없었다. 장옥흠의 말을 들어보니 또 다른 여자의 이름은 반원원으로, 북경 반씨 집안 사람이라고 했다. 반원원은 객잔에서 출발하기 전 소북풍이 남긴 폭약 두 자루를 챙긴 후 장옥흠에게 귀신 마을 지하 동굴 입구를 물었다. 장옥흠은 그녀가 대체 폭약을 어디에 사용했는지 몰랐지만 세 사내는 너무도 잘 알고 있었다. 다만 반원원이 그것을 어떻게 사용했는지는 아무도 몰랐다.

객잔을 떠난 뒤 시묘묘는 멀찌감치 반원원을 따라갔다. 앞서 가는 여자는 비록 갓 서른이 된 나이였지만, 위기가 닥칠 때마다 마치 곁에 있는 것처럼 그녀의 처지를 잘 파악하고 정확히 판단했다. 지략이나 마음씀씀이 모두 결코 반준보다 못하지 않았다. 얼핏 유약해 보였지만 새삼 다시 평가해야겠다는 생각이 들었다. 그렇게 꼬리에 꼬리를 물고 생각을 거듭하다 보니 대체 어떤 인물이 저런 여자를 수년 동안 손바닥에 위에 놓고 움직이고 있는지 궁금해졌다. 시묘묘는 가슴이 뜨끔했다.

시묘묘가 따라붙지 않자 반원원이 고삐를 잡아끌며 고개를 돌렸다. 그녀는 시묘묘가 여전히 깊은 생각에 잠겨 있는 것을 보고 미소 지었다.

"왜 그래, 시 소저? 몸이 불편하면 앞에 있는 객잔에서 조금 쉬었다 갈까?"

시묘묘가 말을 재촉했다.

"괜찮아요. 아마 좀 빨리 가면 반준 일행이 난주를 떠나기 전에 만날 수 있을 거예요."

"그래."

시묘묘의 상태가 좋지 않았기 때문에 반원원은 그런 그녀를 이끌고 차마 길을 서두를 수가 없었다.

"반 소저."

시묘묘의 말투가 많이 바뀌어 있었다.

"응?"

반원원이 담담히 미소를 띠었다. 북경에서 만났을 때와는 분위기가 완전히 달랐다.

"저……."

시묘묘는 민망한 듯 잠시 고개를 숙이더니 말했다.

"저보다 나이가 많으시니 이제부터 언니라고 부를게요."

"응, 좋아!"

반원원의 입가에 웃음꽃이 피었다.

"이제 자매가 되었으니 내게 진짜 얼굴을 보여주겠어?"

시묘묘가 웃으며 살짝 고개를 숙였다.

"그게……."

반원원이 알았다는 듯 말했다.

"동생, 불편하면 괜찮아. 그냥 언니가 농담한 셈 쳐."

그런데 뜻밖에도 반원원의 말이 끝나자마자 시묘묘가 얼굴에 붙인 인피가면을 살며시 떼어냈다. 가면 아래로 절대 가인의 아리따운 얼굴이 드러났다. 반원원은 눈앞이 화사해지는 것 같았다. 시묘묘의 진짜 얼굴이 인피 얼굴보다 백배는 아름다웠다. 직접 보지 않았더라면 이처럼 아름다운 사람이 있다는 사실을 결코 믿을 수 없었을 것이다.

"왜 그래요?"

반원원이 놀라는 모습에 시묘묘가 물었다.

"동생이 인피가면을 쓰고 있는 이유를 이제야 알았네. 너무 아름답잖아!"

농담투이긴 했지만 결코 아첨은 아니었다.

"언니는 왜 사람을 비웃고 그래요!"

시묘묘가 다시 인피가면을 썼다.

"참, 조금 전에 빨리 가면 준이 일행을 만날 수 있다고 했지? 그럼 준이 일행이 언제 난주를 떠날지 알고 있다는 거야?"

반원원이 살짝 웃으며 물었다.

"저……."

잠시 뜸을 들이던 시묘묘는 끝내 입을 열지 않았다. 그녀의 머릿속에 한 사람이 스치고 지나갔다. 바로 애신각라 경년이었다.


"경년이 왜요?"

반준이 충초당 후원에 서 있는 검은 차에 올라타서는 물었다. 설귀는 고개를 숙인 채였다. 반준은 설귀의 왼팔에 감긴 검은 상장(喪章)을 힐끗 바라봤다. 불길한 예감이 그대로 현실로 나타난 것이다.

설귀가 품에서 편지 한 통을 꺼냈다. 반준은 머뭇거리며 편지를 받았다. 봉투에는 "반준 나리께"라고 적혀 있었다. 필적이 낯설긴 했지만 글씨에 힘이 넘쳤다. 반준이 황급히 편지를 꺼냈다.


반준 나리 보십시오.


반갑습니다.

이 편지를 보실 때쯤 저 경년은 아마도 귀신이 되었을 겁니다. 처음 나리의 존함을 들었을 때는 이렇듯 나리와 인연이 닿으리라 생각하지 못했습니다. 한 달 전, 북경에서 나리를 만난 후 우리의 만남이 이렇게 늦게 이루어진 것을 참으로 유감스럽게 생각했습니다. 경년이 나리와 평생지기로 살아갈 복이 없음을 아쉬워할 뿐입니다.

나리는 도가의 중용을 따르며 이런 세월의 역류 속에서 일생의 평안을 도모하려고 하셨지요. 그러나 갑오전쟁 이후 작은 섬나라 왜구가 강도의 심보를 만천하에 드러내고 있습니다. 5천 년 역사를 가진 대국이 존폐 위기에 처해 있는 지금, 필부에게도 나라의 흥망에 대한 책임이 있습니다. 저 경년은 비록 만청의 후손이지만 차마 나라는 망해도 산하는 의구하다는 식으로 살아갈 수가 없습니다. 이에 제 미력한 힘으로나마 백성들을 위해 크게 외치고자 합니다.

나리와는 불과 순간의 만남이었지만 우국우민의 마음을 절절히 느낄 수 있었습니다. 은둔해 계시지만 마음은 천하의 뜻을 품고 계시지요. 곤충소환사 일족의 비밀에 생사가 얽혀 있으니 나리께서는 신중에 또 신중을 기하시기 바랍니다. 그래야 이 경년, 죽어도 구천에서 웃을 수 있을 것입니다.

경년의 길은 이미 막바지에 이르렀지만 나리의 길은 아직도 창창합니다.

몸조심하십시오. 안녕히 계십시오.

애신각라 경년
안양에서


반준은 편지를 몇 번이나 반복해서 읽었다. 애신각라 경년은 두 번 정도밖에 보지 못했지만 젊은 그의 모습에서 항상 우울한 느낌을 받곤 했다. 반준 역시 그들의 만남이 너무 늦게 이루어졌음이 아쉬울 뿐이었다. 더구나 불과 며칠 만에 이승과 저승으로 운명이 나뉘다니, 정말 생각지도 못했던 일이다.

"경년은 어제 새벽 안양성 옛 저택에서 일본인들에게 살해당했습니다."

설귀가 중얼거리듯 말했다. 서북지역을 호령하며 오랜 세월 상계(商系)를 주름잡던 서북 남자의 말에는 슬픔이 가득 차 있었다.

"이 편지는 경년이 죽기 전 비밀리에 안양에서 보내온 것입니다."

설귀는 반준의 대답을 기다리지 않고 혼자 중얼거리듯 말했다.

반준은 여전히 침묵한 채 주먹을 꽉 쥐었다. 애신각라 경년 정도의 신분과 지위에 왜 이렇게 참담하고 불행한 일을 당해야 하는지 알 수가 없었다. 그는 고개를 돌려 창밖으로 흐릿한 밤하늘을 바라봤다. 난주성은 마치 강보에 싸여 잠든 아이처럼 고요했다. 자정이 지난 시각, 황하에서 피어오른 수증기가 난주성 전체를 가득 메우고 있었다. 하늘에 걸린 하얀 달이 수증기 안에 어른거렸다. 며칠 전, 이 밝은 달 아래 안양성 한 고택에 두 젊은이가 서 있었다.

"두 사람이 원래 알던 사이였군."

관수는 경년이 준 편지를 신기한 듯 바라봤다.

"음!"

경년이 일어나 뒷짐을 지고 관수 옆을 서성거렸다. 그가 하늘의 달을 바라보았다.

"오래전 상서 수파 시씨 집안에 수상한 화재가 일어난 후 그 사람을 알게 됐네. 그리고 한참 지나 그 사람 역시 나처럼 72년 전 화재에 의혹을 가지고 있다는 것도 알게 됐고. 다만 번거로운 일을 피하기 위해 비밀리에 연락을 주고받았지."

"음, 그랬군."

관수가 잠시 뭔가 생각하더니 말했다.

"경년, 때가 됐네. 어서 안양을 떠나야 돼. 일본인들이 벌써 자네 행적을 파악했어."

"하하! 관수! 사실 자네가 왜 갑자기 안양에 왔는지 알고 있네. 금소매가 이미 내게 전화를 걸어 북경을 떠나라고 알려줬거든. 자네,

오늘 온 목적이……."

경년은 말을 잇지 않았다. 옆에 서 있던 관수가 한숨을 길게 내쉬며 가만히 고개를 끄덕였다.

"경년, 자네 말이 맞아. 특별고등경찰을 따라왔지. 자네를 제거하는 것이 그들의 목적이야. 나 말고 다른 사람들은 지금 헌병대에 있어. 그렇지만 이삼 일 지나면 자네 행적을 발견하게 될 거야. 어서 떠나게. 해외로 가는 게 좋겠어."

경년이 고개를 흔들며 한숨을 쉬었다.

"어디로? 아메리카합중국? 잉글랜드?"

경년이 자조하듯 말을 이었다.

"나라는 망했는데 산천은 의구하지. 팔국 연합군이 북경으로 쳐들어오자 서태후는 황망히 도주했어. 그리고 결국 강도들이 북경을 불태우고 약탈했지. 원세개가 자리에 올라 스스로 황제라 칭하니, 청나라 후손들은 그 화가 미칠까 봐 너도나도 해외로 도주했어. 이제 일본인이 왔으니 또 도망가야 하나?"

"경년! 자네에게 예기치 못한 일이 생기면 이제까지의 계획이 모두 수포로 돌아가."

관수가 걱정스러운 마음에 경년에게 권고했다.

"반드시 가야 해. 빨리 이곳 안양을 떠나야 한다고! 안양성 밖에 마차를 마련해뒀어. 무한까지 자네를 몰래 빼내줄 걸세. 무한에서 홍콩으로 가게!"

"관수, 자네가 잘못 생각한 거야."

경년이 정색하며 단호하게 말했다.

"내가 떠나면 모든 계획이 수포로 돌아가겠지. 우린 이 계획을 오랫동안 준비했어. 줄곧 기회를 기다렸지. 그런데 내가 두렵다고 외국으로 도망가면 다른 사람은? 그 사람들이 계획대로 일을 할까?"

"하지만……."

관수는 냉철하고 영특한 사람이었다. 순간 그는 애신각라 경년의 의도를 파악할 수 있었다. 그가 손을 내밀어 힘껏 경년의 어깨를 잡았다. 관수의 표정이 매우 진지했다. 목이 메었다.

"게다가 자네가 위험을 무릅쓰고 여기 나타난 것 자체가 잘못이야. 내가 도망가면 일본인들은 자신들 내부에 첩자가 있다는 걸 알게 될 거야. 그렇게 되면 자네가 위험해지지."

경년이 조리 있게 말을 이었다.

"관수, 자넨 정말 중요한 인물이야. 안양성 밖에서 반 나리를 만나 일부 상황을 알려줬어. 나머지 일들은 그분이 알아서 할 걸세. 난 이제 전혀 가치가 없지만 자네는 달라."

"경년……."

관수가 무슨 말인가를 하려고 할 때였다. 갑자기 귓가에 가지런한 발소리가 울려 퍼졌다. 이곳을 향해 오는 것 같았다. 경년과 관수가 잔뜩 긴장한 채 숨을 죽였다. 잠시 후, 경년이 재빨리 방으로 들어가 편지 한 통을 가져왔다.

"일본인들이 내 행적을 발견한 모양일세. 내가 죽으면 이 편지를 반 나리에게 전해주게."

경년이 관수에게 편지를 건넸다. 관수가 머뭇거리며 편지를 받았다. 이어 경년이 관수를 아래위로 훑어보며 말했다.

"날 죽여!"

"뭐?"

관수가 의아한 눈초리로 경년을 바라보았다. 발소리가 점점 더 가까워지고 있었다. 집 전체를 포위한 것 같았다.

"관수, 뭘 우물쭈물하는 건가!"

경년이 관수의 허리춤에서 총을 빼내 그에게 내밀었다.

"어서! 일본인들이 자네랑 내가 함께 있는 걸 보면 지금까지 성과가 모두 수포로 돌아가!"

관수가 손을 내밀어 총을 받았다. 방아쇠에 손가락은 얹었지만 차마 당길 수가 없었다.

"어서 쏴."

경년이 단호하게 말했다. 그의 말이 떨어지자마자 일본인들 몇 명이 문을 박차고 들어섰다. 그 순간 관수의 손이 바르르 떨리는가 싶더니 총소리와 함께 그의 얼굴에 피가 튀었다. 눈앞의 경년이 바닥에 쿵 쓰러졌다. 살며시 두 눈을 감은 그의 입가에 미소가 피어올랐다. 안심의 미소 같기도 하고 일본인에 대한 조롱 같기도 했다.


검은 액자틀 안의 경년은 상고머리에 안경을 끼고 빙그레 미소 짓고 있었다. 재기 넘쳐 보이는 깔끔한 인상이었다. 그의 미소가 사진 속에 박혀 있다. 설귀의 집 셋째 마당에 위치한 어느 방에 빈소가 마련되었다. 사방에 검은 휘장이 쳐 있었다. 반준은 팔에 상장을 단 채 경년의 영정사진 앞에 서서 깊이 고개를 숙였다.

그 순간 반준의 마음에 거친 파도가 일렁였다. 어려서부터 《도덕경》을 익히며 언제나 상황을 묵묵히 지켜보기만 했다. 국공내전 때도, 일본 침략에도 마찬가지였다. 반준은 선조가 남긴 학풍이 정확한지 항상 고민했다. 원래 똑똑한 사람일수록 잘못된 길로 들어갈 경우 빠져나오기가 쉽지 않은 법이다. 경년의 죽음은 그에게 큰 충격을 주었다. 평정심이 흐트러지기 시작했다.

반준과 설귀는 경년의 영정에 예를 올린 뒤 천천히 대청으로 향했다. 벌써 삼경이 지나 있었다. 하인이 차를 두 잔 따르고 물러났다. 설귀가 차를 한 모금 마신 후 애석해하며 말했다.

"경년을 한 번밖에 만나보지 못했지만 그 한 번의 만남에 깊은 인상을 받았습니다. 그 후 수년 동안 그와 자주 편지를 왕래했습니다. 그간 경년은 제게 두 가지를 알려줬죠. 첫째는 고대 실크로드를 따라 신강으로 가는 상도를 개척한 일이에요. 그 일로 다 무너져가던 설씨 집안 사업이 다시 일어날 수 있었습니다. 두 번째는 반준, 반 나리를 소개해준 것입니다. 제 딸아이를 질병의 고통에서 벗어나게 해줬지요. 경년에게 받은 은혜가 하늘 같습니다."

"경년! 이 시대의 영웅이지요!"

반준은 얼굴을 굳힌 채 고민했다. 영웅이란 뭘까? 출신과 지위, 과거의 행동이 어떻든 간에 민족과 국가의 존망이 위기에 처했을 때 앞으로 나아가는 자는 영웅이 되고, 뒤로 움츠리는 자는 세상 사람들로부터 버림을 받는다.

"아! 하늘은 영웅을 질투하는 법이지요."

설귀의 입에서 절로 탄식이 흘러나왔다.

"그래요."

반준은 경년을 생각할 때마다 마음이 시큰했다. 두 사람은 잠시 침묵에 잠겼다. 반준이 고개를 들어 하늘을 바라봤다. 날이 어두워지고 있었다. 반준이 자리에서 일어나며 말했다.

"설 선생님, 시간이 늦었네요. 이제 가야 할 것 같습니다. 며칠 짐을 좀 정리해서 출발할까 합니다."

"네?"

설귀가 얼굴을 찌푸렸다.

"반 나리, 신강에 가시려고요?"

반준이 서슴없이 고개를 끄덕였다. 설귀가 걱정스러운 듯 말했다.

"여기서 신강까지는 일본의 세력 범위가 아니지만 이 여정 역시 그리 평탄하지 않을 겁니다. 때로 비적들이 출몰하니까요."

반준은 원래 난주에서 잠시 쉬면서 준비가 되면 신강으로 출발할

예정이었다. 그런데 뜻밖에 많은 일이 벌어지면서 그의 여정에 혼란이 생겼다. 일을 대충 끝내고 나니 이제 다시 난주에서 신강까지의 여정이 걱정스러웠다.

"하지만 반 나리, 너무 걱정하실 필요 없습니다. 우리 설씨 집안은 오랜 세월 실크로드를 다니면서 각 세력들과 모두 왕래가 있습니다. 반 나리께서 이런 장사치들의 돈 냄새가 싫지 않으시다면 우리 상단과 함께 길을 가시지요. 그럼 보살펴드릴 수도 있고, 별 탈 없이 신강에 갈 수 있을 것입니다."

설귀의 말에 반준은 크게 감동했다. 며칠 동안 그를 골치 아프게 했던 일이 순식간에 해결된 것이다. 반준이 두 손을 모으며 말했다.

"정말 그렇게만 해주신다면 그 이상 좋을 수 없지요. 다만 상단이 언제 출발하는지 모르겠군요."

"사흘 뒤 출발할 수 있습니다."

설귀가 계산해보더니 말했다.

"좋습니다. 정말 감사합니다, 설 선생님! 그럼 이만 가보겠습니다."

반준이 예를 표한 후 물러났다.

설씨 저택을 나온 반준은 문 앞에 있는 검은색 차량에 오르는 대신 혼자 어둠 속으로 걸어갔다. 경년의 갑작스러운 죽음은 반준에게 큰 충격을 주었다. 그의 머릿속에 막힘없이 이야기를 늘어놓던 경년의 모습이 계속 떠올랐다.

# 제13장

# 어둠 속의 진실이 드러나다

　반준은 난주성에서 동쪽으로 홍은가를 따라 곧장 북쪽으로 향했다. 벌써 삼경이 넘은 시간이었다. 넓은 거리는 텅 비어 있었고 이따금 거리 골목에 깨진 그릇을 가슴에 안고 두 손으로 지팡이를 쥔 채벽에 기대 깊이 잠들어 있는 거지 몇 명이 보일 뿐이었다. 때로 갈곳 없는 개들이 두서너 마리씩 보이기도 했다.

　그는 충초당으로 돌아가지 않고 모퉁이를 돌아 관원정가 쪽으로향했다. 안개 속 달무리가 미로 같은 관원정가를 비추고 있었다. 반준은 기억을 더듬어 골목을 돌고 돌다가 한 폐허에 이르렀다. 바로난주의 구양씨 고택인 연석재였다.

　불길은 하루 전에 모두 잡혔지만 그을음 냄새는 여전했다. 반준이뒷짐을 진 채 폐허 앞에 섰다. 불길이 얼마나 거셌는지 담장은 모두무너지고 기와 한 장 제대로 남아 있는 것이 없었다. 부서진 대문만덩그러니 남아 있을 뿐이었다.

　그 순간 반준의 눈앞에 빛이 스쳤다. 그는 폐허에서 새어나오고있는 작은 빛을 발견했다. 반준은 수상한 생각에 앞으로 몇 걸음 나아갔다. 반쯤 허물어진 벽 뒤로 모닥불 빛이 어른거렸다. 의심스러운 생각에 반준의 발걸음이 빨라졌다. 그는 기와, 벽돌 조각이 엉망으로 흩어져 있는 폐허를 지나 담장 뒤에 이르렀다. 꾀죄죄한 옷에 피골이 상접한 늙은 거지 하나가 모닥불에 옥수수를 굽고 있었다. 채 익지 않은 옥수수에서 구수한 냄새가 풍겼다.

누군가가 자신을 지켜보자 늙은 거지는 황급히 옥수수를 한쪽에 던진 뒤 두 손으로 머리를 감싸고 잔뜩 웅크린 채 겁먹은 목소리로 말했다.

"제발 때리지 마세요. 때리지 마세요. 다시는 여기 안 올게요."

측은한 마음에 반준이 몸을 구부려 굽다 만 옥수수를 늙은 거지에게 건넸다.

"때리지 않아요."

늙은 거지는 반신반의하며 머리에서 손을 내렸지만 감히 반준을 똑바로 바라보지 못했다. 그는 얼굴을 옆으로 돌린 채 잔뜩 겁먹은 얼굴로 반준을 바라봤다. 반준이 웃으며 옥수수를 내밀었다. 거지 노인은 슬그머니 손을 내밀다 말고 잠시 동작을 멈춘 뒤 반준을 다시 한 번 물끄러미 바라보다가 그제야 마치 보물이나 되는 것처럼 옥수수를 받아 품에 안았다.

"영감님, 억양을 들으니 난주 사람은 아닌 것 같은데요."

반준이 벽돌 하나를 가져다 거지 노인 맞은편에 앉으며 물었다. 노인은 잠시 반준을 바라보더니 경계심을 풀고 몸을 반듯이 편 후 품에 안고 있던 옥수수를 꺼내 천천히 굽기 시작했다. 그가 고개를 돌려 뒤쪽 찢어진 밀가루 포대에서 껍질을 벗기지 않은 옥수수 하나를 꺼내 반준에게 내밀었다. 반준이 웃으며 옥수수를 받아 불에 올렸다.

한참 뒤에야 노인이 입을 열었다.

"섬서요, 섬서 위하 사람입니다."

"올해 예순 정도 되셨나요?"

반준은 모닥불 너머로 맞은편 거지 노인을 살펴보았다. 머리는 하얗게 세고 입가에는 시퍼런 멍이 들어 있었다. 눈가도 찢어져 있었다. 누군가에게 맞은 것 같았다.

"올해 예순여덟이외다."

거지 노인이 반쯤 익은 옥수수 냄새를 맡더니 입에 덥석 물었다. 옥수수 알 몇 개가 떨어졌다. 노인이 행복한 얼굴로 옥수수를 씹기 시작했다.

"그럼 가족은요?"

옥수수를 먹는 거지 노인의 모습이 애처로웠다. 반준의 말에 거지 노인이 먹던 것을 멈췄다.

"죽기도 하고, 도망가기도 하고. 원래 아들이 난주에 살았는데 여기 와서야 아들도 몇 해 전에 죽었다는 걸 알았습니다."

거지 노인의 눈에서 혼탁한 눈물이 흘러내렸다.

"영감님, 얼굴의 상처는……."

반준은 조금 전 '제발 때리지 마세요'라는 말을 들었을 때 대충 짐작하고 있었다.

"일본 놈들. 이 늙은이가 밥을 구걸한 것도 아닌데! 하루 종일 구걸하고 다녀도 아무것도 얻은 게 없었어요. 그래서 성밖 옥수수밭에서 덜 익은 옥수수 몇 개를 훔쳤지요. 날것으로 먹기가 너무 역해 어제 이 집에 큰 불이 났던 기억이 나서 불더미에 구워먹으려고 왔습니다. 그런데 한밤중에 어디서 튀어나왔는지 일본 놈들이 나타나 날개 패듯이 마구 때렸어요. 나더러 멀리 꺼지라고 하더군요."

거지 노인이 말하며 다시 옥수수를 먹었다. 순간, 반준은 깊은 생각에 빠져들었다. 대체 한밤중에 튀어나온 일본인들은 누구일까?

왜 이 고택에 나타났고, 왜 노인을 쫓아내려 했을까? 반준이 잠시 한눈을 파는 사이 그만 그의 손가락이 불에 닿았다. 반준이 재빨리 팔을 움츠렸다.

그 모습을 본 노인이 큰 소리로 웃음을 터뜨렸다. 반준 역시 조금 쑥스러웠다. 노인이 자신의 막대기를 반준에게 건넸다. 막대기를 받아 불더미를 헤치자 옥수수가 드러났다. 막 손을 뻗어 옥수수를 꺼내려는 순간 반준의 시선이 불더미 속에 있던 한 물건에 멈췄다.

정교하게 만든, 손바닥만 한 조그만 금속 상자였다. 반준은 상자의 열기가 식길 기다려 손바닥에 올려놓고 유심히 살펴보았다. 눈에 익은 상자였다. 그런데 어디에서 봤는지 순간적으로 생각이 나지 않았다.

정교한 금속 상자가 붉은 천 위에 놓여 있었다. 풍만춘이 금용을 재운 후 탁자 앞에 앉았다. 그는 양미간을 찌푸린 채 상자를 잠시 들여다본 후 무의식적으로 품에서 담배 한 개비를 꺼냈다. 그와 동시에 탁자에 놓인 것과 거의 같은 모양의 금속 상자를 꺼내 살짝 눌렀다. 상자에서 불꽃이 솟아올랐다. 풍만춘이 담배에 불을 붙인 후 두 상자를 함께 나란히 놓았다.

'임지'(任地, 작물 종류에 따라 토질이 달라야 한다는 말로, 농가의 경전 이름이기도 하다—옮긴이)라는 이름의 이 상자는 토파 곤충소환사들이 쓰는 물건이었다. 토파 곤충소환사들은 평소 대부분 지하에서 살기 때문에, 습도가 높은 곳에서 잘 켜지지 않는 화절자 대신 임지로 불을 붙였다. 상자 안은 매우 정교하게 층이 나뉘어 있다. 가장 안쪽에는 인 혼합물이 들어 있어서 자체의 온도만으로도 불을 피울 수 있었다. 임지라는 명칭에는 어디서도 불을 피울 수 있다는 뜻이 포함되어 있었다.

지금 풍만춘의 고민은 눈앞의 임지가 뜻밖에도 상서 지역 수파 곤충소환사인 시씨 집안의 72년 전 화재 현장에서 나타났다는 것이었다. 상서에 갔을 때 그곳 노인이 붉은 천으로 싼 물건 하나를 그에게 주었다. 당시 풍만춘이 놀란 이유는 그 안에 바로 이 임지가 들어 있었기 때문이다. 풍만춘은 몇 번이나 망설였지만 이 물건을 끝내 반준에게 넘겨주지 못했다.

　최근에 풍만춘은 시간만 났다 하면 임지를 꺼내 곰곰이 생각에 잠겼다. 그는 72년 전 화재 현장에서 왜 이 물건이 나왔는지 감을 잡을 수가 없었다. 당시 화재가 토파 곤충소환사와 관련돼 있다고 믿고 싶지 않았지만, 임지의 발견으로 자신도 무관하지 않다는 생각에서 벗어날 수가 없었다.

　마치 뜨거운 감자인 양 풍만춘은 임지 때문에 골치가 아팠다. 그는 오늘 반준이 돌아오면 그에게 이 물건을 줘야겠다고 결심했다. 풍만춘은 계속 담배를 피웠다. 사경이 되었을 때 충초당 뒤쪽에서 발소리가 들려왔다. 즉시 피우고 있던 담배를 버리고 밖으로 나가려던 그가 발걸음을 멈췄다. 반준이 아니라 여자들 발소리 같았다. 그의 얼굴에 미소가 피었다.

　풍만춘이 밖으로 나가보니 유간이 함박웃음을 띤 채 두 여자와 함께 들어오고 있었다. 한 사람은 시묘묘, 또 한 사람은 반준의 누나인 반원원이었다.

　"시 소저!"

　안양에서 시묘묘와 헤어진 지 보름이었다. 비록 이후에 반준이 도착하긴 했지만 시묘묘에 대해서는 시종일관 아무런 소식도 듣지 못하던 중이었다.

　"풍 사부님."

　시묘묘가 미소 지었다.

"모두 왔군! 잘됐어!"

풍만춘이 흥분해서 말했다. 두 사람은 처음부터 친한 사이가 아니었던 데다 서로에게 응어리도 남아 있었지만, 북경과 안양에서 여러 가지 일을 겪다 보니 어느새 고난을 함께한 동료가 되어 있었다.

"이분은?"

풍만춘이 의아한 눈으로 옆에 서 있는 반원원을 보며 물었다. 유간이 끼어들었다.

"하하. 풍 사부님. 이분은 반 나리의 누님 되시는 반원원 소저입니다."

풍만춘이 깜짝 놀라 입을 벌린 채 눈앞의 여자를 바라봤다. 아름다운 용모 이외에도 뭐라고 꼬집어 말할 수 없는 분위기를 느낄 수 있었다. 반준에게서만 느껴지는 그런 분위기였다.

"풍 사부님, 안녕하세요?"

반원원이 살짝 미소 지었다.

"자, 밖에 서 있지 말고 빨리 안으로 들어갑시다."

풍만춘이 사람들을 데리고 대청으로 들어섰다. 마당 쪽 소란에 잠을 자려던 연운과 단이아가 깨어났다. 한 방에 묵고 있던 두 사람도 옷을 차려입고 대청으로 나왔다. 연우이 의자에 앉아 있는 시묘묘를 발견하고 눈살을 찌푸렸다.

연운과 단이아가 나오자 풍만춘은 즉시 자리에서 일어나 그들을 소개했다. 반원원이 미소를 지으며 일어나 물었다.

"구양 소저, 단 소저, 아직도 나 기억해요?"

당초 안양성 반씨 고택에서 비밀 통로를 통해 금용과 함께 있던 그들을 피신시킨 사람이 바로 반원원이었다. 당시 반원원의 얼굴은 상처투성이였고 그런 얼굴을 검은 베일로 가린 상태였다. 그러나 단이아와 연운은 목소리를 듣고 그 즉시 반원원임을 알았다. 연운이 먼저 입을 열었다.

"언니, 어떻게 이곳에?"

반원원이 미소 지었다. 사람들 앞에서 자기 신분을 밝힌 적은 없지만 안양 반씨 고택에서 그곳에 있던 이들을 줄곧 몰래 살폈기 때문에 반원원은 이미 대충 사람들을 파악한 상태였다. 반원원은 솔직하고 직선적인 연운의 성격을 잘 알고 있었다.

"하하. 연운! 이분, 반준의 친누나라는 거 아직 모르지?"

풍만춘이 웃으며 말했다.

"어?"

연운이 놀란 듯 입을 떡 벌리고 반원원을 아래위로 훑어보았다. 풍만춘의 말을 듣고서야 눈앞의 여자의 얼굴이 반준과 확실히 닮았다는 생각이 들었다.

"언니, 풍 사부님 말이 사실이에요?"

"네. 사실이에요."

반원원이 고개를 끄덕이며 웃었다.

"여긴 단이아 소저고."

단이아가 수줍게 웃었다.

"안녕하세요!"

"참, 두 사람, 이제 막 성에 들어왔으니 아직 식사도 안 했겠지? 유간, 어서 사람들에게 먹을 것 좀 만들라고 하시오."

풍만춘이 말하며 옆에 서 있던 유간을 툭 쳤다. 유간이 머리를 긁적거렸다.

"신바람이 나서 떠들다 보니 깜빡했네."

유간이 뒤돌아 밖으로 나갔다.

"참, 반준은요?"

반준의 모습이 보이지 않자 시묘묘가 풍만춘에게 물었다. 풍만춘이 얼굴을 찌푸리며 말했다.

"저녁에 설귀와 함께 장가택문에 갔어. 무슨 일인지 모르겠네."

"설귀랑요?"

설귀의 이름을 들은 반원원이 몸을 부르르 떨었다. 그녀가 고개를 돌려 풍만춘을 바라봤다.

"준이가 설귀를 만났다고요?"

"왜요? 반 소저도 그 사람 압니까?"

반원원의 표정이 이상하다 생각한 풍만춘이 물었다. 반원원은 아무 말도 하지 않고 웃기만 하더니 연운 쪽으로 고개를 돌렸다.

"용이는 어디에 있나요?"

"금용?"

연운이 의아한 듯 단이아에게 눈길을 돌렸다. 반원원이 왜 갑자기 금용을 찾는지 어리둥절했던 것이다.

"아직 모르나……."

시묘묘가 막 입을 열려고 할 때 반원원이 그녀를 향해 살짝 고개를 흔들었다. 시묘묘는 그대로 입을 다물었다. 반원원은 자신이 앞으로 얼마나 더 살 수 있을지 모르는 상황에서 금용이 어머니를 만나자마자 또다시 이별의 슬픔을 겪게 될지도 모른다는 사실이 마음에 걸렸다.

"뭘 모른다는 거예요?"

연운은 시묘묘가 말을 하려다 말자 인상을 찌푸리며 짜증을 냈다.

"하하. 묘묘 말은 내가 얼마나 아이들을 좋아하는지 사람들이 모른다는 얘기지요."

반원원이 황망히 둘러댔다. 옆에 있던 풍만춘이 뭔가 눈치챈 듯 헛기침을 했다.

"반 소저, 용이는 계속 나랑 같이 잤소이다. 이아! 어서 가서 용이

334

를 깨워 오지!"

"괜찮아요. 단 소저랑 가서 볼게요."

반원원이 단이아를 보고 웃으며 말했다.

"단 소저, 부탁 좀 할게요."

"네!"

단이아와 반원원은 함께 풍만춘의 침실로 향했다.

방에는 풍만춘과 구양연운, 시묘묘 세 사람만 남았다. 연운이 입을 삐죽거렸다. 그녀는 아무리 애써도 시묘묘를 곱게 볼 수가 없었다. 더구나 반원원이 시묘묘를 친근하게 '묘묘'라고 부르는 것을 보니 기분이 씁쓸했다.

"연운, 날 왜 쳐다보지?"

연운이 계속 자신을 노려보자 시묘묘가 물었다.

"무슨 상관이에요? 내가 뭘 보는 것까지 말해야 해요?"

연운이 콧방귀를 뀌더니 시선을 한쪽으로 돌렸다. 풍만춘은 두 사람이 마치 물과 불처럼 화합하지 못하고 으르렁거리자 황급히 분위기를 정리했다.

"서로 못 볼 때는 그렇게 걱정을 하더니! 됐어, 두 사람! 그만! 시 소저, 우리가 안양성 밖에서 헤어진 뒤에 겪은 일을 상세하게 이야기보게."

연운은 시묘묘 맞은편 의자에 앉아 두 손으로 턱을 괸 채 눈을 가늘고 뜨고 시묘묘를 바라봤다. 그 눈빛이 마치 그녀를 꿰뚫는 듯했다. 그러나 그렇게 잠시 앉아 있던 연운은 기분이 나쁜 듯 곧 자리에서 일어나 밖으로 나갔다. 벌써 사경이 넘었지만 반준에게선 전혀 소식이 없었다. 연운은 불안한 얼굴로 충초당 입구로 걸어갔다. 대문으로 나온 연운은 충초당 밖에 한 거지 노인이 엎드려 있는 것을 발견했다. 계단이 온통 피범벅이었다.

연운이 충초당 점원을 부르면서 계단 아래로 내려가 거지 노인을 부축했다. 거지 노인은 온몸이 만신창이가 된 채 이마와 입가에 피를 흘리고 있었다. 연운이 거지 노인 귀에 대고 소리쳤다.

"무슨 일이에요? 정신 차리세요!"

잠시 후 거지 노인이 힘겹게 눈을 떴다. 노인이 입술을 바들바들 떨며 모기 소리만 한 목소리로 말했다.

"충초당 유 사장님 안 계시나요?"

거지 노인이 단단하게 거머쥐고 있던 주먹을 들어 연운 앞에서 천천히 펼쳤다. 연운의 눈앞에 청사 상자가 드러났다. 연운은 순간 머리를 돌로 맞은 것 같았다.

그때 점원 몇 명이 밖으로 뛰어나와 거지 노인을 둘러쌌다. 연운은 손에 상자를 들고 사방을 둘러봤다. 상자는 분명 반준이 자나 깨나 몸에 지니고 다니던 반씨 집안의 물건이었다. 잠을 잘 때도 몸에서 떼놓지 않던 물건이었는데, 이 상자를 거지가 가지고 있다니! 그건 반준의 신변에 문제가 생겼다는 뜻이었다. 연운은 정신 없이 충초당 앞 거리를 뒤지며 큰 소리로 외쳤다.

"반준 오라버니! 오라버니, 어디 있어요?"

그렇게 불러봤자 전혀 소용이 없다는 것을 알고 있었지만 이렇게라도 하지 않으면 미칠 것 같았다.

"구양 소저! 어서 이리 와보세요."

점원 한 사람이 초조한 목소리로 저만치 떨어져 있는 연운을 불렀다. 연운이 소리를 듣고 달려갔다. 거지 노인이 몸을 부들부들 떨었다. 입에서 핏물이 흘러나왔다. 핏물에 옥수수 알도 섞여 있었다. 그는 갑자기 눈을 부릅뜨더니 엄청난 양의 핏덩이를 쏟은 후 눈도 감지 못한 채 마지막 숨을 거두었다.

여명이 밝아올 무렵, 난주성 충초당의 분위기는 침울하게 가라앉아 있었다. 풍만춘은 초조하게 방 안을 서성거리며 때때로 탁자 위의 청사 상자를 힐끗거렸다. 옆에 앉아 있던 반원원과 시묘묘는 오히려 많이 안정을 되찾은 것 같았다.

연운은 좌불안석이었다. 그녀는 문 앞에서 초조하게 밖을 두리번거렸다. 잠시 후, 유간이 설귀와 함께 다급하게 걸어왔다. 그들이 곧장 방으로 들어서자 연운이 유간을 붙잡고 물었다.

"유간 아저씨! 반준 오라버니는요?"

유간이 풀이 죽어 고개를 흔들더니 설귀를 따라 대청으로 들어갔다. 풍만춘을 본 설귀가 두 손을 모으며 예를 올렸다.

"풍 사부님!"

"설 선생, 어떻게 됐소? 경찰국에서는 아무런 소식이 없습니까?"

풍만춘이 다급하게 물었다. 설귀가 한숨을 쉬었다.

"지금 난주성 경찰이 총출동했습니다. 조금 전 군대 쪽 친구에게도 다녀왔고요. 난주 부근 수사를 도와달라고 부탁했습니다. 반 나리가 무슨 일을 당했을까 정말 걱정됩니다."

설귀가 이렇게 말하며 자기 머리를 때렸다.

"어제 직접 데려다드렸어야 했는데. 반준 나리께 무슨 일이라도 생기면 저는 천고의 죄인이 될 겁니다."

"안심해요. 준이는 위험하지 않을 거예요."

그렇게 말한 사람은 반원원이었다. 그녀가 담담하게 말을 이었다.

"내 생각이 틀리지 않다면 준이는 아직 난주성에 있을 겁니다."

"네?"

풍만춘과 설귀가 놀란 눈으로 반원원을 바라봤다.

"소저, 무슨 근거라도 있습니까?"

"대체 누가 준이를 납치했을지 생각해봤나요?"

반원원의 물음에 자리에 있던 사람들 모두 어안이 벙벙했다. 풍만춘과 설귀, 유간 모두 반준이 실종되었다는 사실만으로 정신이 없었다. 대체 누가 반준을 데려갔는지는 생각할 틈이 없었다. 풍만춘이 인상을 쓴 채 곰곰이 생각하더니 문득 뭔가 떠오른 듯 입을 열려 했다. 그 순간 시묘묘가 먼저 입을 열었다.

　"일본인!"

　"그래요, 내 생각에도 일본인밖에 없을 것 같습니다."

　반원원이 담담하게 말했다.

　"난주성이 일본의 세력 범위는 아니지만 분명히 그들의 첩자가 있을 거예요. 준이는 아마도 그 첩자들 눈에 띄었겠죠."

　풍만춘은 반원원의 말에 일리가 있다고 생각했다. 다만 반준이 가문의 비법인 청사를 쓰지 않고 왜 거지 노인에게 그걸 전했는지는 이해가 가지 않았다. 그런데 거지 노인이 죽었으니 반준을 찾아야 그 내막을 알 수 있을 것 같았다.

　설귀와 유간은 하루 꼬박 경찰국과 군대 쪽을 뛰어다녔다. 그들의 도움으로 반준의 행방을 찾아내고 싶었지만 저녁식사 때까지도 아무런 소식을 얻을 수 없었다.

　저녁식사 시간, 시묘묘는 몸이 좋지 않다며 일찍 자리를 떴다. 풍만춘은 모두에게 개인적으로 충초당을 떠나는 일이 없도록 당부했다. 지금 난주성에 일본인들이 얼마나 있는지 정확히 알 수가 없는 상황이라 일단 실종될 경우 혼란만 가중될 것이었다. 그의 말은 사실 연운을 겨냥한 것이었지만 풍만춘의 말은 연운의 귀에 거의 들어오지 않았다.

　저녁식사를 마치자마자 연운은 몰래 충초당을 빠져나왔다. 그녀는 골목 입구에서 인력거를 한 대 불러 설씨 저택으로 향했다. 비록 평소 충동적으로 행동했지만 심각한 일이 터졌을 때는 그래도 신경 써서 행동하는 연운이었다. 반준이 설씨 저택을 떠난 뒤 실종되었다면 그 길을 되짚어보다 뭔가 발견할 수도 있을 거라는 생각이 들었다. 그녀는 인력거에 앉아 밖을 살폈다. 될 수 있는 한 반준이 당시 설씨 저택을 떠날 때의 심정을 느껴보고자 노력했다.

홍은가의 도로는 매우 넓었다. 좌우에 가게들이 있고 각양각색 복식의 사람들이 거리를 지나가고 있었다. 갑자기 눈에 익은 뒷모습이 연운 앞에 나타났다. 연운은 황급히 인력거를 세운 뒤 돈을 지불하고 그자의 뒤를 따랐다. 앞에 가던 사람은 연운을 발견하지 못한 것 같았다. 그는 때로 날아가듯 빨리 걷다가 다시 걸음을 멈추고 깊은 생각에 잠기기도 했다.

상대방의 뒤를 따라가던 연운의 머릿속에 의문이 꼬리를 물고 이어졌다. 연운이 잠시 주춤하는 사이, 상대는 밤의 어둠 속으로 사라져버렸다. 당황한 연운이 재빨리 앞으로 나아가 조금 전 상대가 서 있던 자리에서 좌우를 살폈다. 갑자기 연운의 뒤에서 목소리가 들려왔다.

"누군데 날 계속 따라오는 거지?"

며칠 동안 구양뇌화는 정신없이 바쁜 시간을 보냈다. 그는 난주에서 신강으로 돌아갈 준비를 하고 있었다. 조금 전 어느 상단의 가게에서 나왔을 때는 이미 밤이 깊은 뒤였다. 구양뇌화는 난주에서 신강으로 가는 길을 잘 알고 있었다. 자연히 이 길이 얼마나 험난한지도 잘 알기에 번거로운 일이 생기지 않도록 상단의 힘을 빌리려 했던 것이다. 그는 객잔 문 앞에 서서 주위를 돌아보았다. 무슨 까닭인지 최근 며칠 동안 누군가가 자신을 계속 미행하고 있다는 느낌을 받았다. 그는 난주성을 한 바퀴 돌아본 후, 성 북쪽에 위치한 저택으로 돌아왔다.

문을 열고 들어서니 금소매가 여전히 탁자 앞에 앉아 있었다. 눈앞에 붉은 초가 타오르고 있었다. 금소매는 구양뇌화를 보고도 전혀 신경 쓰지 않은 채 옆에 놓인 대꼬챙이를 들어 가물가물한 촛불을 돋웠다.

"금소매, 비보가 신강에 나타날 거라고 확신하나?"

구양뇌화가 금소매를 납치해 화파 비보의 행방을 캐물었을 때 그녀는 화파의 비보가 신강에 나타날 것이라 말했다. 그 바람에 황급히 북경에서 난주로 이동한 것이다.

"하하. 날 못 믿겠으면 직접 찾으시든가요."

"금소매……."

구양뇌화가 주먹을 불끈 쥐었다. 그는 오만하고 당당한 금소매의 태도를 도저히 참을 수가 없었다. 주먹을 날리려던 구양뇌화는 그냥 손을 거두었다. 비록 마흔이 넘었지만 금소매의 뒷모습은 당시 화파 구양 집안에 들어올 때와 조금도 변함이 없었다. 구양뇌화가 주먹을 내려놓았다. 그의 시야에 금소매의 뒷모습이 점점 아련해졌다.

5대 곤충소환사 일족은 본래 통혼을 하는 전통을 갖고 있었다. 여러 가지 복잡한 일이 벌어지면서 몇몇 가문은 왕래가 줄고 통혼의 습관도 점차 사라졌지만, 금씨 집안과 구양씨 집안은 계속해서 그 전통을 유지했다. 구양뇌화는 수년 전 북경에서 편지 한 통을 받았다. 금무상이 편지로 그에게 한 가지 소식을 알려주었다. 바로 만청 황실이 금씨 집안의 낙상을 노리고 있었다는 내용이었다. 그는 목파 반씨 집안의 도움으로 낙상을 되찾고 황실이 가지고 있던 하상도 함께 얻게 되었다고 전했다. 편지에서 금무상은 근일 시간이 되면 북경에 한번 와달라고 적고 있었다. 편지에 쓰기 곤란한 일이 있다는 것이다.

편지를 받은 구양뇌화는 보름 남짓 준비한 후 아들 구양연뇌와 함께 신강에서 난주를 거쳐 북경에 도착했다. 팔국 연합군에 의해 약탈당하고 만신창이가 된 북경에는 피난민이 득시글했다. 처음 북경에 온 구양연뇌는 경성이 이런 모습일 줄은 꿈에도 생각지 못했다.

금무상은 북경성 유리창에 가게를 열었다. 구양연뇌가 불원천리 북경에 왔다는 소식을 들은 금무상은 기쁨을 감추지 못했다. 이야기를 나눈 뒤에야 구양뇌화는 일가가 모두 친왕에게 살해당했는데도 금무상이 친왕의 공주를 데려다 키웠다는 사실을 알게 되었다. 금무상은 마치 친딸처럼 공주를 키웠다. 공주는 나이는 어렸지만 총명함이 남달랐다. 북경에서 공주와 구양연뇌는 매우 사이좋게 놀았다. 구양뇌화는 돌아가기 전 혼사를 제안했다. 당시 금무상은 주저했지만 구양뇌화의 간절한 제안과 사이좋은 두 아이의 모습을 보며 혼사를 허락했다.

순식간에 십여 년이 흘렀다. 만 스무 살이 된 구양연뇌는 북경으로 가서 금소매를 데려왔다. 그사이에 금소매는 어린 여자아이에서 시원시원하고 아리따운 아가씨로 성장해 있었다. 구양연뇌와 금소매는 결혼해서 행복한 시간을 보냈다. 구양뇌화는 아름답고 영특한 며느리를 매우 좋아했다. 그러나 연응이 돌이 되었을 때 불행이 찾아들었다.

5대 곤충소환사 가문 모두 후손이 번창하지 않았으며, 특히 남자가 매우 적었다. 더욱이 금씨 집안은 금석술을 연구하느라 후손을 보는 일이 드물었다. 금소매가 첫딸을 낳은 뒤 두 번째 가진 아이가 아들이었으므로 가족 모두 큰 위안을 받았다. 이에 연응의 돌잔치는 더욱 성대하게 치러졌다.

구양씨 저택은 화염산 동쪽에 있었다. 한쪽은 화염산 붉은 산허리, 한쪽은 바짝 마른 옛 물길이 자리한 곳으로 정원이 모두 여덟 곳, 입구가 여덟 곳인 대저택이었다. 그날 저택은 오색찬란한 장식과 함께 하인과 제자 할 것 없이 모두 발그레한 얼굴로 집안 경사를 즐기고 있었다.

구양뇌화는 한 손을 허리에 얹은 채 한 손으로 경덕진(景德鎭)의 자사호를 들고 사람들이 분주하게 움직이는 모습을 흐뭇한 표정으로 바라보고 있었다.

이따금 금소매의 방에서 아이 울음소리가 들려왔다. 구양뇌화는 행복에 젖어 큰 소리로 웃었다. 그날 많은 손님이 초대받았다. 구양뇌화는 분주하게 손님들을 대접하며 금소매에게 아이를 데리고 나와 사람들에게 보여주게 했다. 술잔이 오가는 사이, 구양뇌화는 어느새 술에 흠뻑 취해 있었다. 구양뇌화가 술주전자를 들고 손님 사이를 오가고 있을 때, 검은색 옷을 입은 남자가 갑자기 그의 앞에 나타났다.

"축하드립니다, 구양 형."

남자가 술잔을 들며 담담하게 말했다. 남자의 목소리를 들은 구양뇌화의 가슴이 철렁 내려앉았다. 술이 확 깨는 것 같았다. 그의 두 눈이 휘둥그레졌다. 구양뇌화는 눈앞의 남자를 멍하니 바라보며 자기도 모르게 술잔을 부딪쳤다.

"당…… 당신이 어떻게 여길?"

남자는 들고 있던 술잔을 비운 후 혼자 밖으로 나갔다. 구양뇌화는 곁에 있는 사람들을 향해 웃어 보인 뒤 술주전자를 놓고 남자의 뒤를 따랐다.

8월인데도 저녁이 되자 공기가 선듯했다. 차가운 바람에 술기운이 완전히 사라져버렸다. 구양뇌화는 남자를 따라 뒤뜰로 향했다.

남자가 구양뇌화를 등지고 섰다. 구양뇌화가 남자의 뒷모습을 보며 물었다.

"왜 갑자기 신강에 나타난 거요?"

"여긴 이야기를 나눌 장소가 아닌 것 같소만."

남자가 차갑게 말했다.

"좋소. 날 따라오시오."

구양뇌화는 그자를 이끌고 자기 침실로 향했다. 그는 침실 문 앞에 서서 좌우를 살핀 뒤 아무도 없는 것을 확인하고 방문을 닫았다.

"여긴 안전합니까?"

남자가 구양뇌화를 등지고 선 채 탁자 위에 놓인, 정교하고 아름답게 조각된 화전옥 문진을 들어 올리며 물었다.

"안전하오. 이 집 사람들 모두 지금 앞쪽 거실에 있소."

구양뇌화가 작은 소리로 말했다.

"그럼 좋소."

남자가 들고 있던 문진을 내려놓으며 고개를 돌렸다.

"생각은 해봤는지 알고 싶어 왔소."

"그 일 말씀이오?"

구양뇌화가 마른 입술에 침을 바르고 방 안을 서성이기 시작했다.

"계속 생각해봤는데 아무래도 조상을 거역하는 것 같아서……."

"하하! 조상? 상서 수파 곤충소환사인 시씨 일가 화재에 당신네 구양 집안이 참여를 안 한 것처럼 말하는군요?"

남자가 조롱하듯 웃었다.

"곤충소환사 일족은 예로부터 지금까지 천하 만민을 위해 힘껏 일해왔소. 그런데 우리에게 돌아온 운명이 무엇이오? 여불위는 곤충소환사의 힘을 빌려 영정(진시황―옮긴이)을 왕위에 올렸지만 그 대가로 돌아온 것은 분서갱유였소. 한신은 유방을 위해 진창의 고도를 열었지만 그 또한 최후가 어땠습니까? 그 자신은 참수당하고 3대가 몰살하였소. 이런 역대 왕조의 사건들을 일일이 열거해야겠소? 천하를 얻을 비술이 우리에게 있는데 왜 남 좋은 일만 한단 말이오?"

"하지만……."

구양뇌화는 망설이며 주먹을 꽉 쥐었다.

"하지만 너무 못할 짓 아니오? 앞으로 우리 후손들이 막후 세력의 거짓과 조상들에 대한 배반 속에 살아가도록 하잔 말이오? 오래전 그 화재 이후로 우리는 화파 방계 곤충소환사가 얼마나 사악한 존재 인지를 알리고 그들과 교류할 수 없다고 선전했소. 사실 그들은 그 저 그런 일에 끼어들지 않겠다고 했을 뿐인데 말이오. 이제 수파에 는 계승자도 존재하지 않소. 화파 방계 소환사들 역시 거의 사라졌 을 테고. 이미 못할 짓을 너무 많이 했소. 이젠 그만 멈춰야 하오."

구양뇌화가 걱정스러운 듯 말했다.

"하하! 구양! 손자가 생기니 편안하게 삶을 즐기고 싶은가 보군. 그래서 이만 물러나겠단 말씀이오?"

남자가 차갑게 쏘아붙였다.

"절대 잊지 마시오. 당신 며느리는 만청의 후손이오. 그 아비는 5 대 곤충소환사 일족을 끌어들여 만청의 운명을 구하려다 결국 한을 품고 저세상으로 갔소. 죽을 때까지 곤충소환사 일족을 증오했지. 언젠가 그녀가 그 일을 떠올리거나 아니면 누군가가 그녀에게 이 모 든 것을 알려준다면 그때도 당신은 지금처럼 행동할 수 있겠소?"

"이……."

구양뇌화는 남자가 이런 말로 자신을 위협할 거라고는 꿈에도 생 각하지 못했다.

"설사 내가 그 제의를 받아들인다 해도 우리 힘만으로는 곤충소환 사의 최종 비밀을 열 수가 없소. 당신 역시 5대 곤충소환사 일족의 비보는 인초사(人草師)만이 열 수 있다는 걸 잘 알지 않소? 인초사의 행방이 묘연한 데다, 설사 그를 찾는다 해도 그가 우리 말을 들을 것 같소?"

"인초사는 당연히 허락 안 하겠지. 그러나 그의 아이라면 어떻소?"

남자가 살벌하게 말했다.

"인초사의 아이라고?"

구양뇌화는 자신의 귀를 믿을 수가 없었다.

"지금 뭐라고 했소? 인초사의 후손을 찾았단 말이오?"

"그렇소."

남자가 담담하게 말을 이었다.

"구양, 이제 당신은 물러설 곳이 없소. 만약 금소매가 모든 것을 알게 된다면 당신은 물론이고 자신의 가정도 버릴 것이오."

구양뇌화는 더 이상 참을 수가 없었다. 그가 주먹을 불끈 쥐더니 남자를 향해 몸을 날렸다. 남자는 재빨리 물러서서는 차갑게 웃고는 문을 열고 밖으로 뛰어나갔다. 구양뇌화가 대문까지 쫓아갔지만 남자는 이미 사라지고 없었다. 구양뇌화는 그제야 방으로 돌아왔다.

마음이 복잡했다. 만약 그가 정말 금소매에게 공주라는 신분을 알려준다면, 곤충소환사가 그녀의 아버지를 죽인 것은 아니라 할지라도 여하간에 관계가 얽혀 있음을 알게 된다면, 아마 그의 가정은 벼랑 끝에 서게 될 것이다. 여기까지 생각이 미치자 구양뇌화는 힘껏 탁자를 내리쳤다.

순간 뭔가 이상한 생각이 들었다. 탁자에는 본래 화전옥 문진 두 개가 놓여 있었다. 유리창에 가게를 연 금무상이 혼수품으로 보내온 문진을 계속 탁자에 두었는데, 지금은 하나밖에 없지 않은가! 그는 깜짝 놀랐다. 바로 그때 탁자 밑에서 아이의 울음소리가 들려왔다.


구양뇌화의 눈이 촉촉하게 젖어들었다. 그가 한숨을 길게 내쉬더니 여전히 등을 돌리고 있는 금소매를 바라봤다.

"금소매, 사실 오랫동안 네게 미안했다."

"하하! 당신 같은 사람도 미안하다는 생각을 할 줄 아나 보죠?"

금소매가 쌀쌀맞게 말했다.

"당시 네가 우리 대화를 들었을 때 다 말해줬어야 하는 건데. 사실 나나 금무상도 그자에게 속고 있었단다."

구양뇌화가 길게 한숨을 내쉰 뒤 말했다.

"금무상은 그저 좋은 마음에서 널 거두었던 거고, 나 역시 네가 평범한 생활을 하길 원했다."

"하하!"

금소매가 웃었다. 촛불에 어렴풋이 그녀의 눈물이 반짝였다.

"만약 그때 그 일이 아니었다면 당신들은 평생 동안 숨겼겠죠."

"그래."

구양뇌화는 솔직하게 자신의 진심을 털어놓았다.

"그 일이 아니었다면 정말 어느 누구에게도 이 일을 털어놓지 않았을 거다. 영원히 그대로 묻어버렸을 거란다."

"묻어버린다고요?"

금소매가 고개를 돌려 구양뇌화를 바라봤다.

"어떻게 묻어요? 우리 아버지는 당신들 곤충소환사 일족의 비밀 때문에 죽었는데! 이런 철천의 원한을 그냥 묻어버린다고요?"

"아! 이걸 보여주마!"

구양뇌화가 말하더니 옷깃을 찢었다. 안에는 편지 한 통이 들어 있었다. 계속 옷 안에 간직해온 편지였다. 그가 편지를 금소매에게 건넨 후 말했다.

"이건 비보가 사라지기 전에 금무상이 내게 준 편지다."

금소매는 잠시 망설이더니 편지를 받았다. 편지지에 적힌 글씨체가 눈에 익었다. 코끝이 시큰했다. 금무상이 그녀의 친부는 아니었지만 그래도 금씨 집안에서 생활했던 십여 년간 금무상은 금이야 옥이야 애지중지하며 금소매를 돌봤다. 금소매는 눈물을 참으며 편지를 펼쳤다.

구양 형께.

안녕하십니까.

소매의 일 이후 구양 형을 못 뵌 지 벌써 10년이 지났습니다. 그간 저는 줄곧 사람들을 시켜 소매의 행방을 알아봤습니다.

소매가 자신의 신분을 알게 되면 분명 우리에 대한 원한이 뼈에 사무칠 겁니다. 어쨌거나 친왕께서는 나 때문에 죽었으니까요. 만약 소매가 나에게 복수하려 한다 해도 나는 전혀 불만이 없습니다.

사실 소매가 신강으로 시집간 후, 소매가 살던 방에 사람들의 출입을 금지했습니다. 딸아이 생각이 간절할 때마다 방에 앉아 있으면 마치 소매가 그곳에 있는 것 같았습니다. 이제 내 삶이 얼마 남지 않은 것 같습니다. 어렴풋이 누군가가 계속 곤충소환사의 비밀을 캐려 하고 있다는 느낌이 듭니다. 그러나 저는 이곳을 떠나고 싶지 않습니다. 사람은 가도, 딸아이의 방은 떼어갈 수 없습니다.

사람이 늙으면 정이 많아진다더니, 요즘 자주 꿈에 소매의 어릴 적 모습이 나옵니다. 마차에서 소매를 발견했을 때 겨우 네다섯 살이었습니다. 그런데도 두려워하기커녕 어찌나 침착한지, 그 모습에 저는 오히려 측은지심을 터득하게 되었습니다.

구양 형! 요즘 느낌이 좋지 않습니다. 뭔가 좋지 않은 일이 벌어질 것 같습니다. 아마도 구양 형에게 쓰는 마지막 편지가 될 것 같습니다. 만약 내가 이 생에 더 이상 소매를 만날 수 없다면 구양 형이 소매를 만났을 때 이 편지를 전해주십시오.

"금소매, 우리는 분명 네게 미안한 일을 했다. 그러나 고의적인 건 아니었어."

구양뇌화가 차분한 어조로 말했다. 금소매는 여전히 입을 다문 채 눈물 젖은 편지를 손에 꼭 쥐고 있었다.

"소매, 집을 떠난 뒤 무슨 일이 있었느냐? 왜 일본인들과 함께 있는 거지?"

구양뇌화는 금소매가 십여 년 사이에 왜 이렇게 돌변했는지 정말 궁금했다. 사실 그는 북경에서 이미 정신이 돌아왔지만 옆에 있는 금소매를 보고 깜짝 놀라 일부러 의식을 차리지 못한 척했다. 금소매는 일본인들과 함께 있었을 뿐만 아니라 그 사이에서 지위도 제법 높은 것 같았다.

금소매는 차갑게 웃기만 할 뿐 아무런 대답도 하지 않았다. 그녀가 들고 있던 편지를 촛불로 가져가 불을 붙였다. 편지가 활활 타올랐다. 마치 사막에 피운 모닥불을 보는 것 같았다.

가슴이 두근거렸다. 뭔가가 가슴을 꽉 막고 있는 것 같아 토해내려고 해도 토해지지가 않았다. 의식을 되찾은 금소매의 눈가에 눈물 자국이 남아 있었다. 눈을 떴다. 어렴풋이 하늘의 별이 눈에 들어왔다. 그녀는 황급히 몸을 일으켰다. 자신은 모래언덕 뒤편에 누워 있고 눈앞에선 모닥불이 활활 타오르고 있었다. 모닥불 옆에 검은 옷을 입은 남자가 커다란 삿갓을 들고 앉아 있었다.

"깨어났군."

남자가 나지막이 말했다.

"당신은……."

목소리가 귀에 익었다. 바로 조금 전 구양뇌화와 침실에서 이야기를 나누던 사람이었다. 금소매가 벌떡 일어나 앉아 사방을 더듬었다. 남자가 금소매 옆으로 단검을 던졌다.

"이거 찾나?"

재빨리 앞으로 기어간 금소매가 단검을 집어 들고 방어 자세를 취했다. 남자는 담담하게 모닥불 앞에 앉아 더 이상 아무 말도 하지 않고 단지를 들어 술을 마시기 시작했다. 남자에게 자신을 해칠 생각이 없다는 생각이 들자 금소매는 경계심을 늦추고 칼을 집어넣었다. 주위를 둘러보았다. 이미 구양 저택에서 멀리 벗어나 사막 한가운데와 있었다.

"뭐라도 좀 먹지."

남자가 고깃덩어리를 건넸다. 고기를 받아 든 금소매는 배고픔이 밀려오는 것을 느꼈다. 구양뇌화에게 발각된 후 연응을 내려놓고 미친 듯이 대문을 뛰쳐나왔다. 구양뇌화가 쫓아올까 봐 사력을 다해 사막 한가운데까지 죽어라 달려왔다.

그녀가 허겁지겁 고기를 모두 먹어치우자 남자가 술을 건넸다. 금소매는 술을 받아 꿀꺽꿀꺽 다 마셔버렸다. 남자가 조용히 웃었다.

"당신이 누군지 알고 있어."

"나도 당신이 누군지 알아."

금소매는 자신의 처지에도 불구하고 결코 상대에게 밀리고 싶지 않았다.

"하하. 과연 친왕의 여식답군!"

남자는 그녀의 당찬 기개를 인정해주었다. 그러나 금소매는 자신의 신분을 알고 있는 남자가 두렵기만 했다. 남자가 자신에게 등을 돌리고 있자 그녀는 그를 제압한 후 자세한 내용을 물어볼 요량으로 칼끝을 세운 채 남자의 등을 향해 살금살금 접근했다. 그런데 금소매가 칼을 찌르려는 순간, 남자가 나지막한 소리로 말했다.

"지금 날 죽이면 평생 자기 신분과 아버지의 마지막 소원에 대해

들을 방법이 없을걸."

"내가 친왕의 여식이란 것만 알면 됐어."

금소매가 쌀쌀맞게 대꾸했다.

"하하! 설마 당신 아버지가 당신을 보낼 때 '넌 내 딸일 뿐만 아니라 애신각라의 후손'이라고 한 말을 잊은 건 아니겠지?"

그의 말에 금소매는 전율을 느꼈다. 확실히 아버지는 그런 말을 한 뒤 비수를 꺼내 스스로 목숨을 끊었다. 하지만 그 자리에 있던 사람은 몇 명 되지 않았는데! 눈앞의 남자가 그렇게까지 정확하게 알고 있는 것을 보니 현장에 있었거나 그 모든 상황을 지켜본 것이 분명했다. 대체 이자는 누구일까?

"생각할 필요 없네. 내가 누군지 알 필요도 없어. 앞으로 알게 될 리도 없고."

상대는 마치 사람의 마음을 꿰뚫어보는 것 같았다. 두려운 생각이 들었다. 남자가 다시 입을 열었다.

"한 가지만 물어보지."

"뭐지?"

금소매가 용기를 내서 대꾸했다.

"아버지의 유지를 받들고 싶지 않나?"

남자가 한 자 한 자 강하게 말했다.

"그렇게 하고 싶어."

금소매가 확실하게 의사를 표현하자 남자는 만족한 듯 고개를 끄덕였다. 그 후 남자는 그녀를 상해로 데려가 한 일본인에게 인계했다. 금소매는 대형 선박을 타고 일본으로 건너갔다. 그 뒤의 일은 마치 악몽을 꾸는 것 같았다. 그녀는 굉장히 빨리 일본 군대의 훈련을 받아들였다. 악마 같은 훈련이었다. 그들의 훈련은 신체뿐만 아니라 의지까지 강하게 만들었다. 금소매는 점차 과거의 감정은 마음속 깊이 묻어버리고 오직 복수와 분노만 간직하게 되었다.

그때부터 남자는 거의 연락을 해오지 않았다. 그저 이따금 전화를 걸어 해야 할 일을 알려줄 뿐이었다. 다시 중국 땅을 밟은 금소매는 이제 더 이상 사람이 아니었다.

편지가 모두 불타자 금소매는 황급히 손을 내려놓았다. 남은 종잇조각이 흩어졌다. 편지 끝에 쓰인 '금'자 역시 불길 속에 천천히 사라져버렸다. 금소매 뒤에 앉은 구양뇌화가 고개를 숙인 채 한숨을 내쉬었다.

"사실 소매 네가 떠나고 가장 힘들어한 건 우리가 아니라 연운과 연응 두 아이였다. 이제 막 뭔가를 알 나이였던 연응은 울며 엄마를 찾았고, 연운은 매일 문 앞에 앉아 엄마가 돌아오길 기다렸지. 이번에 내가 북경에 간다는 이야기를 듣고 날 따라나섰는데, 이제 두 아이는…….."

금소매의 머릿속에 두 아이의 모습이 떠올랐다. 연응을 만나기 전 금소매는 줄곧 자신이 하는 모든 일이 매우 가치 있다고 생각했다. 그러나 연응을 만난 뒤 모든 것이 변했다. 자신의 행동에 회의를 느끼기 시작한 것이다.

"묻고 싶은 게 있어요."

금소매가 고개를 들더니 이를 악다물고 말했다.

"그때 당신과 이야기했던 사람이 누구죠?"

구양뇌화가 얼굴을 찌푸리며 잠시 주저하고는 말했다.

"우리의 연락을 책임졌던 사람이다. 나이는 나와 엇비슷한 것 같은데, 분명한 건 곤충소환사 일족이라는 거다."

"뭔가 잘못됐어요."

금소매가 이상하다는 듯 말했다.

"나를 일본에 데려간 사람이 당신과 만났던 그 사람인데, 내가 본 바로 그의 나이는 이십대였어요. 대체 어떻게 된 일이죠?"

"인피가면을 쓰고 있었겠지!"

생소하면서도 귀에 익은 목소리가 밖에서 들려왔다. 마주 쳐다보던 금소매와 구양뇌화의 얼굴에 놀라움이 가득했다.

구양뇌화가 황급히 자리에서 일어나 조심스레 문을 열었다. 금소매도 구양뇌화에게 바짝 붙었다. 문이 천천히 열리더니 익숙한 얼굴이 그들 눈앞에 나타났다.

# 제14장
# 백년의 의혹, 험한 신강 가는 길

　며칠 전, 난주성 북쪽에서 들린 굉음과 함께 관원정가에 있던 고택 하나가 우르르 무너져 내렸다. 한 젊은 남자가 여자를 등에 업고 골목에서 나왔지만 그를 주목하는 사람은 아무도 없었다. 더더구나 빽빽한 인파 속에 육칠십대로 보이는 노인에게 관심을 보이는 사람은 한 명도 없었다. 그러나 깊은 골목길에서 이 모든 것을 주시하고 있는 한 남자가 있었다. 그는 반준이 다급하게 연운을 업고 나가는 모습, 수년간 심혈을 기울여 지은 집이 한순간에 무너지는 것을 고통스럽게 지켜보는 인파 속 구양뇌화의 얼굴, 그리고 눈에 익은 뒷모습 하나를 지켜보고 있었다.

　그 모든 것을 보고 있던 사람은 다름 아닌 구양연뇌였다. 난주성을 진동시킨 이번 폭발을 일으킨 이유는 반준으로 하여금 연운을 데려가도록 하기 위해, 또한 그가 자신의 정체를 알아차리지 못하도록 하기 위해서였다. 그런데 뜻밖에도 구양뇌화를 발견한 것이다. 그날 밤 그는 구양뇌화를 미행해 난주성 북쪽에 위치한 작은 저택을 찾아갔다.

얼마 전 창밖에서 소리를 냈던 이도 사실 구양연뇌였다. 아직 끝내지 못한 일이 있었기 때문에 그는 여전히 몸을 사리고 있었다. 구양뇌화와 금소매는 눈물이 그렁그렁하게 맺힌 구양연뇌를 봤다. 금소매가 구양연뇌의 품으로 달려가 그를 꼭 껴안고 남편의 팔에 머리를 묻더니 그를 힘껏 깨물었다.

구양연뇌는 살며시 금소매를 부축해 일으킨 후 바닥에 무릎을 꿇고 앉았다.

"아버지, 오랫동안 아버지를 의심한 불효를 용서해주십시오."

구양뇌화는 오래전 실종되었던 아들의 모습을 보는 순간 이미 모든 것을 잊은 상태였다. 그가 황급히 구양연뇌를 일으켰다.

"아들아, 그게 무슨 소리냐!"

구양연뇌가 몸을 일으키며 말했다.

"사실 아버지가 72년 전 상서 수파 곤충소환사 가문인 시씨 집안 화재 사건에 대해서 알고 계시니 분명 이후 음모에도 가담하셨을 거라고 생각했어요. 그런데 최근 수년 동안 몰래 조사해본 결과, 아버지가 할아버지의 착오를 보상할 방법을 찾고 계시다는 것을 알게 되었습니다. 그래서 아버지께서 그토록 비보를 중요하게 생각하셨다는 것도 알게 됐고요."

"연뇌야, 네 말은 반만 맞다. 내가 비보를 목숨처럼 소중하게 생각하는 까닭은, 물론 네 할아버지처럼 다른 사람에게 이용당하지 않기 위해서이기도 하다. 그러나 네가 모르는 것이 있다. 네 할아버지는 당시 한 가문을 멸족시킨 화재 이전에 이미 깨닫고 계셨다. 다만 줄곧 견제받는 바람에 발을 뺄 수가 없었던 거란다. 그래서 곤충소환사 암호로 수파 군자에게 편지를 보내 위험을 피하도록 했던 거고."

구양뇌화의 말을 들은 구양연뇌는 그제야 모든 정황이 이해가 되었다.

"그래서 수파 가문에 살아남은 사람이 있는 거군요!"

"그래. 자! 그렇게 서 있지 말고! 십 수 년 만에 우리 가족이 이렇게 다시 만났는데, 어서 들어오너라!"

구양뇌화가 한쪽으로 몸을 비켜 구양연뇌를 안으로 들어오도록 했다. 그러자 구양연뇌가 미소를 지으며 말했다.

"또 한 사람이 있습니다!"

그의 말이 채 끝나기도 전에 또 한 사람이 문 옆으로 다가왔다.


누군가가 깊은 골목을 빠져나와 연운 뒤에 섰다.

"누군데 날 계속 따라오는 거지?"

연운이 고개를 돌려 뒤에 선 사람을 노려봤다.

"누가 그래요? 내가 당신을 따라갔다고. 이렇게 넓은 길에 내가 가고 싶은 대로 가는데, 당신이 무슨 상관이에요?"

뒤에 나타난 사람은 시묘묘였다. 그녀는 서로 약속이나 한 듯 연운과 똑같은 생각을 하고 있었다. 반준이 설씨 저택에서 돌아오는 길에 실종되었으니 그 길을 다시 한 번 따라가보면 뭔가 발견할 수도 있겠다는 생각이었다. 그러나 길을 나선 지 얼마 되지 않아 누군가가 뒤따라오자 놀랄 수밖에 없었다.

연운의 말에 시묘묘는 구제불능이라는 듯 고개를 저었다. 말이 전혀 안 통하는 상대라는 생각이 들어서였다. 시묘묘는 홍은가를 따라 계속 앞으로 나아갔다. 그런데 뜻밖에 연운이 그녀를 뒤따라오며 말했다.

"이봐요! 일부러 몸이 안 좋은 척하더니 하릴없이 시내나 돌아다니려고 그랬군요?"

연운이 괜한 트집을 잡으려 한다는 생각에 시묘묘는 아무런 대꾸도 하지 않고 계속 자기 갈 길을 갔다. 홍은가는 난주성의 동서로 뻗은 주 거리였다. 동쪽에서 홍은가를 따라 중간 정도에 이르러 모퉁이를 돌면 바로 충초당이었다. 시묘묘가 길목에 멈춰 서더니 살짝 인상을 찌푸렸다.

"연운……."

시묘묘가 갑자기 고개를 돌려 뒤따라오던 연운을 불렀다.

"왜요?"

연운이 의아한 눈초리로 시묘묘를 바라봤다. 평소와 달리 그녀가 다정하게 연운의 이름을 부른 것이다.

"반준이 여기까지 와서 갑자기 생각을 바꿔 다른 곳으로 갔을 가능성이 있을까?"

시묘묘가 갈림길에 서서 사방을 둘러봤다.

"그럴 리가요."

연운이 인상을 쓰며 말했다.

"오라버니는 지금껏 난주성에 아는 사람이 있다는 말을 한 번도 한 적이 없어요."

그 순간 뭔가가 떠오른 듯 연운의 표정이 달라졌다.

"맞다! 혹시 연석재로 가지 않았을까요?"

"길 알아?"

시묘묘가 다급하게 물었다. 연운 역시 반준의 안위가 걱정되었지만 반준에게 그토록 신경을 쓰는 시묘묘를 보니 기분이 썩 좋지 않았다. 연운은 잠시 주저하다 말고 고개를 끄덕였다.

"같이 가보자."

시묘묘가 연운의 손을 잡고 앞으로 걸어갔다. 연운은 불현듯 수파 여자의 손이 그녀의 얼굴처럼 차갑지는 않다는 생각이 들었다.

깊은 밤, 인적이 드문 난주성에서 그들은 홍은가를 가로질러 관원 정가로 들어섰다. 미로 같은 골목을 몇 바퀴나 돌고 돌아 마침내 폐

허 앞에 도착한 두 사람은 덩그러니 서 있는 문을 지나 안으로 들어
갔다. 연운은 문득 땅에 하얀 포대가 떨어져 있는 것을 발견했다. 자
루 밖에 껍질을 벗기지 않은 옥수수 몇 개가 떨어져 있었다. 연운은
거지 노인이 토해냈던 옥수수 알을 떠올렸다. 연운의 얼굴이 환하게
밝아졌다.

"여기 좀 봐요!"

시묘묘 역시 그 순간 뭔가를 발견했다. 폐허에 드문드문 핏자국이
보였다. 핏자국은 아직 완전히 허물어지지 않은 담벼락 뒤쪽으로 이
어져 있었다. 담벼락 뒤에 재가 한 무더기 쌓여 있고 그 주위에 바짝
마른 옥수수 잎들이 흩어져 있었다. 그 옆으로 검게 말라붙은 핏자
국들도 보였다.

"연운, 이리로 좀 와서 봐."

시묘묘가 몸을 구부려 핏자국에 살짝 손을 댄 다음 냄새를 맡았
다.

"아!"

핏자국을 본 연운은 놀라서 자기도 모르게 소리를 질렀다.

"설마 오라버니가 다친 거예요?"

시묘묘는 연운의 말에 동의할 수 없었다. 그녀가 다시 주위를 살
폈다. 마치 작은 돌덩이 같은 알록달록한 뭔가가 눈에 들어왔다. 시
묘묘의 가슴이 철렁했다. 그녀가 조심스레 그것을 주웠다.

"그게 뭐예요?"

연운이 호기심 어린 눈으로 시묘묘가 손에 들고 있는 것을 바라보
며 물었다. 시묘묘는 난처한 듯 웃을 뿐 아무 말도 하지 않았다. 반
준은 모든 것을 계산에 넣고 있었던 것이다.

그렇다! 시묘묘가 생각을 정리한 후 연운의 손을 잡아끌며 말했
다.

"자, 그만 돌아가지."

연운이 어리둥절한 얼굴로 시묘묘를 바라봤다.

"반준 오라버니가 여기서 납치된 것 같아요. 여기에 단서가 있을지도 몰라요."

"연운, 나 믿어?"

시묘묘가 갑자기 연운을 똑바로 바라보며 딱딱하게 굳은 표정으로 물었다. 연운이 시묘묘의 두 눈을 바라봤다. 솔직히 말해 처음에 연운은 시묘묘가 그저 신비스럽다고 생각했을 뿐이다. 늘 인피가면을 쓰고 차갑게 말을 내뱉어서 그렇지 그다지 얄미운 구석은 없었다. 심지어 때로는 시묘묘가 조금 불쌍하다는 생각도 들었다. 그러나 안양성 밖에서 풍만춘이 수파 곤충소환사 시씨 가문이 72년 전에 멸문의 화를 입었다고 알려준 뒤부터 그녀를 경계하게 되었다. 연운은 인상을 쓴 채 아무런 대답도 않고 고개를 숙였다.

시묘묘가 미소 짓더니 턱에서부터 가만히 인피가면을 벗겨냈다. 시묘묘의 행동에 연운은 깜짝 놀랐다. 예전에 할아버지가 곤충소환사 각 가문의 규칙을 알려줄 때 수파 가문은 목숨을 아끼지 않을 정도로 막역한 사이가 아니면 결코 진짜 얼굴을 보여주지 않는다고 했기 때문이다. 시묘묘의 진짜 얼굴을 본 연운은 내심 감동했다.

"무슨 일인지 말해봐요."

연운이 시원스럽게 말했다.


두 사람이 관원정가에서 충초당으로 돌아왔을 때는 이미 자정이었다. 풍만춘은 여전히 잠이 오지 않는 듯 거실에 앉아 인상을 찌푸린 채 차를 마시고 있었다. 그는 유간이 시묘묘와 구양연운을 데리고 뛰어 들어오자 버럭 화를 냈다.

"대체 두 사람 어딜 갔었나?"

시묘묘와 구양연운이 마주 본 후 고개를 숙였다.

"죄송해요, 풍 사부님. 반준 오라버니가 걱정돼서……."

"제발 부탁인데, 함부로 나가지 좀 말게. 나갔다 없어지면 대체 나더러 어떻게 하라고!"

소리친 게 미안한 듯 풍만춘은 점차 화를 누그러뜨렸다.

"됐어, 돌아왔으면!"

"반준 오라버니한테는 무슨 소식 있어요?"

연운은 한참 동안 망설이다가 입을 열었다. 좋지 않은 소식이 전해질까 가슴이 조마조마했다. 풍만춘은 아무 말 없이 맥빠진 기색으로 의자에 앉았다. 옆에 있던 유간이 그들에게 작은 소리로 말했다.

"설 선생님이 조금 전에 다녀가셨어요. 벌써 군대 쪽에 난주성 밖 먼 곳까지 찾아봐달라고 부탁해뒀대요. 경찰국 쪽에서도 내일 아침 집집마다 조사하겠다고 했고요."

그의 말을 들은 연운은 크게 실망했다.

"어서 돌아가 쉬어."

풍만춘이 걱정스러운 표정으로 말했다. 시묘묘와 연운이 인사하고 자리를 떠난 뒤에도 풍만춘은 계속 거실에 앉아 줄곧 한 가지 생각에 빠져 있었다. 며칠 전 화재가 발생했을 때 그와 유간은 분명 관원정가에 있었다. 그런데 반준은 어떻게 그들보다 먼저 그곳에 가서 연운을 데려올 수 있었을까? 설마 미리 정보를 얻었던 것일까?

풍만춘은 불현듯 한 가지 일을 떠올렸다. 예전에 반준은 만약 난주에 구양 가문의 고택이 있다면 이를 아는 것은 구양 가문 사람뿐일 것이라고 말한 적이 있었다. 구양 가문 사람이라면 연운 이외에…… 풍만춘이 갑자기 자신의 머리를 쳤다.

"유간, 이아를 봤나?"

풍만춘의 진지한 말투에 유간은 자기도 모르게 눈에 힘을 주며 말했다.

"단 소저…… 계속 나리의 행방을 찾느라 신경 쓰지 못했습니다."

유간의 말이 떨어지기가 무섭게 풍만춘이 벌떡 일어나 그와 함께 연운의 방으로 향했다. 그가 작은 소리로 안에 대고 물었다.

"연운, 이아 안에 있나?"

이제야 막 침대에 든 연운 역시 단이아가 대체 어딜 갔을까 생각하던 중이었다. 풍만춘의 물음에 그녀가 일어나 문을 열었다.

"없어요. 왜요?"

"큰일 났군! 내가 너무 안일했어!"

풍만춘은 옆에 있는 예전 자신의 침실로 향했다. 그는 자신과 금용이 묵던 침실을 반원원에게 내주었다. 시묘묘를 통해 반원원이 금용의 친모라는 사실을 알게 된 후 그들에게 정을 나눌 시간을 주고 싶었던 것이다. 그러나 상황이 급박하니 이것저것 생각할 겨를이 없었다. 그는 침실의 등이 켜져 있는 것을 보고 문 앞에서 잠시 머뭇거리다 가만히 문을 두드렸다. 안에서 가벼운 발소리가 들렸다. 잠시 후 문이 열렸다. 반원원이 놀라서 물었다.

"풍 사부님, 이렇게 늦게 무슨 일이에요?"

"반 소저, 미안하오."

풍만춘이 두 손을 맞잡고 예를 차린 후 안을 살폈다.

"용이는 잠들었습니까?"

"지금 막요. 용이를 찾아오셨나요?"

반원원이 의아한 눈으로 물었다.

"네. 용이에게 물어보고 싶은 말이 있어서……. 좀 깨워주실 수 있습니까?"

풍만춘이 초조한 듯 물었다.

"내일 하면 안 되나요?"

반원원은 금용을 깨우고 싶지 않았다. 풍만춘이 고개를 흔들었다.

"정말 미안합니다. 반준의 안위가 걸린 문제여서요."

반원원은 그제야 고개를 끄덕인 후 침대 곁으로 다가가 금용의 이마를 쓰다듬더니 가만히 귀에 대고 속삭였다.

"용아."

엄마의 말이 들렸는지 금용이 꿈결에 반원원의 손을 잡았다. 마치 곤히 잠든 강아지처럼 금용이 반원원의 손바닥으로 얼굴을 들이밀었다. 반원원이 난처한 표정을 지었다. 풍만춘이 금용의 귀에 대고 말했다.

"용아, 파오가 돌아왔어."

금용이 깜짝 놀라 침대에 벌떡 일어나 앉더니 눈을 비비며 사방을 둘러봤다.

"파오? 파오 어디 있어요?"

"하하, 용아, 내가 물어볼 일이 하나 있는데, 이 아저씨한테 대답해주렴!"

풍만춘이 용이 옆에 앉아 말했다.

"아저씨 질문에 대답을 잘해주면 나중에 파오랑 꼭 같은 장오를 한 마리 구해주마."

"파오는 단 하나뿐이에요. 다시는 돌아올 수 없어요."

금용이 고개 숙였다. 풍만춘은 할 수 없다는 듯 다시 입을 열었다.

"용아, 여기 오던 길에 연응 형이 너랑 이아 누나를 데리고 갔었지? 그 뒤에 무슨 일이 있었니?"

금용이 고개를 숙인 채 흔들었다.

"말 못 해요."

"이아 누나가 네게 말하지 말랬어?"

풍만춘은 단이아를 의심하고 있었다. 그런데 뜻밖에 금용이 다시 고개를 저었다.

"아뇨. 반준 형이 말하지 말랬어요."

"반준이 그랬다고?"

풍만춘의 눈이 빛났다. 자신의 예측이 틀림없는 것 같았다. 단이아와 연응이 연락하고 있다는 사실을 알고 있었던 반준은 단이아가 연응에게 구양 가문 고택의 위치를 들었을 거라 짐작하고 그녀에게 물었을 것이다. 그렇다면 반준이 먼저 그곳에 당도한 것도 이상할게 없었다. 풍만춘이 궁금증 가득한 얼굴로 금용을 바라봤다.

"용아, 그날 일에 대해 말해줄래? 아저씨가 신강에 가면 불고기 해주마."

뜻밖에 금용은 다시 고개를 저었다.

"반준 형이 군자의 만남은 물과 같이 담담하고, 소인의 만남은 엿처럼 달콤하댔어요. 게다가 대장부는 기개가 남다르니 말에는 행동이 따르고, 행동에는 반드시 결과가 있어야 한다고 했어요."

금용의 말에 풍만춘은 얼굴만 붉으락푸르락할 뿐 아이를 설득할수가 없었다. 그가 한숨을 쉬더니 반원원에게 말했다.

"반 소저, 용이 좀 잘 돌봐주십시오. 먼저 나갈게요."

풍만춘은 반원원과 금용의 침실을 나섰다. 반원원이 가만히 문을 닫고 침대 곁으로 돌아와 금용을 껴안았다. 금용은 마음이 포근해지는 것을 느꼈다. 이제껏 한 번도 경험한 적이 없는 느낌이었다. 깊게 내려앉은 밤의 어둠처럼 묵직한 졸음이 밀려왔다. 금용은 반원원의 옷자락을 꼭 쥔 채 단잠에 빠져들었다. 아마도 엄마와 아이 사이에는, 설사 서로 알아보지 못한다 해도 그들만이 느낄 수 있는 정이 흐르는 모양이다.

반원원은 금용이 곤히 잠든 것을 보고 품에서 반준의 청사 상자를 꺼냈다. 반씨 가문 사람들이 쓰는 청사 상자의 모양이 모두 같진 않앉지만 반원원은 이 상자를 본 적이 있었다. 단추를 누르자 상자가 열렸다. 반원원은 상자 안 청사가 놓이는 작은 자리를 보며 살며시 미소 지었다.

대청으로 돌아온 풍만춘은 의자에 앉아 담배를 물었다. 그는 초조한 듯 담배 몇 모금을 빤 후 담뱃불을 껐다. 옆에 서 있는 유간은 도무지 상황이 어찌 돌아가는지 갈피를 잡을 수가 없었지만 그렇다고 감히 물어볼 수도 없었다.

인상을 쓰고 앉아 있던 풍만춘이 갑자기 벌떡 일어나 옆에 있는 유간을 바라보며 애써 웃었다.

"유간, 돌아가 쉬게. 언제 설 선생이 반준 소식을 가지고 올지 모르니."

유간은 내키지 않았지만 말없이 고개를 끄덕인 후 밖으로 나갔다. 풍만춘은 문가로 다가가 하늘의 달을 바라보았다. 마음이 뒤숭숭했다. 피곤이 밀려왔지만 아무리 애를 써도 잠이 오지 않았다. 그는 성큼성큼 대문으로 향했다.

그와 마찬가지로 연운 역시 옆방에서 잠을 이루지 못하고 있었다. 머릿속에 끊임없이 반준의 모습이, 그리고 시묘묘가 인피가면을 벗던 모습이 떠올랐다. 정말 모든 여자가 부러워할 얼굴이었다.

연운은 문득 자신의 모습이 부끄러웠다. 반준과 시묘묘야말로 천생연분이 아닐까? 그럼 자기는 뭐란 말인가? 그런 생각이 들자 절로 한숨이 흘러나왔다. 어두운 밤하늘 아래 허전한 마음을 달랠 길이 없었다.

그때 연운의 귓가에 바스락거리는 소리가 들려왔다. 연운은 망상을 떨쳐내고 바짝 정신을 차렸다. 곧 시묘묘의 목소리가 들렸다.

"연운, 자?"

"시 소저?"

연운은 이상하다는 생각이 들었다.

"문 열어봐."

시묘묘가 나지막한 소리로 말했다. 연운은 옷을 걸치고 침상에서 내려와 문을 열었다. 시묘묘는 야간복인 검은색 옷을 입고 있었다. 연운의 입에서 탄성이 흘러나왔다. 시묘묘가 황급히 조용히 하라고 손짓했다.

"이 옷 입고 날 따라와."

연운은 무슨 일인지 영문을 알 수 없었지만 아까 시묘묘를 믿겠다고 말했기 때문에 그냥 고개를 끄덕였다. 그녀는 시묘묘가 들고 있던 옷을 받았다. 역시 검은색 야간복이었다. 두 사람은 살그머니 충초당 후문을 빠져나왔다.

연운과 시묘묘는 빠른 걸음으로 서쪽을 향해 달렸다. 대략 한 시간 정도 달렸을까, 두 사람 모두 숨이 차서 헐떡거렸다. 연운이 발걸음을 멈추고 헉헉거리며 물었다.

"우…… 우리 어디 가는 거예요?"

시묘묘가 걸음을 멈추고 연운에게 속삭였다.

"한 가지 확인할 게 있어."

"무슨 일인데요?"

연운이 몸을 굽혔다. 목이 타들어갔다.

"연운, 체력적으로 버겁나 보군?"

시묘묘가 짓궂게 묻자 연운이 바로 몸을 일으켰다.

"가요!"

시묘묘는 연운이 참 재미있는 아가씨라고 생각했다. 지는 것이 저렇게 싫을까.

두 사람은 난주성 성벽 부근에 위치한 낡은 대저택 앞에서 멈춰 섰다. 연운이 저택을 바라봤다. 난주성은 가옥들이 밀집되어 있지만 이 저택 주위는 텅 비어 있었다. 저택 마당에는 이미 말라죽은 홰나무 고목이 한 그루 서 있었다. 앙상하게 마른 나뭇가지가 마치 사납게 날뛰는 악귀 같았다. 홰나무 꼭대기에 거무죽죽한 까마귀 둥지가 보였다.

까악! 까악!

시커먼 까마귀 한 마리가 두 사람 때문에 놀랐는지 나무 위를 한 바퀴 빙그르르 돈 후 둥지로 돌아갔다. 연운은 침을 꿀꺽 삼켰다.

"여긴 또 어디예요?"

"의장(義莊, 중국 송대 이후 동족의 공유지를 말하나 여기서는 시신을 매장할 장소가 마땅치 않거나 타향에서 객사한 사람들을 위해 시신을 넣은 관곽을 두던 장소를 말한다—옮긴이)이야."

시묘묘가 또박또박 말했다. 연운은 조금 어리둥절했다. 이렇게 늦은 시각에 왜 이런 곳으로 데리고 온 걸까? 설마 귀신을 혼내주려고 온 건 아니겠지?

"여…… 여긴 왜 온 거예요?"

연운이 화들짝 놀라며 시묘묘의 손을 붙잡았다.

"반준 오라버니의 시신이 여기 있다고 말하려는 건 아니죠?"

연운이 갑자기 손을 잡는 바람에 시묘묘도 깜짝 놀랐다. 식은땀이 흘러내렸다. 연운의 마지막 말에 시묘묘는 발끈하면서도 그녀가 조금 우스꽝스럽게 느껴졌다. 시묘묘가 고개를 돌려 연운의 귀에 대고 작은 소리로 말했다.

"연운의 '반준 오라버니'가 그렇게 쉽게 죽을 사람이었다면 지금까지 골백번은 죽었을걸."

"그러네요."

연운의 마음속에 자리한 반준은 무소불능, 무소부지의 존재로 어떤 위기도 해결할 수 있는 인물이었다.

"그럼 여긴 왜 온 거예요?"

"시체 하나를 찾으러 오긴 했지. 하지만 반준이 아니라……."

시묘묘가 귓속말을 하자 연운의 두 눈이 휘둥그레졌다.

"그럴 리가요, 분명히 죽는 걸 봤는데!"

"우선 들어가보자고."

시묘묘는 가만히 시신 매장지 문을 열었다. 썩은 악취가 풍겼다. 연운과 시묘묘는 황급히 고개를 돌렸다. 연운은 다른 집들이 모두 이사를 가버린 것도 당연하다고 생각했다. 도무지 사람 살 곳이 못 되었다.

의장은 제법 넓었다. 폭이 몇 십 미터는 족히 되는 것 같았다. 마당 주위에는 목판으로 만든 낡은 헛간들이 보이고 그 아래 줄줄이 관이 놓여 있었다. 마당에는 잡초가 가득했고, 잡초 덤불 사이로 널려 있는 썩은 관 조각 사이사이 낡은 관도 몇 개 보였다. 쪼개진 관 사이로 백골이 삐져나와 있었다. 잡풀 가운데 난 작은 길은 건물까지 이어져 있었다. 길이 끝나는 곳에 문도 없는 당(堂)이 보였다.

"장담하건대 그 거지 노인 확실히 죽었어요. 우리 그냥 돌아가서 설 선생님 소식이나 기다려요."

연운은 눈앞의 광경에 조금 겁이 났다.

"하하! 그 사나운 피후도 고분고분하게 만들면서 죽은 자는 무섭나 봐."

시묘묘도 말은 그렇게 했지만 조금 무서운 생각이 들었다. 무섭지 않았다면 연운을 데리고 오지도 않았을 것이다.

"그거야 다르죠. 피후는 살아 있잖아요!"

그렇게 말하는 사이 잡초 덤불에서 나지막이 우, 우 하는 소리가 들렸다. 연운은 오싹 소름이 끼쳤다. 시체가 다시 살아난 걸까? 아니면 강시? 두 사람의 시선이 소리가 나는 방향으로 향했다. 두 눈에 푸른빛을 번뜩이며 관 뒤에서 뭔가가 튀어나왔다. 몽롱한 달빛 아래 개 같기도 하고 늑대 같기도 한 동물이 서 있었다. 시묘묘는 자기도 모르게 한숨을 돌린 후 연운의 어깨를 도닥거렸다.

"이봐, 아가씨! 자기 잘하는 것 나왔네. 자기가 해결해."

연운이 웃으며 개 같기도 하고 늑대 같기도 한 동물을 향해 성큼성큼 나아갔다. 가까이 다가가보니 늑대가 맞았다. 연운은 쪼그리고 앉아 푸른빛이 번뜩이는 늑대의 눈을 바라봤다. 늑대는 흉포한 이빨을 드러낸 채 사납게 연운을 노려보았다. 잠시 후 늑대가 마치 고양이 새끼처럼 연운에게 다가와 가만히 그녀의 손가락을 핥았다. 연운이 "엄마야!"라고 소리치며 손을 움츠렸다.

"깜빡했네. 여기 살고 있다면 사람 고기를 먹을 텐데!"

그런 연운의 마음을 알았는지 늑대는 고개를 숙이고 슬피 울었다. 연운 뒤에 서 있던 시묘묘는 동물을 길들이는 화파 곤충소환사의 능력에 감탄을 금치 못했다. 위험에서 벗어나자 그녀는 작은 길을 따라 앞에 보이는 당으로 향했다.

안으로 들어서자 시묘묘가 화절자를 꺼내 살짝 바람을 불었다. 눈앞이 환하게 밝았다. 연운도 후다닥 시묘묘의 뒤를 따라왔다. 사방이 음침한 것이 금방이라도 시체가 튀어나와 목을 조를 것만 같았다. 당에 안치된 시체들 대부분은 관이 없었다. 기껏해야 흰 천이 덮여 있을 뿐이었다.

시묘묘가 천을 하나씩 들춰가며 시신들을 자세히 살펴보았다. 연운은 시묘묘 뒤를 바짝 따라붙었다. 그녀는 시묘묘가 한 말을 믿을 수가 없었다. 그러나 귀로 들은 것은 믿을 수 없어도 눈으로 본 것은 믿을 수 있는 법이다.

시묘묘가 시체를 모두 살펴보고는 한숨을 내쉬며 말했다.

"과연."

"그럼 정말 안 죽었단 말이에요?"

연운이 의혹으로 가득한 눈으로 시묘묘에게 물었다.

"그래."

시묘묘가 가만히 웃었다.

"다른 곳에 있을지도 모르잖아요."

연운도 물러설 기미를 보이지 않았다. 바로 그때 연운의 복사뼈 부분이 뭔가에 부딪쳤다. 그녀가 깜짝 놀라 재빨리 뛰어가서 시묘묘의 손을 잡았다. 시묘묘가 놀라서 연운을 바라봤다.

"왜 그래, 연운?"

연운이 자신의 발아래를 가리켰다. 연운이 가리키는 방향을 보자 나뭇가지처럼 비쩍 마른 손 하나가 시체를 올려둔 단 아래로 쑥 들어가는 것이 보였다.

"누구, 거기 누구야!"

시묘묘가 냅다 소리를 질렀다. 횅한 실내에 그녀의 목소리가 음산하게 울려 퍼졌다.

연운이 나지막이 휘파람을 불었다. 좀 전의 늑대가 사납게 생긴 이빨을 드러내고 으르렁거리며 앞다리에 바짝 힘을 주고 뒷다리는 조금 구부린 채 단 아래를 노려보았다. 연운의 명령에 금방이라도 뛰어나갈 자세였다.

"다…… 당신들 사람이야, 귀신이야?"

단 아래에서 웬 늙은 남자의 목소리가 들렸다. 목소리가 덜덜 떨리고 있었다. 사람 소리가 나자 그들은 그제야 마음을 놓았다. 연운이 머리를 살짝 쓰다듬자 늑대는 금세 잠잠해졌다.

"누구야? 밖으로 나와."

시묘묘가 냉랭한 어조로 말했다. 노인은 잔뜩 겁을 먹은 듯 여전히 단 아래에 숨어 있었다.

"안 나갈 거요. 여…… 여기 의장에는 귀신이 나온다고요."

"귀신?"

연운이 노인의 말을 되풀이하며 주위를 둘러봤다. 문득 흰 천을 둘러쓴 시체가 벌떡 일어나 앉을 것 같았다.

"그래요. 하늘이 어두워지자 죽은 지 하루 된 노인 하나가 갑자기 벌떡 일어나더니 내가 뭘 어쩌기도 전에 입구 쪽으로 비틀거리며 사라졌다니까요? 얼마나 놀랐는지 이 밑으로 기어 들어와 숨어 있었다고요!"

상대가 잔뜩 겁먹은 소리로 말했다.

"당신은 누구지?"

시묘묘가 몸을 구부리며 단 아래를 바라봤다.

"내가 귀신같이 생겼나?"

노인이 삐죽 밖을 내다봤다. 엄청나게 아름다운 여자의 얼굴이 보였다. 그는 그 순간 두려움이 모두 사라지는 것을 느꼈다. 이제껏 이렇게 예쁜 여자는 본 적이 없었다. 나이가 그처럼 지긋한데도 나쁜 마음이 들었다. 자신이 약자면서도 자기보다 더 약할 것 같은 사람을 보자 뭔가 수작을 걸고 싶어진 것이다. 노인이 음흉하게 웃으며 말했다.

"아가씨께서 내게 뭘 물어보려고?"

"의장에 귀신이 나온다니, 그게 무슨 말이지?"

시묘묘는 어쨌거나 속세에 대해서는 아는 것이 그리 많지 않은 편이었다. 그녀가 노인의 속마음을 살피지 못한 채 물었다.

"내가 말해주면 아가씨한테 뭐가 좋은데?"

애매모호한 노인의 말투에 시묘묘가 냉소를 지었다.

"좋아, 어디 이래도 말 못 하는지 볼까?"

시묘묘가 얼굴의 인피가면을 조금씩 떼어냈다. 좀 전보다 더 아름다운 얼굴이 노인 앞에 서서히 드러났다. 노인이 언제 이런 일을 경험했겠는가! 그가 얼굴이 하얗게 질려 소리를 질렀다.

"화피귀〔청대 작품 《요재지이(聊齋志異)》의 편명으로 미녀의 얼굴을 한 악귀 이름―옮긴이〕다!"

"어서 말하지 못해?"

시묘묘는 인피가면을 다시 얼굴에 붙인 후 매섭게 소리쳤다.

"말 안 하면 잡아먹어버릴 테다!"

"말할게요, 말할게요!"

노인은 감히 시묘묘를 똑바로 쳐다보지도 못한 채 굽실거렸다.

"저는 의장 관리인인뎁쇼, 오늘 밤에 술이나 한잔 하려 하고 있었는데 글쎄, 단 위에 올려놓은 시신 한 구가 갑자기 벌떡 일어나더니 날 힐끗 쳐다본 후 문으로 걸어 나가지 뭡니까? 너무 놀라는 바람에 이 밑으로 숨었다니까요."

"그랬군."

시묘묘가 이맛살을 찌푸리더니 자리에서 일어나 단 아래 숨어 있는 노인에게 말했다.

"내 얼굴 전부를 보지 않았으니 다행인 줄 알아! 그랬으면 내가 죽이지 않았어도 당신은 끝장이었을 테니까. 이 일을 다른 사람에게 말하면 반드시 다시 돌아와 당신을 없애버릴 테니 그런 줄 알아."

"절대! 절대 그럴 일 없습니다!"

노인이 몸을 움츠린 채 몇 번이고 외쳤다.

"망할 놈의 노인네, 지금부터 아미타불 천 번을 외워. 한 번이라도 빠뜨렸다가는 이 늑대에게 먹어 치워버리라고 할 테니!"

연운의 말이었다. 그녀는 노인 감시용으로 늑대를 남겨두기로 하고 시묘묘를 따라 의장을 빠져나갔다.

의장에서 나온 두 사람은 공기가 많이 맑아진 듯한 느낌을 받았다. 시묘묘가 앞서 걷자 연운이 그 뒤를 따라가며 웃었다.

"묘묘 언니, 저 영감태기 바지에 오줌이라도 지릴 것 같던데요?"

시묘묘는 뜻밖에도 연운이 자신을 '언니'라고 부르자 마음이 훈훈해지는 것을 느꼈다. 그녀가 연운 쪽으로 고개를 돌렸다. 연운은 아무렇지도 않은 듯 계속 얼굴에 웃음을 띠고 있었다.

"언제 변장술 좀 가르쳐줘요. 그 색마를 다시 만나면 놀래줘야겠어요."

"배우고 싶어?"

시묘묘가 부드러운 목소리로 물었다.

"당연하죠. 그럴 수만 있다면 정말 끝내주는 미인이 돼서 반준 오라버니를 꼬실 텐데!"

반준의 이름이 나오자 연운은 마음이 괴로웠다. 연운은 내심 자신이 아무리 시묘묘 같은 아름다운 용모를 갖게 된다 해도 반준의 짝은 되지 못할 거라고 생각했다. 반준에게 어울리는 사람은 아마 자기 앞에 있는 시묘묘밖에 없을 것이다. 그렇게 생각하자 오히려 마음이 훨씬 편해지는 것 같았다.

"그래, 가르쳐줄게."

시묘묘가 다가왔다.

"다만 최고의 절대 기술은 외부 사람에게 가르쳐줄 수 없으니 기본적인 것만 알려주지."

"언니처럼 예쁘게 변할 수 있어요?"

연운이 웃으며 물었다.

"그럼! 사실 매우 간단해!"

시묘묘가 자기의 인피가면과 똑같은 가면 하나를 꺼내 연운에게 준 후 귓속말을 했다. 연운이 고개를 끄덕였다. 두 사람은 이야기를 나누며 충초당을 향해 걸어갔다.

새벽에 검은색 차량 한 대가 충초당 앞에 멈췄다. 설귀가 당황한
얼굴로 차에서 내렸다. 그의 손에는 편지 한 통이 들려 있었다. 유간
이 그를 맞이하러 나왔다. 설귀는 입을 열 겨를도 없이 안에 들어가
이야기하자고 손짓했다. 유간은 그와 함께 곧장 세 번째 마당 대청
으로 들어섰다.

풍만춘이 오른손으로 머리를 받친 채 탁자에 기대 잠들어 있었다.
발소리에 잠이 깬 풍만춘은 허둥지둥 걸어오는 설귀를 보고 자리에
서 일어나 그를 맞이했다.

"설 선생, 반준 소식은 있습니까?"

설귀가 고개를 끄덕였다.

"이것 좀 보십시오!"

설귀가 들고 있던 편지를 풍만춘에게 건넸다. 풍만춘이 의아한 눈
으로 유간을 바라보며 편지를 받았다. 편지봉투는 이미 열려 있었
다. 안에 든 편지지를 꺼냈다. 편지에는 다음과 같이 적혀 있었다.

반준과 단이아 모두 내 손에 있습니다. 그들을 만나고 싶으면 신강 화염산
구양 가문 고택으로 오십시오.
구양연웅.

편지를 다 읽은 풍만춘이 탁자를 내리쳤다.

"개자식! 그렇게 오랜 세월 늑대랑 놀아줬더니 결국 물리는군! 이
아가 계속 연웅과 연락을 주고받은 거야. 연웅, 이 자식! 반준을 납
치하다니!"

"오늘 새벽에 한 거지에게서 편지를 발견했어요. 아마도 충초당

으로 가져가려 한 것 같은데 마침 경찰국 사람들이 보고 제게 줬습니다."

설귀가 자세히 이야기해주었다.

"연웅이 우리를 모두 신강으로 모이게 할 모양이군."

풍만춘이 유간에게 말했다.

"사람들을 오라고 하시오. 상의한 뒤에 바로 신강으로 가야겠소."

순식간에 사람들이 모여들었다. 반원원은 금용의 손을 잡고 있었고, 시묘묘는 연운과 함께 앉았다. 풍만춘의 이야기를 들은 뒤부터 연운은 좌불안석이었다. 그녀가 일어나 말했다.

"그럼 뭘 기다려요? 빨리 신강으로 가요!"

"음, 나도 그럴 생각이네."

풍만춘이 연운의 말에 동조하며 주위 사람들을 둘러보았다. 시묘묘는 계속 침묵을 지키고 있었다. 반원원이 잠시 주저하다 입을 열었다.

"전 용이랑 이곳에 있겠어요."

"그래요. 원원 언니는 몸이 좋지 않아 그렇게 먼 여정을 견딜 수 없을 거예요."

시묘묘가 말했다. 풍만춘이 잠시 생각하더니 말했다.

"좋아, 그럼 유간은 남아서 반 소저를 돌봐주시오."

"하지만 풍 사부님, 전……."

유간은 원래 풍만춘을 따라 신강으로 반준을 찾으러 갈 생각이었다. 그런데 풍만춘이 그렇게 결정을 내리니 고집을 부리기가 난감했다. 그는 그냥 고개를 끄덕였다.

"그러죠."

"좋아요. 그럼 곧바로 준비하지요."

설귀가 일어나며 말했다.

"우리 상단과 함께 출발하시지요. 그렇게 하면 가는 도중 번거로운 일들을 피할 수 있을 겁니다."

"그럼 설 선생께 신세 좀 지겠습니다."

풍만춘이 두 손 모아 예를 표했다. 설귀가 일어나며 미소 지었다.

"그럼 먼저 돌아가 준비하겠습니다. 내일 아침 충초당 입구에서 기다리지요."

유간이 설귀를 배웅하러 나갔다. 남은 사람들도 각자 내일 떠날 준비를 하기 위해 자리를 떴다.

난주에서의 마지막 밤이었다. 달이 유난히 밝았다. 반원원은 금용이 잠들길 기다려 술병을 들고 뒤뜰 돌 탁자 앞에 앉아 멍하니 달을 바라봤다. 마찬가지로 잠을 이루지 못하고 있던 시묘묘가 문을 열고 나오다 뜰에 있는 반원원을 발견하고 그녀에게 다가왔다.

"언니, 아직 안 잤어요?"

시묘묘가 반원원 앞에 앉았다. 반원원이 미소 지었다.

"묘묘, 이번 신강 길은 정말 험난할 것 같아. 여기저기 위기가 도사리고 있을 거야."

"네."

시묘묘가 가만히 고개를 끄덕였다.

"묘묘랑 준이가 무슨 계획을 세웠는진 모르겠지만 정말 조심해야 돼. 이번 음모는 대단히 위험해. 아마 두 사람이 생각하는 것처럼 간단하지 않을 거야."

반원원이 걱정스러운 표정으로 술 한 잔을 비웠다.

"계획이라뇨?"

시묘묘가 이상한 소리를 한다는 듯 반원원을 쳐다봤다. 반원원이 웃으며 품에서 반준의 청사 상자를 꺼냈다.

"이런 방법으로 다른 사람은 속일 수 있을지 모르지. 그렇지만 내

동생은 내가 잘 알아. 내가 알아차린다면 결국 다른 사람도 눈치챌 거야. 오래 속일 수는 없어. 그러니까 일찍 대비해야 돼."

"아!"

시묘묘는 문득 눈앞에 앉아 있는 여자가 반준보다 뛰어나면 뛰어났지 결코 그보다 못하지는 않을 거란 생각이 들었다. 반원원은 모든 것을 환하게 꿰뚫어보고 있었다. 어떤 일도 그녀의 눈을 속일 수 없었다. 귀신 마을에 있을 때 그녀가 소북풍을 알아보지 못했더라면 시묘묘는 일찌감치 황천길에 올랐을 것이다. 눈앞의 여인에게 절로 감탄이 흘러나왔다.

"묘묘, 북경에 있을 때 내게 물었던 거 기억나?"

반원원이 갑자기 물었다.

"아, 그때 언니가 반준에게만 알려줄 수 있다고 했죠."

시묘묘가 고개를 숙이고 말했다.

"동생을 만날 때까지 내 몸이 버틸 수 없을지도 몰라. 알려줄게. 사실 72년 전 그 화재는 그냥 일어난 사고가 아니야. 그건……."

반원원은 처음부터 끝까지 작은 소리로 이야기를 마쳤다.

"그랬군요. 할머니 말이 맞았어요."

어느 정도 추측은 하고 있었지만, 반원원이 털어놓은 얘기에 시묘묘는 가슴이 철렁 내려앉는 것을 느꼈다.

"금방 추석이네."

반원원이 고개를 들고 하늘의 둥근 달을 바라봤다.

"사흘 뒤면 추석이에요."

시묘묘가 맞장구를 치며 머리 위에 떠 있는 달을 바라봤다.


난주에서 100리 정도 떨어진 곳에 있는 마차 안, 금소매 역시 넋이 나간 듯 밝은 달을 바라보고 있었다.

"소매, 왜 그래요?"

구양연뇌가 말머리를 돌려 마차 옆을 따라가며 물었다.

"연뇌, 당신이 날 북경에서 신강으로 데려가던 날 아직도 기억해요?"

금소매가 하늘 높이 걸린 밝은 달을 바라보며 멍하니 물었다.

"하하!"

구양연뇌가 웃었다.

"어떻게 잊어버릴 수가 있겠소? 아마도 이맘때쯤이었을 거요. 추석 전이었으니까."

"그 모든 일이 일어나지 않았다면 얼마나 좋았을까요. 지금쯤 온 가족이 신강에서 즐겁게 살았을 텐데."

금소매는 마치 큰 깨달음을 얻은 행자처럼 모든 것을 내려놓은 듯했다.

"소매, 안심해요! 모든 것이 좋아질 거요. 우리 가족도 금세 다 모일 수 있을 거고."

구영연뇌가 금소매를 위로했다. 그러나 비록 말은 그렇게 했지만 미래에 대해 전혀 자신이 없었다. 어쩌면 이번 신강행은 생사를 점치기 어려운 일이 될지도 모른다.

"어젯밤이 되어서야 이 음모가 100년 동안이나 계획되었다는 것을 알게 됐어요."

금소매의 눈에 눈물이 반짝였다. 눈물 때문에 달빛이 흐릿했다. 그녀는 점차 모든 일을 한데 연결시킬 수 있었다.

대략 80년 전에 일어난 일이었다. 당시 곤충소환사 각 가문은 선조들의 유지를 엄격하게 받들고 있었다. 그들은 각기 오행 방위에 따라 금파는 남쪽, 목파는 동쪽, 수파는 북쪽, 화파는 서쪽, 토파는 중앙에 거주했다. 각 가문은 서로 연락하고, 견제하며, 서로를 의존하며 살았다. 금파는 황실을 위해 금석 기물을 연구, 제작하고 능묘를 건설했다. 목파는 의술로 생업을 삼았으며, 수파는 매우 비밀스러운 가문으로 무엇으로 생계를 도모하는지 알 길이 없었다. 화파는 피후를 훈련시켜 사막에서 사냥을 하고 가죽과 말을 팔며 생활했다. 토파는 문하생이 매우 많았으므로 무술을 연마하거나 도굴을 생업으로 삼았다.

예로부터 지금까지 세상이 아무리 변하고 왕조가 교체되어도 곤충소환사 가문은 부침의 세월 속에서 줄곧 각 파의 신조를 지키며 자신들의 신앙을 신봉했다. 그들은 불굴의 의지를 가진 작은 곤충들처럼 대대로 그렇게 번영했다.

어느 날, 곤충소환사 일족 가운데 한 사람이 돌연 이런 삶이 불공평하다고 생각하게 되었다. 세상에 혼란과 위기가 찾아들 때마다 곤충소환사 일족들은 희생을 마다 않고 과감하게 전진했다. 그러나 이들은 대업을 이룬 후 보답을 받기는커녕 삼족, 심지어 구족을 멸하는 등 대거 참살을 당해야 했다. 그뿐만 아니라 군주들은 곤충소환술을 눈엣가시로 여겨 사악한 기량이라고 폄하했다.

역사적으로 유명한 분서갱유, 희대의 문자옥, 유방이 전쟁에서 공을 세운 제나라 왕 한신을 겨냥해 단행한 일 등, 이런 예는 비일비재하다. 곤충소환사 일족이라면 누구나 이런 불공평한 처사에 불만을 갖고 있었지만, 사람들의 시선을 아랑곳하지 않고 떨쳐 일어나 이의를 제기한 이는 아무도 없었다.

그러던 어느 날 그자가 나섰다. 그는 각지를 다니며 그러한 자신의 생각을 다른 가문에 알렸다. 불공평한 처우에 불만을 갖고 있던 곤충소환사 군자들은 너도나도 이에 호응했다. 태평천국이 무너지고 청 왕조에 패망의 기운이 깃들었으니 지금이야말로 곤충소환술을 동원해 곤충소환사들의 강산을 만들어야 할 때가 아닌가.

그들은 점차 세력을 연합했다. 그러나 유독 수파 군자만이 이를 거부했다. 수파 군자는 여자였다. 홍수전(洪秀全, 중국 청나라 말기 농민 반란군을 모아 이상 국가 '태평천국'을 세운 인물—옮긴이)은 기의를 일으킨 이후 그들과 긴밀한 연락을 취했다. 홍수전 및 그의 장군들 여러 명이 암암리에 수파와 접촉했다. 수파 군자는 곤충소환사 일족들이 새로운 변혁을 지지해줄 것을 희망했다. 홍수전에게서 한 가닥 희망을 본 것이다.

역대 왕조의 변혁과 마찬가지로 곤충소환사 일족들의 지지만 얻는다면 그것은 왕조를 바꿀 수 있는 절호의 기회였다. 그러나 다른 4대 가문은 수파 군자의 말에 동의하지 않았다. 나를 따르는 자 흥성하고, 나를 반역하는 자 망하리라. 다른 가문들은 비밀리에 엄청난 계획을 세웠다. 그들은 수파 군자가 얼마나 대단한지 잘 알고 있었다. 수파는 삼천척뿐만 아니라, 수파 군자 가운데도 극히 일부만 가능한 그들만의 독특한 기술을 가지고 있었다. 바로 '고혹군심(蠱惑軍心)'이라는 기술로, 어느 누구나 몇 미터 내에만 있으면 수파 군자가 내뿜는 '고충(蠱蟲)'에 미혹되어 정신을 잃고 자기편끼리 죽이기를 서슴지 않았다. 물과 불은 서로 화합할 수 없다고 하지 않았던가, 유독 한 가문만이 이 절대 기술에 대적할 수 있었다. 그들은 사막 깊숙이 거처하며 세상과 논쟁을 벌인 적이 없는 화파 방계였다. 그들은 몽고사충이라는, 흉악하게 생긴 괴물과 함께 생활했는데, 몽고사충은 이러한 고혹군심술을 이길 수 있는 유일한 무기였다.

처음 계획을 획책했던 자는 사막 깊숙이 들어가 화파 방계 사람을 만났고, 결국 수파 시씨 가문을 없애면 수파의 고혹군심을 내주겠다는 조건으로 그들의 협조를 이끌어냈다. 그 결과 지금으로부터 72년 전 어느 여름날, 4대 가문이 비밀리에 상서에 모였다. 그들은 토파 군자의 신농 기술로 지하 굴을 파서 시씨 저택에 잠입했다.

대학살의 현장이었다. 그들은 엄청난 속도로 수파 가문의 모든 사람을 잔인하게 살해했다. 학살은 사람들의 예상과 달리 매우 쉽게 이루어졌다. 어떤 저항도 없었다. 수파의 절대 기술이라 할 수 있는 고혹군심도 동원되지 않았다.

　마귀의 성찬이었다. 피에 열광한 미친 자들이 사람들을 죽이고 모든 방을 샅샅이 뒤졌다. 그러나 수파의 절대 기술이 새겨진 비보는 나오지 않았다. 하는 수없이 그들은 재빨리 철수했다. 그리고 천인공노할 대죄를 감추기 위해 수파 저택을 모조리 불살랐다.

　그들은 비보를 얻지 못한 채 씩씩거리며 돌아갔다. 곤충소환사의 최종 비밀은 5대 가문의 비보가 모두 모여야 알 수 있으며, 또 다른 한 사람의 지지를 얻는 것이 가장 중요한 절차였다. 그자 역시 곤충소환사지만 5대 가문 어느 곳에도 속하지 않는 자였다. 바로 '인초사'였다. 인초사는 누군가가 시신을 기증하면, 신비한 물건 하나를 체내에 넣어 엄동설한 고산지대에 머리를 위로 한 채 묻어두었다. 그렇게 보관한 시신은 겨울에는 사람의 형태였다가, 여름이 되어 온도가 적당해지면 그 머리에 풀같이 생긴 것이 하나 자라난다. 곤충 같지도 않고 풀 같지도 않은 그것을 사람들은 '인초'라고 불렀다. '인초'는 어떤 병이든 치유할 수 있고, 세상 어떤 독이든 해독할 수 있었다. 또한 섭생술의 유일한 해독제이기도 했다.

　비보는 반드시 신강 구양씨 집안의 곤충 훈련장에서 인초사만이 열 수 있었다. 곤충소환사의 비밀을 얻은 자는 천하를 얻을 수 있다고 했다. 그러나 상서에서 돌아온 가문들 사이에 내부 분열이 일어났다. 화파 방계는 수파의 고혹군심을 얻지 못하고 얼굴을 바꾸는 별 볼일 없는 기술만 얻게 되자 심히 불만스러웠다. 이에 일을 도모했던 자를 찾아가 그자 고유의 절대 기술을 전수해달라고 요구했다. 그렇지 않으면 일족들의 만행을 천하에 공개하겠다는 것이었다.

그자는 일단 화파 방계의 요구를 받아들였지만, 화파 방계 가문은 위험이 코앞에 닥쳤다는 사실을 모르고 있었다. 원래 그자가 화파 방계를 찾아갔던 것도 고육지책이었는데 이제 수파가 멸족했으니 화파 방계도 별 볼일 없는 존재가 된 것이다. 다른 네 가문은 은밀히 음모를 꾸몄고, 화파 구양 가문을 필두로 사막 깊은 곳의 화파 방계를 습격하기로 했다. 구양 가문의 세력이 얼마나 방대한가! 약소한 방계 세력은 몽고사충이라는 강력한 무기를 갖고 있긴 했지만 구양 가문 앞에서 힘을 쓰지 못하고 거의 모두 죽고 말았다.

그뿐만이 아니었다. 그자는 철저하게 화파 방계의 생존자를 없애기 위해 각 파에 화파 방계를 잔혹한 집단으로 묘사했다. 그자는 이후 여러 차례 상서 지역을 방문했다. 수파 가문을 그토록 쉽게 멸족시킬 수 있었던 게 어딘가 찜찜했던 것이다. 그의 행보는 수파 비보의 행방을 파악할 때까지 계속되었다.

마지막 남은 일은 인초사를 찾는 것이었다. 인초사는 행적이 일정하지 않았다. 한 번 자리를 떴다 하면 3년이었고, 3년 뒤에 돌아오면 완전히 다른 모습으로 변신하여 이전에 획책했던 일에 대해서는 언급하지 않은 채 집에 틀어박혀 수행에만 정진했다.

수십 년 뒤, 이 음모를 또 다른 사람이 이어받았다. 다만 이번 인물은 마치 안개에 가린 듯 항상 베일에 싸여 있었다.

"소매, 무슨 생각 해요?"

금소매가 고개를 숙인 채 뭔가 생각에 잠긴 듯 계속 인상을 찌푸리고 있는 것을 본 구양연뇌가 물었다. 금소매가 길게 한숨을 내쉬더니 눈가의 눈물을 닦으며 말했다.

"갑자기 생각난 일이 있어요."

"뭔데요?"

구양연뇌가 미소를 지으며 물었다.

"당시 날 데리고 갔던 자 말이에요, 내가 친왕부를 떠나던 날 밤 일을 잘 알고 있더라고요. 사실 그때 일을 아는 사람은 극소수거든요. 그중 대부분이 죽었고요. 그런데 나이를 생각하면 적어도 사십 대여야 할 것 같은데, 날 데리고 간 사람은 이십대였어요."

금소매가 이해가 안 간다는 듯 얼굴을 찌푸리며 말했다.

"하하! 가닥이 안 잡히면 그만 생각해요. 이제 곧 신강이오. 구양 고택에 돌아가는 거라고!"

구양연뇌가 화제를 돌렸다.

"음, 그래요. 연운과 연응도 오겠죠."

금소매는 연응에게 조금 미안한 생각이 들었다.

"연응은 지금 나 때문에 일본인들이랑 함께 있어요. 떠나올 때 만약 내게 예기치 못한 일이 생기면 신강에서 만나자고 했지요."

"하하. 소매! 무슨 일이 생길지 어떻게 알았나?"

구양뇌화가 말을 타고 앞서 가면서 큰 소리로 웃었다. 금소매가 미안한 듯 고개를 숙였다.

"아버님이 깨어나신 줄 알고 있었어요. 하지만 일본인의 감시를 피해 북경을 떠나고 싶었어요. 그래서 비보가 나타날 거라고, 아버님을 신강으로 유인한 거예요."

"그럼 대체 비보는 지금 누구 손에 있는 거지?"

구양뇌화가 가장 관심을 가지고 있는 것은 비보의 행방이었다.

"사실 저도 잘 몰라요. 그저 사전에 약속한 장소에 비보를 갖다놓고 그곳을 떠났을 뿐이니까요."

금소매가 인상을 찌푸렸다.

"하지만 그자가 우리를 신강으로 모이게 했다면 분명 비보를 가지고 올 거예요."

"음, 그렇겠지."

구양연뇌가 고개를 끄덕이고는 다시 말했다.

"참! 그 사람 깨어났는지 좀 살펴봐요."

금소매가 고개를 돌렸다. 잠시 후 금소매가 다시 고개를 돌리더니 살며시 저었다.

"아직요."

"아! 젊은 사람이 왜 저렇게 사서 고생이지? 나라면 그냥 성깔대로 없애버릴 텐데! 왜 자신을 저 꼴로 만드는지."

구양뇌화가 씩씩거렸다.

"그게 아마 저 사람의 존경할 만한 점이겠죠."

구양연뇌가 탄복한 듯 말했다.

"그래요. 자기가 고통받고 말지 다른 사람을 해하고 싶어 하지 않을 테니까요."

금소매가 마차 안에 조용히 누워 있는 남자를 보며 말했다.

말 두 필과 마차 한 대가 밝은 달빛 아래 사막 한가운데를 향해 천천히 나아갔다.

# 제15장

# 화염산, 안개 속의 구양 저택

난주성의 새벽, 설씨 저택 대문 밖에서 일제히 폭죽이 터졌다. 마
바리꾼들이 마차 앞에 돼지, 양을 놓고 향을 피우며 제사 준비를 하
고 있었다. 그들은 돼지와 양의 피를 말에 바른 후, 악재가 사라지고
이번 여정이 편안하기를 기원했다. 설귀가 마바리꾼 대장에게 인사
하자 그가 나지막이 속삭였다. 마바리꾼 대장이 목청을 높였다.

"설씨 댁 행차요!"

뒤에 있던 마바리꾼들이 따라서 외치기 시작하자 대장이 마차를
이끌고 앞으로 나아갔다. 충초당 앞에 멈춘 그들은 풍만춘, 시묘묘,
구양연운 등을 태우고 홍은가를 따라 서쪽으로 향했다.

바리 행렬에는 여러 가지 규칙이 따랐다. 마바리 대장은 자신들
만의 갖가지 은어를 사용했을 뿐만 아니라 그때그때 상황을 파악하
는 안목이 뛰어났다. 길을 가는 동안 절대 불길한 말을 하지 않았으
며, 언제나 한 방향으로만 행진했다. 또한 대체로 작은 객잔에 묵지
않고 큰 객잔을 골랐다. 첫째, 모두가 충분히 휴식을 취할 수 있도록
하기 위함이었고, 둘째, 객잔의 규모가 클 경우 뒤에서 상단을 도와

줄 수 있기 때문에 비적들을 상대하기도 용이했다.

그중에서도 설씨 상단은 더욱 특별했다. 설귀 본인이 의협심 강한 인물로 실크로드 고도에서 명성이 자자했기 때문에 보통 비적들도 그의 행렬을 덮치진 않았다. 그들은 난주를 출발해 청해를 거쳐 신강 경내로 들어섰다. 그동안 풍만춘은 마차 앞쪽에 앉아 마바리 대장과 즐겁게 이야기를 나누며 두터운 친분을 쌓았다. 솔직담백하고 시원시원한 성격의 풍만춘은 강호를 떠도는 사람들과 매우 쉽게 이야기를 나누곤 했다.

시묘묘와 연운은 계속 마차 안에 있었다. 연운은 시묘묘가 가르쳐 준 기술을 수시로 연습했다. 영특한 연운은 그간의 연습을 통해 시묘묘와 비슷한 수준으로 기술을 익힐 수 있었다. 다만 목소리는 시묘묘처럼 자유자재로 바꾸지 못했다.

이윽고 상단은 신강 우루무치에 도착했다. 몇몇은 말을 갈아타고 화염산 방향으로 향했다. 날씨는 못 견딜 만큼 뜨거웠고 사방은 삭막한 사막지대였다. 이따금 멀찌감치 꼭 불이 붙은 것 같은 붉은 산들이 보였다.

"연운, 화염산은 정말 불타는 산이야?"

머리에 검은 베일을 쓴 채 말을 타고 가던 시묘묘가 물었다.

"네, 그래요! 피후를 길들이는 데서 멀지 않은 곳에 불타는 산이 있어요."

연운이 발랄하게 말했다.

"할아버지 말씀이, 벌써 100년 넘게 불타고 있대요."

"정말 있었구나."

도저히 상상할 수 없다는 듯 시묘묘가 말했다.

"《서유기》에 '서역길에 합사(哈斯)라는 나라가 있는데 그곳은 해가 지는 곳이라 천진두(天盡頭)라 한다. 그곳에 화염산이 있으니 봄이고, 가을이고 사계절 모두 덥다. 화염산은 불길이 800리에 이르고, 사방에 풀 한 포기 자라지 않는다. 그 산을 넘어가면 머리가 청동으로 되었든, 몸이 강철로 만들어졌든 모두 흐드러져버린다'라고 적혀 있었던 것이 기억나.”

“그건 아니에요. 정말 그렇다면 거기서 살 수가 없죠.”

연운 역시 머리에 검은 베일을 쓰고 있었다. 화염산 부근의 태양이 어찌나 강렬한지 그대로 노출하면 피부가 상하고 말 것이기 때문이다.

“하하. 그렇겠지.”

시묘묘가 이렇게 활짝 웃는 것은 보기 드문 일이었다.

“아가씨 두 분! 기운 좀 아끼시지. 수다 좀 그만 떠시오. 그러다 지쳐 쓰러지겠어!”

두 여자가 끊임없이 이야기를 나누는 모습을 본 풍만춘이 흐뭇한 표정으로 말했다.

“헤헤. 풍 사부님! 나랑 언니는 괜찮아요. 사부님은 안 그래도 얼굴이 까무잡잡한테 조심하지 않으면 완전히 새카맣게 타서 사라지겠어요.”

괴팍한 성격 그대로 연운은 말발에서도 결코 풍만춘에게 밀리지 않았다.

“이 정도 열기야 견딜 수 있지.”

풍만춘은 머리 위 태양을 바라보며 말에 매달아놓은 술부대를 흔들었다.

“이렇게 더운 날, 술이 없으면 여길 지나갈 수가 없지!”

“헤헤! 풍 사부님, 그런 건 걱정 마세요. 우리 집에 가면 술 저장고에서 최고의 술을 가져다드릴 테니까요.”

연운이 풍만춘을 위로했다.

"포도주 가운데 최고, 야광배 들어보셨어요? 도착하면 제가 야광배 맛을 보여드릴게요."

"헤! 요 꼬마 아가씨가 풍씨 마음을 잘 아는군. 바로 그거야. 우리 빨리 가자고. 벌써 군침이 도는군!"

풍만춘이 말 옆구리를 옥죄더니 말했다.

"연운! 자! 우리 경주해볼까? 누가 빨리 달리는지 시합하자고!"

"좋아요!"

연운이 말을 달려 그 뒤를 따랐다. 드넓은 사막에 앞서거니 뒤서거니 질주하는 두 필의 말을 따라 피어오른 수증기에 두 사람의 모습이 점차 희미해졌다. 시묘묘는 천천히 말을 달렸다. 그녀는 곧 벌어질 일에 대해 연운에게 어떻게 알려야 할지 줄곧 걱정했다.

저녁 무렵, 서쪽 붉은 산마루에 석양이 비치고 있었다. 산과 하늘과 노을이 하나가 되어 어디까지가 하늘이고, 어디까지가 땅인지 알 수가 없었다. 모래언덕을 넘자 거대한 저택이 그들 앞에 나타났다. 저택 서쪽으로 수 리 밖이 붉은 띠 모양의 화염산 산마루였고, 오른쪽은 바짝 마른 물길과 가파른 고산을 끼고 있었다. 저택 앞뒤로 모두 여덟 개의 입구가 있었는데 북경의 집들과 비교하면 북경의 마당 두세 개를 합쳐야 이곳 마당 하나가 될 만큼 넓었다.

"저 앞이 우리 고택이에요."

연운이 입술을 모아 살짝 휘파람을 불자 마치 그 소리에 화답이라도 하듯 언덕 아래 마당에서 시끄럽게 개 짖는 소리가 들려왔다.

잠시 후 검은색 옷을 입은 청년 몇 명이 개를 끌고 문 밖으로 뛰어나왔다. 모래언덕에 서 있던 세 청년이 연운을 보자 그녀를 향해 달려왔다. 한 청년이 연운 곁으로 다가와 말했다.

"아가씨, 이제야 오셨군요. 영감나리께서는 아가씨 일행보다 이틀 먼저 당도하셨습니다."

"영감나리?"

연운이 눈살을 찌푸렸다.

"누구 말하는 거야?"

"아가씨, 왜 그러세요? 우리 영감나리요!"

청년의 말이 끝나기도 전에 연운이 말을 달려 산 아래로 쏜살같이 내려갔다. 대문에 이른 연운은 어안이 벙벙했다. 청년들의 호위 아래 세 사람이 안에서 천천히 걸어 나오고 있었다. 연운은 자신의 눈을 믿을 수가 없었다. 제일 앞쪽의 인물은 바로 좀 전에 청년이 말한 영감나리 구양뇌화였고, 좌측에 아버지 구양연뇌가 있었다. 그리고 오른쪽 여자는 한 번도 본 적은 없지만 어딘가 낯이 익었다.

"연운, 드디어 왔구나!"

구양뇌화가 다가와 말고삐를 잡으며 말했다. 연운이 말에서 뛰어 내리더니 구양뇌화의 품으로 달려가 대성통곡했다.

"할아버지, 정말 할아버지예요? 제가 꿈을 꾸는 건 아니죠?"

"바보 같으니라고! 물론 할아비다!"

구양뇌화는 평소 다른 사람 앞에서는 법석을 떨지 않지만 손자와 손녀는 무척 아끼고 사랑하는 사람이었다. 아이들이 아무리 제멋대로 행동해도 절대 손자, 손녀에게 화를 내지 않았다.

"연웅이 그때 돌아가셨다고 해서……."

연운의 눈에서 눈물방울이 주르르 흘러내렸다.

"됐어! 바보같이! 그만 울고 어서 아버지, 어머니에게 인사해야지!"

구양뇌화가 뒤에 서 있는 두 사람을 가리켰다. 연운이 구양연뇌의 품으로 달려갔다.

"아버지, 연석재가 불탔을 때 아버지가 안에 계신 줄 알았어요."

"연운, 괜찮다! 모두 지나간 일이야!"

구양연뇌가 연운의 어깨를 도닥거리며 말했다.

"모녀가 아직 상봉한 적이 없지?"

연운이 고개를 돌려 금소매를 바라봤다. 금소매가 두 팔을 벌리더니 연운을 꼭 껴안았다. 그런데 금소매 품에 안긴 연운은 아무런 반응도 보이지 않았다. 안양 반씨 고택에서 연응은 눈앞에 서 있는 여자가 오라고 했다며, 돌아오지 않으면 죽음뿐이라는 말도 함께 전했다. 어머니라는 사람이 자기 딸에게 그렇게 악독하다니, 못 할 일이 뭐가 있겠는가?

바로 그때, 풍만춘과 시묘묘가 개를 데리고 있는 청년들을 따라 문 앞에 이르렀다. 구양뇌화가 껄껄 웃었다.

"이런, 묘묘와 풍 사부가 왔군!"

"구양 세백?"

시묘묘와 풍만춘이 깜짝 놀라 마주 보고는 다시 구양뇌화에게 눈길을 돌렸다.

"돌아가신 게……."

"하하, 질긴 목숨이 어찌 그리 쉽게 끊어지겠나."

구양뇌화가 앞으로 다가가 풍만춘을 안았다.

"지금 당장은 죽을 수가 없지!"

"네, 세백은 명이 길었죠!"

풍만춘이 덩달아 말했다.

"자, 모두 여기 이렇게 서 있지 말고, 들어갑시다."

구양뇌화가 사람들을 안으로 안내했다. 구양뇌화의 저택에는 인공산과 수풀이 우거져 있었다. 북경의 부잣집들과 사뭇 비슷했다. 예전에 금소매가 직접 꾸민 것으로, 오랜 세월 변함이 없었다.

시묘묘는 금소매를 보는 순간 의아함을 느꼈다. 안으로 들어서는 내내 금소매가 연운의 손을 잡고 있었지만 연운의 얼굴은 딱딱하게 굳어 있었다. 그토록 활달했던 모습과는 영 딴판이었다. 시묘묘는 안으로 들어가면서 대체 반준은 지금 어디에 있을까 생각했다.

일행은 둘째 마당의 대청에 이르렀다. 구양뇌화가 사람들에게 먹을 것을 가져오라고 일렀다. 십 몇 년 만에 처음으로 가족이 모인 자리였다. 연웅만 돌아오면 모두 모이는 셈이다. 연웅을 생각하자 구양뇌화는 마냥 기뻐할 수가 없었다.

금소매 모녀는 대청 한쪽에 앉았다. 연운은 시종일관 금소매를 본체 만 체했지만 금소매의 눈에는 사랑이 가득 담겨 있었다.

"연운, 미안하다. 엄마가 너무 오랫동안 네 곁을 비웠구나!"

연운이 금소매를 힐끗 쳐다보더니 차갑게 말했다.

"이제 익숙해졌어요."

"당시 너와 연웅을 버리고 모질게 떠나버린 엄마를 미워하고 있다는 거 알아."

금소매는 최선을 다해 자신의 마음을 연운에게 알리고 싶었다. 그러나 연운은 그런 금소매를 거들떠보지도 않았다. 그녀가 일어나 시묘묘에게 말했다.

"언니, 나 따라와봐요. 보여줄 게 있어요."

"그래."

시묘묘가 일어나 금소매를 향해 미소 지어 보이고는 연운에게 이끌려 셋째 마당으로 향했다. 연운은 시묘묘를 데리고 정원의 회랑을 지나 자기 방으로 갔다. 배꽃무늬 탁자에 홍목 서가와 의자, 금테를 두른 녹나무 조각 침대까지 매우 화사하게 장식된 방이었다. 방에는 아름다운 화분도 있었는데, 시묘묘는 처음 보는 꽃들이었다.

"언니, 이 꽃 마음에 들어요?"

연운이 웃으며 물었다.

"그럼 따라와봐요."

연운이 벽 모서리를 살짝 누르자 바닥에 틈이 벌어졌다. 연운이 먼저 구멍 안으로 들어가자 그 뒤를 시묘묘가 쫓아 들어갔다. 두 사람은 굴을 따라 걸어갔다.

뚫은 지 오래된 굴로, 동쪽 가파른 붉은 석산까지 통해 있었다. 굴을 빠져나오자 눈앞에 평평한 넓은 모래밭이 드러났다. 모래밭 맞은편에 수 미터나 되는 불길이 타오르고 있었다. 눈앞의 모래밭에는 시묘묘가 조금 전 봤던 꽃이 흐드러지게 피어 있었다.

"천보화라는 꽃인데요, 원래 서역에서 자라는데 지나가던 상인이 선물로 줬어요. 생명력이 얼마나 강한지 혹독한 사막 기후에서도 잘 자라더라고요."

연운이 천보화 앞에 쪼그리고 앉아 흥미진진한 어조로 말했다.

"연운, 여기가 어디야?"

시묘묘가 어리둥절해서 물었다.

"여긴 연응과 내가 어릴 적 피후를 훈련시키던 곳이에요."

연운이 시묘묘의 손을 잡고 옆으로 걸어갔다.

"언니, 아래 좀 봐요."

시묘묘는 그 자리에 서서 아래를 바라봤다. 어느새 연운에게 이끌려 저택 동쪽 산꼭대기에 올라와 있었다. 발아래는 수십 미터는 되어 보이는 낭떠러지였다. 이곳에서는 구양씨 저택을 분명하게 볼 수 있었다. 첫째 마당의 하인들이 뭘 하는지까지 다 보였다.

"언니, 이거 줄게요."

연운은 피후를 부를 때 쓰는 작은 피리를 시묘묘에게 건넸다.

"이건…… 연운! 이걸 내게 주면 피후를 어떻게 부르려고?"

시묘묘가 의아한 눈빛으로 연운을 바라봤다.

"헤헤! 언니는 내게 얼굴 바꾸는 기술을 가르쳐줬잖아요. 이제 내가 동물 부리는 법을 가르쳐줄게요."

연운이 미소를 지으며 말했다.

"게다가 이 피리는 더 이상 필요도 없고요."

연운은 고개를 끄덕이며 시묘묘의 손에 피리를 쥐여주고는 그녀와 함께 집으로 돌아왔다.

"연운, 어머니를 미워하는 거야?"

시묘묘가 연운의 방에 앉아 물었다. 연운이 잠시 침묵하더니 입을 열었다.

"내가 어릴 때부터 어떤 생활을 했는지 언니는 몰라요. 커서는 동생과 함께 어머니를 찾느라 정신이 없었고. 찾고 보니 어머니는 자기를 위해 다른 사람한테 날 죽이라고 명령할 수 있는 사람이었죠."

"아마도 어머니가 너무 많은 고초를 겪은 것 같아. 어쩔 수 없는 선택이었겠지."

시묘묘가 달래듯 부드럽게 말했다.

"어머니를 이해하고, 고충을 느껴보려고 노력해야지."

"그러게요."

연운이 그렇게 말하고는 미소 지었다.

"사실 내가 제일 이해가 안 되는 사람은 단 소저예요. 연응이 나쁜 짓을 하는 걸 뻔히 알면서 왜 그 애랑 함께하는지. 설사 함께한다 해도, 단 소저가 준…… 반 오라버니를 배반했다는 사실은 믿을 수가 없어요."

'준이 오라버니'라고 친근하게 부르려 했지만 자신은 반준의 진짜 짝이 아니라는 생각에 '반 오라버니'라고 말했다.

"사실……."

시묘묘가 잠시 주저하다 한숨을 내쉰 후 정색하며 말했다.

"연운에게 한 가지 알려줄 일이 있어. 연운이 믿든지 말든지 이건 사실이야."

"뭔데요?"

연운이 의아한 듯 시묘묘를 바라봤다. 그녀가 하려는 말이 반준과 관련된 걸까?

시묘묘가 연운 옆에 다가오더니 귓속말을 속삭였다. 연운은 입을 다물지 못했다. 시묘묘의 말이 끝나자 연운은 전혀 못 믿겠다는 듯 고개를 저었다.

"어…… 어떻게 그럴 수가 있어요?"

시묘묘가 어쩔 수 없다는 듯 고개를 끄덕였다.

"사실 나도 이 모든 게 사실이 아니었으면 좋겠어."

바로 그때, 땅이 심하게 흔들리기 시작하더니 이어 엄청난 굉음이 들려왔다. 연운과 시묘묘가 서로를 바라봤다. 다음 순간 연운이 황급히 시묘묘의 손을 잡고 문으로 향했다. 문을 열자 붉은색 물체가 곧장 머리 위로 날아갔다. 시묘묘가 재빨리 연운을 잡아당겼다. 연운은 떨리는 가슴으로 고개를 돌려 시묘묘를 향해 미소 지었다.

두 사람은 다시 문을 나섰다. 동쪽 산꼭대기에서 불타는 작은 돌덩이들이 빠른 속도로 근처 마당과 지붕 꼭대기로 굴러떨어졌다. 불길이 계속 타오르고 있었다. 마당에는 이미 제자들이 모여 있었다.

진동이 가라앉은 후 그들은 각기 소방 도구를 가지고 지붕으로 올라가 불타는 돌덩어리들을 처리했다. 시묘묘가 한숨을 길게 내쉬고 가슴을 진정시킨 후 연운을 바라봤다.

"대체 어찌 된 일이야?"

연운이 웃었다.

"늘 있는 일이에요. 작은 지진 때문에 종종 동쪽 산꼭대기의 불타는 돌들이 굴러떨어지거든요. 여기서는 늘 소규모 지진이 일어나요. 신기할 것도 없어요."

시묘묘는 그제야 안심한 듯 동쪽 산꼭대기를 바라보았다. 그러면서도 뭔가 불길한 예감이 들었다.

깊은 밤, 저녁식사가 시작되었다. 구양 가족이 십여 년 만에 모인 데다, 때마침 추석이라 특별히 성대한 만찬이 마련되었다. 구양뇌화는 안팎에서 하인들을 진두지휘했다. 그는 상자에서 오래전 연응의 돌잔치 때 사용했던 경덕진 자사호를 꺼냈다. 그토록 오랫동안 한 번도 사용한 적이 없었다. 그는 분위기에 젖어 다시 그날을 떠올렸다. 구양뇌화가 차를 한 모금 마신 후 옆에 있는 제자를 불렀다.

"술 저장고에 가서 오래된 포도주를 모두 내오너라. 다들 통쾌하게 마셔보자꾸나!"

"네, 사부님!"

제자가 흥겨워하며 동료 두 명을 더 부르더니 저장고에서 해묵은 포도주를 날라 왔다.

만찬은 둘째 마당에서 이루어졌다. 색색의 띠와 붉은 등롱이 마당 주위를 장식했다. 마당 한가득 십여 개의 식탁이 준비되었다. 주인의 자리는 가장 앞쪽으로 구양뇌화, 구양연뇌, 구양연운, 시묘묘, 풍만춘 등이 탁자에 둘러앉았다. 나머지 식탁에는 제자들과 하인들이 자리를 잡았다. 100명은 족히 넘는 것 같았다.

만찬이 시작되자 구양뇌화가 일어나 술잔을 들었다.

"오늘은 오랜만에 우리 구양 집안 사람들이 가장 많이 모인 날이오. 이 늙은이는 이렇게 오랫동안 거친 풍파를 헤치고 꿋꿋하게 버틴 결과 아직도 죽지 않고 살아 있소이다. 이게 어찌 된 일일까 답답할 때도 있었는데, 바로 오늘을 위해 살아온 것 같소. 게다가 오늘은 추석이 아니오? 자! 모두 즐겁게 실컷 듭시다."

주위 사람들이 모두 일어나 너도나도 술잔을 들어올렸다. 건배를 하려는 순간 누군가가 밖에서 소리를 질렀다.

"할아버지, 아직 한 사람 안 왔잖아요!"

소리가 어찌나 큰지 구양뇌화가 깜짝 놀라 들고 있던 잔을 내려놓
았다. 연웅이 한 여자와 첫째 마당 쪽에서 천천히 걸어오고 있었다.
그의 뒤로 예닐곱 명의 검은 중산복을 입은 일본 청년들이 보였다.

"연웅······."

구양뇌화가 얼굴을 환하게 밝히며 앞으로 달려가 연웅의 손을 덥
석 잡았다.

"이제야 모두 돌아왔구나, 모두 돌아왔어!"

구양뇌화는 연웅을 자기 옆에 앉혔다. 연웅이 주변을 둘러보더니
차갑게 웃었다.

"우리 구양 가족이 모두 모였군."

구양뇌화가 술잔을 들어 단숨에 들이켰다. 나머지 사람들도 너도
나도 술잔을 들었다. 다만 연운만이 여전히 술잔을 손에 꼭 쥐고 있
었다. 사람들이 모두 잔을 비우고 자리에 앉자 연운이 자리에서 벌
떡 일어섰다. 그러자 뜻밖에 연웅도 자리에서 일어나 술잔을 들며
말했다.

"누나, 오랫동안 어머니 대신 돌봐줘서 고마워. 이 잔은 누나에게
바치는 거야."

"하하!"

연운이 쌀쌀맞게 웃었다.

"아직 그런 걸 기억하고 있다니! 반준 오라버니는 어디 있어?"

"누나, 말끝마다 반준, 반준! 그만 좀 할래?"

연웅이 술잔을 탁자에 내려놓으며 시묘묘를 힐끗 쳐다봤다.

"반준이 누나를 한 번이라도 맘에 둔 적 있어? 그렇다면 왜 안양
에 있을 때 저 시씨 여자 독을 빨아주라고 했겠어?"

"닥쳐!"

연운이 버럭 화를 내며 연응의 얼굴에 술을 뿌렸다. 연응은 화도 내지 않은 채 가만히 얼굴의 술을 닦아내더니 말했다.

"내게 반준이 어디 있나 묻지 않았어?"

"반준 오라버니는 어디 있어?"

연운이 연응을 노려보았다.

"여기 있습니다."

방 안에서 소리가 들렸다. 반준이 천천히 뒷방에서 걸어 나왔다. 시묘묘와 풍만춘, 연운 모두 놀라움을 감추지 못했다. 연응은 어머니의 명령으로 풍만춘 일행을 신강으로 불러들였으면서도, 이곳에 진짜 반준이 있을 거라고는 꿈에도 생각하지 못했다.

"반준, 어떻게 자네가 여길?"

풍만춘이 자리에서 일어나 의혹이 가득 찬 눈길로 반준을 바라봤다. 반준이 미소 지으며 말했다.

"풍 사부님, 여기서 아마 제가 신강에 나타나길 가장 바란 사람도, 나타나지 않길 가장 바란 사람도 당신이겠죠?"

풍만춘이 웃었다.

"반준, 그게 무슨 말인가?"

"풍 사부님, 당신이 우리보다 더 정확하게 제 말뜻을 알고 있을 텐데요."

"반준이 당신에게 나에 대한 조사를 하라고 했을 때 사실은 관수에게 당신에 대한 조사도 부탁했어요."

시묘묘가 일어나 말했다. 반준이 미소 지었다.

"사실 전 자오를 의심하기 전, 당신도 의심했습니다. 후에 자오가 모든 것을 떠맡는 바람에 소홀했던 것이 사실입니다. 그런데 자오의 말을 생각하면 할수록 이상하더군요. 자오는 당신이 몇 년 전에 완전히 딴사람이 되어 나타났다고 했습니다. 그래서 관수에게 편지를 써서 당신을 조사해달라고 했습니다. 우리가 안양을 떠날 때 경년의 마차를 탔죠. 떠나기 전에 경년이 제게 당신이 첩자일지도 모른다고 말해줬어요. 그래서 그에게 확실한 정보냐고 물었죠. 경년은 십중팔구 그렇다고 했고요. 후에 안양성 밖에서 일본인들을 만나 시 소저와 제가 그들을 유인했을 때 시 소저가 제게 뭔가를 줬어요. 바로 당신이 담배를 피울 때 늘 사용하던 '임지'였습니다. 상서 지역 수파 시씨 가문 화재 현장에서 나온 물건이죠. 전에 관수가 당신에 대해 조사한 내용과 자오의 말을 생각해본 결과 더 의심이 들었습니다. 다만 당시에는 확신하기가 힘들었어요. 당신이 첩자라면 깊숙이 숨어버릴지도 모르고요. 제가 조금이라도 의심하는 모습을 보인다면 분명 수상하게 생각할 테니까요. 그래서……."

반준이 시묘묘를 쳐다봤다. 시묘묘가 품에서 오색의 물건을 꺼내 탁자 위에 꺼내놓았다.

"언니, 이건……?"

연운이 잔뜩 호기심 어린 어조로 물었다.

"상서 수파 시씨 가문의 '충고(蟲蠱)'야. 피를 보면 곤충이 되고, 흙이나 나무를 보면 알이 되지."

시묘묘가 담담하게 말했다.

"그러나 무엇보다도 가장 큰 용도는 사람의 심지를 흐트러뜨려 한동안의 기억을 잃게 하는 거야."

"그래요. 시 소저가 제게 모든 것을 알려준 후 저는 당신을 완전히 의심하게 되었습니다. 풍 사부님, 당신 앞에서 이런 제 마음을 들킬까 봐 생각해낸 방법이지요."

반준이 주먹을 꼭 쥐며 말했다.

"정말이지 풍 사부님이 첩자라는 사실을 믿을 수 없었습니다."

"그런데 반준 오라버니가 어떻게 여기 있어요? 설마……."

연운이 고개를 돌려 구양연뇌를 바라봤다.

"우리랑 같이 왔다. 계속 방에 숨어 있었지."

구양연뇌가 담담하게 말했다.

"난주에 있을 당시 연석재 터에서 반준을 만났지. 웬 거지 노인과 함께 있더군. 그 순간 반준 체내의 독이 갑자기 발작했지만 잠시 후 그는 완전히 정신을 차리고 내 정체를 알아차렸다. 사실 나 역시 오 랫동안 72년 전 화재 사건을 조사하고 있었고, 그러다 너희 곁에 숨어 있는 사람을 발견하게 됐지."

"하하! 반준, 자네가 나 때문에 그렇게 마음 쓴 줄 몰랐는걸!"

풍만춘이 갑자기 자리에서 일어나더니 냉소를 지었다.

"그러나, 반준! 너무 늦었네. 너무 늦게 알았어."

반준이 주위의 검은 옷을 입은 청년들을 바라보더니 살며시 웃었다.

"뭘 꾸물거리나?"

검은 옷을 입은 청년들은 여전히 식탁 앞에서 꼼짝하지 않았다. 미소를 짓던 풍만춘의 얼굴이 이내 굳어졌다. 그가 다시 고함을 질렀다.

"뭘 꾸물거리느냐는데도!"

그래도 누구 하나 자리를 뜨지 않았다.

"풍 사부님, 저들을 부르시는 겁니까?"

반준이 살짝 손뼉을 치자 화파 제자들이 네다섯 명의 꽁꽁 묶인 청년들을 데려왔다.

"아니…… 어쩌다 이렇게!"

풍만춘은 자신이 본 것을 믿을 수가 없는 듯 의아한 눈으로 반준을 바라봤다.

"하하. 사실 이 모든 게 반준의 계획이지. 반준은 자신이 일단 충초당을 떠나면 당신이 움직일 거라는 사실을 알고 있었어."

구양연뇌가 담담하게 말했다.

"그래서 그날 저녁 그 거지 노인과 함께 납치된 것처럼 연극을 꾸민 거야."

"그렇게 된 거군요. 어쩐지 묘묘 언니랑 의장에 갔을 때 거지 노인의 시신이 없더라니!"

연운이 시묘묘를 힐끗 쳐다보며 말했다.

"풍 사부가 분명히 의아해할 거라고 생각했죠. 제가 실종될 줄은 전혀 몰랐을 테니까. 그래서 그날 밤 충초당을 떠나 일본인들의 비밀 연락 장소로 갔습니다. 아마 우리를 따라다녔던 연응이 날 납치해간 줄 알았겠죠."

반준이 침착한 어조로 말했다.

"그래서 연응과 연락을 취해 제 행방을 정확하게 알아보려고 했을 겁니다. 이것이 제가 당신을 첩자라고 생각한 결정적인 이유입니다. 그러나 당신이 생각지 못한 것이 하나 있지요. 바로 연응이 당신을 전혀 믿지 않았다는 거예요. 그런 그가 왜 당신에게 사실대로 말해주겠습니까? 그래서 당신은 사전에 저자들을 구양씨 집안에 배치했을 겁니다."

"우리가 돌아와 그들을 붙잡았지!"

구양뇌화가 일어나 말했다.

"나랑 계속 연락을 취하면서 마지막으로 소매를 데려가 일본으로 보낸 자가 당신이지, 풍만춘?"

풍만춘은 멍하니 의자에 앉아 있었다. 마치 바람 빠진 공 같았다. 자꾸만 현기증이 일었다. 풍만춘은 가까스로 눈을 떴다. 눈앞 사람들의 모습이 흐리멍텅해졌다. 다른 사람들 역시 풍만춘과 마찬가지로 현기증을 느끼며 모두 쓰러지고 말았다.

반준이 깜짝 놀라 식탁에 쓰러진 사람들을 바라봤다. 연웅, 연운, 반준, 단이아 그리고 연웅이 데려온 몇몇 일본인들은 그대로였다. 연웅이 웃으며 말했다.

"풍만춘 저자가 뭐 대단하다고!"

"연웅, 설마 네가?"

연운이 사납게 물었다.

"누나, 이 집에서 나보다 술 저장고를 더 잘 아는 사람은 없어. 난 여기 사람들보다, 아니 풍만춘보다 더 일찍 이곳에 왔어. 그리고 술 저장고에 있는 모든 술에 약을 탔지. 이건 아마 반준도 생각 못 했을 걸? 게다가 여긴 일본인들에게 완전히 포위됐어. 더 이상 아무 데도 갈 수 없다고!"

연웅이 반준을 바라봤다.

"대체 뭘 하려는 거죠?"

반준이 연웅을 노려보며 물었다.

"물론, 내 목적은 곤충소환사의 최종 비밀이야."

연웅이 말하며 반준을 향해 걸어갔다. 그 순간 연운이 발차기를 날렸다. 연웅이 황급히 공격을 피하더니 고개를 돌려 소리쳤다.

"누나, 날 자극하지 마!"

"좋아, 연웅! 그렇게 오랫동안 일본인들한테 뭘 배웠나 어디 한번 보자!"

연운이 차가운 눈으로 연웅을 쳐다봤다.

4권에 계속됩니다

옮긴이_ 유소영

이화여자대학교 중어중문학과, 한국외국어대학교 통역대학원 한중과를 졸업했다. 현재 제주대학교 통역대학원에서 강의하고 있다. 옮긴 책으로는 《부활하는 군단》《법문사의 불지사리》《중국문화기행》《욕망과 지혜의 문화사전—몸》《살아간다는 것, 경쟁한다는 것》《지구가 감춰놓은 29가지 비밀》《독성기》《사색의 즐거움》 등이 있다.

**소환사 3**

초판 1쇄 인쇄 2017년 5월 8일
초판 1쇄 발행 2017년 5월 22일

지은이 | 옌즈양
옮긴이 | 유소영
발행인 | 강봉자·김은경

펴낸곳 | (주)문학수첩
주소 | 경기도 파주시 회동길 192(문발동 513-10) 출판문화단지
전화 | 031-955-4445(대표번호), 4500(편집부)
팩스 | 031-955-4455
등록 | 1991년 11월 27일 제16-482호

홈페이지 | www.moonhak.co.kr
블로그 | blog.naver.com/moonhak91
이메일 | moonhak@moonhak.co.kr

ISBN 978-89-8392-650-0   04820
ISBN 978-89-8392-647-0   (세트)

「이 도서의 국립중앙도서관 출판예정도서목록(CIP)은 서지정보유통지원시스템 홈페이지 (http://seoji.nl.go.kr)와 국가자료공동목록시스템(http://www.nl.go.kr/kolisnet)에서 이용하실 수 있습니다.(CIP제어번호: CIP2017009866)」